온전한 결핍

1

KB208606

온전한 결핍 1

ⓒ김바림 2025

1판 1쇄 인쇄	2025년 3월 17일
1판 1쇄 발행	2025년 3월 27일

지은이	김바림
펴낸이	박대일
편집	이문영 · 이주현 · 김래현 · 임유리 · 이지영 · 임지원
마케팅	임유미
디자인 · 조판	송새연
펴낸곳	파란미디어
출판등록	2004년 9월 14일 제313-2004-00214호
주소	03992 서울시 마포구 동교로23길 14 국제빌딩 6층
전화	02.3141.5589 영업부 070.4616.2012 편집부
팩스	02.6499.5589
전자우편	paranbook@gmail.com
카페	http://cafe.naver.com/paranmedia
인스타그램	@paranmedia
ISBN	979-11-7259-080-2(04810)
	979-11-7259-079-6(전2권)

I'm on the right track.

1

김바림 장편소설

온전한 결핍

파란

목차

1. 옆집 그 애

그 애를 처음 만난 건 뿌연 입김이 차가운 공기를 가르는 계절이었다.

늦겨울.

그리고 열일곱.

그날따라 구립 도서관이 내부 행사로 인해 오전만 개방하는 바람에 일찍 집으로 돌아오는 길이었다. 일기 예보에서 올해 마지막 한파라고 했던 날.

주영은 뼛속까지 침투하는 겨울바람에 몸을 움츠리고 코트를 꽉 여미며 언덕길을 올랐다. 평소와 귀가하는 시간만 다르다뿐이지, 눈을 감고도 지날 수 있을 만큼 익숙한 길이었다.

망할 놈의 언덕.

며칠 전 눈이 오는 바람에 여기저기 얼음이 얼어 있어 조심조심 길을 올라야 했다. 주영의 벌어진 입술 사이로 얕게 헐떡거리며 삐져나온 숨이 만든 뿌연 입김 사이로 황량한 놀이터가 보였다.

볼품없는 놀이터 뒤로 보이는 건 낡은 5층짜리 건물.

삼빛 아파트.

모든 것이 오래된 이 동네에서도 유난히 오래된 건물이었다.

한 동짜리 아파트의 입구를 파란 트럭이 떡하니 막고 있었다. 트럭 짐칸에는 대충 보아도 허름해 보이는 가구가 가득 실려 있었다.

낡은 아파트. 낡은 트럭. 낡은 가구.

무엇 하나 동떨어지는 것 없이 딱 떨어지는 조합이었다.

참 잘 어울리네.

주영이 속으로 중얼거렸다. 이래서 싫었다.

모든 게 다 낡고, 볼품이 없어서.

주영이 열일곱 평생을 살아온 이 아파트는 도통 정이 들려고 해도 들 수가 없었다.

트럭 주변에서 겨울 점퍼를 껴입은 인부 둘이 큰 소리를 내며 말싸움인지 대화인지 모를 것들을 나누는 모습마저 이 구질구질한 그림과 딱 맞아떨어진다.

이삿짐이 온 걸 보니 드디어 201호가 채워지려나 보다.

그곳은 지난 몇 달간 공실이었다. 삼빛 아파트는 오래된 아파트답게 주민 대부분이 10년 이상의 장기 거주자들이었다.

유일하게 비어 있는 집이 주영과 엄마가 둘이 살고 있는 202호의 옆집.

지난여름 201호 아저씨가 지방으로 발령을 받는 바람에 온 가족이 급하게 이사를 가고 세를 놓았다고 들었다. 부동산에서 손님들을 데리고 몇 번 오가는 것을 보긴 했지만 금방 세입자가 들어오진 않았다.

당연했다.

서울의 중심부를 한참 지나친 외곽 지역. 대중교통을 타려면 20분 이상을 걸어 나가야 하는 불편한 위치. 집을 보기 전부터 기운을 다 빠지게 만드는 가파른 언덕길.

이 모든 단점을 감수해야만 하는, 지은 지 40년이 넘은 낡은 아파트였다.

오래 살았기에 익숙한 이가 아니라면 이런 곳을 새 보금자리로 선택하고자 하는 사람들은 없을 것이다.

이런 후진 곳에 떠밀려 들어온 사람은 누구려나. 무슨 사연으로.

물론, 사연이라 해 봐야 돈이 없다는 것일 확률이 99%. 돈 문제가 아니고서는 이곳을 선택할 이유는 단 한 가지도 없다.

흘끗 트럭 쪽을 쳐다본 주영이 이내 시선을 땅에 처박고 놀이터를 가로질렀다.

귀도 시리고, 손도 시리고. 사람을 움츠러들게 만드는 이 겨울이 빨리 지나갔으면 좋겠다고 생각하면서.

도서관을 오갈 때만이라도, 몸도 마음도 편하게. 그렇게 공부나 안락하게 하고 싶으니까.

주영이 내디딘 발아래로 볼품없이 말라비틀어진 낙엽과 그 밑에 깔린 모래들이 잘게 부서지는 소리가 차가운 공기를 타고 귀를 울렸다.

"으아아앙!"

귀를 찌를 듯 높은 음성에 주영이 살포시 미간을 구겼다.

뭐지?

주영이 소리가 난 방향을 향해 고개를 돌리자 익숙한 뒷모습이 보였다.

민국이었다. 꼭대기 5층 할머니의 손주.

종종 제 할머니가 사는 삼빛 아파트를 찾으며 주영에게 알은체해 오고, 장난을 걸어 오는 꼬마.

주영은 대체로 무뚝뚝하게 대답하곤 했지만. 민국은 주영에게 엉겨 붙어 귀찮게 굴기도 하고, 맛없어 보이는 군것질거리를 나누어 먹자고 들고 와 친한 척을 하기도 했다.

주영이 거슬리는 소음에 얼굴을 구기며 시선을 옮기자 꽥 소리를 내며 우는 민국 너머로 낯선 인영이 보였다.

처음 보는 사람이었다. 누구지?

놀이터의 낡은 벤치 앞에 민국이 뒷모습을 보이며 씩씩거리고 울고 있고, 벤치 위에 신발을 신은 채로 쪼그려 앉은 남자가 히죽거리며 민국을 마주 보고 있었다.

매끈한 남자의 왼쪽 빰이 불룩 튀어나와 있었다. 시원하게 뻗은 입매 사이로는 하얀 막대가 보였다.

학생인가? 아니 대학생인가.

얼굴만 보고는 가늠하기가 어려웠다.

어딘가 앳된 모습이 있긴 한데, 고등학생으로 보기엔 애매하기도 하고.

무엇보다도 덩치. 쪼그려 앉아 있어도 느껴지는 압도적인 덩치였다. 마주 보고 서면 머리 위로 어둑한 그림자를 드리워 삼켜 버릴 것처럼 커다란.

검은 패딩에 회색 추리닝을 걸친 남자는 양 무릎 위로 긴 팔을 뻗은 채 쪼그리고 앉아 있었는데, 팔이 엄청나게 길었다.

분명 키도 크고 다리도 길겠지.

남자는 뭐랄까, 잘생기긴 했는데 불편하게 잘생겼다. 한마디로 사람들에게 쉽게 호감을 얻을 만한 이미지는 아니었다.

주영이 천천히 남자의 모습을 훑는 동안 민국의 찡찡거리는 소리가 점점 더 커졌다.

시끄러워…….

주영은 성가신 일에는 끼어들고 싶지 않아 작은 소란을 모른 척하며 아파트 현관 쪽으로 향했다.

울음소리가 점점 더 커졌다.

하. 주영이 작게 한숨을 내쉬었다. 결국 트럭을 지나칠 때쯤 발걸음을 틀어 놀이터 방향으로 돌렸다.

그냥 이건, 그러니까 고작 열 살도 안 된 어린애가 돈이라도 뜯길까 봐.

정의감이라곤 요만큼도 없는데. 또, 아는 얼굴이라고 질질 짜는 걸 모른 척하자니 양심에 일말의 가책이 들어서.

정말 귀찮……다.

"최민국. 왜 그래? 무슨 일이야?"

"으어엉. 누나……!"

익숙한 목소리에 고개를 돌린 민국의 발갛게 달아오른 뺨 위로 덕지덕지 눈물 자국이 남아 있었다.

아직 더 흘릴 눈물이 남아 있는지 민국이 주영의 품으로 뛰어들어 서럽게 울었다.

"으엉엉……. 사탕……. 흑……. 내……. 으엉……. 사탕……."

네 사탕 뭐…….

남자의 입에 물려 있는 막대 사탕의 막대기를 보며 주영이 대충 추론할 수 있는 건.

아마 저 불량하게 생긴 인간이 민국의 사탕을 뺏어 먹어 이 사달이 난 듯했다는 것.

주영이 자신의 품 안에서 훌쩍거리며 사탕 타령을 하는 민국의 머리를 가볍게 쓰다듬었다.

이내 벤치 위의 남자를 향해 시선을 고정했다.

아무리 못해도 주영보다 나이가 많아 보이는데. 어린애 사탕이나 뺏어 먹고 앉아서 실실거리고 앉아 있는 꼴이라니.

한심하기도 하고. 참, 어느 집 자식인지는 몰라도 못났다.

주영의 노골적인 시선에 남자의 시원하게 뻗은 눈썹 한쪽이 삐딱하게 올라갔다.

양아치인가. 원체 날카로운 인상에 눈썹까지 들어 올리니 더 사납고 불량해 보였다.

주영이 일부러 시선을 피하지 않으며 상대를 노려봤다.

"저기요. 왜 애 사탕을 뺏어 먹고 그래요?"

남자가 눈썹을 한 번 들썩이더니 재미있다는 얼굴로 크게 웃었다.

뭐야, 쟤……?

뭐가 지 혼자 저렇게 웃긴대?

대답 없이 시원하게 웃던 남자의 손이 움직였다.

주영의 시선도 남자의 움직임을 좇았다. 아슬아슬하게 입꼬리에 걸쳐 있던 하얀 막대가 기다란 손가락 사이로 옮겨 갔다.

남자도 주영의 시선을 피하지 않았다.

이내 주영에게 반대쪽 손가락을 까닥였다.

뭐야, 지금 나한테 오라는 거야? 어이없어.

주영은 속으로는 투덜거리면서도 품 안에 있던 민국의 손을 잡고 남자 쪽으로 향했다. 마치 남자의 손에 주술이라도 걸린 것처럼.

거리가 가까워지자 상대의 붉은 입술 끝이 시원한 곡선을 그리며 씩 말려 올라갔다.

사라졌다. 낡은 놀이터가. 볼품없는 아파트가. 질질 짜는 민국이. 이삿짐 아저씨들의 소음이.

찍어 누르듯 주영에게만 고정된 시선은 주변의 모든 존재를 잊게 했다.

다소 뻐딱해 보이는 남자와 주영. 둘만이 남은 것 같은 기분.

왜, 가끔 정신이 나간 사람처럼, 무언가에 홀린 것 같은 기분. 이유도, 근원도 알 수 없이.

천천히 남자의 입술이 벌어질 때, 사라졌던 모든 게 다시 돌아왔다.

시원한 입매 사이로 흘러나오는 깊은 저음에 주영이 저도 모르게 침을 꼴깍 삼켰다.

"먹을래?"

아…….

뭐야, 미친놈.

잠시간의 긴장이 무색하게 남자는 제 손에 들려 있던 막대 사탕을 주영에게 내밀었다.

방금 전까지 자기 입에 들어 있던 것이었다.

원래 크기보다 반쯤은 작아진 사탕을 보자 민국의 서러운 울음소리가 또다시 놀이터를 채우기 시작했다.

거지 적선도 아니고, 주영이 따지니 이제야 제가 먹던 걸 넘기다니.

실실 쪼개는 얼굴부터, 은근히 사람을 약 올리는 태도에, 반말까지.

다 마음에 들지 않았다.

주영의 얼굴이 한껏 일그러졌다. 실실 웃고 있는 남자를 향해 주영이 입을 열었다. 짜증이 담긴 어조였다.

"야, 너 몇 살이야?"

상대는 실실거리고 쪼갤 뿐 주영에게 돌아오는 대답은 없었다. 다시 사탕을 입에 문 남자가 천천히 벤치 아래로 다리를 내리며 몸을 일으켰다.

뭐야, 이거.

펴도 펴도 끝이 없었다. 그러니까, 주영이 남자의 얼굴을 보기 위해선 한참 고개를 들어 올려야 했다.

키가 클 거라고 생각은 했는데, 남자는 그보다 더 키가 컸다.

색이 바랜 회색 추리닝 바지에 손을 욱여넣은 남자가 여전히 실실 웃으며 입을 열었다.

듣기 좋은 울림이 주영의 머리 위로 쏟아져 내렸다.

"몇 살인지 알면?"

나이를 알면 뭐 어쩔 거냐는 거만한 대답이 퍽 기가 막혔다. 뭐하는 인간인지 예의도 배려도 없었다.

"너 나이도 먹을 만큼 먹은 것처럼 보이는데, 고작 사탕 하나 가지고 어린애를 울리고 그러면 어떡해?"

"네 동생이야?"

허를 찌르는 질문에 주영이 움찔했다. 이내 고장 난 로봇처럼 버벅거렸다.

"어……? 어!"

여기서 아니라고 하면 친동생도 아닌데 왜 남의 일에 끼어드냐고 하겠지.

온주영과 최민국은 성부터 달랐으나 주영은 일단 우기고 봤다.

상대가 고개를 삐딱하게 기울이며 입을 뗐다.

"하나도 안 닮았는데."

누가 봐도…… 전혀 닮지 않았지. 그렇지.

이목구비뿐만 아니라 땟국이 묻은 듯 얼룩덜룩 까맣고 오동통한 민국과 주영은 남매로 볼 만한 외양은 아니었다. 뭐, 그렇다고 남매가 꼭 똑같이 생기란 법 있나.

"남의 가족사는…… 네가 참견할 게 아니고. 너 한 번만 더 민국이 울리는 거 내 눈에 띄기만 해 봐. 가만 안 둬."

주영은 닮은 구석이라곤 하나도 없는 가짜 동생과의 있지도 않은 가족사를 만들어 내며 정의의 사도라도 된 양 남자를 나무랐다.

언제부터 이렇게 민국을 챙겼다고.

겁도 없이 주영보다 덩치가 훨씬 큰 남자를 째려보며 주영이 민국의 손을 잡아끌었다.

돌아서는 등 뒤로 목소리가 이어졌다.

"너."

딱딱한 목소리에 걸음을 멈추고 뒤돌아보자 남자가 사탕을 문 채 벌린 입 사이로 흘러나온 뿌연 입김이 찬 공기 사이로 퍼졌다.

하얀 막대에 뿌연 입김까지 더하니 꼭 담배라도 피우는 것 같았다. 삐딱해 보이는 행실에 이질감이라고 전혀 없어 어울리긴 했다.

남자가 말을 이었다. 물고 있는 사탕 때문인지 살짝 뭉개진 발음이었다.

"이름이 뭐야."

뭐, 이름이라도 물어보면 누가 쫄 줄 알고. 나중에 해코지라도 하려는 건가. 흥. 주영이 비웃듯 말했다.

"네가 알아서 뭐 하게."

"네알뭐? 그게 이름이야? 존나 기네."

"이거 또라이 아냐."

주영이 혀를 차고는 민국의 손을 이끌어 빠르게 걸음을 옮겼다.

날이 추웠다. 빨리 민국도 5층 할머니네로 넘기고 전기장판이 깔린 이불 속에 들어가서 얼어 버린 몸을 데우고 싶었다. 발걸음을 재촉하는 주영의 등 뒤로 울림 좋은 목소리가 한 번 더 들렸다.

"이름 뭐냐니까?"

그게 그 애와의 첫 기억이었다.

주영은 대답하지 않은 채로 낡은 문을 열고 아파트 현관으로 들어섰다.

끼이익 문이 닫히는 소리. 여전히 코를 훌쩍이는 민국의 울음소리.

"이 엘리베이터도 없는 거지 같은 아파트 같으니라고."

툴툴거리는 이삿짐센터 아저씨의 걸걸한 목소리가 복도를 채웠다.

곧이어 주영과 민국이 계단을 오르는 소리, 다시 쾅 하고 철제 현관문이 닫히는 소리가 이어졌다.

훌쩍이는 민국을 달래기 위해 손에 뭐라도 들려 보내려 집 안을 뒤졌지만, 사탕 같은 게 집에 있을 리가 없었다. 오동통한 민국의 양손에 귤 두 개를 쥐여 주며 물었다.

"민국이 너, 아는 사람이야?"

민국이 눈물 자국이 하얗게 말라붙은 뺨을 하고선 세차게 고개를 저었다.

"모르는 사람이 말 걸면 아는 척하면 돼, 안 돼?"

"……."

"이상한 놈들이랑은 말도 섞지 마. 알았어? 할머니가 걱정하시잖아."

"……나는 딸기 맛이 먹고 싶었는데……. 그 형아가……."

"알겠고. 알았으니까 다음부터는 그 형아든 다른 형아든 괴롭히면 모른 척할 거니까 네가 알아서 처신 잘해. 알았어?"

"……웅."

알아서 잘하라는 당부도 잊지 않았다. 귀찮은 일에 또다시 얽히는 건 질색이었으니까. 침울한 모습으로 고개를 숙인 채 계단을 오르는 꼬마를 보고 있자니 남자의 시원스레 뻗은 눈썹과 입매가 주영의 머릿속을 스쳐 지나갔다.

말투는 뭐랄까 거만하고 삐딱한 데다, 불량해 보이는 자세하며 느닷없는 반말. 마음에 드는 구석이 한 군데도 없는 인간이었다.

어느 집 자식인지는 모르지만 다신 마주치진 않길.

으. 주영이 몸서리치며 머릿속을 채워 오는 잔상을 털어 내기 위해 고개를 흔들었다.

꼬르륵.

점심을 컵라면으로 때워서 그런지 배꼽시계가 평소보다 이르게 반응했다. 주영이 시계를 확인했다. 엄마가 오려면 족히 1시간은 남았다.

강북의 한 백화점에서 판매원 일을 하는 엄마는 주말에 대부분 집을 비웠다. 엄마가 오기 전까지 일시적인 배고픔을 달래기 위해 냉장고를 뒤졌지만 간단하게 먹을 만한 건 오전에 민국이에게 주고 남은 귤밖에 없었다.

이불을 망토처럼 몸에 둘둘 둘러싸고 책상에 앉아 공부하며 귤 한 알을 들어 껍질을 벗겨 냈다.

으. 귤이 시었다.

주영이 미간을 찌푸리며 마지막 한 덩이를 삼킬 때 현관 벨이 울렸다.

딩동.

누구지. 택배인가.

주영이 천천히 일어서자 어깨에 걸쳐져 있던 이불이 허물처럼 바닥으로 주르륵 흘러내렸다.

딩동.

거참. 성격 급하시네. 주영이 중얼거리며 현관문을 열자 예상 밖의 인물이 서 있었다.

오전에 봤던 사나운 인상의 얼굴이 삐딱하게 기울어진 채 저 위에서 내려다보고 있었다.

남자는 오전에 봤던 검은 패딩 대신 위아래로 회색 추리닝을 입은 채 한 손엔 새하얀 그릇을 들고 있었다.

"뭐야?"

퉁명스러운 주영의 물음에 남자가 대수롭지 않은 말투로 답했다.

"떡. 먹으라고."

떡? 떡은 왜……. 설마 혹시 이 자식이 옆집? 탐탁지 않은 눈길로 남자를 보던 주영의 시선이 남자가 들고 있는 접시 위로 향했다.

금방 사 온 건지 고슬고슬한 팥 범벅의 시루떡 위로 옅은 김이 올라오고 있었다.

꿀꺽. 배가 고파 그런지 침이 꼴깍 넘어갔다.

"잘 먹을게."

주영이 침을 삼키며 손을 뻗는 순간 획 하고 접시가 하늘로 향했다. 장난해? 주영이 눈을 치켜떴다.

"뭐야?"

"이름 뭐냐니까."

"네가 알게 뭐……."

"네알뭐? 진짜 이름 한번 존나게 비싸네."

남자애가 히죽거리며 비아냥대길래 뭐라 한 마디 쏘아붙이려던 찰나였다.

꼬르륵.

우렁찬 소리가 조용한 삼빛 아파트 복도를 울렸다.

아씨. 쪽팔려.

주영이 낭패감이 서린 얼굴로 입술을 감쳐물고 눈을 질끈 감자 낮은 웃음소리가 머리 위에서 흐른다. 슬쩍 눈을 뜨자 눈앞에 고슬고슬한 팥이 가득 찼다.

"맛있게 먹어, 네알뭐. 먹고 그릇은 반납해라. 배고프다고 접시까지 먹진 말고."

주영의 차갑게 언 손 위로 따뜻한 접시가 올려졌다. 멍하니 시루떡을 쳐다보고 있는 사이 팥 위로 툭, 하고 동그란 막대 사탕 하나가 떨어졌다.

"이건 후식."

뭐야, 이제 와서. 사람 놀려?

줄 거면 내가 아니라 최민국을 줘야지. 주영이 입술을 삐죽이며 올려다보자 그 애가 낮게 웃었다.

이상하게도 복도를 타고 올라온 찬기가 몸을 휘감아서인지 몸이 떨렸다. 사탕을 건넨 상대가 인사도 없이 돌아서자 이내 지척에서 쾅 하고 현관문이 닫히는 소리가 들렸다.

201호의 주인이 밝혀진 순간이었다.

꼬르륵.

다시 한번 뭐라도 넣어 달라며 주영의 위장이 아우성쳤다.

입학을 했다.

정신없이 바빴다. 고등학교 1학년 1학기.

앞으로 순간순간이 중요했다. 한국대를 갈 것이다. 경영학과든 경제학과든, 일단 한국대를 가는 게 주영의 목표였다.

별다른 이유는 없었고, 성공하고 싶었다. 열심히 공부하고 좋은 대학을 가서 좋은 직장에 취업하는 것. 그게 주영의 목표였다.

전문직이든 대기업이든 어떻게든 좋은 직장에 취업하면 이런 구질구질한 삶을 벗어날 수 있을 것만 같았기에.

이 허름한 아파트도, 엄마와 단둘만으로도 꽉 차는 이 집도. 뭐만 하면 돈 걱정부터 해야 하는 이 모든 것이 지긋지긋했다.

주영이 기억하는 어린 시절부터 아빠는 없었다. 엄마는 어린 주영에게 아빠는 멀리서 일하고 계신다, 언젠간 주영이를 찾으러 올 거라며 헛된 기대를 심어 주곤 했다.

꼬마 온주영은 그 말을 철석같이 믿었다. 우습게도. 그래서 가끔은 아빠를 기다리기도 했다.

삼빛 아파트 놀이터의 그네에 앉아 언덕 너머로 얼굴도 모르는 아빠가 양손 가득 장난감을 사 들고 날 찾아오는 상상을 하곤 했다.

머리가 클 만큼 커 버린 지금은 잘 안다. 아빠는 엄마와 주영을 버렸다. 엄마에게 물을 때면 대답은 늘 똑같았다. '멀리서 일하고 계신다.' 언젠가부터는 더 이상 묻지 않았다.

사실 알아 봤자 좋은 것도 없고, 확인 사살하여 군이 상처를 받고 싶은 생각도 없었다. 모르는 게 약일 때도 있는 법이었다.

살면서 자연스럽게 깨우쳐지는 것들이 있기에.

그냥 지금 바라는 건, 주영의 힘으로 이 구질구질한 삶을 벗어나는 것. 찢어지게 가난한 것은 아니었다. 그러나 팍팍한 것은 사실이었기에 돈 걱정 없는 삶이 주영의 로망이었다.

한 달 용돈 5만 원. 그마저도 버스비와 문제집에 쓰고 나면 남는 게 얼마 없었다. 등록금과 핸드폰 요금을 제외한 모든 비용을 스스로 해결해야 했으니까.

어렸을 때부터 악착같이 용돈을 아껴 20만 원이라는 비상금을 만들었지만, 삼빛 아파트를 벗어나기엔 터무니없이 적은 돈이었다.

결국 주영의 유일한 희망은 공부였다.

주말 저녁. 엄마의 퇴근 후 함께하는 늦은 저녁이었다.

"201호 남자애 본 적 있니?"

"그때 떡 줬을 때."

떡을 받은 이후로 그 남자애랑 더 이상 말을 섞을 일은 없었다. 빈 접시는 답례로 귤 몇 개를 담아 엄마가 반납했다.

"애가 참 잘생겼더라."

"잘생기긴……. 양아치처럼 생겼던데."

"얘도 참. 멀쩡한 애 흉보면 못써."

멀쩡한 애처럼 보이진 않았는데…….

"야구부래. 꽤 재능이 있나 봐. 삼촌이랑 둘이 사는 것 같던 데……. 저번에 접시 갖다주러 갔을 때 삼촌분이 엄청 자랑하시더라고. 스카우트 돼서 영성고 온 거라고. 야구 명문이라며? 엄마가 야구는 하나도 몰라서 영성고 야구부가 유명한 건 또 몰랐네."

"어쩐지. 덩치가 산만 하더라."

"그치? 키가 엄청 커. 저번에 퇴근하면서 한 번 마주쳤거든. 인사성도 바르던데. 아니 그게 아니라 엄마 깜짝 놀랐어. 그렇게 큰 사람은 또 처음 보네. 180은 훨씬 넘을 것 같더라고. 영아 이거 먹어 봐. 장조림 새로 한 거야."

잠깐만. 주영이 짭조름한 장조림을 입에 넣다 말고 되물었다.

"걔 학교 어딘데?"

"영성고. 너희 옆 학교. 운동해서 그런지 공부는 쪼끔 못하나 봐."

영성고는 주영이 다니는 영성여고의 바로 옆에 위치했다. 학교 건물은 분리되어 있었지만, 같은 재단이라 교문과 운동장은 같이 썼다.

그런데도 한 달간 학교를 다니면서 한 번도 그 애를 마주친 적은 없었다. 그 불량한 행색의 인간이라면 왠지 매일같이 지각을 할 것 같았다. 그러니 마주칠 일이 없었겠지.

양아치 자식. 정말 한심하기 짝이 없었다. 사람은 인성이 얼굴에 보인다고 했다. 사납고 어딘가 불량해 보이는 이미지가 괜히 나오는 게 아니었다.

주영과 같은 나이씩이나 돼서 한참 어린 유치원생 사탕이나 뺏어 먹고. 말투는 삐딱한 데다가 자세도 불량하고 아주 별로다. 주영이 고개를 절레절레 저었다.

"왜. 맛이 별로야?"

엄마가 슬며시 주영의 눈치를 봤다. 장조림이 맛이 없어 고개를 저은 줄 아나 보다. 어쩔 땐, 주영보다 더 순진한 모습에 웃음이 났다.

"아니. 너무 맛있어서 감탄이 절로 나오네."

주영이 웃어 보이자 그제야 엄마도 안심한 듯 미소를 보였다.

주영이 씻고 나오니 엄마가 나가려는지 외투를 걸치는 모습이 보였다. 벽시계를 흘끗하니 밤 10시가 다 되어 가는 시간이었다.

"어디 가게?"

"요 앞에 편의점. 도어 로크 배터리가 다됐는지 자꾸 삑삑거리는 게 불안해. 나중에 엄마 없을 때 영이 너 집 왔는데 문 안 열리면 어떡해. 금방 갔다 올게."

작년에 관리비를 모아 아파트 전체 세대 현관문 자물쇠를 도어 로크로 교체해 줬는데 원래 이렇게 배터리가 금방 다는 건지 싸구려라 금방 다는 건지 도대체 알 수가 없었다. 건전지 먹는 하마였다.

주영이 아직 덜 마른 머리를 건성으로 쓸어 넘기며, 신발장으로 향하는 엄마를 불렀다.

"엄마. 내가 갔다 올게."

"늦었어. 위험해."

"엄마보단 안전해. 내가 달리기는 더 빠르잖아. 쉬고 있어."

주영이 빠르게 잠옷을 벗어 내고 추리닝을 입었다. 외투를 걸치며 물었다.

"AA로 사 오면 되는 거지?"

엄마가 걱정스러운 눈길을 보내며 고개를 끄덕였다. 쾅 하고 현관문이 닫히자 삑삑 도어 로크가 건전지를 채워 달라며 신호를 보내는 소리가 들렸다.

으. 저 건전지 도둑. 주영이 혀를 차며 빠르게 계단을 내려갔다.

1층의 낡은 현관문을 열자 꽃샘추위의 서늘한 공기가 외투 사이를 파고들었다.

외투를 여미는데 오랜만에 보는 얼굴과 놀이터 앞에서 마주쳤다. 상대방도 주영을 발견하고는 눈을 마주치며 히죽 웃었다.

그 애의 입엔 오늘도 하얀 막대가 꽂혀 있었다. 상대가 사탕 때문에 뭉개진 발음으로 알은체를 해 왔다.

"어? 네알뭐. 오랜만. 어디 가."

"네가 알아서……."

주영이 말을 하다 멈춰 버렸다. 또 네알뭐 타령이나 하겠지. 한숨과 함께 기다란 인영을 지나쳐 걸었다. 저벅저벅 걸어가는 주영의 발걸음 소리 사이로 또 다른 발소리가 엇박자로 겹쳐졌다.

옅은 비누 향이 차가운 바람을 타고 와 코끝을 건드렸다. 산뜻한 비누 향은 날카로운 남자애의 인상과는 전혀 어울리지 않았다.

편의점은 언덕을 내려가서 조금만 걸어가면 나오는 사거리에 위치하고 있었다. 걸어서 15분 정도 거리.

빠르게 걸어가던 주영이 우뚝 발걸음을 멈췄다. 신경 쓰이게 하는 존재 때문에. 주영이 걸음을 멈추자 뒤를 따르던 발소리도 점점 느려졌다.

"왜 따라와?"

"네가 알아서 뭐 하게."

이 자식이. 회색 추리닝 지퍼를 목까지 끌어 올리며 심드렁하게 대답하는 낯짝이 탐탁지 않았다.

주영이 일부러 티 나게 그 모습을 위아래로 훑었다. 무식하게 길고 커 가지고 인상은 더럽고, 아주. 이 양아치 자식. 흘기는 시선을 꿋꿋하게 받아 내며 앞질러 가던 남자가 말했다.

"빨리 와. 추워 죽겠네."

그 애는 긴 다리로 성큼 앞서 나가다 간혹 뒤를 돌아 걸으며 시선을 맞춰 왔다. 연신 싱글거리는 낯이 괜스레 얄미웠다. 유달리 칠흑처럼 새카만 눈동자가 신기했다.

"너 영성여고 다닌다며?"

"어."

"전교 1등이라며?"

"아직 몰라."

"왜?"

"시험을 아직 안 봤는데 어떻게 알아."

"아하……."

그 애가 깨달음이라도 얻은 것처럼 골똘한 표정으로 천천히 고개를 끄덕였다. 사나운 인상과는 어울리지 않는 제법 순진해 보이는 낯짝이었다.

그런 얼굴을 가는눈으로 쳐다보던 주영이 퉁명스럽게 말을 꺼냈다.

"넌. 영성고라며."

"엉."

"근데 고등학생씩이나 돼서 애들을 괴롭히고 다녀? 양아치야? 너 그러고 다니는 거 부모님은 아시니?"

"부모님 안 계신데."

"……."

문득 저녁을 먹으며 엄마가 한 말이 머리를 스쳤다.

'야구부래. 꽤 재능이 있나 봐. 삼촌이랑 둘이 사는 것 같던데…….'

부모님이 안 계셔서 삼촌이랑 사는구나. 스쳐 지나가듯 흘려들은 말이었는데. 면박을 주려다가 건들지 말아야 할 부분을 괜히 건드린 것 같아 찜찜해졌다.

한기 어린 정적이 맴도는 어색해진 분위기를 무마하기 위해 주영은 아무 말이나 내뱉어 버렸다.

"……부모님 없이도 잘 컸네."

그 애가 갑자기 푸하하 웃음을 터뜨렸다. 뭐가 그렇게 웃긴지 상체까지 구부려 가며 웃는 게 조금은 어이가 없었다.

왜 저래. 뭐, 솔직히 잘 큰 건 아니긴 하지. 인성이…….

괜스레 머쓱한 기분에 주영은 코를 찡긋거리며 발걸음을 재촉했다. 남자애를 스쳐 지나가자 낮게 중얼거리는 소리가 또렷하게 귓가에 박혀 들었다.

"아, 존나 귀엽네."

귀엽다니. 날이 추워서 미쳤나……?

주영이 속으로 중얼거리는데 추위로 얼어붙은 얼굴에 기분 탓인지 홧홧하게 열이 올랐다.

시간은 빠르게 흘러갔다.

봄이 지나가고, 여름.

중간고사가 끝나고 기말고사마저 지나갔다.

당연하게도 주영은 전교 1등이었다. 만족스러웠다. 기말고사

등수가 아직 나오진 않았지만, 점수만 봐도 확신할 수 있었다.

중간고사는 이미 1등이었고, 기말도 전 과목을 합쳐 오답은 1개뿐이었다. 전교 등수가 매겨지기 시작한 중학교 이후로 주영은 한 번도 1등 자리를 놓쳐 본 적이 없었다.

따로 학원이나 과외를 다니지 않기에 고등학교 첫 시험이 살짝 걱정되기는 했지만 기우였다. 아니, 그만큼 더욱 악착같이 했다.

돈도, 빽도, 기댈 곳도 딱히 없는 온주영이 살아남는 방식이었다.

뒷돈을 갖다 바칠 배경이나 여력이 없었기에 선생님들 앞에선 항상 살살거렸다.

학교에서의 권력을 쥐고 있는 건 교사들이었고, 그에 맞춰 굽신거리는 건 딱히 어려운 일도 아니었다. 원하는 걸 얻기 위해선 딱히 못 할 일도 없었다.

뭐, 가끔 비위가 상하긴 했다.

'우리 주영이는 얼굴도 예쁜데 성실하고 성적도 좋네.'

국사의 가느다란 머리숱 아래 번들거리는 눈과, 지껄이는 닭똥집 같은 보라색 입술을 볼 때면.

그래도 그냥 활짝 웃고 말았다. 허리를 툭툭 치는 추저분한 손길도 무시하면 그만이었다.

그러다 보니 성적도 좋은 편에 자기들 앞에서 살살거리는 주영을 싫어하는 교사는 없었다. 학교에선 미친 듯이 질문을, 방과 후엔 도서관을 오가며 미친 듯이 공부만 하는 쳇바퀴 같은 일상이 이어졌다.

주영이 집중해서 시험지를 채점하는데 옆에서 지켜보던 은아가 절레절레 고개를 저으며 혀를 찼다.

"지독해. 독주영. 토할 듯이 공부만 하더니 결국 1등 하겠네."

학기 초에 집이 같은 방향이라 친해진 고은아는 공부에 관심이 없었다. 은아의 관심거리는 화장품, 컬러 렌즈, 유행하는 패션 아이템 같이 전부 주영이 관심 없는 외모와 관련된 것들이었다.

그리고 남자. 이성에 관심이 많은 은아는 주변 학교 남학생들을 꿰고 있었고 얼마 전 영성고 야구부 남자 친구를 새로 사귀었다.

처음에 은아가 야구부 남자 친구가 생겼다고 했을 때 조금 이상한 기분이 들었다. 정체를 알고 싶지 않은 불유쾌한 감정이었다.

의식적으론 아니고, 주영은 저도 모르게 이름을 물었다. 혹시 아는 이름이 나올까 봐.

그리고 은아의 입에서 들어 본 적 없는 낯선 이름이 나오자 이유도 알 수 없게 안도감이 들었다. 가슴이 찌르르르 울리는 이상한 감정이었다.

'고태열.'

꽃샘추위가 코끝을 시리게 하던 그날. 편의점에서 집까지 돌아가는 길을 느긋하게 뒤따라오던 그 애가 말했다.

고태열이라고. 왠지 모르게 불량스러운 이미지에 어울리는 이름이었다.

그 이후로 가끔씩 그 애를 마주쳤다. 도서관을 갔다가 늦게 귀가를 할 때쯤이면 그 애는 놀이터 벤치 앞을 서성이고 있었다.

훈련을 하고 왔는지 운동복 차림에, 짧은 머리끝은 땀으로 살짝 젖은 채였다.

그런 몰골로 할 일 없는 한량인 양 서 있다 삐딱한 눈으로 주영을 빤히 쳐다보기만 할 때도 있었고, 말을 걸 때도 있었다.

'네알뭐. 너 왜 이렇게 늦게 다녀?'

'세상 무서운 줄 모르고. 공부는 너 혼자 다 하냐.'

시비를 걸 때도 있었고.

'시험은 잘 봤냐?'

'오늘따라 왜 이렇게 우울해 보여. 머리 위로 먹구름이 한가득이네.'

안부인 듯 안부 아닌 물음을 던질 때도 있었다.

주영은 때때로 그 애를 무시하기도 했고, 때때론 '네가 알 게 뭐야'라고 퉁명스럽게 대꾸하며 지나쳤다.

그럴 때면 울림 가득한 낮은 웃음이 귓가를 간지럽혔다. 뱃속까지 간질거리는 목소리였다.

조금은 이상한 감정이었다. 명치 부근이 사르르 울리는 불유쾌한 감각.

확실한 건, 주영은 그 애가 그다지 마음에 들지 않는다는 사실이었다. 자꾸 무언가를 건드리는 기분이라.

한참이 지나 알게 된 것은 고태열은 생각보다 유명인이었다는 점이다. 고은아와 그녀의 친구들이 떠드는 이야기 속에 가끔 그 애의 이름이 언급되곤 했다.

'영성고 야구부에 존나 잘생긴 애 있어. 근데 존나 싸가지 없

대. 야구도 개 잘한대. 지방에서 스카우트 돼서 전학 온 거라며? 2, 3학년 오빠들 그냥 바른대.'

'너 본 적 있어? 키 조오오오올라 커. 키도 큰데 얼굴도 쩔어서 100미터 밖에서 봐도 고태열. 3학년 언니랑 사귄다던데.'

'아니야, 너 그거 최윤지 말하는 거지? 고백했다가 차였다던데?'

고태열에 관해 궁금하지 않은 많은 이야기들이 그녀들의 입에 오르내렸다. 의도치 않게 머릿속에 입력되었다.

양아치. 너 인기 많구나.

수긍이 가면서도 괜스레 떨떠름했다. 다들 그렇게 날티 나게 생긴 애가 뭐가 좋다고 난리야. 애기 사탕이나 뺏어 먹고 다니는 한량 같은 한심한 실체를 알면 다들 실망하겠지.

"독주영. 오늘은 시험 끝났으니까 제니하우스 갈 거지? 또 팅기지 마라 진짜."

은아는 항상 주영을 독주영이라고 부르곤 했다. 독하다고. 그렇게 공부해서 수능 보면 한국대가 아니라 하버드도 가겠다고 이죽거리곤 했다.

주영도 바라던 바였다. 물론, 학비가 없어서 붙는다 해도 못 가겠지만.

주영은 늘 하던 것처럼 습관적으로 머릿속으로 계산기를 돌렸다. 구질구질한 습관이었다.

이번 달 버스비가 대략 2만 원. 참고서 산다고 쓴 돈이 1만 원. 도서관을 다니며 간식을 사 먹은 비용이 5천 원. 대충 1만 5천 원이 남았다. 시험이 끝난 기념으로 1만 원 정도는 써도 될 것 같았다.

"그래. 가자."

"오. 좋아. 오늘은 무침 군만두에 즉떡이랑 순대볶음까지 시키자. 아, 영서까지 부르자. 시험도 끝났는데 김볶도 먹을래."

은아가 먹고 싶은 메뉴를 읊으며 행복한 얼굴로 콧노래를 불렀다. 시험 결과 따위는 아랑곳하지 않는 티 없이 맑은 은아의 얼굴을 보고는 주영이 혀를 차며 웃었다.

"아. 배불러."

은아가 의자에 몸을 늘어뜨리며 말했다. 그럴 만도 했다. 은아는 공언한 대로 무침 군만두, 라면 사리와 쫄면 사리를 추가한 즉석 떡볶이에, 순대볶음, 김치볶음밥을 시켰고, 그중 절반은 혼자다 해치웠다.

은아가 하복 스커트 위로 올챙이처럼 볼록 솟은 배를 문지르며 말했다.

"야……. 안 되겠어. 이건 소화시켜야 돼. 노래방 콜?"

영서가 바로 콜을 외치자 두 쌍의 시선이 주영에게 꽂혔다. 뻘쭘하게 마이크를 쥐고 사람들 앞에서 노래를 부르는 일은 전혀 주영의 취향에 맞지 않았다. 딱히 소질이 있지도 않았고, 재밌지도 않았다.

중간고사가 끝나고 한 번은 억지를 부리는 은아를 따라 노래방을 따라간 적이 있었는데 가수인 양 열창하더니 주인아주머니에게

서비스 시간을 끝도 없이 요구하는 바람에 창피했던 기억도 있다.

오늘 5천 원 정도는 더 쓸 여력이 있긴 했지만, 원치도 않는 곳에 돈 낭비를 하고 싶지는 않았다.

"왜에. 가자, 가자. 응?"

옆에 앉아 있던 은아가 칭얼거리며 엉겨 붙었다. 이렇게 졸라 봐야 의미 없다. 안 하는 건 안 해. 주영이 단호하게 고개를 젓자 은아가 팩 짜증을 냈다.

"아. 독주영 노잼!"

"둘이 가서 실컷 재밌게 놀아. 나 어제 늦게 자서 피곤해."

"아아. 오늘 주성동 로데오 가서 노래방 갔다가 쇼핑하자."

영서까지 가세하며 회유하려 들었다. 새삼 거절도 피곤한 일이다.

"나 노래방도 쇼핑도 안 좋아하는 거 알잖아."

"도대체 좋아하는 게 뭐야? 내가 네 얼굴이면 진짜 온갖 화장품은 다 섭렵했어. 좀만 발라도 아이돌 센터는 갈아 치울 텐데. 진짜 얼굴 아깝다. 얼굴 그렇게 낭비할 거면 나나 줘."

"우리 독주영이 관심사는 성적뿐입니다. 어? 헐. 잠깐만."

"왜?"

"기영이 근처래. 얘도 오늘 시험 기간이라고 훈련 없거든. 친구들이랑 있다는데 같이 놀까?"

장기영은 은아의 영성고 야구부 남자 친구였다. 은아와 영서의 손이 분주해졌다. 둘이 화장품을 사이좋게 나눠 바르는 사이 주영은 조용히 가방을 챙겨 어깨에 걸쳤다.

어젯밤 마지막까지 달리느라 세 시간밖에 자지 못했기에 잠이 부족했다. 눈을 부릅뜨며 하품을 참는데 거울을 보며 틴트를 바르던 은아가 갑자기 주영의 어깨를 턱 붙잡았다.

은아가 은근하게 타박하며 주영의 입술 위로 틴트를 발라 줬다.

"독주. 너두 입술 정도는 바르고 다녀라. 아무리 집 간다고 해도 어? 버스도 타고. 어? 그사이에 얼마나 많은 사람들을 만나는데. 혹시 아냐. 버스에서 운명의 남자를 만날지? 그럴 때 딱 눈에 띄게. 입술이라도 생기 있게. 어?"

"야. 독주영은 안 발라도 눈에 띄어. 너나 잘해."

야, 난 남친 있거든. 영서의 핀잔에 은아가 작게 투덜거렸다. 혀를 스치는 인위적인 화장품 맛이 별로였다.

이런 거 발라 봐야 뭐 해. 어차피 집 가서 잘 건데. 거울을 들이미는 은아를 보며 불편한 표정으로 웃고 말았다.

제니하우스를 나와 버스 정류장 방향으로 다 같이 걸었다. 은아의 남자 친구를 정류장 근처에서 만나기로 했다나.

별로 마주치고 싶지 않은데. 주영은 은근히 낯을 가리는 편이었다. 그러니까, 친하지도 않은 남들 앞에서 이유도 목적도 없이 억지로 웃어야 하는 걸 썩 내켜 하지 않았다.

주영이 일부러 은아에게 불편한 내색을 비치자 은아가 어깨를 슬쩍 쳤다.

"아오. 알겠습니다. 버정 50미터 밖에서 만나겠습니다. 이제 됐지?"

주영의 표정이 살짝 풀리는 걸 포착했는지 은아가 주영의 엉덩이를 툭 쳤다.

고은아 얘는 틈만 나면 남의 엉덩이를…….

"토실토실해. 삐쩍 말라서 여긴 그래도 살이 있냐. 참나."

"성추행이야, 너."

"그럼 너도 만져. 쌍방 추행으로 입막음할래."

은아의 너스레에 영서가 깔깔거리며 웃었다. 그 속에서 옅게 웃음을 흘리며 걷자 어느새 버스 정류장이었다.

"재밌게 놀아. 내일 봐."

"그래. 푹 주무셔."

은아와 영서가 인사를 하며 멀어졌다. 이내 멀리서 작게 깔깔거리는 소란한 목소리가 언뜻 들리는 듯했다.

굳이 고개를 돌리진 않았다. 혹시라도 눈이 마주치면 모르는 이들과 인사를 해야 되는 불편한 상황이 생길 수도 있으니.

주영은 버스를 기다리며 눈앞의 도로에 시선을 고정했다. 평일 낮이라 그런지 차가 많지 않았다. 그럼에도 얼마 안 되는 차들이 뿜어내는 열기. 6월 말, 계절의 온도가 주영의 몸을 습하게 감싸 안았다.

다소 덥긴 했으나, 그래도 모든 게 꽁꽁 얼어붙어 움츠러드는 겨울보다는 나았다.

주영은 온몸에 감겨 오는 끈적한 더운 바람을 느끼며 잠시 눈을 감았다. 흘러내린 옆머리가 더운 바람에 날려 뺨을 간질였다.

방과 후 도서관에 가지 않고 친구들과 밥을 먹고 이른 시간에 집으로 돌아가는 길.

시험이 끝난 날. 단 하루. 늘 아등바등 성적에 목매는 주영에게 주어지는 얼마 안 되는 자유 시간이었다. 중간고사 이후로 두 달 만에 느껴 보는 여유였다.

매일같이 누리고픈 여유였지만 주영에게는 이런 달콤한 보상을 욕심낼 심적 여유가 없었다. 목표한 한국대에 가기 위해선 1분 1초가 아까운 게 현실이었으니.

이제는 몸에 인이 박였는지 가만히 누워 있어 아무것도 하지 말래도, 몸이 근질근질할 정도로. 공부를 하지 않는 시간이 불안하고 초조할 정도로. 주영은 성적에 눈이 멀어 있었다.

잡생각을 떨쳐 내기 위해 천천히 눈을 뜨자 곧 버스가 도착했다. 시험이 끝나고도 시간이 한참 지난 대낮의 버스는 텅텅 비어 있었다.

카드를 찍고 맨 뒤에서 두 번째 좌석에 자리를 잡았다. 바퀴 때문에 바닥이 불룩 솟아 있는 이 자리는 주영이 제일 좋아하는, 그러니까 지정석 같은 자리였다. 아무나 타는 버스에 지정석이 어디 있겠느냐마는.

주영이 자리에 앉자마자 가방을 앞으로 내리고 창밖을 내다봤다. 반년쯤 다니니 익숙해진 학교 앞 거리가 눈에 들어왔다. 분식집, 문구점, 서점, 마트. 그런 것들.

요란한 엔진 소리를 내며 출발한 버스가 바로 멈춰 섰다. 신호에 걸린 듯했다. 창밖으로 영성고 교복을 입은 남학생 무리에 섞여 있는 은아와 영서가 보였다.

그리고 무리 사이에서 낯익은 얼굴도 보였다. 익숙하지만 낯선 느낌. 처음 보는 표정. 그리고 처음 보는 교복을 입은 모습.

껄렁한 얼굴로 실실 쪼개던 놀이터에서의 얼굴은 없었다. 고태열의 얼굴 위로는 세상 그 어느 것에도 관심 없어 보이는 권태가 보였다.

창밖에서 눈이 마주친 은아가 손을 흔들며 버스를 향해 요란스럽게 인사했다. 은아의 소란에 무리의 시선이 버스를 향해 쏟아지자 주영은 굳은 입꼬리를 어색하게 늘이며 작게 웃었다.

그리고 무엇에도 흥미가 없는 듯 심드렁한 표정을 한 얼굴이 천천히 버스를 향해 고개를 돌렸다. 반질거리는 버스의 투명한 창 너머로 시선이 길게 얽혔다.

뚫어질 듯 빤히 올려다보는 시선. 삐딱하게 교복 주머니에 양손을 꽂은 자세만이 유일하게 눈에 익었다.

웃지 않는 얼굴, 운동복이 아닌 하얀 하복 셔츠. 사실은 모든 게 낯설었다.

옥죄듯 옭아매는 검은 눈에서 시선을 뗄 수가 없었다. 숨 쉬는 것도 잊을 정도로 강렬했다. 마치 한여름의 태양처럼.

처음 봤을 때도 그렇고, 지금도 그렇고.

가끔 저 날카로운 눈매와 말없이 시선이 얽히면 주변 모든 게 하얘진다. 이유는 모르겠다.

버스가 다시 시끄러운 엔진 소리를 내며 천천히 출발하기 시작했다.

온몸을 긴장시키던 상대의 얼굴이 사라지고야 주영이 살짝 벌어진 입술 틈으로 숨을 뱉어 낼 수 있었다. 여전히 뒤통수에 뜨거운 시선이 닿는 듯한 착각이 들었다.

주영이 의자에 기대 천천히 눈을 감았다. 암전된 배경 위로 날카로운 인상의 얼굴의 잔상이 보였다. 어디선가 희미하게 비누 향이 나는 듯한 착각이 일었다.

주영은 202호 앞에서 도어 로크 비밀번호를 누르다 충동적으로 마음을 바꿨다. 계단을 올라가 옥상 문을 열었다. 잠을 잘 수 있는 곳이 꼭 비좁게 꽉 막힌 방 하나만은 아니었다.

끼이이이익.

낡아 빠진 아파트에서 유난히 더 낡은 소리를 내는 옥상의 철제 문이 거슬리는 소음을 만들었다. 초록색 페인트칠이 된 바닥을 걸어 안쪽으로 들어가자 낡은 평상 위에 깔린 은박 돗자리가 보였다.

가장자리에 묵직한 돌덩이들이 놓여 있고 가운데엔 홍색 고추들이 아무렇게나 잔뜩 널브러져 있었다. 그 뒤로 보이는 건 탐스럽게 자란 상추를 품은 직사각형의 화분들.

5층 할머니의 취미 생활이었다. 겨울이면 을씨년스럽게 찬바람만 날리는 옥상인데, 봄이 되면 화분 위로 새순이 돋았다.

바람의 기온이 높아질 때면 새순이 자라, 자줏빛이 섞인 푸른색을 뽐내는 키 큰 상추들이, 그리고 은박 돗자리 위로는 붉은색 고추들이 노란 씨를 내뿜으며 옥상의 자리를 지켰다.

주영이 주름이 자글자글한 노인의 얼굴을 떠올리며 돗자리가 깔려 있는 낡은 평상으로 발걸음을 옮겼다.

오래전 5층 할아버지가 가져다 놓은 검붉은색의 낡은 평상. 어딘가에서 주워 왔다고 했던가.

종종 5층 할머니와 할아버지는 삐걱대는 평상 위에서 막걸리를 마시기도 하고, 화투를 치기도 했다.

노년의 평화처럼 보이기도 했다. 치열하고 근성 있게 살아온 젊은 날의 모든 것을 내려놓은. 구질구질한 이 아파트에서 유일하게 구질구질하지 않은 순간.

몇 년 전 할아버지가 돌아가신 이후로 평상은 주인을 잃었다. 할아버지를 추억하기라도 하는 듯 할머니는 옥상을 생명으로 채우고는 가끔씩 손자 민국이 놀러 오면 같이 상추를 따며 오순도순 시간을 보내곤 했지만 홀로 평상을 찾지는 않았다.

작년부터 주영은 가끔 기분이 좋을 때나 혹은 울적할 때 옥상에 올라오곤 했다. 삼빛 아파트에서 유일하게 평화로운 공간을 독차지할 수 있어 좋았다.

여유 없는 마음의 위로가 되는 공간이었다. 물론, 가끔 최민국이라는 꼬마 방해꾼이 있긴 했지만 거슬릴 정도는 아니었다.

"아. 날씨 좋다."

짜증 날 정도로. 주영이 평상 위의 은박 돗자리를 슬쩍 옆으로 밀고는 공간을 만들었다. 그대로 드러누웠다. 정면으로 쏟아지는 한여름의 태양이 뜨거웠다.

청명한 푸른 하늘. 먼지 하나 없이 깨끗한 하늘을 오랫동안 눈에 담았다. 푸르고 깨끗한, 걱정 하나 없이 맑고 싱그러운 기운이 자신의 미래 같았으면 좋겠다고, 그런 생각을 하면서.

충동적이었다.

버스 안의 여자애를 봤을 때 장기영과 그의 무리를 뿌리치고 집으로 향한 것은. 장기영의 여자 친구가 재잘거리는 말 사이로 언뜻 이름을 들었다.

'온주영.'

'토할 정도로 공부만 해서 독주영이야. 엄청 독해. 놀러 가자 해도 들어주지도 않아.'

그럴 것 같았다. 매번 눈꼬리가 올라간 큰 눈을 치켜뜨며 '네가 알 게 뭐야'란 말과 함께 나를 흘기곤 했으니까.

고집스럽게 꽉 다물린 도톰한 입술. 여자애의 눈과 입술엔 고집이 보였다. 끈기도 있겠지. 욕심도 많아 보이고.

집으로 향하는 버스 안에서 여자애를 떠올렸다. 그 애는 첫 만남부터 내게 적대적인 시선을 마음껏 뿜어냈다.

혼자 놀이터를 어슬렁거리던 꼬마애에게 사탕을 먹겠냐고 내밀었다. 딸기 맛이 먹고 싶다고 기대 가득한 꼬마의 눈을 보니 장난을 치고 싶었다.

꼬마애 눈앞에서 흔들던 딸기 맛 사탕을 입에 넣은 채 다른 맛 사탕을 내미니 그렇게 서럽게 울 줄 누가 알았느냐고. 근데 그걸 보고 달려와서 애를 괴롭히냐느니 어쩌느니.

누가 봐도 같은 유전자로 보이지 않는 애를 자기 동생이라고 우기며. 꼬마애 사탕이나 뺏어 먹는 치졸한 놈으로 몰아가고.

어이가 없는데, 피식 웃음이 나고 그 얼굴이 자꾸 생각이 났다. 이유는 모르겠다.

세상 예민해 보이던 인상, 자주 구겨지는 고운 미간, 새침하게 올려 뜬 눈, 불퉁하게 달싹거리는 입술.

한 번도 내게 호의적인 적 없던 얼굴인데 왜인지 모르게 자꾸 시선이 갔다.

마치 낯선 사람을 경계하는 길고양이 같은 느낌. 괜스레 시비를 걸어 보고 장난을 치면 돌아오는 신경질적인 반응이 재밌었다.

자꾸 건드려 보고 싶고, 장난치고 싶고.

특별한 무언가를 해 보고 싶은 건 아니었다.

그러다 오늘 버스 너머의 여자애를 본 새끼들의 말이 문득 거슬렸다. 존나 예쁘다고. 남자 친구 있냐고. 소개해 달라고.

보나 마나 그 여자애 눈은 저 하늘에 달려 있어서 저딴 새끼들이 눈에 차진 않겠지만 그냥 스쳐 지나가는 말만으로도 거슬렸다. 홀로 앉아 뭔가 씁쓸해 보이던 표정도, 오늘따라 유독 벌건 입술도. 모든 게 거슬렸다.

무작정 집에 왔는데 여자애를 부를 방법은 하나밖에 없었다. 초인종을 누르는 것.

딩동.

여러 번 벨을 눌러 봤지만, 응답이 없다. 집에 간 게 아니었나. 씨발. 아까 여자애가 타고 간 버스는 분명 집으로 오는 버스였는데.

사실 만나면 할 말도 없다.

그냥 그 새초롬한 얼굴이 한 번 더 보고 싶었다. 그리고 장난치고 시비 걸고 싶고. 특별한 이유는 없었다. 그냥, 그게 전부.

202호 앞에서 등신같이 초인종을 계속 누르고 있자 마침 굽은 허리로 천천히 계단을 오르던 백발의 노인이 알은체를 해 왔다.

"거 집 학생. 옥상 가면 있을 틴디?"

누구였더라. 아, 501호 할머니. 떡 돌릴 때 봤던 것 같다.

"아까 옥상 문 열리는 소리 들렸는디. 아직도 있을랑가 모르겄지만 한번 가 보기나 혀 봐."

태열이 고개를 까닥여 인사를 하고는 긴 다리를 뻗어 성큼 계단을 올랐다. 한 번에 두세 개씩 계단을 오르자 옥상은 금방이었다.

이 꼬질한 아파트에 이사 온 이후로 옥상은 처음이었다. 철제 문에서 나는, 듣기 싫은 마찰음을 지나쳐 옥상으로 나섰다.

몸을 꺾자 초록색 페인트칠 바닥 위로 검붉은 낡은 평상, 그리고 그 위에 얌전히 쪼그려 누워 있는 여자애가 보였다.

태열의 보기 좋게 뻗은 눈썹이 살짝 올라갔다. 태열이 발걸음소리를 죽이지 않고 뚜벅뚜벅 가까워졌음에도 누워 있는 인영은 쥐 죽은 듯이 움직이지 않았다.

생긴 거랑 다르게 노숙하는 취미라도 있나. 여자애는 평상 위에서 잠이 들어 있었다.

심지어 붉은 고추가 가득한 은박 돗자리에 평상의 자리 대부분을 내준 채 한쪽 구석에 불쌍하게도 새우 등처럼 몸을 굽혀 누워 쌕쌕거리며 자고 있다.

하.

뭘 하자고 여길 온 거지. 마주쳐 얽혔던 눈빛에 홀린 듯이 따라오니 막상 상대방은 팔자 좋게 주무시고 계신다.

이성훈이 이따가 존나 예쁜 누나들 소개해 준다 했는데. 그걸 뿌리치고 와서 보는 게 남의 자는 모습이라니.

태열이 김빠진 웃음을 토해 내며 평상 가장자리에 걸터앉았다. 괜한 심술에 뽀얀 볼 끝을 툭 하고 건드렸다. 미동도 없다. 이번엔 검지로 볼을 눌러 우물을 만들었다.

평온했던 여자애의 미간에 엷은 주름이 생겼다. 피식 새어 나오는 웃음을 참을 새도 없이 손가락을 바꿔 붉은빛 입술을 건드렸다.

톡 하고 도톰한 입술을 건드려도 상대는 살짝 움찔할 뿐 깊은 잠에서 헤어 나오지 못했다. 기다란 엄지로 도톰한 입술을 건드렸다.

특이하게 아랫입술의 정중앙이 살짝 패어 있었다. 그 굴곡이 유난히 붉은 입술을 더욱 도톰해 보이게 만들었다. 괜스레 팬 부분을 살짝 눌러 본다.

"……으응……."

잠꼬대 같은 얕은 신음이 살짝 벌어진 입술 사이로 흘러나왔다. 마치 그만 괴롭히라는 듯한 칭얼거림처럼.

천천히 손을 떼고는 닿았던 손을 내려다보니 엄지에 붉은빛 자국이 묻어나 있었다. 참나.

오늘 유난히 입술이 빨갛다 했더니 뭔 칠이라도 했나 보다. 누구한테 잘 보이려고.

뭔가 마음에 들지 않았다. 그저 불만 가득한 얼굴로 여자애를 쳐다볼 뿐. 한참 그렇게 고른 숨을 내쉬는 여자애를 쳐다보던 태열이 엄지손가락으로 슬쩍 제 입술을 쓸었다.

건조하기만 한 입술에 은근하게 여자애의 입술 위에 덧씌워진 붉은 빛깔이 감도는 착각이 들었다.

주영이 눈을 뜬 건 한참이 지나서였다. 새파랗던 하늘이 어느새 주황빛으로 물들어 갈 시간 즈음.

아름다운 풍경을 가리는 남색 교복 바지가 바로 눈앞에 보이자 주영이 절로 인상을 찌푸렸다.

고태열은 평상 위에 주영과 반대로 누워 있었다. 그러니까 주영의 머리맡에 고태열의 기다란 다리가 놓여 있었다.

그리고 그 애의 얼굴은 주영의 발치 밑, 저 아래에 있었다. 얼굴은 반대여도 밀착된 거리가 너무나 가까웠다.

"야……. 너 뭐야."

"뭐가."

바로 성의 없는 목소리가 돌아왔다. 재수 없는 자식. 안 그래도 고추 돗자리 때문에 비좁은 평상에 기를 쓰고 비집어 제 자리를 만들어 낸 고태열이 마음에 들지 않았다.

돗자리의 끝자락이 평상 가장자리로 삐져 나가 있고 고추 두어 개가 이미 바닥에 떨어져 있었다.

"너 그렇게 누워 있으면 고추는 어떡하라고."

"멀쩡한데 웬 쓸데없는 걱정."

"쓸데없기는 네가 지금 그렇게……."

"그렇게 걱정되면 직접 확인을 해 보든가."

태열이 대답과 함께 바로 몸을 일으키곤 빙긋 웃으며 주영을 내려다봤다. 그 애의 커다란 손은 하복 바지의 지퍼 위에 올려져 있었다.

미친놈! 진짜 또라이 아냐? 누가 지 고추 사정 걱정한대? 주영과는 전혀 상관없는 얘기였다.

황당한 반응에 주영의 목부터 귓가까지 홧홧한 열기가 들었다.

"누가 네 고……추 안부 물었어? 5층 할머니 고추 바닥에 떨어질까 봐 걱정 한 거지!"

"아아. 저 고추. 난 또."

"빨리 일어나서 주워. 너 때문에 바닥에 떨어진 거 안 보여?"

"성질머리 하고는."

"너야말로 자리도 없는데 굳이 여길 비집고 들어와서 누워야 되는 이유가 있어?"

"그러게. 이유가 뭘까……."

태열이 느른하게 웃으며 누워 있는 주영의 얼굴을 천천히 살폈다. 까만 눈동자가 무거운 시선으로 떨어지자 순간 몸이 바짝 굳어 버렸다.

긴장감에 떨리는 속눈썹을 숨기고자 주영이 반사적으로 팩 성질을 냈다.

"빨리 고추 떨어진 거 주워서 제자리에 갖다 놓으라니까?"

"되게 뭐라 그러네. 왜 자릿세도 내라 그러지?"

태열은 툴툴거리면서도 천천히 몸을 일으켜 움직였다. 대충 바닥에 떨어진 고추를 집어 돗자리 위로 던졌다.

그러고는 교복 바지에 대충 손을 닦으며 자기가 누웠던 자리까지도 홀랑 다 차지하고 누워 있는 주영을 내려다본다. 주영의 얼굴 위로 어둑한 그림자가 들이찼다.

"언제까지 누워 있으려고? 노숙이 취미야? 좀 일어나지? 나도 좀 앉게."

"네가 뭔 상관이야. 내가 먼저 왔거든? 비좁으면 네가 가면 되잖아."

새침한 대답에도 태열은 별 신경도 쓰지 않는지 피식 웃고는 주머니를 뒤적였다.

"일어나 봐. 자릿세 낼 테니까 나도 좀 앉자. 아, 다리 아파."

어울리지 않게 엄살을 부리는 커다란 덩치를 흘겨보며 주영이 엉거주춤 몸을 일으켰다. 고태열에게는 왜인지 모르게 말이 예쁘게 나가지 않았다. 물론 그 애는 그다지 신경 쓰지 않는 눈치였지만.

날름 주영의 옆자리를 차지한 고태열이 주머니에서 막대 사탕을 꺼내 껍질을 벗기더니 눈앞에 내밀었다.

사탕을 별로 좋아하진 않는데……. 애도 아니고. 주영이 눈만 깜빡이고 가만히 있으니 태열이 사탕을 든 손을 작게 흔들었다.

"자릿세."

"나 사탕 안 먹어."

"이거 존나 맛있어. 이거 때문에 네 동생도 울고불고 난리 쳤 잖아."

"나 단거 싫⋯⋯. 야, 그러니까 애를 왜 울려? 난 안 먹으니까 민국이나 줘."

"내가 울렸냐. 지가 울었지."

태열이 심드렁하게 대답하며 사탕을 까 입에 물었다. 그 애의 등 뒤로 그림 같은 붉은 노을이 푸른 하늘로 스며드는 게 보였다.

주영이 노을이 너울진 매끈한 볼이 볼록하게 솟아오르는 걸 보며 입을 열었다.

"맛있어?"

"엉."

태열이 건성으로 대답하며 고개를 삐뚜름하게 까닥였다. 저 설탕 덩어리가 뭐가 좋다고 저렇게 볼 때마다 먹고 있는 건지.

빤히 쳐다보는 시선을 느꼈는지 고태열이 싱긋 웃었다. 특유 의 날카로운 인상이 스르르 무뎌지자 덩치에 어울리지 않는 소년 같은 얼굴이 드러났다.

그 모습을 물끄러미 쳐다보던 주영이 습관처럼 시비성 어조로 물었다.

"그게 그렇게 좋아? 좋지도 않은 거."

"뭐가 안 좋아."

"이 썩잖아."

치과 가면 돈이 얼마나 깨지는데. 물론 뒷말은 조금은 구질구질해 보이기에 굳이 덧붙이진 않았다.

"먹으면 기분 좋아지는데. 그럼 좋은 거지."

"애가 따로 없네."

주영의 핀잔에 픽 웃음을 내뱉은 태열의 얼굴이 장난기로 가득 물들었다.

"먹을래?"

눈앞으로 하얀 막대기가 다가왔다. 얇은 막대 위에 동그란 설탕 덩어리가 젖은 채로 반짝거렸다. 주영이 눈썹을 잔뜩 찌푸렸다.

"먹던 걸……. 더럽게……."

자기 입에 들어갔던 걸……. 기겁하는 주영의 반응에 크게 웃던 태열은 사탕을 다시 제 입으로 가져가 아그작 깨물어 씹었다.

"그래도 사람이 먹던 건데 더럽다는 건 좀 상천데……."

고태열이 사탕을 씹으며 전혀 상처받지 않은 얼굴로 우물우물 중얼거리더니 주머니에서 또 다른 사탕을 꺼냈다.

쟤는 무슨 주머니에서 사탕이 쉬지 않고 나와? 주영이 황당한 눈으로 커다란 손의 움직임을 좇았다.

"이건 안 달아."

태열이 새 사탕의 껍질을 까고는 주영에게 내밀었다. 어처구니가 없었다.

"야, 사탕이 안 단 게 어딨어. 말이 돼?"

"진짜. 속는 셈 치고 한 번 먹어 봐."

말 같지도 않은 소리에 눈을 가늘게 뜨고는 의심스럽게 눈을 흘기자 고태열은 눈썹을 까닥이며 눈앞에서 사탕을 흔들었다.

진짜라니까? 진짜 믿어 보라며 생긴 거랑은 어울리지 않게 순진무구한 눈으로 주영을 보는데, 뭐랄까. 미덥지 않아도 한 번쯤은 속아 줘야 할 것 같은 얼굴이랄까.

주영이 눈을 가늘게 뜨고는 태열을 흘겨보다 입을 살짝 벌렸다. 그대로 동그란 사탕이 주영의 입술을 스쳐 혀에 닿았다.

으. 주영의 얼굴이 자연스럽게 구겨졌다. 이럴 줄 알았지.

"야! 장난해?"

달아도 너무 달았다. 지금까지 먹어 본 것 중에서도 제일 달다고 할 수 있을 정도로. 그냥 설탕 덩어리 그 자체. 도대체 뭔 맛으로 먹는 거야.

주영이 팩팩거리며 짜증을 내는데도 고태열은 뭐가 그렇게 웃긴지 상체까지 굽혀 가며 한참을 웃어 댔다.

눈물이 맺힐 정도로 웃던 태열은 주영에게 등짝을 찰싹 소리가 날 정도로 맞고 나서야 진정했다.

"그래도 맛은 있지?"

"아니. 전혀. 완전 맛없어."

"그럴 리가."

말도 안 된다며 태열이 주영의 입에 닿았던 사탕을 물었다. 주영이 멀거니 앉아 사탕이 붉은 입술 사이로 빨려 들어가는 것을 쳐다봤다.

시원하게 뻗은 태열의 눈썹 한쪽이 슬며시 올라간다.

"간접 키스."

"……또라이."

"노린 거 아니었어?"

노리긴 뭘 노려. 대꾸할 가치조차 없는 말에 주영이 눈을 치켜뜨고 노려보자 태열은 말없이 웃었다.

뭐가 됐든, 즐겁다는 양. 붉은 노을이 환히 웃는 그 애의 등 뒤로 내려앉았다.

핑크빛 하늘, 그리고 시원하게 웃자 부드럽게 허물어진 얼굴. 눈을 뗄 수 없는 광경이었다.

그 순간만큼은 빈약한 통장 잔고도, 구질구질한 이 아파트도, 성적에 대한 스트레스도, 그 어떤 것도 주영의 머릿속을 채우지 못했다. 오직 아름다운 하늘과 시원한 미소만이 가득했다.

이런 기분은 사실 굉장히 낯설었다. 양아치같이 생겨선 웃는 얼굴만큼은 싱그러웠다. 애꿎게 쿵쿵 뛰는 심장을 진정시키며 고개를 돌리자 눈앞에 붉은 고추로 뒤덮인 은박 돗자리가 보였다. 순간 귓가에 따뜻한 숨결과 함께 짓궂은 속삭임이 스쳤다.

"또 고추 걱정하냐."

"……무슨 소릴…….."

"밝히기는."

"……야!"

그놈의 고추 얘기는……. 진짜…….

눈앞의 고추를 보는 게 괜스레 민망해져 주영의 귓가에 열이 올랐다. 바짝 옆에 붙어 앉은 태열의 얼굴을 보는 건 더 민망했다.

시선을 둘 곳이 없어 주영의 고개가 정처 없이 방황하는데 옆에선 계속 짓궂게 말을 덧붙이며 놀려 댔다.

공부만 존나 열심히 하는 줄 알았더니 사실 다른 데 더 관심이 많은 거 아니냐는 둥.

픽.

실없는 놀림에 널따란 등짝을 내리치자 앓는 소리가 뒤따랐다. 그러나 태열은 앓는 소리를 내면서도 실실 웃는 소리가 새어 나오는 걸 숨기지 못했다.

양손으로 두들기듯 때려 대니 '아, 아파. 아프다고오' 하며 칭얼거리는데 입꼬리는 올라가 있었다. 정신 나간 듯 웃어 대는 인간을 이길 수 있는 방법은 없었다.

2. 989889

"아, 더워. 짜증 나."

방학이었다. 엄마는 일을 나갔고 덜덜덜 빈약한 소리를 내는 선풍기만이 주영의 유일한 친구였다. 도서관은 여름휴가로 며칠 간 휴관이었다.

낡아 빠진 거실의 벽걸이 에어컨은 고장 난 지 오래였다. 수리 기사를 불렀지만 워낙 구형 모델이라 큰돈을 들여 수리하느니 새로 구입하는 게 낫다고 했다.

눈을 굴리는 엄마에게 괜찮다고 했다. 보나 마나 통장 잔고를 생각하고 있을 게 뻔했기에.

공부는 어차피 도서관 가서 하면 되고 엄마도 일하느라 집에 잘 없으니 에어컨은 일단 참다 참다 안 되면 사자고.

하지만 당시엔 도서관의 여름휴가까지는 미처 생각하지 못했다. 혹서기의 미친 듯한 더위와 습기는 선풍기 한 대로 해결할 수 있는 것이 아니었다.

몇 시간째 의자에 붙이고 있는 엉덩이가 축축했고 다른 부분도 이미 땀으로 끈적해진 지 오래였다.

책상 앞에 앉아 있던 주영은 결국 신경질적으로 샤프를 집어 던지며 욕실로 들어갔다.

덜덜 입술을 떨며 찬물로 샤워를 하고 나오니 그나마 온몸의 열기가 가시긴 했는데 앞으로가 문제였다.

또다시 책상 앞에 앉아 공부를 하면 똑같은 상황이 반복될 텐데. 원하는 거라곤 고작 공부 하나 마음 편히 하는 건데 그것조차 마음대로 되지 않으니 모든 게 다 스트레스였다.

덜덜거리는 선풍기 앞에 앉아 머리를 말리던 주영이 결국 결연한 얼굴로 문제집을 챙겨 문을 열고 나왔다.

복도 계단 앞에 쭈그려 앉아 문제집을 폈다. 삼빛 아파트의 복도는 이 계절 가장 시원한 곳 중 하나였다.

이유는 모르겠지만 엉덩이를 대고 있는 시멘트 계단에서도 찬기가 올라왔고, 해가 들지 않아서 그런지 늘 서늘한 기운이 맴돌았다. 그만큼 겨울엔 미친 듯이 춥다는 게 단점이긴 하지만.

날씨가 덥다는 핑계로 늘어져 있을 수는 없어 해가 지기 전까지만 복도에서 기출 문제라도 풀다 들어갈 생각이었다.

별생각 없이 풀 수 있는 수학 문제는 쭈그려 앉아 풀어도 별로 지장이 없을 테니.

고요한 삼빛 아파트의 복도에 사각사각 문제 푸는 소리와 책장이 넘어가는 소리만이 흘렀다. 생각보다 집중이 잘되는 환경이었다.

대낮의 아파트 계단은 오가는 사람 없이 조용했다. 5층의 할머니 빼고는 다들 직장이 있는 사람들이었고 할머니도 이런 찜통 같은 날씨엔 외출을 거의 하지 않는다.

할머니의 손주인 민국도 보통 주말에나 가끔 놀러 오지 평일엔 할머니 집을 찾지 않았다.

한 시간쯤 쪼그려 앉아 있었을까, 다리가 저려 오기 시작했다.

주영이 문제집을 덮고 다리를 툭툭 두드려 대는데 밑에서부터 발소리가 들려오기 시작했다.

엄마였으면 좋겠다. 엄마는 한창 일하고 있을 시간이니 바람일 뿐이었지만.

오늘은 엄마에게 오랜만에 외식이라도 하자고 하고 싶었다. 평소엔 찬 음식을 즐기지도 않으면서 오늘따라 시원한 냉면이 당겼다. 사거리에 있는 냉면집은 별로 비싸지 않으니까 가끔 외식을 해도 부담이 덜 됐다.

"뭐 하냐."

목소리의 주인공은 당연하게도 주영이 기대하던 사람은 아니었다. 고개를 들어 올리니 커다란 장신의 인영이 삐딱한 자세로 주영을 내려다보고 있었다.

한쪽 어깨에는 커다란 백팩을 메고, 목이 늘어난 흰 티셔츠에 회색 반바지 추리닝. 그리고 삼선 슬리퍼. 트레이드마크 같은 차림새.

"네가 알아서 뭐 하게."

주영이 늘 같은 뾰로통한 대답을 돌려주자 태열이 피식 웃으며 다리를 두드리는 주영의 손과, 옆에 놓인 문제집을 번갈아 가며 쳐다본다.

"진짜 독주영 맞네."

"너 그거 어디서 들었어?"

"네 친구 입 존나 싸던데."

"고은아?"

"내가 걔 이름을 어떻게 알아. 여기서 공부했냐?"

"……어."

"왜?"

"……더워서. 에어컨 사망했어."

구구절절 별로 떠벌리고 싶지 않은 사실이지만……. 뭐, 어차피 이 낡은 아파트에 사는 태열이나 주영이나, 처지는 다를 바 없었다.

구질구질하지 않은 척해 봐야 의미 없다는 말이었다. 누구에게도 보여 주고 싶지 않은 구질구질함을 쉽게 오픈할 수 있는 이유는, 우리가 비슷한 처지이기 때문이다.

"들어와."

에어컨 틀어 줄게. 태열이 문을 열며 말했다.

태열이 삼촌과 둘이 산다는 집은 주영의 집과 크게 다를 것은 없었다. 짐이 좀 더 적었고, 남자 둘이 살아서 그런가 살짝 너저분한 느낌이 있다는 것만 빼면.

그리고 주영의 집과 마찬가지로 채광이 좋았다. 대낮의 햇빛이 가득 들어찬 집은 열기로 매우 후끈했다.

"아, 존나 덥네."

혼자 중얼거린 태열이 리모컨을 들어 에어컨을 켰다. 주영의 집과 같이 구형 모델인 벽걸이 에어컨이 우우웅 소리를 내며 존재감을 과시했다.

태열이 거실의 소파로 리모컨을 툭 던지고는 욕실을 향하다 문득 고개를 돌려 현관 앞에 뻘쭘하게 서 있는 주영을 돌아봤다.

"씻고 나올 테니까 앉아서 공부하고 있든가. 시원해지려면 좀 걸려. 저것도 은근 고물이라. 그래도 없는 것보단 나으니까 걍 참아라."

작은 거실에 덩그러니 놓여 있는 탁자를 눈짓한 태열은 미련 없이 욕실 문을 닫고 사라졌다.

어색하게 현관 앞에 서 있던 주영은 쭈뼛쭈뼛 발걸음을 옮겨 탁자 앞에 자리를 잡았다. 바닥에 앉아 군데군데 가죽이 뜯어진 소파에 등을 기댔다.

이내 욕실 문 너머로 작게 물소리가 들렸다. 에어컨이 소음과 함께 가녀린 날개를 버겁게 휘날리며 찬 바람을 뿜어냈다.

멍하니 앉아 있다 보니 조금씩 공기가 가벼워지는 게 느껴졌다. 그제야 주영이 정신을 차리고 문제집을 폈다.

철컥.

태열이 문을 열고 나온 건 주영이 두 페이지 정도 문제를 풀었을 때였다. 무심코 고개를 들어 올린 주영의 얼굴이 경악으로 물들었다.

저 자식은 진짜. 부끄러운 것도 없나?

물이 뚝뚝 흐르는 머리를 수건으로 대충 털어 내며 욕실을 나온 태열은 상의를 입지 않은 상태였다. 주영의 17년 인생에 있어 실제로는 처음 보는 남자의 맨몸이었다.

태열의 몸은 티브이에 나오는 연예인들 몸처럼 근육의 굴곡이 선명했다. 넓은 어깨를 두툼한 근육들이 둘러싸고 있었고 그 아래로 쭉 뻗어 이어지는 몸의 선이 조각상 같았다.

아니……. 이런 걸 볼 때가 아니지…….

"뭘 봐."

젖은 수건을 어깨에 걸친 태열이 잘 뻗은 한쪽 눈썹을 들쳐 올렸다. 주영이 일부러 새침하게 눈을 치켜뜨며 반박했다.

"보라고 벗은 거 아니고?"

"존나 밝히기는."

누가 누구한테 자꾸 밝힌다고…….

주영의 쏘아보는 눈빛에 어깨를 작게 으쓱이며 픽 웃은 고태열이 부엌으로 향했다. 장골에 간신히 걸쳐진 회색빛 추리닝 바지는 위에서 흘러내린 물기로 얼룩덜룩했다.

저런 꼬라지를 하고도 못나 보이지 않는 건 쉽지 않은데. 유전자 하나는 정말 대단하네. 부모님께 매일같이 감사한 마음으로 절을 드려도 모자랄 듯했다.

자꾸 남의 몸 품평을 하는 거 보니, 진짜 나 밝히나? 아니야……. 누가 홀렁 벗고 다니래?

주영은 혼자 중얼거리다 이내 문제집으로 시선을 떨궜다.

집중하려던 찰나 부엌에서 들려오는 우당탕탕 소리가 귓전을 때렸다.

도대체 앤 뭘 하는 거야? 뭘 만드는 건지, 부수는 건지. 가 봐야 하나.

주영이 잠시 고민하긴 했지만 이내 생각을 접었다. 우리 집도 아닌데, 뭐. 부엌을 때려 부수기라도 하는 듯한 소음이 계속되니 집중력이 분산됐다. 몹시도 거슬렸다.

잠시 뒤 불안한 눈길로 부엌 쪽을 힐끗하던 주영의 눈앞에 선홍빛 윤기 나는 과실이 놓였다.

엄마가 잘라 주는 것처럼 가지런한 모양은 아니었다. 제각기 질서 없는 모양으로 삐뚤빼뚤 잘린 수박이었다.

"먹어."

말없이 빤히 올려다보자 태열이 무뚝뚝한 얼굴로 주영의 손에 수박 한 조각을 꽂았다.

주영을 손님 취급해 주며 대접하는 것 같기도 하다가도 엉성하게 썰린 수박 모양을 보면 웃기기도 하고.

태열은 탁자 한쪽에 수박이 담긴 접시를 올려놓고는 본인은 소파 위로 몸을 던졌다.

푸스슥. 낡은 가죽 소파가 갑작스러운 무게에 바람 빠지는 소리를 만들어 내는 걸 들으며 주영은 손안을 채운 못난 모양의 수박 조각을 멀거니 내려다봤다.

"……부엌은 멀쩡하니?"

"아니. 전쟁터."

"나중에 삼촌한테 혼나는 거 아냐?"

"삼촌 지방 가서 한동안 안 와. 나중에 치우면 되니까 신경 꺼."

무심한 대답에 주영이 고개를 끄덕이며 수박을 한 입 베어 물자 시원한 과실이 혀 위에서 달게 녹았다. 배가 고프진 않았었는데 수박이 꿀떡꿀떡 넘어갔다.

"너는 훈련 안 해?"

"나도 좀 하루 정돈 쉬어야지. 훈련이니 대회니 씨발. 개뺑이 치고 이제 온 건데."

아하. 훈련과 대회. 아까 큰 백팩을 메고 있던 게 그래서였나 보다.

주영이 고개를 돌리자 소파에 모로 누워 세운 팔을 지지대 삼아 머리를 기대고 있는 태열과 눈이 마주쳤다.

여전히 상체는 벗은 채였다. 주영은 방황하는 시선을 둘 곳이 없어 검은 눈을 빤히 보다가 어색함을 무마하기 위해 입을 열었다.

"야."

"엉."

태열이 수박을 들고 있던 주영의 손목을 잡아끌어 반쯤 먹은 수박 조각을 한 입 베어 먹고 건성으로 대답했다.

사탕 먹을 때도 그렇고 애는 남이 먹던 걸 아무렇지도 않게 입을 대는 거 보면 위생 관념이 좀…….

주영이 혼자 생각하는데 다시 손목을 끌어가 수박을 한 입 더 삼킨 태열이 대답을 재촉했다.

"왜. 뭐."

무슨 말을 하려고 했더라. 아……. 맞다, 야구.

"야구 재밌어?"

"엉. 존나."

"왜?"

"내가 존나 잘하니까."

"……."

와……. 좀……. 할 말이 없었다. 이 근거 없는 자신감 뭐지?

이런 생각이 들다가도 자신만만한 대답과 함께 수박을 한 번 더 베어 물곤 흡족한 듯 웃는 낯짝을 보자니 그럴싸하게 들리기도 하고.

날카로운 눈매가 허물어진 얼굴에선 사나운 인상을 전혀 찾아볼 수 없었다. 예전에 잠시 스치듯 봤던 권태로운 표정도 전혀 찾아볼 수 없는 얼굴이었다.

야구 얘기가 나오자 바로 자신만만한 표정을 짓는 그 애가 조금 궁금해졌다. 다를 것 없이 보잘것없는 환경에서도 야구 얘기가 나오자 반짝이는 눈이 사실 조금은 부러웠다.

"넌 꿈이 뭐야? 프로 야구 선수?"

"씨발. 그딴 게 무슨 꿈이야. 사이영상쯤은 돼야 드림이지."

"사이영상?"

"있어. 메이저리그에 존나 잘하는 투수한테 주는 상."

"메이저리그 갈 거야?"

"엉. 가서 씹어 먹을 거야."

"스카우트 제안 온 거 있어?"

"아니. 오게 만들어야지."

태열이 말을 하며 씩 입꼬리를 말아 올리며 웃었다. 자신만만한 미소였다. 자만과 자신감은 종이 한 장 차이라던데.

단단하게 빛나는 눈매에는 넘치는 자신감이 보였다. 이 오래된 집의 좁은 거실, 낡은 소파 따위는 눈에 들어오지 않을 만큼 빛이 났다.

마치 메이저리그 오퍼가 당연히 자신에게 올 것처럼, 자기가 그렇게 만들 수 있는 게 당연한 것처럼 말하는 모습이, 반짝거렸다.

태열이 다시 한번 주영의 손목을 쥐었다. 이미 수박의 분홍 속살은 다 먹은 후라 녹색 빛의 꼬랑지만이 남아 있었다.

언제 이렇게 다 먹었대?

"야 새거 먹어. 이거 다……."

투명하게 반짝이던 눈이 어느새 짙게 가라앉아 주영의 손을 향했다. 그 애의 시선은 수박에서 흐른 선홍빛 과즙이 엉키듯 흘러내린 주영의 손목을 향해 있었고, 주영은 그저 멍청하게 굳어 느릿느릿 눈을 깜빡거리고 있었다.

뭐야, 왜 이래.

끈덕진 과즙이 흘러내린 주영의 손목 위로 습한 시선이 더해졌다. 에어컨 바람 덕에 미지근하게 식은 주영의 뺨에 다시 열이 올랐다.

온 감각이 두터운 손에 잡힌 손목과 뜨거운 시선을 받아 내는 손으로 몰리는 기분이었다.

분명 방의 온도는 시원한 것 같았는데, 더웠다. 주영은 달아오른 얼굴을 숨기기 위해 잡힌 손목을 비틀어 빼내고는 몸을 돌렸다.

"나…… . 공부할 거야. 건들지 마."

찐득이는 감각이 왼손에 여전히 남아 있었지만 일부러 모르는 체하며 끈적이지 않는 손으로 샤프를 들었다.

사각사각 문제를 풀어 내리는 소리가 좁은 거실을 채우는 유일한 소리였다. 이내 피식 웃는 소리가 주영의 뒤통수를 간질였다.

어색한 분위기는 잠시였다. 목표치까지 문제집을 풀고 태열의 집을 나서는 순간 그 애는 자신의 집 도어 로크 비밀번호를 알려줬다.

'989889. 비밀번호야. 갈 데 없으면 들어와서 공부하든가.'

에어컨 고칠 때까지 와서 공부를 하라나 뭐라나. 에어컨은 맘대로 틀어도 된다고.

하지만 주영은 아무리 덥다고 해도 남의 빈 집에 들어가서 공부를 할 만큼 뻔뻔한 성격은 아니었다.

다음 날도 9시쯤 느지막이 일어나 씻고 아침을 먹은 뒤 책상에 앉아 공부를 했다.

아침엔 좀 참을 만했는데 11시쯤 되니 뜨거운 햇빛에 방이 후끈해지기 시작했다. 결국 문제집을 챙겨 다시 복도로 향했다. 12시가 좀 넘으니 계단을 오르는 발걸음 소리가 들렸다.

"이럴 줄 알았지."

태열은 오늘도 주영의 손목을 잡아끌었다. 그 애의 집 안 내부는 에어컨을 틀고 나갔다 온 건지 시원했다.

애는 전기세 아까운 줄도 모르나. 저러다 전기세 폭탄 맞지.

주영이 속으로 혀를 끌끌 찼다.

주영은 거실 탁자에 앉아 공부를 하고, 씻고 나온 태열은 부엌에서 또다시 우당탕탕 하고.

태열은 달걀 볶음밥 같은 간단한 요리를 만들어 냈다. 모양은 볼품없었지만 맛은 생각보다 괜찮았다. 신기하게도.

그리고 다시 주영은 공부를 하고 태열은 대충 부엌을 치운 뒤 소파에 누워 한량처럼 노닥거렸다.

삼촌의 안부를 물으니 지방의 원자력 발전소에서 현장 일을 해서 한 달에 한두 번 서울 집을 방문한다고 했다.

태열 혼자 사는 거나 다름없다고. 그러니까 좀 그냥 복도에서 구질구질하게 있지 말고 들어와서 있으라고 했다.

"그렇게 대충해도 돼?"

"알아서 잘하고 있으니까 신경 끄시고요."

태열도 이번 주까지는 오전 훈련만 있다고 했다. 메이저리그를 간다는 애가 저렇게 대충하나 싶어 물어본 질문에는 무성의한 대답이 돌아왔다.

태열이 주영의 일상으로 스며든 지 일주일쯤 되는 날이었다. 사실 이제는 도서관도 휴가 기간이 끝나서 태열네 집에 갈 필요는 없었다.

그럼에도 불구하고…….

도서관까지 가는 길이 덥기도 하고, 손 하나 까딱할 필요 없이 점심을 챙겨 주고, 가끔은 저녁까지. 게다가 시원하고.

생각보다 태열은 주영의 공부를 방해하지도 않았다. 그러니까, 생각보다 고태열의 집이 편했다.

주영의 집하고 똑같이 생겨서 그런가, 어색할 것 없이 그 애의 집에 동화되어 가는 기분이었다.

편해서 그런 거야. 주영은 합리화를 하며 오늘도 오전 훈련을 끝내고 온 태열을 따라 들어와 점심을 먹고 문제집을 풀었다.

고3 선행 과정 문제를 풀다 보니 막혀 끙끙거리고 있을 때였다. 등 뒤의 소파에서 낮은 목소리가 울렸다.

"야, 온."

태열은 이름을 알게 된 이후로 주영의 성을 따 '온'이라고 부르곤 했다. 멀쩡한 이름 세 글자를 두고 온이니 뭐니.

처음엔 제멋대로 사람 이름을 부르는 행동에 한마디 하려다 '네알뭐'보다는 나아 그냥 그러려니 놔두었다.

"왜."

주영은 여전히 문제에 집중한 채 건성으로 대답했다.

"재밌냐. 공부."

조금은 우스운 질문이었다. 공부가 재밌어서 하는 사람도 있나. 주영이 할 수 있는 유일한 것이기에 악착같이 할 뿐이었다. 주영은 대답할 가치를 느끼지 못했다.

"썹네."

이내 하나로 주영의 묶어 올린 머리 사이로 낯선 감촉이 느껴졌다. 기다란 손가락이 빗질을 하듯 주영의 머리를 쓸어내렸다. 툭, 하고 느슨한 머리끈이 바닥으로 떨어졌다.

천천히 아래로 흐른 손끝의 지문이 무방비하게 드러난 주영의 목에 닿았다. 아랫배를 간지럽히는 감각이 삐쭉 솟았다.

　주영이 어깨를 작게 움찔거리며 몸을 굳혔다. 내내 무시로 일관하던 주영이 바로 고개를 돌려 소파 위에 모로 누워 있는 얼굴을 있는 힘껏 노려봤다.

　"야!"

　"이제야 관심 좀 가져 주네."

　손을 거둔 뒤 양팔을 겹쳐 머리 뒤로 넘긴 태열이 낮게 웃었다. 뻔뻔하게 태연자약한 얼굴을 본 주영이 짜증스럽게 말했다.

　"귀찮게 굴지 마."

　"심심해."

　"심심하면 나가서 운동이라도 하고 오든가."

　"오…… 괜찮겠어? 언제는 주인 없는 집에서 혼자 못 있는다며?"

　태열이 흥미로운 표정으로 묻자 주영이 입술을 삐죽거렸다. 본인이 내뱉었던 터라 잠시 할 말을 잃어서.

　"……너야말로 방해 안 한다며?"

　"원래 그러려고 했는데……. 네가 너무 눈길도 안 주니까. 괜히 섭섭하네."

　"참나."

　여전히 잘난 얼굴엔 여유로운 미소가 만연했다. 사람 온통 긴장하게 만들고 여유로운 태도를 보자니 주영은 괜스레 어린애처럼 심술이 났다. 재랑 있으면 유치해진다, 진짜.

　주영이 얼굴을 살짝 찌푸리니 구겨진 미간 사이로 기다란 검지가 다가왔다. 꾸욱 미간을 누른 긴 손가락이 다림질하듯 주영의 눈썹 사이를 문지른다.

태열은 스킨십에 거리낌이 없었다. 작은 접촉들. 이를테면 지금처럼 얼굴을 만진다든가, 머리를 만진다든가, 손목을 잡는다든가.

그렇다고 정색하며 화를 낼 정도로 선을 넘지도 않았다. 주영이 의식하지 않는다면 모르고 넘어갈 정도로, 정말 순간적으로 지나가는 손길이었다.

"공부 좋아서 하는 거 아냐? 왜 인상을 써. 주름 생기게."

낯설게 나긋한 목소리가 귓가를 울린다. 처음 듣는 부드러운 목소리에 주영의 속눈썹이 가늘게 떨렸다.

"누가…… 공부를 좋아서 해."

"그럼 왜 하는데."

"한국대 갈 거야. 성공할 거야."

"넌 꿈이 뭔데."

갑작스레 들이닥친 질문에 주영은 대답을 할 수 없었다. 사실 주영에게 거창한 꿈은 없었다.

좋은 대학을 가서, 나중에 좋은 직장을 다니는 것. 그리고…….

"돈 많이 버는 거. 이 구질구질한 집 벗어나는 거."

이런 게 전부였다. 그래도 이게 온주영 인생의 유일한 목표니까.

"틀렸어. 다시 생각해."

황당하게도 단호한 목소리가 돌아왔다.

"뭐?"

"그딴 거 말고 하고 싶은 거 해. 좋아하는 거, 재밌는 거."

"네가 뭔데⋯⋯."

"인생 선배?"

참나. 어이가 없었다. 지가 뭔데 나한테 틀렸느니 마느니⋯⋯.

꼭 자기 꿈은 대단한 것처럼 말하고, 주영의 꿈은 보잘것없는 것처럼 취급하는 것 같아 기분이 별로였다.

맨날 애처럼 사탕이나 물고 다니고, 내뱉는 말마다 존나니 씨발이니 툭하면 욕이 섞여 있고, 매사 껄렁거리는 주제에 남한테 이래라저래라 하는 게 우스웠다.

한편으론 깊은 곳에서부터 불쾌한 감정이 일었다. 이를테면 열등감 같은 것. 이상한 감정이었다.

분명 주영은 학교에서도 인정받는 모범생에 성적도 태열과는 비교도 되지 않는데. 그 애는 주영이 원하는 성공을 이미 보장받은 사람처럼 보였다. 꿈을 말하는 태열의 눈엔 자신감이 가득했으니까.

요새 주영이 곁에서 지켜본 태열은 생각보다 훈련도, 개인 운동도 열심히 하는 편이었지만 거창한 꿈에 비해 집착적인 모습은 전혀 없었다.

늘 아등바등하는 주영과 다르게.

주영이 입술을 감쳐물며 몸을 돌려 신경질 가득한 몸짓으로 짐을 챙겼다. 그리고 벌떡 일어나 느긋하게 누워 있는 얼굴을 서늘한 표정으로 내려다봤다.

"네 인생이나 잘해. 남한테 이래라저래라 하지 말고."

3. 사귈까

"같이 가자. 응?"

"나 야구 룰 하나도 몰라."

"나도 몰라. 모르는데 보면 은근 재밌다니까? 방학 때 기영이 보러 대통령배도 갔다 왔는데 재밌었어."

은아는 다음 달에 열릴 전국 체전을 같이 가자고 주영에게 조르는 중이었다. 야구장을 가는 건 은근히 재밌지만 경기 내내 혼자 있는 건 외롭다나.

1학년인 은아의 남자 친구는 주전도 아니라던데 열성이었다. 가 봐야 뭐 볼 게 있나 싶었다.

영서를 데리고 가라고 하니 영서는 2학기부터 학원을 다니기 시작했다고 했다. 다른 아이들처럼 학원을 다니지도 않고 매일 도서관으로만 출석 도장을 찍는 주영이 그나마 제안을 해 볼 법한 상대였을 거다.

하지만 야구에 관심도 없고 공부할 시간을 뺏기고 싶지도 않았던 주영은 쉽게 응할 생각이 전혀 없었다.

심지어 은아의 남자 친구면 고태열과 같은 야구부였다. 그 애가 있는 곳을 굳이 제 발로 찾아가고 싶지 않았다.

지난 방학, 주영은 태열의 집에서 짜증을 내며 나온 이후로 한 번도 그 애와 말을 섞어 본 적 없었다.

그 애는 우연히 마주치면 아무 일 없었다는 듯이 말을 걸어 왔지만 주영은 매번 무시해 왔다.

그렇게 시간은 흘렀고 에어컨 따위는 필요 없을 정도로 선선한 바람이 부는 가을이 왔다.

"10월이면 중간고사야."

"야! 그건 10월 말이잖아. 대회는 10월 중순이라고. 몰라, 같이 안 가 주면 나 삐질래."

은아가 토라진 척 불퉁한 목소리를 냈다. 주영은 아랑곳하지 않고 교과서에 집중했다. 쉬는 시간 찰나의 복습은 내용을 오래 기억하는 데 도움이 되기에.

순간 은아의 새카만 머리카락이 교과서 위로 쏟아져 내렸다. 은아가 책상 위로 엎어져 고개를 들고는 눈을 의미심장하게 반짝였다.

또 갑자기 왜 이래. 주영이 옅게 한숨을 내쉬었다. 공부에 일말의 흥미도 없는 고은아는 성적에 집착하는 주영을 이해하지 못했다.

"방해할 거면······."

"그럼 우리 축제 때는 뭐 할래?"

눈을 반짝이던 은아가 주영의 말을 가로채며 화제를 전환했다. 그조차도 주영이 그다지 흥미 없는 주제였다.

"하긴 뭘 해."

"아……. 독주 진짜 노잼. 내가 겁나 기막힌 아이디어 들은 거 있는데 들어 볼래?"

가을의 축제. 축제 날은 1년에 한 번 영성여고와 영성고 사이를 가로막은 건물의 자물쇠가 열리는 날이었다.

사실 운동장과 교문을 같이 쓰고 있기에 크게 의미가 있나 싶긴 했지만, 항상 잠겨 있는 중간 건물의 자물쇠가 열린다는 사실이 꽤나 상징적으로 다가오는 듯했다.

많은 학생들이 축제 날을 은근히 고대하고 있었으니까.

소속된 동아리가 없던 주영은 축제에 딱히 관심을 두지 않았다. 토요일에 굳이 학교를 나와서 시간을 버리는 행위는 주영의 성향에 맞지 않았다. 온갖 잡동사니에 푼돈 쓸 일만 가득하겠지.

"3반에 김현경 엄마가 네일숍 하시는 거 알지?"

알 리가. 김현경이라는 이름도 오늘 처음 들어 봤다.

은아의 요지는 이랬다. 네일숍에서 하듯이 손 마사지를 하겠다고. 김현경의 어머니 숍에서 핸드 로션과 지압봉을 공수할 예정이고 같이할 사람들을 찾고 있다고.

"그걸 내가 왜 해."

"야……! 당연히 이런 건 이거 되는 애들이 해야 사람이 몰린다구!"

은아가 손으로 제 턱을 툭툭 치며 말했다. 한윤정, 이지수, 유세영……. 낯선 이름들이 은아의 입에서 쏟아져 나왔다.

"네가 해."

"난 안 돼. 남자 친구 있잖아. 그리고 김현경이 너 좀 꼬셔 달라 그랬어. 걔는 나 시킬 생각도 안 하고 있을걸? 자존심 상하지만 난 예선 탈락이야."

"남자 친구랑 그거랑 무슨 상관인데?"

"아니이. 다른 사람 손잡고 있으면 우리 기영이가 질투를 워낙 심하게 해서."

몸을 비비 꼬는 은아를 보며 주영이 작게 인상을 썼다. 잘못했다간 닭살 돋는 그녀의 연애사가 줄줄이 이어질지도 모른다. 축제니 마사지니 딱히 관심도 없었고.

"나도 안 해."

"돈 준대. 3만 원. 그래도 안 해? 한 두세 시간 하고 3만 원 버는 거 개꿀 아냐? 나도 할 수만 있으면 하고 싶은데. 비비크림 새로 나온 거 사야 되거둔. 아, 맞다! 끝나고 돈 남은 걸로 로데오 가서 아웃백 회식도 할 거라는데. 아, 아웃백 먹고 싶당."

"……."

단호하게 거절하던 주영의 귀에 3만 원이라는 단어가 콕 박혔다. 이번 달은 새 학기 참고서를 사느라 용돈이 거의 남지 않았다.

그런데 2, 3시간만 투자하면 한 달 용돈의 절반이라니. 솔직히 조금은 혹할 수밖에 없는 조건이었다.

"그게 그렇게 돈이 남아?"

"몰라. 김현경 말로는 5분에 천 원 받고 1시간만 해도 남는 장사라고 그러던데. 난 그냥 아웃백 먹고 싶어서 끼는 거양. 솔직히 너 못 데려가면 내가 거기 어떻게 끼니. 할 거지? 이거 하면 전국체전 가자고 안 조를게."

솔직히 너도 재밌을 것 같지 않아? 아웃백 먹고 싶어. 응? 은아가 콧소리를 내며 아양을 부렸다.

심지어 주영은 아웃백조차 가 본 적 없었다. 얘기는 많이 들어봤으나 한 끼에 몇만 원씩 나오는 식당을 가자는 말을 엄마에게 할 수 없었다.

그렇다고 주영의 용돈으로 갈 수 있는 곳도 아니었다.

"……생각해 볼게."

뭘 하는지야 제대로 알 수 없었으나 한 달 용돈 절반의 수입에다가 가 보지 못한 레스토랑을 경험할 기회라는 것은 생각보다 주영을 현혹했다.

생각해 보겠다는 말 한 마디만 했을 뿐인데 그 이후로 김현경이라는 아이는 종종 주영을 찾아왔다.

까무잡잡한 피부에 은근히 덩치가 있는 체형의 현경은 호탕한 성격이었다.

주영에게 너랑 한 번쯤은 말해 보고 싶었다고 시원하게 웃던 현경은 다음엔 살구색 블라우스를 들고 나타났다.

축제 때 같이하기로 한 애들과 맞춘 옷이라나. 주영을 떨떠름하게 옷을 받아 들었다.

어느 날은 로션 통을 들고 와 시범을 보여 주겠다며 주영의 손을 만지작거렸다. 주영이 어색하게 굳은 입매를 어찌하지 못했다. 동성이라도 조몰락거리는 손길이 유쾌하지 않아서.

"와, 너는 손도 예쁘네. 곱게 자랐나 봐."

주영의 손을 조몰락거리던 김현경은 쓸데없는 미사여구를 덧붙이며 주영을 한껏 띄워 줬다. 그것 또한 자리를 박차고 나가고 싶게 만드는 요소였지만 어렵게 참아 냈다.

우리 학교에서 네가 제일 예쁘다. 고양이상인데 이렇게 청순한 느낌이 나는 건 쉽지 않다. 자기가 다른 예쁜 애들도 다 섭외를 해 놨지만 네가 최고라고. 축제 날 남자애들 지갑 다 털어 버릴 거라고. 주영은 김현경이 내뱉는 대부분의 말을 한 귀로 흘릴 수밖에 없었다.

"근데 이렇게 만지작거려야 돼?"

"아 싫으면 이거 스틱 써. 걍 시늉만 해."

솔직히 말하면 주영은 후회했다. 뭐랄까, 김현경의 투박한 손 안에서 조몰락당하고 있는 손의 느낌이 좀……. 그리고 그걸 주영이 해야 한다니.

번복할까 했지만 눈치 빠른 김현경이 나무로 된 지압봉을 보여 주며 이걸로 대충 하는 시늉만 하면 된다고 살살 달래기에 그냥 고개를 끄덕였다.

돈 버는 게 쉬운 일이 아니라는 건 이미 알고 있던 사실이었다.

주영의 일상은 단조로웠다. 가끔 태열을 마주치면 쌩하니 지나치고, 은아의 칭얼거림을 한 귀로 흘리고, 학교와 도서관을 반복하는 일상.

그리고 축제 날이 왔다.

주영은 김현경에게 받았던 블라우스를 가방에 챙긴 채 교복을 입고 집을 나섰다.

그리고 페인트칠이 군데군데 벗겨진 오래된 기구가 가득한 놀이터 앞에서 마주친 장신의 인영.

그간 마주칠 때마다 운동복 차림이라 교복을 입은 모습은 오랜만에 보는 것이었다.

문득 버스 창밖으로 보았던, 교복 위의 권태로운 표정이 머릿속을 스쳤다.

주영을 발견한 태열이 입꼬리를 씩 말아 올리는 것이 보이자 주영은 홱 고개를 돌리곤 발걸음을 재촉했다.

"야, 온."

누가 상대해 줄 줄 알고. 무시했다. 그러나 상대는 무시에도 아랑곳하지 않았고, 낮은 목소리가 뒤에 따라붙었다.

"너 치마 거꾸로 입었는데."

뭐……? 뒤에서 들려오는 말에 주영은 발걸음을 우뚝 멈춰 세울 수밖에 없었다. 고개를 내려 치마를 훑으니 멀쩡했다.

저 자식이. 진짜 죽으려고. 아주 사람 놀리는 데 재미가 들렸지?

주영이 고개를 돌려 눈을 치켜뜨자 빙긋 웃으며 사나운 눈꼬리가 휘어져 내리는 모습이 보였다.

귀를 울리는 낮은 웃음소리가 가을의 청명한 공기 사이로 흩어졌다.

"너 왜 자꾸 시비야?"

"너도 축제 가냐. 의외네. 공부 말고는 관심도 없어 보이더니."

태열은 주영의 물음에는 대답하지 않고 제 할 말만 내뱉었다. 주영이 그런 태열을 가늘게 뜬 눈으로 쓱 흘기다가 대꾸하지 않고 앞만 보고 걸으며 버스 정류장으로 향했다.

"존나 속은 좁아 가지고. 언제까지 쌩을 건데."

속이 좁긴. 어처구니가…….

아니 뭐, 틀린 말은 아니었다. 그럼에도 주영이 지금까지 태열을 무시한 이유는 복잡했다.

스스로와 미래에 대한 확신이, 그 자신감이 부러우면서도 질투 났다. 그 애에게 쏘아붙인 날 이후로 선명해진 이유를 알 수 없는 열등감이었다.

게다가 의식하기 시작하니 어느 순간부터 가까이 다가오는 태열이 편하면서도 은근히 신경 쓰이기 시작했다.

스스럼없이 제 공간을 내어 주고, 밥을 해다 바치며 편하게 만들더니 은근슬쩍 터치하고 이상한 눈빛을 보내서 괜히 사람을 긴장시키고…….

심지어 남의 인생에 이래라저래라 오지랖까지. 한마디로 모든 게 거슬렸다.

그래서 주영이 내린 결론은 거슬리는 건 무시하자는 것. 무시하면 되지.

다만 무시하면 할수록 더욱 거슬렸다. 아무렇지 않게 말을 걸고 시비를 거는 저 길고 커다란 인간이.

사람이 이렇게 무시를 하는데 쟤는 기분이 나쁘지도 않나? 언제는 주영에게 속이 좁다더니, 자기는 속이 없네, 아주.

주영은 뒤따르는 태열을 계속 무시하며 버스에 올라 제일 좋아하는 자리에 앉았다. 뒤에서 두 번째 자리.

태열이 자연스럽게 옆자리에 풀썩 앉았다. 커다란 체격의 남자애가 옆자리를 채우니 휑한 버스가 답답하게 느껴졌다.

자리도 많은데 굳이 왜 여기에 앉고 난리야.

"야. 고태열."

"엉."

"너 내 눈에 띄지 마."

"그건 좀 어렵겠는데……. 이 덩치로 눈에 띄지 말라는 건 존나 무리한 요구라는 생각 안 들어?"

장난기 어린 대답에 돌아오자 주영이 입을 벙긋거리다 꾹 다물었다. 사실 틀린 말은 아니라서 뭐라 반박하기가 어려웠다.

얼굴은 둘째치고라도 우월한 체격 덕에 어딜 가도 눈에 띄는 애였다. 눈에 띄지 말라는 건 그냥 집에서 나오지 말란 말과 다를 바 없었다.

계속 억지를 부리고 싶은 충동이 치밀었으나 주영은 더 이상 에너지 소모를 하고 싶지 않아 창밖으로 시선을 돌렸다. 한참을 말없이 바깥 풍경을 내다보고 있을 때였다.

툭.

교복 바지에 휘감긴 태열의 무릎이 치마가 말려 올라가 드러난 주영의 맨 무릎을 건드렸다.

툭.

긴 다리가 살짝 벌어지며 한 번 더 무릎을 건드린다. 또다시, 얼마 전부터 신경 쓰이기 시작한 이상한 감정이 일렁였다.

"……야. 이런 거 하지 마."

"이런 거 뭐."

"건드리지 말라고. 자리를 옮기든가."

"건드리고 싶지 말게 생기든가."

뭐라는 거야?

주영이 고개를 돌려 노려보자 태연하게 웃는 낯이 보였다.

"무릎도 존나 하얗네."

"내 무릎이 하얗든 까맣든 네가 알 게 뭐야."

신기해서. 낮은 중얼거림과 함께 햇빛에 그을려 보기 좋게 탄 커다란 손이 주영의 무릎 위로 올라왔다.

흑과 백처럼 색의 대비가 뚜렷했다. 서늘한 무릎의 맨살 위로 열기에 가까운 온기가 내려앉았다.

운동하는 애라 그런지 체온이 높은 건가. 살짝 닿은 손바닥이 뜨거웠다. 온몸의 감각이 무릎으로 쏠렸다. 결국 주영이 손을 들었다.

철썩.

"하지 말랬지. 비켜, 내리게."

주영이 버스 벨을 누르며 일어났다. 그리고 앉아 있는 태열을 사납게 내려봤다. 그 애는 손등을 쓰다듬으며 엄살을 부렸다.

"아, 존나 아파아."

되지도 않는 엄살에 발끝으로 정강이를 차자 태열이 정말 앓는 소리를 내며 상체를 숙였다.

끅끅, 앓는지 웃는지 모를 소리였다. 진짜 이상한 놈.

꾸역꾸역 단단한 허벅지를 밀어내고 버스에서 내려 교문으로 향했다. 등 뒤로 웃음소리의 잔향이 따라왔다.

"어. 독주 왔어?"

음악실에 들어서자 김현경과 깔깔거리며 수다를 떨고 있던 은아가 반갑게 인사했다.

이미 준비를 어느 정도 했는지 5개의 책상과 의자만 남겨 놓은 채 나머지 책걸상은 뒤로 쭉 밀려 있었다.

처음 보는 얼굴들도 있었다. 색은 달랐지만 주영의 가방 속에 담긴 살구색 블라우스와 비슷한 디자인의 옷을 입은 아이들이 딱 봐도 질이 좋아 보이지 않는 옷자락을 흩날리며 거울 앞에 모여 화장을 하고 있었다.

"너 그거 입고 하게……?"

주영이 화장실에서 옷을 갈아입고 오자 당황한 표정으로 은아가 쳐다봤다.

"응. 왜?"

회색 교복 치마 위에 걸쳐진 부드러운 살구색 블라우스의 질감이 조화롭지 못했다.

주영이 다른 아이들을 훑어보자 짧은 미니스커트부터 달라붙는 청바지까지 가지각색이었다. 교복 치마를 덩그러니 입은 건 주영 혼자였다.

그러거나 말거나 크게 상관없었다. 패션쇼를 하러 온 게 아니라 용돈 벌이하러 온 거였다.

아마 김현경이 블라우스를 입으라고 주지 않았으면 상의도 교복을 입었을 것이다.

은아가 다급하게 어디서 옷이라도 빌려 오겠다며 자리를 비웠다. 그녀는 아무도 시키지 않은 쓸데없는 짓에 열을 올렸다.

"안녕. 너 온주영 맞지?"

본인을 유세영이라 소개한 여자애가 다가왔다. 화장은 제법 진했지만 귀염성 있는 얼굴이었다.

유세영은 친화력이 좋은 편인지 옆에서 조잘조잘 떠들다 파우치를 꺼내며 화장품을 나열했다.

"너는 피부 좋아서 별로 커버 할 건 없고. 섀도 이 색깔 피부 하얘서 잘 어울릴 것 같다. 블라우스랑도 잘 어울리고. 어 그리고……. 눈 아래로 떠 봐. 아이라인 그려 줄게."

"잠깐만. 나 화장은 안 하고 싶은데."

주영이 다소 난감한 표정을 짓자 유세영이 도리어 이해가 안된다는 표정으로 되물었다.

"왜?"

"불편해. 안 해 봐서."

이런 걸 하자고 평소에 하지도 않는 화장을 하며 유난을 떨고 싶지도 않았고.

"허얼. 그럼 입술이라도 발라. 애들 다 화장 풀로 했는데 너는 입술도 안 바르고 있으면 좀 그렇잖아."

톡톡. 주영이 틴트를 살짝 바르고 양 입술을 두어 번 맞대고 나니 은아가 찾아왔다.

어디서 났는지 손에는 하얀 천이 들려 있었다.

"독주. 이거라도 입어."

건네받은 천을 펼치자 손바닥만 한 천이 드러났다. 하얀색 미니스커트였다. 짧은 치마든 바지든 거부감은 없었으나…….

이것도 화장과 똑같았다. 별것도 아닌 행사로 잘 입지도 않는 옷을 걸치고 화장까지 하는 건 영 내키지 않았다.

"그냥 교복이 편해."

"아, 진짜. 졸라 고집 쎄."

은아의 투덜거림에 옆에 있던 세영이 깔깔거리며 웃었다.

"너 겁나 보수적이구나? 그런 애가 신기하게 이런 걸 한다 그랬네."

"그냥. 재밌어 보여서."

사실 용돈을 벌기 위해 하는 건데 그런 티를 내고 싶진 않았다.

다른 애들처럼 호기심에, 재밌어 보여서, 어떤 기대감에 하는 것처럼 보이고 싶었다.

구질구질한 온주영의 한 면은 친구들에게 내보이고 싶은 모습은 아니었으니까.

"그치? 나 좀 기대돼. 주변 학교 남자애들 엄청 올 거 아냐. 나도 아는 오빠들 엄청 불렀는데. 앉아 있다 보면 번호 물어보는 애들도 많고 귀찮게 구는 애들도 많을걸? 잘생긴 애 있었으면 좋겠다."

아……. 그 부분까지 미처 생각하지 못했는데.

귀찮은 일이 생길까 봐 지레 굳는 주영의 얼굴을 발견하지 못한 세영이 그 곁으로 다가와 귓가에 속삭였다.

"그냥 대충 지압봉으로 몇 번 찌르다가 마음에 드는 애 오면 제대로 해 줘."

세영이 말을 마치고는 뭐가 좋은지 또 깔깔 웃어 젖혔다. 주영은 헛웃음을 흘리며 눈앞에 있는 지압봉을 들어 툭툭 책상을 치다가 손바닥을 꾸욱 눌러 봤다.

아. 생각보다 아팠다. 진상이 나타나면 온 힘껏 눌러 줘야겠다고, 주영은 그렇게 생각했다.

주영이 예상했던 것보다 음악실의 손 마사지는 반응이 좋았다.

여교사들까지 호기심 어린 얼굴로 찾아와 손을 내밀었다.

주영은 내내 지압 스틱을 고수했지만, 손님이 누구냐에 따라 맨손으로 마사지를 해 주기도 하던 다른 아이들은 교사들이 음악실을 찾으면 인상을 구기며 재빨리 스틱을 잡았다.

교사들에게는 항상 잘 보이고 싶었던 주영은 성심성의껏 지압봉을 꾹꾹 누르며 평균 시간보다 더 많은 시간을 투자했다.

공부도 잘하는 애가 이런 것도 잘한다며 머리를 쓰다듬고 가는 국어의 뒷모습을 보며 뿌듯함을 느끼기도 했다.

주영의 앞에 선 사람은 끊이지 않았다. 옆에선 즐겁게 떠들어 대는 아이들의 소리가 스쳐 갔다.

정산을 맡은 고은아와 김현경에게 돈을 지불하고 온 남학생들의 손 끄트머리를 잡고 대충 지압봉을 꾹꾹 눌러 댔다.

마치 기계처럼. 어렸을 때 엄마가 일하던 식당에 따라가 채소 손질을 도울 때처럼. 흙이 잔뜩 묻은 쪽파 껍질을 쉴 새 없이 벗겨 내듯 기계적인 움직임이었다.

낯선 사람의 손을 잡는 감각이 생각보다 특별하게 느껴지지 않았다.

맞은편에 앉아 손을 내미는 남학생들의 얼굴엔 흥미가 가득했다. 우습게도 가끔은 귀를 붉히기도 했다.

주영의 손을 잡은 이들 중 이름을 물어보는 사람도 있었고, 번호를 물어보는 사람도 있었고, 괜스레 말을 걸어 보는 사람도 있었다.

주영의 대답 또한 기계적이었다. 미안. 나이가 많아 보이면 죄송해요.

반복적인 거절을 몇 번 하다 보니 벌써 오후에 접어들었다. 두세 시간만 하면 된다 그랬는데. 언제 가면 되는 건가. 끝이 없어 보였다.

지겹다고 생각할 무렵이었다.

"어? 기영아!"

은아가 높은 데시벨의 소리를 내며 문 앞으로 뛰쳐나갔다.

주영이 스틱을 눌러 대며 문 앞을 흘겨보자 몇 번 마주쳤던 은아의 남자 친구가 보였다. 몇 번 지나가며 보았던 얼굴이기에 주영은 이내 관심 없는 표정으로 고개를 돌렸다.

그 순간 맞은편에 앉은 남자애와 눈이 마주쳤다. 그는 우물쭈물하며 말을 걸었다. 남자애의 까무잡잡한 귓가에 붉은빛이 돌았다. 불안하게끔.

"저기…… . 사거리 근처 도서관 다니지?"

"…… ."

어디서 본 듯한 얼굴이었다. 아는 사람이라서가 아니라 그냥 그만큼 흔하게 생긴 얼굴이었다. 길거리를 다니다 보면 쏟아져 내리는 그런 흔한 인상.

지압봉으로 툭툭 건드렸던 손마저 작지도 크지도 않고 평범했다. 그나마 공부는 열심히 하는지 오른손 중지에 굳은살이 박여 있는 평범한 고등학교 남학생의 손이었다.

"거기서 몇 번 봤는데…… . 번호 알려 주면 안 돼?"

네 자리에 음료수도 올려놓은 적 있는데.

남자애가 은근하게 주영의 손을 잡으며 물었다. 불편한 얼굴로 빠르게 거절하려던 찰나 머리 위로 익숙한 저음이 떨어졌다.

"지랄 났네."

확인하지 않아도 목소리의 주인을 알 수 있었지만 주영은 굳이 고개를 들어 올렸다.

못마땅함이 가득한 사나운 인상의 얼굴이 삐딱한 자세로 주영이 앉아 있는 책상을 내려다보고 있었다. 태열이 맞닿아 있는 두 손을 뚫어져라 쳐다보며 말했다.

"야, 온. 너 뭐 하냐?"

"보면 몰라?"

"그러니까. 그딴 걸 왜 쳐하고 있냐고."

당혹스러운 얼굴을 한 남학생을 밀어낸 태열이 맞은편에 자리를 잡았다. 다리를 꼬고 팔짱을 낀 채로.

긴 다리가 책상 밖으로 삐져나왔다. 주변의 시선이 모여드는 것이 느껴지자 주영이 속삭이듯 짜증을 냈다.

"뭐야. 비켜."

턱 하고 커다란 손이 책상 위로 올라왔다.

"나한테도 어디 한번 해 봐."

명령하듯 재수 없는 말투에 주영이 짧게 반박했다.

"돈을 내든가."

구깃구깃한 천 원짜리 지폐 몇 장이 책상 위에 놓였다. 나머지 손으로 턱을 괴고는 어디 한번 해 보라는 듯 비틀린 표정이 날카로운 인상의 얼굴을 채웠다.

주영이 깊은 한숨을 내쉬며 지압봉을 들었다. 돈을 내니 안 할 수도 없고, 참.

커다란 손은 굳은살로 가득 차 있었다. 익숙하게 봐 왔던, 평범하게 앉아 공부만 한 사람의 손이 아니었다.

또래에게서 보기 힘든 꺼끌꺼끌하고 거칠면서도 남자다운

손이었다.

주영의 손과는 전혀 달랐다. 하얀 손과 햇볕에 그을린 손, 반들반들 부드러운 손과 굳은살이 가득한 거친 손의 대비가 명확했다.

주영은 건조한 손에 조심스럽게 로션을 올렸다. 최대한 접촉을 줄이기 위한 조심스러운 동작이 이어졌다.

주영의 서늘한 손의 움직임을 따라 꺼칠하고 뜨거운 손이 부드럽게 흔들렸다.

기계적으로 지압봉을 굴려 대던 때와 묘하게 다른 어색함이 공기 속에 휘감겼다.

주영은 괜스레 이상한 기분이 들어 딱딱한 굳은살이 튀어나온 손바닥 상단을 지압봉으로 툭툭 건드렸다.

길게 머무르는 시선이 느껴졌으나 고개를 들지는 않았다. 그때였다.

"사거리 근처 살지?"

영문을 알 수 없는 질문에 고개를 들자 근거리에서 빤히 쳐다보던 단정치 못한 눈매가 시선이 마주치자 싱긋 휘어져 내렸다.

사나웠던 표정은 어느새 지워져 있었다. 뭐 하자는 거야, 얘는…….

"거기서 몇 번 봤는데. 번호 알려 주면 안 돼?"

"……."

태열은 주영을 놀리기라도 하듯 조금 전 남학생을 따라 했다.

뼈마디가 우뚝 불거진 기다란 손가락이 주영의 손을 부드럽게 감쌌다. 손을 뒤덮는 온기에 주영은 얼굴부터 손까지 전부 굳었다.

어느새 장난기가 사라진 눈은 짙고 깊었다. 주영의 시야를 채우는 건 오로지 눈앞의 태열뿐이었다. 부드럽게 맞잡은 손으로 온몸의 감각이 몰려들었다.

"무슨 소릴……."

"번호, 달라고."

매번 집을 오가면서 마주치고 집까지 넘나드는 사이긴 하지만 번호를 주고받은 적은 없었다.

하도 자주 마주쳐 누구보다 친근한 얼굴이긴 하지만, 번호는 왜? 번호를 나눠 봐야 연락할 일도 없는 사이였다.

주영이 고민하는 사이 가볍게 맞잡은 손이 스멀스멀 움직이며 손가락 사이를 파고들어 깍지를 끼는 것처럼 손을 얽어 왔다.

귓가가 뜨거웠다. 주영이 멀뚱히 눈을 깜빡거렸다.

당황스러운 것도 잠시. 진지한 얼굴과는 다르게 희롱하듯 움직이는 손에 정신이 번쩍 들었다.

진짜……. 이 자식이.

주영이 어이없다는 표정을 지으며 코웃음 쳤다. 그래 봐야 누가 반응해 줄 줄 알고.

"웃네……. 나 진지한데. 번호……. 아!"

주영이 온 힘을 담아 지압봉의 뾰족한 부분으로 손바닥을 꾹 누르자 태열이 소리를 질렀다.

오전의 버스에서처럼 과장된 엄살이었다.

태열의 비명에 다시 한 번 시선이 쏠렸다. 한참 전부터 은아가 의아한 눈길로 이쪽을 쳐다보고 있었다.

쳐다보고 있는 건 은아뿐이 아니었다. 이쪽으로 향하는 수많은 시선에 부담을 느낀 주영이 태열을 보며 목소리를 한껏 낮췄다.

"야…… . 시간 다 됐어. 이제 비켜."

"일어나."

어느새 자리에서 일어난 태열이 교복 주머니에 손을 꽂고 서서 삐딱하게 시선을 내렸다.

"뭐?"

"빨리. 여기 앉아서 네 친구들 관심 계속 받고 싶은 거 아니면."

황당한 표정으로 가만히 올려다보자 이내 태열이 주영의 손목을 잡아챘다.

순식간이었다. 어느새 주영은 손목이 붙잡힌 채로 건물 밖을 나와 운동장을 가로지르고 있었다.

운동장에도 축제를 즐기는 학생들이 가득했다. 따가운 가을 햇살을 가린 하얀 천막 아래에서 물풍선을 던지며 깔깔거리는 아이들. 그 옆에 맛있는 냄새를 풍기는 먹거리들.

풋풋한 소란스러움이 가득하고 활기가 넘치는 풍경이, 매일같이 도서관 가는 일만 반복하던 주영에게 이질적으로 다가왔다. 중학교 때도 축제는 쓸데없는 짓이라며 참여하지 않았었으니까.

끌려가며 넋을 놓고 학생들이 가득한 운동장을 쳐다보던 주영은 손목에 가해지는 악력에 정신을 차렸다.

"야, 고태열! 이것 좀 놓고 가."

그제야 뒤를 돌아본 태열이 마음에 안 든다는 표정을 지으면서도 손목을 잡은 힘을 풀었다. 주영이 온기가 남은 손목을 쓰다듬으며 물었다.

"어디 가는데."

"좋은 데."

태열이 앞서 걸으며 건성으로 대꾸했다.

좋은 데라니. 고개가 갸웃 기울었다. 뻔한 학교에서 갈 곳이라고 해 봐야, 어디가 있다고.

별로 내키진 않았지만 사실 음악실에서 모르는 사람의 손을 붙잡고 기계처럼 지압봉을 휘두르는 것보다는…….

뭐랄까. 밖에서 이런 진짜 축제 분위기를 경험해 보고 싶었기에 일단 따라갔다. 자리를 비웠어도 말했던 시간은 어느 정도 채웠으니 돈은 주겠지 싶은 마음도 있었다.

태열을 따라 도착한 곳은 당황스럽게도 축제의 분위기라고는 전혀 느껴지지 않는 야구장이었다.

운동장 뒤편에 있는 야구장은 초록색 철망으로 둘러싸여 있었다. 축제 때문에 훈련이 없는 야구장은 텅텅 비어 있었다.

태열이 성큼 걸어 스탠드 쪽으로 걸어가더니 털썩 주저앉았다. 주영이 스탠드 앞에서 어물쩍거리자 태열이 제 옆을 손으로 툭툭 치며 대충 자리에 깔린 모래를 훔쳐 냈다.

주영이 태열과 같은 방향을 바라보며 천천히 스탠드에 앉았다.

"여긴 왜 왔어?"

"너 존나 재미없어 보여서."

"누가 재미로 해, 그런 걸."

"그럼 왜 하는데."

"돈 준댔어."

태열이 어이없다는 듯 웃으며 중얼거렸다. 돈 주면 뭐든 다 하겠네.

돈 앞에서 작아지는 모습을 남에게 보이는 것만큼 자존심 상하는 일은 없지만 태열 앞에서는 괜찮을 것 같았다.

다른 애들과는 다르게…….

집이 같은 방향이라 친해진 은아와도 사거리 앞 버스 정류장에서 헤어지곤 했다. 집이 어딘지 보여 준 적도, 말한 적도 없었다.

하지만 태열은 달랐다. 주영의 삶의 단면이 어떤지 알고 있는 사람이었다.

주영과 비슷한 환경에 살고 있으니까. 아득바득 숨겨야 할 이유가 없다는 얘기였다.

"얼마 주는데."

"……3만 원."

"……."

액수를 대답하고 나니 주영은 갑자기 스스로가 조금은 초라하게 느껴졌다. 그 애도 같은 걸 느꼈는지 머리 위로 한숨이 흩날렸다.

이어지는 말은 없었다. 생각을 하는 건지 할 말이 없는 건지.

주영은 침묵이 이어지는 걸 가만히 두고는 그냥 생각 없이 야구장의 하얀색 주루 베이스를 멀거니 쳐다봤다.

저 멀리서 축제를 즐기는 학생들의 소란스러움이 작게 들려왔다. 가을의 선선한 바람이 가는 머리카락을 간지럽히고 지나갔다. 한참의 정적을 깬 건 태열이었다.

태열이 스탠드에서 몸을 일으켜 성큼 걸어 야구공이 쌓여 있는 노란 플라스틱 박스 앞에 섰다.

"받아."

공을 집어 든 태열이 팔을 들었다. 지금 당장에라도 던질 것처럼.

저 작은 공을 지금 나한테 받으라고?

주영이 경악한 표정을 짓자 멀리서 언뜻 웃음소리가 들려왔다.

태열이 투구 폼을 잡는 모습이 눈앞에서 슬로 모션처럼 느리게 흘러갔다.

역동적인 투구 폼에 겁을 먹은 주영은 눈을 질끈 감았다.

운동이라면 젬병이었다. 저걸 내가 선수도 아니고 어떻게 잡아. 쟤는 정신이 있는 앤지, 없는 앤지. 말이 되는 소릴 해야지……

한참이 지나도 공에 맞는 충격도 없고, 어디 다른 곳에 부딪히는 소리도 들리지 않아 슬며시 눈을 떴다.

눈앞에 가득 찬 건 하얀색 하복 셔츠.

따스한 가을의 햇살을 등진 장신의 인영이 기다란 그림자를 만들어 주영을 덮쳤다.

툭.

무릎 위에 아무렇게나 올려진 손 위로 작은 야구공이 떨어졌다.

던지는 척만 하고 손에 쥐고 있었던 건지, 태열은 제 손에 있던 야구공을 주영의 손에 가볍게 넘겼다.

"쫄기는."

주영은 손안에 떨어진 야구공을 받아 들며 태열을 흘겨봤다.

이 자식이 사람 놀리는 데 재미가 들렸지, 아주.

주영이 툴툴거리며 손안에 들린 야구공을 만지작거렸다. 태열

의 손 위에선 마냥 작아 보였는데 상대적으로 작은 주영의 손안
에는 가득 들어찼다.

반들반들하기만 할 줄 알았던 야구공은 두꺼운 붉은색 실밥이
촘촘하게 박혀 있어 생각했던 촉감과 달랐다. 우둘투둘 튀어나
온 실밥을 만지며 야구공을 손에서 굴리자 태열이 물었다.

"하는 거 알려 줘?"

"그냥 던지면 되는 거 아냐?"

주영이 그 말과 동시에 공을 던졌고 얼마 가지 못해 야구공이
흙바닥에 처박혔다.

작은 공이 일으킨 흙먼지를 쳐다보며 주영이 소리 내어 웃었
다. 역시 운동은 젬병이었다.

태열이 혀를 끌끌 차며 야구공이 가득한 노란색 플라스틱 박
스를 주영이 앉아 있는 스탠드 앞까지 끌고 왔다.

"못할 줄은 알았는데……. 심각하네."

"야. 당연히 처음 하니까 못하지!"

주영이 발끈하자 태열이 피식 웃으며 다가왔다.

"있어 봐. 그립 알려 줄게."

그립? 뭐라는 거야. 야구에 대한 지식이 전무한 주영은 그저
태열이 하는 짓을 가만히 앉아 지켜봤다.

보기 좋게 그을린 커다란 손안에 작은 공이 들이찼다. 태열은
마디가 불거진 검지와 중지를 세워 공 윗부분을 잡고 나머지 손
으로 밑부분을 받쳤다.

손이 워낙 크다 보니 공이 작게 느껴졌다.

태열이 남은 손으로 공 하나를 더 집어 주영에게 툭 던졌고, 주영은 어설프게 태열의 손 모양을 따라 했다.

"이렇게?"

"아니. 심을 잡아야지."

"심?"

"실밥."

태열이 답답한 듯 쥐고 있던 공을 바닥으로 던지고 주영의 손을 덥석 잡았다. 제 손가락의 반만 한 두께의 굵기의 검지와 중지를 집어 붉은 실밥 위로 올려놨다. 손끝 아래 느껴지는 우둘투둘한 실밥의 감각이 묘했다.

여전히 그 애의 손은 주영의 손 위에서 손가락을 요리조리 만지며 움직였다. 차가운 손 위로 뜨끈한 손가락이 닿는 지점마다 군데군데 온기를 만들어 냈다.

손끝에는 실밥의 우둘투둘한 질감이, 손등 위로는 까슬한 굳은살이 느껴졌다.

의도라고는 전혀 없는 손의 접촉인데 주영은 숨을 훅 들이켜며 그립 잡기에 한창 열중한 얼굴을 물끄러미 올려다보게 되었다.

태열이 나머지 손가락을 접어 공을 받치게 만들고는 만족한 듯 입꼬리를 말아 올렸다.

태열의 등 뒤로 가을날의 따사로운 햇살이 비쳤다. 높고 깨끗한 하늘과 선명한 모양의 하얀 구름, 그리고 따사로운 햇볕을 등진 근사한 미소가 있었다.

주영은 귓가가 달아오르는 게 느껴져 참았던 숨을 뱉어 냈다.

그러니까, 주영은 알 수가 없었다.

시시껄렁한 농담이나 던지고, 그게 아니면 시비를 걸다가, 우습지도 않게 눈썹이나 삐죽 치켜세우는 저 애 앞에서, 왜.

가끔씩 열이 오르는 귓가를, 애꿎게 뛰는 심장 소리를, 떨리는 눈가를 감추고 싶은지.

쿵쿵. 몸을 울리는 맥박의 진동이 빨라졌다. 달아오른 귀를 들키고 싶지 않아 주영은 태열이 공에 시선을 집중하도록 말을 돌렸다.

"어…… 엄지는? 그냥 펴?"

"상관없어. 펴도 되고, 꺾어도 되고. 꺾으면 세게 쥘 수 있으니까 공에도 힘이 실리는데……."

태열이 주영의 얼굴을 위아래로 훑으며 말을 멈추고는 픽 웃으며 다시 입을 열었다. 같잖다는 듯이.

"뭐. 네가 힘 실어 봤자지."

"무시해? 죽을래?"

주영이 괜스레 삑 언성을 높이며 눈앞의 공을 집어 던지자 태열이 억 소리를 내며 복부를 쥐었다.

"야씨, 존나 아프다고. 무식하게 그걸 이렇게 가까운 데서 던지면 어쩌자고."

태열이 핀잔을 주며 계속 엄살을 부렸다. 멍이 들 것 같다나, 뭐라나. 엄살도 한두 번이지.

"너 자꾸 엄살 부릴래?"

"들켰네. 눈치는 빨라 가지고."

실실 웃으며 몸을 일으킨 태열은 다시 공을 건넸다. 주영은 이번엔 전보다 빠르게 모양을 잡고 공을 손에 쥐었다.

"그게 직구 그립."

"직구?"

"아, 있어. 그런 게. 존나 빠른 공. 던져 봐."

한참을 태열과 야구장에서 공을 던지며 놀았다.

이건 커브. 투심. 슬라이더. 불친절한 설명을 하는데 야구를 잘 모르는 주영은 알아들을 수 없는 게 대부분이었음에도 신기했다.

꼭 진짜 야구 선수들이 하는 것처럼 손으로 모양을 잡고 공을 던졌다.

태열은 아예 포수 글러브를 끼고 쪼그려 앉아 주영이 던지는 공을 받아 냈다. 그래 봐야 글러브로 빨려 들어가는 공은 주영이 던졌던 수십 개의 공 중 몇 개 되지 않았다.

가까이 앉아 있었음에도 대부분 공은 태열의 근처까지도 가지 못하고 바닥으로 곤두박질쳤다.

그럼에도 재밌었다. 이것도 못 하냐는 태열의 구박에도 깔깔 거리며 소리 내어 웃을 정도로.

한참 그렇게 놀고 나니 주영이 던진 공들이 모랫바닥 여기저기에 퍼져 있었다.

"나 이제 그만할래. 너무 힘들어. 팔 아파."

"체력하고는."

주영이 가쁜 숨을 몰아쉬며 스탠드에 털썩 주저앉았다. 혀를 차던 태열도 몸을 일으키고는 운동장 바닥에 널브러져 있는 공을 주섬주섬 정리하기 시작했다.

주영이 묘한 시선으로 그 움직임을 좇았다.

"의외야."

"뭐가."

공을 줍던 태열이 고개만 살짝 틀어 이쪽으로 시선을 던졌다. 대부분 그렇듯 대꾸는 심드렁했다.

"양아치 같은데 뒷정리는 꼬박꼬박 열심히 하네. 부엌 치울 때도 그렇고."

"양아치라니. 말이 심한데."

말이 심하다고 하는 주제에 화는커녕 자신을 쳐다보지도 않고 공을 계속 줍는 태열을 보며 주영이 화제를 돌렸다.

"너 공 던지는 거 보여 줘. 얼마나 잘하는지 보자."

사실 궁금했다. 태열이 공을 던지는 모습이.

좀 전에 언뜻 투구 폼을 살짝 보여 줬을 때 진짜 선수처럼 그럴 싸해 보이기도 했고, 정말 얼마나 잘하는지도 궁금했다.

전문가도 아닌 주영이 공 던지는 모습 몇 번 본다고 알 수 있는 건 아니지만 그 자신감의 원천이 궁금했다.

"나중에. 경기 보러 와."

"거길 내가 왜 가? 근데 은아 남자 친구는 1학년이라 주전도 아니라던데. 너도 경기 가 봐야 못 보는 거 아냐?"

"장기영? 그 새끼 좆밥이고."

태열이 마지막 공을 박스에 던지며 말했다. 마치 장기영과 자신이 비교당했다는 사실 그 자체가 굉장히 불쾌하다는 듯 미간을 구기며.

"너 은아한테 이를 거야. 그럼 넌 경기 뛰어? 진짜?"

"당연하지. 씨발, 무슨 영성고에서도 주전으로 못 뛰는 새끼가 메이저리그를 간다고 설쳐."

자연스럽게 흘러나오는 욕설에 주영은 눈을 가늘게 떴다.

"넌 욕 안 하면 말을 못 해?"

"엉. 양아치라."

태열은 주영이 조금 전에 했던 말을 고대로 돌려주었고, 주영은 그런 태열을 보며 눈을 가느스름하게 떴다.

"참나. 몇 시야? 배고프다. 나 이제 가야 돼."

주영의 물음에 태열이 주머니에서 핸드폰을 꺼내 시간을 확인했다. 구형 슬라이드 폰이었다. 얼마 전, 스마트폰이 출시된 이후로 아이들의 핸드폰은 제각각이 되었다.

유행을 따라 최신형 스마트폰을 쓰는 아이들, 공부에 전념한다며 기존의 폴더폰이나 슬라이드폰을 쓰는 아이들.

태열과 같은 모델의 핸드폰이 주영의 교복 치마 주머니에도 들어 있었다. 왠지 모를 반가움이 들었다.

"3시 반. 거기 다시 가서 뭐 하게. 남자 새끼들 드러운 손이나 주물럭거리기밖에 더 하냐."

"끝나고 아웃백 가기로 했어. 지금 가면 대충 끝날 때쯤 됐을 것 같은데. 가방도 거기 있고."

"그런 느끼한 거 좋아하냐."

"몰라. 한 번도 안 먹어 봤어. 궁금해서 가 보게. 넌 가 봤나 보네?"

"엉. 존나 느끼해. 일단 가자."

야구장을 따라나서는데 태열은 여고 건물 방향이 아닌 야구장 옆에 있는 후문 방향으로 휘적휘적 걸어갔다.

"어디 가?"

"배고프다며."

"나 이제 가야 된다니까? 가방도 찾아야 되고, 아웃백도…….

"아, 그냥 좀. 따라와. 가방은 찾아다 줄 테니까."

뭐 저렇게 다 제 맘대로야. 재수 없게.

주영이 투덜거리며 성큼성큼 앞서 나가는 태열을 쫓았다.

배도 고팠고……. 그냥 그래도 될 것 같았다. 가방도, 고은아도, 3만 원도 다 뒤로 제쳐 놔도 될 것 같은 기분이 들었다.

태열과 있으면 그랬다. 다른 생각이 잘 안 났다. 일상의 사소한 걱정이나 불안 같은 것들이 연소된 기분.

버스를 타고 도착한 곳은 주성동 로데오 거리였다.

인근에서 가장 가게나 술집이 많아 번화한 곳. 은아와 영서가 쇼핑을 하거나 놀러 갈 때면 종종 찾는 곳이었다.

태열이 익숙한 듯 앞장섰다. 5분 정도 걸어 도착한 곳은 아웃백이었다.

뭐야. 나 지갑도 없는데. 진짜 얘는 제멋대로다.

"뭐 먹을 거야."

어두운 조명 아래 서버가 안내하는 대로 자리를 잡자마자 태열이 물었다.

"알아서 시켜. 나 잘 몰라."

물어봐야 뭐해, 와 본 적도 없는데.

이내 태열이 알아서 주문을 하자 빵이 나왔다. 갈색 빵을 입안에 넣자 부드럽게 녹아내렸다. 맛있네. 과일 에이드, 노란 치즈를 듬뿍 얹은 감자튀김, 면이 두꺼운 파스타 그리고 치킨이 올라간 샐러드가 테이블을 채웠다.

점심도 거른 채 허기진 상태였기에 주영은 눈앞을 가득 채운 음식들을 입에 넣기 바빴다.

기름진 감칠맛이 혀에 감겨 왔다. 애들이 왜 좋아하는지 알 것 같아 고개를 잘게 끄덕이며 배를 채웠다.

엄마의 음식과는 비교도 안 될 정도로, 학교 앞 5천 원짜리 파스타와는 비교도 안 될 정도로 기름진 감칠맛.

맛있는데 다 먹기엔 좀 부담스러운 느낌. 한참을 음식에 집중하다 보니 빤히 쳐다보는 시선이 느껴졌다.

"왜?"

"맛있냐?"

"응. 근데 이거 네가 사는 거지? 나 지갑 없어."

"엉. 뇌물이야."

갑자기 웬 뇌물. 쟤는 진짜 맨날 뜬금없는 말만 하더라.

주영이 태열의 말을 흘려들으며 손에 쥔 포크를 다시 바쁘게 움직였다.

태열은 느끼하다며 얼마 먹지 않고 의자에 몸을 깊게 기대앉았다.

욕심껏 남은 걸 다 먹고 싶었지만 주영도 결국 얼마 못 가 포만감을 느꼈다. 목 끝까지 파스타가 채워진 기분이었다.

"아 배부르다. 남은 거 아까워."

주영이 배를 두드리며 의자에 등을 기대자 빤히 쳐다보던 태열이 픽 웃으며 일어났다.

가격이 얼마나 나왔는지 확인할 새도 없이 빠르게 계산을 마친 태열이 이끄는 대로 주영은 따라 걸었다.

남명 사거리 버스 정류장에서 내려 조금 걷다 보면 남명 아파트가 나온다. 남명 아파트 뒤쪽 굴다리를 지나 오르막길을 20분 정도 걷다 보면 삼빛 아파트가 있다.

굴다리를 지나기 전 태열이 샛길로 방향을 틀었다.

뭐야, 또 말도 없이 어디 가는데, 하다가 배가 불러 소화를 시키고 싶기도 했기에 주영도 뒤를 따랐다. 굴다리 아래 남명천의 산책로를 나란히 걸었다.

주말 오후인데도 사람이 많지 않았다. 드문드문 운동을 하는 사람들과 자전거를 탄 이들이 가끔씩 곁을 스쳐 지나갔다.

뒤를 돌아 주영을 쓱 훑은 태열이 옷이 웃겨서 안 어울린다고 놀렸다.

뭐, 네가 입으면 어울릴 것 같니? 픽. 넓은 등을 주영이 손바닥으로 내리쳤다.

지지 않고 반박을 하면서도, 화사한 살구색 블라우스와 단정한 회색 교복 치마의 조화는 주영이 생각하기에도 조화롭지 못했기에 마냥 웃었다.

웃으며 걷는데 태열이 주섬주섬 주머니에서 사탕을 꺼내 제 입에 하나를 물고는 주영에게도 건넸다.

단거 안 좋아한다니까. 애처럼 맨날 사탕이나 달고 살고. 주영의 거절에 태열이 이해할 수 없다는 표정으로 어깨를 으쓱였다.

태열은 사탕을 입에 물고 걸으며 자연스럽게 대화를 유도했다. 시답잖은 얘기들이 남명천을 걷는 둘의 간격을 채웠다.

기계적으로 지압봉을 굴리던 손 마사지가 얼마나 재미없었는지. 세상에 못생긴 애들이 그렇게 많은 줄 몰랐다든지. 사실은 빨리 끝내고 싶었다는 투정에 태열은 뭐가 웃긴지 큰 소리로 웃었다.

그러다 뜬금없이 주영의 성적을 물어봤다. 언제부터 공부를 잘했는지, 공부를 안 할 땐 뭘 하는지, 도서관은 하루도 빠짐없이 가는 건지, 도서관에 가면 저녁은 어떻게 하는지. 매우 사소하고 시시콜콜한 질문들이었다.

나란히 걸으며 손끝이 부딪히기도 했다. 이미 손이 닿은 것만 수차례긴 하지만 주영이 유난을 떨며 질색하니 태열이 장난처럼 손을 꾹 잡아 왔고 주영은 커다란 손등을 시원하게 때렸다.

함께 걷고 웃는 이 시간이 꼭 현실 같지 않았다. 언제부터인가 태열과 같이 있으면 매번 그런 기분이 들었다. 현실에서 한 발자국 떨어져 있는 느낌.

확실히, 오늘만 그렇게 느껴진 건 아니었던 것 같다. 그 애의 집에서 공부를 하고, 같이 밥을 먹고, 과일을 먹고, 시답잖은 대화를 나누던 순간들을 생각해 보면은.

낯을 가리는 성격인데도, 남들에게 스스로를 드러내는 걸 좋아하지 않는데도, 주영은 이유도 없이 태열 앞에서 조금 더 솔직했다.

툴툴거리는 성격도 그 애에게 조금 더 보였고, 구질한 생각도 조금은 내보이고.

그럼에도 태열은 주영을 이상하게 보지도 않았고, 딱히 신경 쓰는 것 같지 않아 보였다.

그래서 더 편해졌을지도 모른다. 옆집에 이사 온 이상한 남자애가.

쟤는 왜 나만 보면 시비를 걸고, 나사 빠진 애처럼 실실거리는지는 모르겠지만…….

혼자 잡생각에 빠져 있던 주영은 갑자기 번뜩 정신이 들어 걸음을 멈췄다.

"야……. 고태열."

"왜."

태열이 왜 그러냐는 듯 몸을 돌려 마주 봤다. 올록볼록한 그 애의 볼을 보고 있자니 그때야 잊었던 현실이 주영의 머릿속을 뒤덮었다.

음악실에서 주영과 태열에게 쏠렸던 시선. 두 사람이 이웃이라는 걸 아는 사람은 아무도 없었다.

태열은 나름대로 유명인이었고, 분명 돌아가면 질문이 쏟아질 텐데.

쟤랑 어떻게 알게 된 사인지 물으면 뭐라 그러지.

이웃이라고? 그럼 어디 사냐고 물어보면……. 대답하기 싫은데.

죽어도 발설할 수 없는 그런 비밀은 아니었지만 되도록이면 굳이 먼저 말을 꺼내고 싶은 주제는 아니니까.

"고태열."

"엉."

"네가 내 가방 찾으러 가면 애들이 이상하게 생각할 거 아냐. 누가 물어보면 그냥 친구의 친구라고 해."

"뭐?"

"너랑 어떻게 아는 사인지 세세하게 설명하기 싫으니까. 우연히 친구의 친구인 거 알게 돼서 최근에 알게 됐다고. 알았지?"

"존나 말 같지도 않은 소리를 하네. 그걸 누가 믿냐?"

스스로 생각해도 말 같지 않기는 한데. 그래도 그렇지. 그렇게 대놓고 비웃을 건 뭔데. 주영은 코웃음 치는 태열을 흘겨봤다.

"아, 그냥 시키는 대로 해."

"이제 배부르다고 다시 짜증을 내네."

어? 내 말대로 하라니까? 주영의 다그침에 태열이 귀찮다는 표정으로 알아서 하겠다며 앞장서서 걸었다.

앞서가던 태열이 갑자기 걸음을 멈췄다. 몸을 돌려 다시 주영과 눈을 마주 보며 씩 웃는다. 왠지 모르게 얄미운 낯짝이었다.

또, 무슨 소릴 하려나 싶었다.

"뭐가 이상한데."

"뭐가?"

"애들이 이상하게 생각할 것 같다며."

"아, 그거. 그렇잖아. 아까도 음악실에서 애들이 다 쳐다보는데 너 따라 나오고……."

"뭐가 어떻게 이상한지 자세하게 말해 봐."

"……."

마주 본 태열의 입꼬리가 여전히 살짝 말려 올라가 있었다.

진짜 몰라서 묻는 건지 놀리는 건지 구별하기 어려웠다.

"아까 음악실에서 네가 내 손목 잡고……."

주영이 잠시 말을 멈췄다. 건조하고 꺼끌한 손바닥이 손목을 휘감았기 때문에.

"이렇게? 그리고."

검은 눈이 주영의 얼굴을 응시했다. 잡힌 손목에 열기가 돌았다.

"……뭘, 그리고야."

"내가 네 가방 찾으러 가면 애들이 뭐라고 그럴지 맞혀 볼까."

주영이 손을 들어 뺨을 만졌다. 정확히는, 태열에게 잡힌 손이 뺨에 닿았다.

달아오른 볼 위에 서늘한 주영의 손이, 그리고 다시 그 위를 따뜻하고 커다란 손이 덮었다.

주영은 멀뚱히 서서, 자신을 뚫어져라 내려다보는 시선을 그대로 받아 냈다.

마주 본 검은 눈이 일렁이는 듯한 착각이 들었다. 주영이 대답하기 위해 입술을 달싹이던 찰나 태열이 더 빨랐다.

"사귀냐고."

"……뭐?"

"뻔하지. 우리가 어떻게 알게 됐는지 따위 걔네가 관심 있을 것 같아? 무슨 사인지 그게 궁금한 거지."

주영의 뺨과 손을 덮은 커다란 손의 끝이 뒤통수까지 덮었다.

손등 위에서 그 애의 손바닥 위에 알알이 박인 굳은살이 선명하게 느껴졌다. 태열 특유의 가벼운 비누 향이 머릿속을 어지럽혔고 주영은 결국 숨을 훅 들이켰다.

"야…… . 무슨 너랑 내가…… ."

주영이 벙어리가 된 것처럼 또다시 말을 잇지 못했다. 주영의 얼굴 위에 올려진 그 애의 손이 움직여 엄지 끝으로 눈 밑의 연한 살을 부드럽게 문질렀다.

주영의 얼굴에 자신의 지문을 새기듯 뺨을 지나 입술로 손가락이 떨어졌다. 동시에 저음이 정수리 위로 떨어졌다.

"사귈까."

태열은 살짝 상체를 굽혀 진득하게 눈을 맞춰 오며, 밥 먹자, 집에 가자, 이런 일상적인 말을 하듯이 평이한 어조로 물었다.

주영은 잠시 무슨 말을 들었나 싶어 머릿속을 되감아야 했다.

사……귀……. 뭐?

"야! 내가, 내가 왜. 나 눈 높아! 너처럼 밥 먹듯이 욕이나 하고, 볼 때마다 시비나 거는 애를 내가 왜…… ."

당혹스러워 아무렇게나 필터링 없이 내뱉은 말은 엉망진창이었다. 볼품없는 주영의 대답보다 더 이해하기 어려운 건 태열의 반응이었다.

조금은 기분이 나쁠 법도 한데 그저 평소처럼 비식 웃고 말았다.

예상한 반응이 돌아와서인지, 진심으로 기분이 나쁘지 않은 건지. 진짜 쟤를 모르겠다.

태열은 그저 평이한 어조로 되물었다.

"그래서. 싫다?"

묻는 와중에 주영의 입술 위에 내려앉은 손끝이 툭툭 여린 살을 두드렸다.

아니 그렇게 만지작거리면 입을 어떻게 여냐고요. 입을 열면 툭툭 움직이는 저 기다란 손가락이 입안으로 쑥 들어올 것 같았다.

주영이 눈도 깜빡이지 않고 뭐라 대답할지, 어떻게 입을 열지 고민하는데 태열이 상체를 더 숙여 이마를 맞붙여 왔다.

가볍게 휘어진 눈매가 상대의 그림자로 어둑해진 주영의 시야를 가득 채웠고, 생각보다 인내심이 짧은 태열이 제멋대로 주영의 의사를 해석했다.

"대답이 없는 거 보니 싫은 건 아닌가 보네."

지근거리에서 느껴지는 숨결이 낯설었다. 우리에겐 201호와 202호만큼의 거리가 있었는데, 저 애는 제멋대로 성큼 그 간격을 좁혔다. 주영 자신의 의사와는 상관없이.

기분이 좋은 듯 실실 웃으며 물러나던 고태열은 한발 더 나아가 주영의 정수리에 가볍게 입술을 누르고 떨어졌다. 뜨거운 숨이 주영의 머리 위를 스치고 지나갔다.

잠시 굳어 있다 한 30초쯤이 지나고야 주영은 정상적인 반응을 할 수 있었다.

"야……! 너, 너……. 미쳤어? 지금 뭐…… 한 거야?"

"뭐가. 네가 안 싫다며."

널따란 어깨를 가볍게 으쓱이는데, 어떻게 저렇게 뻔뻔할 수가 있지?

네가 입막음을 하니까 말을 못 한 거지!

주영이 얼굴을 붉히며 속사포처럼 빠르게 말을 토해 냈다.

"싫어. 싫어. 싫다고!"

"아. 세 번이나 말할 정도로⋯⋯. 충격이야. 상처도 좀 받았고."

태열은 내뱉은 말과는 전혀 다르게 충격적이지도, 상처를 받지도 않은, 평이한 얼굴로 말하는데 거기에 주영은 조금 약이 올랐다.

뜬금없이 고백을 한 건 쟨데, 왜 얼굴을 붉히며 성을 내는 역할은 자신이 하고 있는 건지. 조금은 억울하기도 하고.

"겨우 이 정도로? 나, 너랑 안 사귀어. 공부하기도 바쁜데 무슨. 나중에 대학 가서 똑똑하고, 머리 좋고, 다정하고, 상냥한 남자 친구 만날 거야, 나!"

이 정도면 항상 태평한 저 얼굴에도 금이 가려나 싶었다. 태열은 주영이 말한 조건 어디에도 해당 사항이 없으니까.

물론, 이건 방금 지어낸 말은 아니고, 주영이 만나고 싶은 사람의 조건이기도 했다.

아아. 태열이 감탄사와 함께 고개를 끄덕이며 '똑똑하고, 머리 좋고, 다정하고, 상냥한'을 몇 번 되뇌더니 비식 웃었다. 그러다 금세 웃음기를 지우고 빤히 주영을 내려다봤다.

"⋯⋯왜. ⋯⋯뭐."

주영의 물음에 태열은 고개를 비스듬히 기울이면서도 시선을 치우지는 않았다.

주영도 그 눈을 피하지는 않았다. 지금 우리에겐 한 발짝이라는 간격이 있으니까, 긴장감에 숨을 들이마실 필요도, 몸을 굳힐 필요도 없다는 생각이었다.

주영의 이마부터, 눈, 코, 입, 그리고 턱까지 태열의 검은 눈동자가 느릿느릿 훑고 지나갔다.

주영도 눈을 깜빡이지도 않고 그 시선을 받아 냈고, 잠시 뒤 결국 작게 웃은 태열이 손을 뻗어 주영의 머리를 가볍게 헝클어트렸다.

"끝내주게 차여서, 할 말이 없네."

"……."

"그래도 다음엔 좋다고 해."

다음에도 또 고백을 할 사람인 양 태연히 말한 태열은 휙 몸을 돌려 휘적휘적 걸어갔다.

잠시 벙 쩌 있던 주영이 태열을 쫓아가 옷자락을 잡았다.

"너 도대체 무슨 생각이야?"

갑자기 이런 뜬금없는 타이밍에 사귀자고 말하는 태열이 도통 이해가 가지 않았다.

쟤랑 나랑 뭐가 있었나? 그렇다고 하기엔 그냥 서로 투덕거리다 조금 친해진 거 아닌가.

잠시 걸음을 멈추고 주영을 내려다보는 태열의 눈엔 태연자약하기만 했던 빛은 사라지고 없었다. 살짝은 가라앉은 눈이었다.

"너는 사귀자는 말을 무슨 생각으로 한 것 같아?"

"……."

도리어 어이가 없다는 듯 물어 오는 태열에 주영은 잠시 할 말을 잃었다.

"······야, 나는······."

"됐어. 친구 해. 당분간은."

'당분간은'이라니.

아니 솔직히 태열과 가깝게 지낸 건 맞는데 또 친구라는 단어를 가져다 붙이니 어색했다.

돌이켜보면 주영은 이성 친구가 없었다. 주영에게서 대답이 없자 그것도 싫다고 오해한 건지 태열이 큰 손으로 얼굴을 쓸어 올리며 말했다.

"그것도 싫으면 옆집 인간인 거로 해."

"······야, 그게 아니라."

구겨진 제 미간을 만지작거리는 태열을 보며, 주영의 얼굴에 곤란한 빛이 떠올랐다.

주영이 주춤하는 걸 알았는지, 아니면 또 놀릴 거리가 생긴 건지 태열의 시원하게 뻗은 입매에 다시 슬쩍 웃음기가 걸렸다.

"그것도 싫으면 선생이나 하든가."

뭐? 또 무슨 뚱딴지같은 소리야.

사귀자더니, 당분간은 친구나 하자더니, 아니면 옆집 인간 취급이나 하라더니, 또 선생이라니.

태열과 말하다 보면 주제가 널을 뛰어서 도대체 어디로 가는지도 모르겠다.

다시 장난기가 슬며시 맺힌 눈매를 보자니 주영은 쟤가 오늘 나한테 고백을 하고, 차인 애가 맞나 싶기도 했다.

"뇌물도 바쳤으니까, 이번엔 싫은 건 없는 거로. 거절은 거절할게."

선생이라는 황당한 단어를 내뱉은 태열은 주영에게 뜬금없이 영어 과외를 요구했다.

태열이 말한 뇌물은 아웃백이었다. 조금은 어처구니가 없었다. 그런 와중에도 태열은.

"나 메이저리그 가야 되니까, 미리미리 준비해 두는 거지. 존나 준비성 철저하지 않냐."

심지어는 좀 멋있지 않느냐며 거드름을 피웠다. 주영이 어이없는 웃음을 피식피식 흘렸다.

말투는 시큰둥한데 내용엔 반짝이는 꿈이 들어차 있어서. 목적의식 하나는 확실한 애였다.

자기 공부를 하기도 바빠 거절하려고 주영이 입을 떼는데 그를 제법 아는 태열이 선수를 쳤다.

"뇌물이 안 먹히나 보네. 당연히 과외비도 줄 건데."

"……과외비?"

"엉. 10만 원."

부족해? 묻는데 주영은 그렇다고 대답할 수 없었다. 성적이 좋은 편이긴 하지만 주영이 전문적으로 누군가를 가르치는 사람도 아니고, 주영에게 10만 원이라는 액수는 상당히 큰 액수이기도 했다.

애초에 거절을 하려고 했던 이유는 남에게 꾸준히 계속 시간을 투자해야 한다면 주영의 시간을 빼앗기기 때문이었다.

게다가 태열은 사람을 불편하게 만드는 분위기가 분명히 있었다.

가끔씩 장난을 걸고, 이렇게 편하게 대하다가도 문득 이상한 긴장감을 만들어 냈다. 심지어, 오늘은 고백까지 했는데, 이런 와중에.

물론, 다른 걸 다 제쳐 두고 보면 10만 원이 주영에게 꽤 매력적인 조건이라는 건 부정할 수 없는 사실이었다. 인강도 들을 수 있는 여유가 생길 터였다.

근데, 쟤가 10만 원이나 투자할 돈이 있나?

뭐……. 내 알 바는 아니지.

"생각해 볼게."

돈을 주겠다는 말에 이미 반쯤은 넘어간 건 사실이지만 겉으로는 쉽게 오케이 할 생각이 없었다.

"생각은 개뿔. 더러운 손 주물럭거리는 짓 같은 거보단 훨씬 낫지."

태열이 불퉁한 대답을 돌려주었고 주영이 황당한 얼굴을 했다.

태열이 찡그렸던 얼굴을 이내 짓궂게 바꾸며 어깨에 팔을 둘러 훅 잡아당겼다.

다시 주영의 코끝으로 특유의 산뜻한 비누 향이 닿았고, 귓가엔 장난기가 잔뜩 묻은 목소리가 흘러들었다.

"사귈래, 과외할래."

"……이거 진짜 또라이 아냐?"

주영이 진심으로 어이없다는 듯 육성으로 내뱉자 머리맡에서 시원한 웃음을 흘렸다. 웃음이 옮았다. 함께 웃는 소리가 남명천의 물살을 따라 흘렀다.

집으로 돌아오는 길, 태열이 자신의 핸드폰을 주영 앞에 내밀었다.

주영이 눈앞의 핸드폰을 한 번, 태열의 얼굴을 한 번 번갈아 쳐다봤고 무뚝뚝한 목소리가 이어졌다.

"번호. 가방 찾아다 줄게. 받으러 나오라고 연락은 해야 할 거 아냐."

주영이 키패드를 꾹꾹 눌러 번호를 찍었다. 핸드폰을 받아 든 태열은 이따 가방 찾고 연락할 테니까 나오라는 말만 남긴 채 경사진 언덕길 아래로 사라졌다.

집으로 돌아와 거실 바닥에 누워 뒹굴거리던 주영이 교복 치마 주머니에서 핸드폰을 꺼냈다.

은아로부터 메시지가 남겨져 있었다. 답장은 하지 않았다. 뭐, 고태열이 알아서 하겠지. 바로 연락처 탭을 열었다.

[고태열]

이제는 익숙하기만 한 세 글자의 이름이 주영의 연락처 목록에 추가되어 있었다.

핸드폰의 액정을 빤히 보다 탁 소리를 내며 슬라이드를 내렸다. 액정의 불빛이 사라졌다.

눈을 감았다. 오후 내내 가방도 지갑도 없이 돌아다녔다. 기분이 이상했다.

느끼한 음식으로 가득 찬 뱃속도, 늘어난 연락처의 새로운 이름도.

방학 이후로 쌀쌀맞게 굴며 내내 무시로 일관했던 태열과 웃으며 캐치볼을 했던 오늘의 낯선 오후가 주영의 눈앞을 스친다.

의식하지도 못한 사이 주영의 입꼬리가 느슨하게 풀어졌다. 계절의 햇빛을 받아 잔잔하게 넘실거리던 남명천의 산책로가 떠올랐다.

그리고 가볍게 내려앉았던 부드러운 입술의 촉감이, 사귀자고 말하던 낮게 깔린 목소리가.

주영이 몸을 굴려 엎드려 누운 채로 눈을 끔뻑였다.

사귀는 건 좀…….

태열과 함께하는 시간은 재밌었지만 주영의 우선순위는 공부였다. 게다가, 고태열은 주영의 이상형과 상극이었다.

갑작스레 닥친 상황에 당황해서 내뱉은 말이긴 하지만, 태열이 주영의 이상형과는 정반대인 건 사실이었다.

한량같이 껄렁거리는 태도도 그렇고, 욕도 입에 달고 살고, 환경도 비슷하고, 게다가 인상도 사납고. 시비 거는 게 취미라 다정과는 거리가 멀다. 똑똑한 거랑은 더 거리가 멀고.

과외는…….

뭐, 일주일에 한두 시간 정도 붙어 있는다고 큰일이 날 것도 아니고…….

심지어 가끔 밥까지 준다고 하지 않았던가. 방학 때 접해 본 태열의 요리 솜씨는 제법 괜찮았다. 주영에게는 손해 볼 게 하나도 없는 제안이었다.

그럼에도 주영은 '생각해 볼게'라고 대답하며 확답을 주지 않았다.

쉽게 오케이를 해 줄 생각은 없었다. 괜한 심술이었다. 꼬리를 무는 생각들을 정리하며 오랜만에 바닥에 늘어져 있는데 엄마의 목소리가 들렸다.

"영이 너 진짜 저녁 안 먹을 거야?"

퇴근하고 돌아온 엄마가 때늦은 저녁상을 간단하게 차리며 물었다.

"응. 축제 가서 이것저것 먹었더니 배불러."

"그래도 고등학생 됐다고 축제도 가고 재밌겠네. 중학교 땐 너무 공부만 해서 엄마가 기특하면서도 걱정했어."

"걱정하지 마. 엄마 딸 알아서 잘해."

주영이 건성으로 대답하며 몸을 일으켜 방으로 들어갔다. 점심을 늦게 먹기도 하고, 많이 먹기도 해서 배가 고프지 않았다.

주영이 아직도 가라앉지 않은 포만감에 배를 두들기며 의자에 앉았다.

고3 선행을 하다 보니 막히는 부분이 많았다. 교육 방송의 무료 강의로는 한계가 있었다. 인강이라도 듣고 싶은데…….

가끔 용돈을 아껴 인강을 듣긴 했지만 올해는 고등학생이 되어서 그런지 참고서 비용이 꽤나 많이 들어서 여유롭지 못했다.

교사들에게 눈도장을 찍으며 교사용 교재를 무료로 받는 것도 한계가 있었다.

그렇다고 학원비나 인터넷 강의 비용을 엄마에게 말해서 부담을 주고 싶진 않았다. 정 안 되면 비상금을 쓰면 된다.

"후……."

뭐든지 돈이 문제였다. 그나마 공부에 재능이 있어서 다행이지. 머리까지 나빴다면 총체적 난국이었을 것이다.

태열처럼 운동에 재능이 있는 것도 아니고.

사실 주영이 가진 재능이라면 공부를 위한 머리보다는 의자에 엉덩이를 오래 붙이고 앉아 있을 수 있는 지구력 하나였지만.

참고 버티는 거 하나는 자신 있었다. 다음 주에 있을 쪽지 시험 수행 평가를 한참 준비하고 있는데 드르륵 진동이 울렸다.

고태열이었다.

[나와.] 9:27 PM

주영이 핸드폰을 확인하자마자 바로 뛰쳐나와 문을 열었다. 기대했던 얼굴은 없고 문고리에 덩그러니 주영의 까만 백팩이 걸려 있었다.

뭐야, 과외해 준다고 대답 안 해 줘서 삐쳐 가지고 가방만 두고 간 건가.

언제는 나한테 속이 좁다더니, 지는.

주영이 입술을 삐죽거리며 가방을 열어 물건들이 제대로 있는지 확인했다.

툭. 가방 속에서 벗어 두었던 교복 상의를 꺼내자 태열이 넣어
놓은 듯한 막대 사탕 몇 개와 하얀 봉투가 같이 떨어져 나왔다.

뭐지?

주영이 봉투를 집어 들었다.

하얀 봉투 위에 삐뚤삐뚤한 글씨로 '환불 불가'라고 쓰여 있고,
봉투 안에는 꾸깃꾸깃한 초록색 지폐 10장이 들어 있었다.

저절로 주영의 입꼬리가 올라갔고 푸스스 웃으며 바람 빠지는
소리가 났다.

주영이 괜스레 정수리부터, 뺨, 그리고 입술까지 손등으로 쓸
었다. 그 애의 체온이 닿았던 흔적을.

4. 투아웃

"안녕하세요."

"어? 아, 202호 딸내미구나. 오랜만에 보네. 학교 가냐?"

"아뇨. 오늘 주말이라 도서관 가요."

"아이고. 내 정신 좀 봐라. 오늘 토요일이지. 공부 열심히 하네 그래. 엄마가 자랑할 만혀."

주영이 도서관을 가기 위해 집을 나서는데 마주친 건 중년의 남자였다. 한 달에 한두 번 서울 집을 찾는다는 태열의 삼촌이었다.

201호의 문 앞에 서 있는 그는 제 조카와는 다르게 평범한 체구였다. 세월의 흐름이 묻어 있는, 주름이 자글자글한 얼굴은 온화한 인상을 띄었다.

태열과는 정반대의 이미지였다. 직계가 아니라 그런가 외적으로는 그다지 닮은 구석이 없었다.

주영은 태열의 삼촌에게 인사를 하고 도서관으로 향했다.

태열로부터 환불 불가 봉투를 받았던 날 이후로 주영은 주말마다 태열의 집에서 저녁을 먹고 같이 공부를 했다.

그 시간 동안 주영이 태열에 대해 알게 된 것은 그 애의 일상이 생각보다 양아치와는 거리가 멀었다는 것이다. 밤 11시면 잠에 들고 아침 5시면 눈을 떠 훈련 삼아 남명천을 뛰었다.

훈련엔 누구보다 진심이었고, 오히려 주영보다 바른 생활이며 열심이었다.

주영이 버둥거리며 악착같이 공부를 한다는 느낌이라면, 그 애는 진심으로 야구를 즐기는 느낌이었다.

태열의 모든 열정이 공부가 아닌 야구에 가 있었다는 게 한 가지 흠이라면 흠이랄까.

태열의 영어 수준은 상상했던 것만큼, 혹은 그보다 더 처참했다.

처음에 3형식이니 5형식이니 문장 구조를 설명할 때 태열은 지루한 표정을 숨기지 못했다. 늘어지게 하품을 하곤 했다.

"보언지 복언지 존나 머리 아프네. 이런 거 꼭 알아야 되냐?"

"……그냥 외워."

영 공부 체질이 아닌 것 같아 방법을 바꿨다. 단어 암기와 말하기 위주로.

스피킹은 그다지 주영도 자신 있는 부분은 아니었지만 태열의 영어 수준이 유아 레벨이라 어렵지 않았다.

리스닝과 스피킹 무료 영상 교육도 추천해 주고 대충 쉬운 표현들을 가르쳐 주다 보니 그나마 흥미를 붙이는 듯했다.

한 시간 정도 과외를 끝내고 주영이 혼자 공부할 때면 태열은 옆

에 앉아 주영의 참고서에 'Super star'라든가 'Top', 'Success', 'Best'
와 같이, 쉽고, 본인이 좋아하는 단어들을 끄적거리며 낙서했다.

유치하기 짝이 없었다.

주영이 도서관 열람실에 앉아 문제집 위에 삐뚤빼뚤한 서체로
적혀 있는 'Super star'라는 단어를 보며 희미한 웃음을 흘렸다.

한심해 보여야 마땅한데 웃겼다.

태열은 자연스럽게 주영의 일상에 스며들었다.

이렇게…….

[내려와.] 18:30 PM

주말마다 태열은 6시까지 훈련이 끝나고 나면 도서관 앞으로
주영을 데리러 왔다.

가끔 훈련이 일찍 끝나는 날엔 손가락에 달걀이나 양파 같은
것들이 담긴 검은 비닐봉지를 달랑거리며 나타날 때도 있었고,
어떤 날은 집에 돌아가며 함께 사거리 앞 마트에 들러 같이 장을
보기도 했다.

나란히 걸으며 나누는 대화들은 별것 없었다. 주영이 태열에게
내준 단어 암기 테스트를 할 때도 있었고, 훈련 얘기나, 오늘은 어
떤 과목을 공부했는지와 같은 일상적인 얘기를 할 때도 있었다.

한 번은 주영이 도서관에서 음료수와 쪽지를 받았다는 얘기를
지나가듯 흘리자 태열이 어이없다는 듯 웃으며 넘어갔다.

어떤 모자란 놈이 신성한 도서관에 공부하러 가서 그딴 한심

한 짓이나 하냐고.

한심한 듯 비웃어 놓고 그다음 날 태열은 도서관을 찾아왔다.

주말도 아닌 월요일 저녁 9시에.

색이 바랜 회색 추리닝을 입고 삼선 슬리퍼를 신은 기다란 인영이 도서관 앞에서 막대 사탕을 물고 있었다.

"뭐야?"

"뭐가."

"주말도 아닌데 왜 왔어?"

"훈련 끝나고 지나가는 길에."

"훈련이 9시에 끝났다고? 말이 돼?"

"내가 그렇다면 그런 거지. 말이 많네."

뻔뻔한 얼굴로 주머니에 손을 꽂고 앞서 걷는 태열을 보며 주영이 헛웃음을 흘렸다. 늦어도 6시면 정규 훈련이 끝나는 걸 아는데. 어처구니가 없었다.

그날을 기점으로 태열을 매일매일 주영의 일상에 침투했다.

평일엔 밤 9시, 주말엔 저녁 6시 30분. 도서관 건물을 나가면 어디 있어도 눈에 띄는 남자애가 주영을 보며 눈썹을 치켜뜨곤 했다.

오늘도 똑같이 껄렁한 자세의 주인이 도서관 입구 앞에 멀뚱히 서 있는 게 보였다.

주영은 반가운 기색을 숨기지 않으며 태열에게 다가갔다.

"나 오늘 장조림 먹고 싶어."

"가지가지 하네. 내가 식모냐."

투덜거리면서도 태열은 집에 가는 길에 마트에 들러 장조림용

고기를 샀다.

'할 줄 알아?'라고 물었더니 '한글만 읽을 줄 알면 다 해'라며 시큰둥한 대답이 돌아왔다.

영어 단어 몇 개를 시험 삼아 물어보다 보니 벌써 집 앞이었다.

서늘한 복도의 계단을 올라 2층에 도착하자 201호 문이 열렸다. 오전에 봤던 태열의 삼촌이었다.

"열이 지금 오냐? 저녁 안 먹었제? 안 그래도 지금 장이나 보러 갈랬드니. 어이구야, 옆집 학생도 같이 있었네?"

"아, 안녕하세요. 요 앞에서 우연히 만났어요."

주름이 자글자글한 눈가엔 호기심이 맺혀 있었다. 둘이 어떻게 같이 오지? 하는 눈빛으로 눈을 동그랗게 뜨고 묻는 태열의 삼촌 덕에 주영이 대충 둘러댔다.

괜히 어른들 앞에서 친한 척하면 이상하게 엮일 것이 자명했기 때문이다.

그런 오해는 사절이었다. 주영의 대답에 태열이 눈썹을 들어올렸다. 탐탁지 않은 눈빛과 함께.

주영은 그 불량한 눈빛을 가볍게 무시했다. 어쩌라고.

"그래? 열아, 오늘 삼겹살이나 구워 먹을까? 옆집 학생은 이름이 뭐여?"

"온주영이에요."

"그래. 주영이 너도 같이 삼겹살이나 먹을라냐?"

"괜찮아요. 이따가 엄마 오시면 같이 저녁 먹으려구요. 맛있게 드세요."

주영이 꾸벅 인사를 하고 돌아섰다. 허. 기가 찬 듯 숨을 뱉어내는 소리에 슬쩍 고개를 돌리니 사나운 눈매가 주영을 빤히 쳐다본다.

주영이 작게 어깨를 으쓱이고는 문을 열고 집으로 들어왔다.

불도 켜지 않고 깜깜한 거실 바닥에 드러누웠다. 아. 배고픈데. 장조림도 먹고 싶었고. 그리고 또 잔치국수도 먹고 싶다. 엄마가 해 준 잔치국수.

주영이 주머니를 뒤져 핸드폰을 꺼냈다.

[엄마. 나 잔치국수 먹고 싶어.] 7:08 PM

메시지를 보내고 바닥에 누워 눈만 끔뻑였다. 눈을 떠도 감아도 눈앞이 새카맸다.

[오늘은 친구랑 저녁 안 먹어? 어떡하지. 오늘 엄마 조금 늦
게 들어갈 것 같은데. 미선이 아줌마랑 일 끝나고 커피 한
잔하기로 했어.] 7:22 PM

요새 주영이 도서관 같이 다니는 친구랑 저녁을 같이 먹는다는 핑계로 태열과 어울리며 집을 비웠더니 엄마도 나름대로 주말에 자기 시간을 즐기나 보다. 안 만나던 친구도 만나고.

항상 주영의 저녁을 차려 주기 위해 늦은 퇴근 시간에도 부리나케 달려오던 엄마였다.

그런 지도 17년이었다. 그 정도 했으면 엄마도 충분히 할 만큼 했지. 그래, 뭐……. 엄마도 엄마 인생이 있는 거지. 어쩔 수 없는 거지.

주영은 약간의 서운함을 목구멍으로 삼키며 키패드를 꾹꾹 눌렀다.

[아니. 지금 말고 다음에 해 달라고. 재밌게 놀다 와.] 7:33 PM

항상 챙겨 주던 엄마도 없고, 근 한 달간 주말을 같이 보내던 태열도 없다.

허전했다. 길지 않은 시간인데 어느 순간부터 매일 보다 보니 익숙해진 듯했다.

껄렁한 걸음걸이, 항상 욕이 섞인 말투, 사나운 인상, 시큰둥하다가도 웃으면 부드럽게 풀리며 앳되어 보이는 얼굴.

햇빛에 보기 좋게 그을린 피부가, 운동으로 다져진 넓은 어깨가, 투박한 손이, 같이 웃음을 공유하던 순간이 사라진 공백이 허전했다.

그 애로 인해 주영의 일상이 물들어 가고 있었다.

그나저나 뭐 먹지…….

주영이 한숨과 함께 꾸물꾸물 몸을 일으켜 부엌을 뒤졌다. 다행히 밥솥에 밥이 조금 있었다.

냉장고를 뒤져 오이지와 김치를 꺼내고, 대충 밥을 물에 말아 허기만 채웠다.

태열은 삼겹살 먹고 있으려나. 삼촌이 다 구워 주시려나. 아니면 본인이 구우려나.

왠지 태열이 구우면 고기 기름으로 부엌이 난장판이 될 것만 같았다. 피시식 건조한 웃음이 주영의 입 새로 흘렀다.

자려고 눕던 찰나였다. 핸드폰이 드르륵 소리를 내며 짧게 울렸다.

[옥상.] 10:38 PM

다짜고짜 설명도 없이 용건만 두 글자로 언급한 문자의 주인공은 보나 마나 뻔했다.

주영이 대충 잠옷 위에 겉옷을 걸치고 나오니 복도엔 삼겹살 냄새가 은은하게 배어 있었다.

계단을 올라 옥상 문을 여니 평상 위에 앉아 있는 멀대 같은 인영이 보였다.

슬리퍼를 질질 끌며 가까이 다가가니 익숙한 체취가 코끝을 건드린다. 사나운 이미지와는 전혀 어울리지 않는 산뜻한 비누 향.

인기척을 느낀 태열이 고개를 들었다. 주영이 바로 오밤중에 불러낸 용건을 물었다.

"왜?"

124

"저녁은."

"먹었어."

"뭐."

"있어. 맛있는 거."

삼촌과 기름진 삼겹살을 오손도손 먹고 왔을 태열에게 밥에 물 말아서 김치 하고나 먹었다고 말하고 싶진 않았다. 주영이 괜스레 딴청을 피우며 겉옷을 여몄다.

"야, 온."

옥상에 올라온 순간부터 태열의 말투는 불퉁스러웠다. 주영은 날이 서 있는 얼굴을 내려다보며 대답했다.

"왜."

"너 아까 뭐 한 거냐?"

불퉁하게 구는 이유가 있었겠지.

삼촌 앞에서 모른 척을 했다고? 그게 화날 일인가? 아니면 자연스럽게 과외를 빼 먹어서 그런 건가.

"불편하잖아. 괜히 남자애랑 친하다 그러면 어른들은 오지랖 부린다고. 과외는 나중에……."

태열이 날 선 어조로 주영의 말을 끊는다.

"넌 불편한 게 뭐가 그렇게 많아, 씨발. 친구한테도 말하지 말라, 삼촌 앞에서도 모르는 척. 뭐, 너 나랑 비밀 연애라도 하냐?"

연애라니. 어이가 없었다. 분명히 주영의 의사를 지난번에 표현했던 것 같은데. 그 얘기는 끝난 거 아니었나.

태열이 싫은 것은 아니었다. 다만, 지금까지 남자 친구의 대상으로 꿈꿔 왔던 사람은 똑똑하고 돈이 많은, 그리고 화목한 가정에서 사랑받고 자라 다정한, 그런 사람이었다.

주영이 오랫동안 품어 온 결핍을 채워 줄 수 있는 그런 사람.

여태껏 고백이야 수두룩하게 받아 봤지만 대학에 가면 그런 남자 친구를 만들겠다는 생각으로 한 번도 남자애들의 고백을 받아들인 적 없었다.

심지어, 공부나 똑똑함과는 거리가 완전히 멀고, 말할 때마다 욕은 기본으로 깔고 들어가고, 다정은커녕 매번 시비만 거는 태열은 말도 안 됐다.

은근하게 태열이 신경 쓰였지만 그래도 아닌 건 아니었다.

"내가 너랑 연애를 왜 해. 말했지. 나 눈 높아. 너처럼 욕 잘하고 툭하면 시비만 거는 애를 내가 왜 만나."

주영의 단호한 대답에 태열이 눈썹을 치켜들었다.

"그럼 욕 안 하고, 시비 안 걸면. 그럼 만나고?"

"……어?"

"그럼 사귀냐고."

"……."

평상에 앉아 있는 태열의 검은 눈이 끈덕지게 주영의 표정을 쫓았다.

"온주영."

"……."

"사귈까."

주영의 손목을 감싼 두꺼운 스웨터의 소매를 태열이 힘주어

잡았다.

주영이 다소 곤란한 표정을 지었다. 분명 태열이 싫은 건 아니었다.

오히려 같이 있으면 재밌고 시간도 잘 가고, 다른 누구보다도 편했다. 가끔 은근하게 살을 맞대거나 감정을 표출하는 이런 모습이 부담스럽긴 했지만, 그렇다고 또 싫은 것은 아니었다.

그래도…….

"……아니. 안 사귄다니까. 사람이 바뀌는 게 그렇게 쉬운 줄 알아?"

주영이 고개를 돌려 눈을 마주치지 못한 채로 대답했다. 괜한 핑계를 대며 거절하자 태열이 피식하고 버석한 웃음을 내뱉었다.

"또 싫다고. 투 아웃이네."

웃으며 중얼거리더니 손목을 쥔 손에 힘을 주고는 잡아당겼다.

주영은 어느새 평상에 앉아 있는 태열의 단단한 허벅지 사이에 갇힌 꼴이 됐다.

"다음 주에 전국 체전 있어. 결승전은 목동에서 하니까 보러 와. 토요일이야."

"……생각해 볼게."

"생각은 무슨."

"사귈래? 경기 보러 올래?"

본인이 말하면서도 어처구니가 없는지 고태열이 웃었다.

명치께에서 듣기 좋은 웃음소리가 흩날렸다. 그 소리와 함께 굳어 있던 주영의 얼굴도 스르르 풀렸다. 주영이 소리 없이 웃었다.

주영을 다리 사이에 가둔 태열이 말했다. 결승 꼭 갈 거야. 그리고 우승할 거니까, 와. 부드러운 저음이 늑골 근처를 울렸다.

오랜만에 엄마와 함께하는 저녁이었다.

최근 주영이 태열과 어울리며 밖에서 밥을 해결하자 엄마의 귀가 시간도 자연스럽게 늦어졌다.

당연히 일이 끝나면 엄마의 행선지는 집이었는데, 그게 자신 때문이었다고 생각하자 주영은 괜스레 미안한 마음이 들었다.

엄마도 엄마의 삶이 있는 건데 주영이 인식하지 못하는 사이에 엄마를 일과 집밖에 모르게 잡아 둔 것이 아닌가 하는 생각이었다.

물론 엄마의 관심사가 주영이 아닌 다른 곳으로 돌아갔다는 사실이 조금은 서운하기도 했지만, 주영은 더 이상 그런 것까지 떼를 쓸 만큼 어리지 않았다.

"어제 휴무 때 미선 아줌마랑 뭐 했어?"

"어? 아……. 엄마 어제 오랜만에 스파게티 먹었어. 되게 맛있더라. 다음에 영이도 같이 가자."

문득 축제 날 태열과 먹었던 파스타가 생각났다. 크림소스는 느끼하지만 은근한 중독성이 있었다.

엄마도 그런 걸 먹고 온 걸까. 엄마도 그런 걸 좋아하는 걸까.

가끔은 먹으러 가자고 해 볼 걸 그랬나. 그러다가도 문득 가격대를 생각하니 선뜻 말이 나오지 않았다.

둘에겐 암묵적인 룰이 있었다. 무리한 요구는 애초에 꺼내지 않는 것.

거절을 할 수밖에 없는 엄마가 상처받고, 거절받는 주영도 상처받는 상황을 만들지 않기 위해서.

바라는 게 있어도 늘 마음속으로 삭이고 말 뿐이다.

아마 어제 엄마도 큰마음 먹고 간 것이겠지. 떠오르는 건 뻔한 엄마의 월급과 생활비. 아무리 저축을 해도 모이지 않는 목돈.

대학을 가게 되면 장학금을 받고 제대로 된 과외 아르바이트도 하고 싶었다. 한국대 학생이면 몇십만 원도 받는다던데…….

"나중에 대학 가면 내가 그런 거 많이 사 줄게."

그리고 나중에 돈 벌면, 그때는 더 좋은 거 많이 해 줄게. 지금 우리가 하지 못하는 것들.

"말도 기특하게 하지. 영아, 그런데 있잖아 엄마는……. 너 공부도 열심히 하고 똑 부러지고 머리도 좋고 다 좋은데. 너무 자랑스럽고……. 그래도 가끔은 친구들이랑 놀러 가기도 하고 그랬으면 좋겠어, 네 나이대 애들처럼."

"……."

"우리 딸은 너무 철이 빨리 들어서 기특하기도 한데, 걱정도 돼. 이번에 축제 놀러 갔다 그래서 엄마가 내심 얼마나 좋았는지 몰라. 중학교 땐 정말 도서관이랑 학교만 오고 가더니. 그리고 혹시 용돈 부족하면 말하고. 응?"

엄마는 자신의 욕심을 조심스럽게 내비쳤다. 어떤 의미로 한 말인지, 왜 그렇게 말하는지는 주영도 충분히 이해하지만. 주영은 그걸 들어줄 수 없었다.

엄마에게만큼은 그렇게 뻔뻔하지도, 염치없지도 않기 때문에.

"됐어. 핸드폰 요금도 엄마가 내주잖아. 충분해."

학교 수업료와 핸드폰 요금을 제외하고 주영에게 발생하는 비용 대부분은 용돈 안에서 대부분 해결했다.

물론, 충분하지 않다. 교통비, 책값, 가끔 엄마 심부름으로 발생하는 장 보는 비용. 도서관에서 혼자 저녁을 때울 때면 그런 지출 때문에 편의점 삼각김밥이나 빵으로 해결했다.

인터넷 강의도 듣고 싶고, 학원이나 과외도 다니고 싶다. 가끔은 다른 아이들처럼 쇼핑을 해 보고도 싶었다.

사실 주영은 쇼핑을 싫어하는 게 아니라 일부러 하지 않는, 아니 해 본 적 없이 없다시피 한 애였다.

몇 벌 안 되는 옷은 엄마가 일하는 백화점에서 가끔 세일하는 걸 사 왔던 것들. 그마저도 다 몇 년씩 되었다.

가끔은 맛있는 걸 먹으러 외식을 하고 싶기도 했다. 그러나 이런 것들을 입 밖으로 내지 않는 이유는 단순히 주영이 용돈을 1, 2만 원 더 받는다고 해결되는 문제가 아니기 때문이다.

이것 또한 그냥 속으로 삼키는 것들이다.

"하긴, 저번에 옆집 아저씨 만났는데 그 집도 용돈은 5만 원 준다고 하더라구. 요새 애들은 그 정도가 평균이긴 한가 봐, 그치? 게다가 걔는 야구부라 수업료니 급식비니 뭐니 이런 것도 하나도 안 든다더라고. 삼촌 되시는 분이 자랑을 엄청 하시더라. 야구도 잘하고 돈도 안 들고 진짜 복덩이라고. 감독님도 엄청 예뻐라 하신대."

엄마의 입에서 낯익은 이름이 흘러나왔다. 용돈이 5만 원이라고. 과외비라며 10만 원이 담긴 봉투를 건넸던 태열이었다.

주영은 순간 찝찝한 마음이 들었다. 누군 그걸 받아 인강을 들을 계획을 세웠는데 그게 누군가의 전 재산, 그 이상의 것이라고 생각하니 마음이 불편했다.

너는 왜, 그런 돈을 나한테…….

"내일도 도서관 갔다가 친구랑 저녁 먹고 오지? 엄마도 늦을 것 같아서."

"아니. 내일은 도서관 안 가. 친구 만나기로 했어."

"정말? 재밌게 놀다 와."

엄마가 해사하게 웃었다.

요새 바깥 생활을 하다 보니 그런가. 엄마의 분위기가 어딘가 모르게 달라졌다.

'온주영의 엄마'가 아닌, 오랜 시간 미처 인지하지 못했던, '온성희'라는 40대 여성의 모습이었다.

다음 날 아침. 주영은 짐을 챙겨 나오는 길에 식탁에 엄마가 재밌게 놀다 오라며 두고 간 만 원짜리 지폐 두 장을 보았다.

초록색 지폐를 한동안 물끄러미 보던 주영은 돈을 챙기지 않고 그대로 집을 나왔다.

"독주!"

버스 정류장 앞에서 손을 흔드는 은아가 보였다. 축제 이후 한동안 은아는 쉬는 시간마다 주영을 괴롭혀 댔다.

도대체 고태열과 무슨 사이냐고.

태열이 뭐라고 했는진 모르겠지만 주영은 그냥 잘 모르는 사이라고 잡아뗐다.

굴하지 않고 의미심장한 눈빛을 보내던 은아는 며칠이 지나자 관심이 식은 듯 다시 본인의 시시콜콜한 연애사를 조잘거리기 시작했다.

그러다 이번 주 지난 월요일에는 전국 체전 얘기를 은근슬쩍 꺼냈다.

'기영이가 너랑 같이 오래.'

'날? 왜?'

'모르지, 나야.'

당시 은아는 음흉한 웃음을 지으며 낄낄거렸다. 옆에서 칭얼거리는 은아를 밀쳐 내기도 여러 번, 주영은 결국 영성고가 결승에 진출하면 토요일엔 같이 가야 된다는 억지에 마지못해 고개를 끄덕였다.

은아의 고집도 있었지만 사실 태열이 공을 던지는 모습이 궁금했던 속내에 못 이기는 척 수락을 했다.

시간은 금세 흘러 결승전이 있는 토요일이 되어버렸다.

"오늘은 이상준 선배가 선발이래. 고태열은 어제 선발이라 안 나오나 봐."

"선발?"

"있어. 젤 먼저 던지는 사람. 고태열은 준결승 선발로 나와서 겁나 던졌대. 기영이 말로는 1학년은 원래 웬만큼 잘해도 선발 못 한다던데. 고태열이 잘하긴 하나 봐. 대회 내내 엄청 던져서 팔 아작나는거 아니냐고 하던데……."

"아작이 난다고……?"

"아니, 말이 그렇다는 얘기지. 암튼 오늘도 대기 타다 비상시 면 바로 나올 거라고 하긴 하더라. 걘 날티 나게 생겼는데 생긴 거랑 다르게 야구는 진짜 잘하나 봐. 하긴, 원래 고 씨들이 뭐 하 나 하면 잘해."

은아가 푼수처럼 깔깔거리며 말했다. 목동 야구장으로 향하는 버스 안에서 은아는 쉴 새 없이 조잘거렸다.

태열이 얼마나 야구를 잘하는지, 유망주로 기사도 몇 번 났다 느니, 인기도 엄청 많다느니. 여고의 어떤 선배가 태열을 쫓아다 닌다는 얘기…….

한마디로 고태열에 관한 과도한 정보들이 은아의 입에서 쏟아 져 내렸다. 마치 본인이 태열의 홍보 대사라도 된다는 양.

주영도 처음엔 귀를 기울였으나, 나중에 가서는 용량 과부하 에 걸릴 것 같았다.

쉴 새 없이 떠들어 대는 은아 덕분에 야구장까지 가는 길이 한 없이 멀게만 느껴졌다.

야구장 앞에서 영서와 세영을 만났다. 야구장에 가 보고 싶었 다며, 같은 학원에 다니는 둘은 학원의 주말 보충을 땡땡이치고 합류했다.

축제 이후 간간이 주영과 복도에서 마주치면 인사를 하며 지냈던 유세영은 오늘따라 유독 활기 넘치고 기분이 좋아 보였다.

주영은 하얀색 원피스를 입고 예쁘게 화장을 한 세영을 빤히 보다 문득 자신의 차림새를 훑었다.

도서관에 가던 차림 그대로 검은색 후드티에 색이 바랜 오래된 청바지. 화사한 아이들 사이에서 칙칙함이 돋보였다.

"야, 너 졸라 힘 줬네. 야구 보러 온 거냐? 어디 데이트 하러 가냐?"

"나 원래 이러고 다니거든? 너희 왜 같이 와?"

은아의 타박에 세영이 입을 삐죽였다.

"나 남명 사거리 근처 살잖아. 성원 아파트. 독주도 그쪽 살아. 남명 아파트였나? 맞지?"

"헐, 진짜? 우리 이모 남명 아파트 살잖아. 나 거기 자주 놀러 가는데. 몇 동 살아? 주말에 놀러 가면 연락해도 돼?"

남명 아파트는 동네에서 가장 신축인 아파트였다. 오래된 남명동은 몇 년 전부터 재개발 바람이 불었고 남명 아파트를 포함해 은아가 사는 성원 아파트도 비교적 신축이었다. 그나마 먹고 살 만한 집 아이들이 사는 곳이었다.

주영은 한 번도 어디 산다고 말한 적은 없지만, 항상 버스 정류장에서 헤어져 남명 아파트 방면으로 사라지는 모습을 보고 은아가 멋대로 오해한듯했다.

그럼에도 주영은 오해를 굳이 정정하고 싶진 않았다. 굳이 말하고 싶지 않은 사실인데 알아서 멋대로 오해해 준다니 차라리

고마운 마음이었다.

몇 동에 사냐는 질문에 거짓말이라도 해야 하나 고민하는데 영서가 끼어들었다.

"야, 독주가 주말에 집에 있겠냐. 도서관에 있지. 도서관으로 찾아가는 게 빠를걸?"

다소 곤란한 얼굴을 한 주영의 어깨에 영서가 팔을 올리고는 해맑게 웃으며 '그치?' 하고 물었다. 주영이 어색하게 웃으며 고개를 끄덕였다.

오전부터 시작한 경기는 이미 진행 중이었다. 처음 와 보는 야구장은 색달랐다. 넓은 경기장을 드문드문 채운 선수들. 작은 공을 중심으로 진행되는 경기.

야구 룰은 몰라도, 경기가 루즈하게 진행되다 갑자기 긴박하게 바뀌는 분위기는 알아챌 수 있었다.

선수들끼리 고함을 치며 화이팅을 외치기도 하고 빨리 뛰라는 둥 정신 차리라는 둥 고성이 오가기도 했다.

경기장 한쪽의 더그아웃에서 권태로운 표정으로 경기를 보고 있는 얼굴 하나가 주영의 눈에 띄었다.

오늘 마운드에 서 있기를 기대했었는데…….

야구부원들 사이에서도 눈에 띄는 덩치인 주제에 안 어울리게 모자를 거꾸로 눌러 썼는데 자꾸 시선이 갔다.

더그아웃의 펜스 너머로 보이는 흰색 유니폼. 보기 좋게 그을린 피부에 하얀색이 유독 잘 받았다.

펜스 위에 떡하니 팔을 올리고 턱을 괸 잘생긴 얼굴이 나른한 표정으로 경기장을 훑는다.

주영이 멀리서 고태열을 관찰하고 있는데 은아가 다가와 속삭였다.

"저기 기영이 있다. 보여?"

태열 외에 그나마 익숙한 얼굴이라곤 지나가며 몇 번 본 은아의 남자 친구뿐이었다.

멀리서 기영이 은아를 발견하자 해맑게 손을 흔든다. 옆에서 꺄르르 행복한 웃음이 들렸다.

더그아웃 구석에서 부산스럽게 구는 기영을 나른하게 훑은 태열의 눈이 관중석으로 천천히 시선을 옮겼다.

그물망 사이로 눈이 마주쳤다. 멀리 있어도 이쪽을 빤히 향하는 시선만큼은 확연하게 느껴졌다.

권태로웠던 얼굴 위로 표정이 슬로 모션처럼 느리게 펼쳐졌다. 시원한 입매가 위로 당겨졌다. 장난스러운 표정을 마주하니 애꿎은 심장이 쿵쿵 뛰었다.

늘 보던 표정인데, 왜.

주영은 괜스레 시선을 피해 고개를 돌렸다.

저 멀리 펜스 너머 전광판이 보였다.

7:3. 영성고가 이기고 있었다.

주영은 경기 룰을 모르니 투수가 공을 던지고 타자가 방망이를 휘두르는 모습만 멍하니 바라봤다.

같이 온 애들은 그래도 룰을 조금은 아는지 삼진이니 병살이니 무슨 말을 하는데 주영이 알아들을 수 있는 건 몇 개 되지 않았다.

도대체 뭐가 재밌다는 건지 알 수가 없었다.

경기 시간은 길고, 룰은 복잡하고. 치고 달리면 땡일 줄 알았던 주영은 한참을 지루하게 경기를 지켜봤다.

꽤 시간이 지나자 경기장이 부산해졌다. 야구장을 울리는 소란스러운 소리가 커졌다.

상연고 타자들이 쳐 낸 공이 몇 번이나 외야를 뚫었고 전광판의 숫자가 바뀌기 시작했다. 동점이 되고 더그아웃이 부산스러워졌다.

불펜에서 준비하던 태열이 어느새 마운드로 올랐다. 특유의 자신만만한 표정 그대로.

역동적인 투구 폼은 모두의 시선을 사로잡았다. 큰 키에서 내리꽂는 묵직한 직구가 포수 미트에 박히는 소리가 생생했다.

언젠가 보았던, 자신감이 넘치던 태열의 얼굴이 주영의 눈앞에 스쳤다. 주영은 이제야 그 당당하고도 뻔뻔한 태도가 조금은 이해가 가기 시작했다.

선발이었던 투수도 나쁘진 않았는데, 태열은 비전문가인 주영의 눈에도 뭔가 다름이 느껴졌다. '와', '우와', '장난 아니다'. 옆에선 감탄이 들렸다.

2아웃 1, 3루에 주자를 두고 5번 타자를 삼진으로 돌려세운 태열이 씩 웃으며 관중석을 쳐다봤다.

모자챙에 가려진 두 눈이 보이지 않아도 보이는 것 같았다. 보고 있냐고, 꼭 그렇게 말하는 것 같았다.

"와, 장난 아니다. 겁나 멋있어. 고태열 여자 친구 없지?"

"그 저번에 3학년 최윤지 언니랑 사귀네 마네 소문 있던 것 같은데. 아냐?"

세영의 질문에 영서가 은아를 보며 물었다. 속에서 이유 없이 불쾌한 감정이 치밀었다.

나한테 사귀자 그런지 얼마나 됐다고 벌써 여자 친구가.

아니, 그렇게 한 달 내내 붙어 다녔는데 도대체 어느 틈에?

황당할 겨를도 없이 주영의 표정을 살피던 은아가 슬며시 반박했다.

"아냐. 그 언니랑은 사귀는 거 아니랬어. 아닐걸⋯⋯?"

은아는 이상하리만치 주영의 눈치를 살폈고 세영이 잠자코 앉아 있던 주영을 향해 화살을 돌렸다.

"그럼 주영이 넌?"

"⋯⋯나?"

"저번에 축제 때 고태열이랑 손잡고 나갔잖아 너. 나는 너네 둘이 뭐 있는 줄 알았는데, 아니라 그러길래. 진짜 아닌 거 맞지? 나 쟤 맘에 들어."

주영이 떨떠름한 기분을 애써 지워 내며 고개를 끄덕였다.

기분이 이상했다. 그걸 왜 나한테 확인 받으려 해? 3학년 선배 얘기가 나왔을 때처럼 알 수 없는 불쾌감이 휘몰아쳤다.

하지만 양아치 같아서 싫다고 말한 주제에 여자 친구 행세를 할 수도 없었다. 그건 주영의 영역 밖의 일이었으니까.

경기 후반은 고태열의 원맨쇼였다. 며칠간 수백 개의 공을 던졌다는 애의 공은 여전히 묵직했다.

타석에 서서 결승 적시타까지 때려 내며 결승전 MVP급 활약을 해냈다. 전국 체전 고교 야구의 챔피언은 고태열의 영성고였다.

더그아웃에서의 권태로웠던 눈은 마운드에 오르자 빛을 내며 반짝였다. 마운드에서든 타석에서든 주영에겐 그 애 한 명만 보였다.

좋아하는 것을 즐기는 사람의 눈빛이 저런 거구나. 저렇게 반짝반짝한 거구나.

새로운 발견이었다. 나도 공부할 때 저런 눈빛을 할까.

주영이 씁쓸하게 웃었다.

주머니에서 짧은 진동이 울렸다.

[기다려.] 12:10 PM

태열이었다. 주영이 문자를 확인하고 핸드폰을 주머니에 넣는데 세영이 말을 걸었다.

"나 고태열 번호 물어보고 갈래. 같이 가 줄 거지?"

"난 도서관 가야 해서. 미안, 먼저 갈게."

시상 후 야구부 회식이 있다고 했다. 남자 친구와 회식이 끝나고 만나기로 했다던 은아가 같이 놀 것을 종용했지만 주영은 고개를 젓고 미련 없이 몸을 돌렸다.

호기심에 찾은 야구장이었는데 경험해 보지 못한 이상한 감정들이 스쳐 지나갔다. 빨리 야구장을 떠나 이 불편한 감정들을 털어 내고 싶었다.

주영은 홀로 한참 야구장 근처를 헤매다 겨우 버스 정류장을 찾았다. 정처 없이 걷다 보니 여기가 어딘가 하며 길을 잘못 들기를 여러 번. 30분 정도가 지나서야 고은아와 오전에 내렸던 정류장의 맞은편에 설 수 있었다.

정류장에 홀로 덩그러니 서서 버스를 기다리는데 거친 숨소리가 주영의 정수리 위에서 흩어졌다.

"한참 찾았잖아."

고개를 돌리자 상체를 숙이고 거친 숨을 내뱉는 태열이 보였다.

뛰어온 듯했다. 땀에 젖은 머리를 쓸어 넘긴 태열이 입을 열었다. 은근한 불만이 내포된 말투였다.

"온주영. 기다리라니까 왜 그냥 가?"

버스를 타고 동네로 돌아올 때까지 주영은 한마디도 하지 않았다. 아니, 할 수 없었다는 말이 더 적절했다.

옆자리를 가득 채운 태열에게서 옅은 비누 향에 은근하게 땀 냄새가 섞인 체취가 풍겼다. 이상하게도 그게 싫지 않았다.

태열이 옆에 앉아 무릎을 슬쩍 친다든가, 볼을 찌르며 경기가 어땠냐고 물어보며 치댔지만 단답으로 일관했다.

무심하게 '잘하더라' 대답하는 게 주영이 할 수 있는 말의 전부였다.

오고 가는 말은 많지 않았지만, 머릿속은 복잡했다. 무슨 말을 해야 될지 알 수 없었다.

버스에서 내려 곧장 집으로 향했다. 간단하게 밥을 먹고 나와 도서관에 갈 것이다. 복잡하고 불편한 머릿속의 생각들을 수학 문제를 풀며 날릴 생각이었다.

계획이 비틀린 건 현관문을 여는 손목을 잡아챈 태열 때문이었다.

주영이 삐딱한 얼굴을 올려다보자 태열이 입을 뗐다.

"얘기 좀 하지?"

태열은 그대로 주영의 손목을 잡고 옥상으로 이끌었다.

10월이 되어 날이 쌀쌀해지자 5층 할머니의 고추 돗자리와 상추들은 자취를 감추었다.

텅 빈 옥상이 둘을 맞이했다. 그대로 평상 앞까지 가서야 주영의 손목이 자유를 찾았다.

평상에 앉은 주영이 탐탁지 않은 표정으로 서 있는 태열을 힘없이 올려다봤다.

긴 종아리를 감싼 검은색 야구 양말. 양말 아래로 넣어 입은, 흙범벅이 된 유니폼 바지. 싸늘한 날씨에도 건강한 피부를 드러낸 흰색의 반팔 유니폼. 그리고 엉망으로 뒤집어쓴 모자에 눌린 머리카락까지.

깔끔하게 세팅되어 있는 것 하나 없이 모든 게 엉망인데 눈을 뗄 수가 없었다.

삐딱하게 치켜 올라간 짙은 눈썹, 그 사이를 가로지르는 오뚝한 코. 사나운 눈매, 반질거리는 검은 눈동자.

눈이 마주쳤다.

"야, 온. 너 왜 그러냐?"

"뭐가."

"뭐 때문에 삐쳤냐고."

삐쳤다니. 우스운 말이었다.

주영은 태열에게 삐친 적이 없다. 오늘 삐뚤어진 행동들은 다 스스로의 문제였다.

주영은 마음에 들지 않는다는 표정으로 자신을 내려다보는 새카만 눈을 천천히 살폈다.

사나운 인상이지만 시원하게 뻗은 이목구비는 누가 봐도 잘생긴 얼굴이었다.

이렇게 삐딱한 표정을 짓다가도 눈꼬리를 휘어 웃을 때면 아이 같이 허물어 내리는 눈매였다.

주영이 깊은 곳에서부터 너울거리는 감정을 감추며 말했다.

"……그런 거 아냐. 애들은 만났어? 세영이가 너 보러 간다고 갔는데."

아까부터 자신의 머릿속 제일 깊은 곳을 들쑤시던 내용.

3학년 언니와 사귈지도 모른다던 고태열, 고태열에게 관심이 있다던 유세영.

그 애에 대한 타인의 관심이 신경 쓰였다.

왜? 사귈 생각은 없다고, 내 입으로 그렇게 단호하게 말해 놓고.

공부가 우선이고, 너 같은 애는 내 눈에 차지 않는다고 한 건 나인데.

나는 비겁하게도 너를 떠본다.

"세영이가 누구야. 아……. 그 장기영 여자 친구? 아닌가 그 친구?"

"응. 예쁜 애. 하얀 원피스 입고."

"아아."

태열이 이제 알겠다는 듯 눈가를 문지르며 고개를 끄덕였다. 주영은 태열의 표정, 몸짓, 손짓 하나 놓칠세라 빠짐없이 훑었다.

잠시, 이어지는 말은 없었다.

사실 주영이 궁금한 건 번호를 줬는지 같은 것.

너도 혹시 걔한테 관심이 있냐고. 이제 나는 아니냐고. 내가 밝은 사람을 찾듯 너도 그런 화사한 여자애가 좋냐고. 이런 것들이었다.

주영은 차마 눈을 마주치지 못한 채 야구 양말에 감싸인 그 애의 종아리만 쳐다보며 대답을 기다렸다.

잠시간의 정적을 태열이 깼다.

"번호 물어보던데."

"그래서……. 알려 줬어?"

"신경 쓰여?"

"……내가 왜."

주영은 다시 한번 비겁해졌다. 이젠 나도 내가 어떻게 하고 싶은지 모르겠다는 생각이었다.

마운드 위에서 반짝거리던 고태열. 평소의 껄렁한 모습은 전혀 찾아볼 수 없이 완벽한 야구 선수 그 자체의 모습을 한 그 애를 봤을 땐 심장이 덜컹했다.

무슨 감정인지 모르겠다. 내가 정말 너를…….

"신경 쓰지 마."

얼굴이 가까워졌다. 주영의 시야가 빚어 내린 조각 같은 얼굴로 가득 찼다. 말이 이어졌다.

"근데……."

그 끝을 알 수 없이 깊고 짙은 눈이 주영을 덮쳐 왔다. 숨이 덜컥거렸고, 심장이 빠르게 뛰기 시작했다.

언젠가부터 그랬다. 고태열을 보고 있으면.

"내가 그렇게 말해도, 넌 신경 썼으면 좋겠는데."

아아. 이제는 인정해야 할지도 모르겠다.

나는 이 애가 신경 쓰인다.

아마도, 처음부터, 삼빛 아파트의 놀이터에서 너를 마주친 그날부터.

"온주영. 사귈까."

투 아웃인 거 알지. 한 번만 더 까이면 쓰리 아웃이야.

코앞에서 자조적으로 중얼거리는 그 애를 보고 설핏 웃었던 거 같기도 하다.

환한 웃음을 긍정의 의미로 받아들였는지 그대로 커다란 몸이 주영 위로 쏟아졌다.

　무게를 실어 힘껏 끌어안는 태열을 감당하지 못한 주영이 그대로 평상 위로 무너졌다.

　커다란 손이 주영의 뒤통수와 허리를 받치며 같이 쓰러졌다. 평상에 마주 보고 누워 눈을 마주쳤다.

　주영이 이미 반쯤 벗겨진 태열의 모자를 툭 건드리자 쉽게 떨어져 나갔다. 내내 주영을 좇던 눈꼬리가 아래로 휘어져 내리며 한껏 허물어졌다.

　아이 같이 웃는 얼굴을 마주하며 주영도 같이 웃었다. 옥상을 채우는 건 조화롭게 섞인 둘의 웃음소리가 유일했다.

　태열이 고개를 내려 주영의 눈꺼풀 위로 입을 맞췄다. 그러고는 으스러질 듯 꽉 껴안았다.

　넓은 품은 따뜻했다. 단단한 가슴 아래서 뛰는 심장의 맥동이 맞닿은 몸을 통해 선명하게 느껴졌다.

　숨 막힐 듯 조여 오는 팔 아래서 주영이 할 수 있는 건 빠르게 뛰는 맥박 위로 뺨을 부비며 그 애의 감정을 고스란히 느끼는 것뿐이었다.

　부드럽게 뒷머리를 쓸어내리는 손길에 주영은 어린애처럼 어쩔 줄 몰라 했다. 별것도 아닌 일에 부끄러워 운동화 속에 숨은 발가락이 저절로 오므라들었다.

　정수리 위로 쪽 소리가 났다가 사라졌다. 주영이 방황하던 손을 들어 그 애의 한없이 넓은 등을 감싸 안았다. 그리고 눈을 감으며 생각했다.

나는 남자 친구라는 대상을 내 결핍을 해결해 줄 상대로만 생각해 왔다.

막연하게 내가 가진 결핍이 없는 사람. 화목한 가정에서 사랑받고 자라고, 여유 있고, 상냥한 그런 사람을 꿈꿔 왔다.

그러나 이토록 뜨겁게 나를 갈구하는 너는, 나와 비슷한 결핍을 가졌을지 모르는 너는, 내 모든 불안과 걱정을 잊게 만든다.

내 머리를 쓰다듬고 뺨을 쓸어내리는 투박한 손에, 뜨겁게 달아오른 눈빛에. 그 어떤 것도 생각할 수 없었다.

그 정도면 충분하지 않을까.

결국, 나는 네게 졌다.

사귄다고 해서 크게 달라진 것은 없었다.

여전히 그 애는 도서관을 찾아왔다.

한 가지 늘어난 것이라면…….

주영이 엄마와 늦은 저녁을 먹기 전 삼각김밥이나 초콜릿 바 따위로 허기를 달래는 것을 알게 된 태열이 평일에도 훈련이 끝날 시간이면 찾아와 같이 도서관 근처에서 저녁을 먹게 됐다는 점.

분식이나 국밥 같은 특별한 것 없는 메뉴였지만 그래도 편의점에서 때우는 스낵들과는 차원이 달랐다.

저녁을 먹고 나면 주영은 도서관으로 공부하러, 태열은 개인운동을 하러 제 갈 길을 갔다.

그리고 태열은 다시 밤에 데리러 왔다. 이제는 너무나도 익숙한 삼선 슬리퍼에 회색 추리닝 차림으로.

여전히 주말엔 같이 태열의 집에서 저녁을 먹고 공부를 했다.

태열의 영어 실력은 크게 달라진 게 없었다. 그래도 아는 단어가 처음보다 많아져서 그런지 말하는 종종 영어 단어를 섞어 쓰는 우스꽝스러운 짓을 했다.

원래 알던 단어가 나오면 호들갑을 떨어 대며 사람을 웃게 만들기도 했다.

하루는 교재의 대화 지문에 'track'이라는 단어가 나왔다.

"헐, 씨발. 나 이거 알아. 운동장 트랙."

오랜만에 아는 단어가 나오자 흥분한 태열이 목소리를 높였다. 어린애 같은 대답에 주영이 작게 웃으며 답했다.

"어. 근데 이건 그 경기장 트랙 말고 'You're on the right track.' 하면 잘하고 있단 의미야."

"존나 내 얘기네."

태열이 말과 함께 탁자 위로 엎어졌다. 공부가 지겨워진 듯 주영의 참고서에 'I'm on the right track.'이라고 삐뚤삐뚤 적어 가던 커다란 손이 계속해서 무언가 써 내려갔다.

'On, You. No. X.' 그리고 그 옆에 찌그러진 동그라미를 그린다. 동그라미 안에 찍찍 선 두 개를 나란히 긋고 그 아래 다시 짧은 선을 그리더니 '온주영 표정'이라고 말하며 짓궂게 웃었다.

주영이 기가 막힌 얼굴로 허, 하고 바람 빠진 소리를 내자 뺨 위로 쪽 소리가 이어졌다.

아. 연애를 시작하고 눈에 띄게 달라진 것이 있었다.

"야…… 고태열. 진짜 그만 좀 해!"

"왜. 신경 쓰여?"

주영은 영어 공부를 끝내고 수학 기출 문제를 풀고 있던 참이었다. 옆에 앉아 탁자에 엎드린 태열은 얄밉게 웃으며, 놀고 있는 주영의 왼손을 잡아 입술을 눌러 대기 바빴다.

태열의 뽀뽀 세례는 시도 때도 없었다. 사람들의 시선을 신경 쓰는 주영을 생각하는지 길거리에선 손도 잡지 않았다. 다만, 복도에서, 계단에서, 옥상에서, 집에서. 남들이 보이지 않을 땐 손이든, 머리든, 볼이든 눈에 보이기만 하면 입술을 갖다 대기 바빴다.

설레는 것도 잠깐이지 성가실 정도였다.

"나 진짜 다음 주 시험이야. 심각해. 자꾸 이러면 나 집에 가서 공부할 거야."

맘에 들지 않는다는 표정을 지으며 태열이 몸을 일으켜 소파로 올라갔다.

훈련이 없는 시험 기간은 태열에겐 한결 마음 편히 여유롭게 보낼 수 있는 시간이었지만, 주영은 사정이 달랐다.

태열에게 신경을 쓰느라 예전보다 공부량이 줄었기에 은근한 불안감이 있었다.

태열과 붙어 있는 것도 좋았지만, 여전히 성적은 주영에게 그 무엇보다도 우선순위에 있었다.

결국 주영은 시험 기간 동안 태열을 만나지 않겠다고 선언했다. 사귄 지 얼마 되지도 않아 발생한 첫 싸움이었다.

"미쳤어?"

흥분한 태열이 다다다 말을 쏟아 냈다. 지금 남자 친구를 찬밥 신세로 만드는 거냐느니. 밤에 위험한데 도서관에서 늦게 다니다 다른 새끼들이 집적거리면 어쩌냐느니. 안 그래도 비실거리는 애가 저녁도 안 먹고 공부만 하다 쓰러지면 어떡하느냐느니.

항상 여유로운 태도로 조급할 것 없이 굴던 태열이 쏟아 내듯 말을 뱉는 모습에 주영은 당황한 채로 입만 뻐끔거렸다.

다른 건 몰라도 저녁과 데리러 가는 건 포기할 수 없다는 태열의 완강함에 두 손 두 발을 들었다.

어차피 혼자 있어도 저녁은 먹어야 했고, 집은 가야 했다. 대신 시험이 끝난 날은 태열에게 모든 시간을 내주기로 약속했다. 그건 주영도 바라던 바였으니까.

시험 마지막 날이었다.

"시험 끝나고 친구들이랑 맛있는 거 사 먹어."

집을 나서는 주영에게 엄마가 노란색 지폐를 내밀었다. 눈을 깜빡이며 엄마를 쳐다봤다.

얼른 받으라는 듯 엄마가 손을 흔들었다. 마지못해 내민 손에 신사임당의 얼굴이 그려진 지폐가 올려졌다.

시험이라고 특별히 용돈을 받아 본 건 처음이었다. 그것도 이렇게 큰 액수를.

"엄마는 오늘 미선 아줌마랑 양수리 가기로 했어. 친구들이랑 재밌게 놀다 와."

엄마는 오늘 휴무였다. 낯선 엄마의 모습을 훑었다. 고운 화장에 화사한 빛깔의 원피스.

엄마한테 원래 저런 옷이 있었던가?

요새 만나고 다니는 사람이 미선이 아줌마가 맞는 걸까. 집을 나서면서 의아함이 들었지만 일단 그게 중요한 게 아니었다. 아직 시험이 끝나지 않았다.

전 과목 오답은 3개였다.

지난 기말고사에 비하면 2개나 늘어났다. 전교 1등을 놓칠 수도 있겠다는 생각이 들었다.

주영이 어두운 표정으로 가방을 챙기는데 은아가 붙잡았다. 제니하우스를 가자고.

주영은 시험 성적 때문에 기분이 좋지 않은 척하며 다음을 기약했다. 성적 때문에 기분이 별로인 것도 사실이었다.

버스를 타고 남명 사거리 정류장에 내리자 익숙한 얼굴이 보였다.

무표정으로 삐딱하게 정류장 앞에 서 있던 태열이 눈이 마주치자마자 눈꼬리를 접으며 눈웃음을 살살 쳤다. 참나.

"시험 잘 봤냐."

태열은 당연한 걸 묻는다는 태도로 무심하게 물어 왔다. 주영의 대답은 다소 침울했다.

"아니. 망했어."

"몇 점인데."

"몰라. 한 3개 틀렸나?"

"와, 씨발. 진짜 천재 아냐?"

태열이 감탄 아닌 감탄을 하자 주영이 픽 웃음을 흘렸다.

"1등 못 할지도 몰라."

"그딴 게 뭐가 중요해. 중요한 건 네가 똑똑한 거지."

태열의 반응에 그냥 웃음이 났다. 침울했던 주영의 기분이 이유를 알 수 없이 괜찮아졌다.

"넌 몇 점인데?"

"몰라. 한 3개 맞았으려나."

시큰둥한 대답에 주영이 크게 소리 내어 웃었다. 누군가가 태열과 같은 대답을 했다면 분명 한심한 눈길로 봤을 텐데, 태열은 달랐다.

본인이 뻔뻔하리만치 당당하기도 했고, 무엇보다 태열은 자기만의 꿈이 명확했기에.

앞서서 집 방향으로 향하던 태열이 이내 걸음을 멈췄다. 한 걸음쯤 떨어져 나란히 걷던 주영이 물음표가 가득한 얼굴로 태열을 쳐다봤다.

"왜?"

"기분 꿀꿀하면 놀러 갈까."

"어딜?"

"가자."

뒤에서 주영 어깨에 손을 올리고는 다시 버스 정류장 방향으로 떠밀었다.

어딜 가냐는 주영의 물음에 고태열은 '재밌는 데'라고 웃음기 담긴 대답만 할 뿐이었다.

태열에게 이끌려 도착한 곳은 서울의 한 놀이공원이었다. 놀이공원에 와 본 건 중학교 때 현장 학습 이후로 처음이었다.

입장권을 끊고 들어가니 인파가 꽤 많았다. 그래도 평일 오후라 그런지 발 디딜 틈이 없을 정도는 아니었다.

처음엔 재밌는 데를 데려가 준다더니, 놀이공원이라니 약간은 김이 새기도 하고 좀 유치하다는 생각이 들기도 했었다.

그러나 사람들의 웃는 얼굴과 어디선가 들려오는 사람들의 즐거운 비명 소리, 장난감같이 생긴 기구들이 가득한 광경을 보자니 가라앉아 있었던 기분이 조금은 날아가는 것 같았다.

"어울리네."

들어오자마자 태열이 주영을 데리고 간 곳은 기념품 숍이었다. 리본을 단 너구리가 달린 머리띠를 주영의 머리 위에 올려놓고는 흡족하게 웃는 모습이 기가 막혔다.

"그럼 너는 이거 해."

주영의 손에 들린 머리띠를 본 태열이 불만스럽게 눈썹 한쪽을 들쳐 올렸다. 앙증맞은 핑크색 토끼 귀가 달린 머리띠였다.

주영이 까치발을 하며 태열에겐 한 치도 어울리지 않는 머리띠를 기어코 씌우겠다고 낑낑거렸다. 태열은 얼굴을 구기면서도 결국은 살짝 상체를 숙여 줬다.

"귀엽네."

"……."

주영이 깔깔 웃으며 귀엽다고 말하자 태열이 인상을 쓰면서도 냉큼 거울을 확인했다. 태열의 코끝에선 기가 막힌 한숨이 흘러나왔다.

언뜻 작게 욕설 같은 게 들린 것 같기도 했다. 물론, 뭐라고 하는지 알 수 없을 정도로 작은 소리라 주영은 정확히 듣지 못했다.

저 커다란 덩치에, 다소 사나워 보이는 인상에 앙증맞은 머리띠는 꽤나 이질감이 있었다. 그게 웃겨서, 주영은 한참 웃음을 멈추지 못했다.

태열은 마음엔 안 들지만 네가 그렇게 좋다니 참아 준다는 식으로 제 머리 위에 얹힌 고운 털을 떨떠름한 얼굴로 만지작거렸다.

금세 평소의 실실거리는 낯짝을 되찾고 상체를 낮추며 주영에게 눈을 맞춰 왔다.

"귀여워?"

"응."

저 조화롭지 못한 낯짝을 하루 종일 보고 있으면 계속 웃을 수 있을 것 같아, 태열이 머리띠를 집어 던지지 못하도록 주영은 독려 차원에서 긍정의 대답을 했다.

태열은 기분 좋은 얼굴로 주영의 귓가에 입술을 가까이 가져왔다.

"그럼 뽀뽀를 해 주든가."

"……"

여기서? 매끈한 볼을 들이미는 태열을 밀어낸 주영이 고개를 획획 돌려 주변을 살폈다.

매장엔 사람이 가득했다. 여기서 무슨…….

"싫으면 손이라도 잡아 주든가."

밖에서는 일절 손도 스치지 않던 것이 내심 불만이었는지 태열답지 않게 속살이자 주영이 헛웃음을 흘렸다.

주영이 주변을 한 번 쓱 살피고는 눈앞에서 흔들리는 커다란 손을 감싸 내렸다.

바로 마디가 불거진 기다란 손가락이 주영의 손가락 사이사이를 침투하며 깍지를 꼈다. 손가락이 터질 정도로 한 번 꾹 쥐더니 손을 맞잡은 채 계산대에 섰다.

태열이 주머니에서 구깃구깃한 현금을 꺼내 계산을 하고 나오는데, 입꼬리는 시종일관 위로 치솟아 있었다.

머리에 얹어진 토끼 귀 따위는 이미 잊어버린 얼굴이었다. 주영이 걸어가며 계속 태열의 얼굴을 슬쩍슬쩍 확인했다.

저 모습을 보는 대가가 고작 손잡기 정도라니, 만족스러운 거래라고 주영은 생각했다.

자신 있게 놀이공원으로 주영을 끌고 온 것이 무색하게 태열은 놀이기구와는 영 체질이 맞지 않아 보였다.

롤러코스터를 타고 내려오자 주영의 눈앞에 파리하게 질린 토끼가 보였다.

"괜찮아?"

"뭐가."

"무서워?"

"무섭긴, 개뿔. 뭐 별거라고."

"……바이킹 타도 돼?"

"……타."

질린 낯짝과 다르게 다소 허세가 담긴 대답이 돌아왔다.

바이킹이 중력을 따라 아래로 쑤욱 내려갈 때면 커다란 손이 주영의 손을 꽉 움켜쥐었다.

태열은 소리 한 번 지르지 않았다. 그저 입술을 꽉 말아 물 뿐.

그 이후로도 기구 몇 개를 더 탔고, 태열은 내내 주영의 즐거운 기분을 깨고 싶지 않다는 의지 하나로 꾸역꾸역 버텼다.

그게 조금은 안쓰러워 보여서 주영은 괜스레 회전목마를 타기도 했다. 그때 잠시 평안해 보이는 토끼의 얼굴을 봤다.

좀 더 스릴 넘치는 것들을 타고 싶었으나, 혼자 탄다고 하면 반드시 따라붙을 태열의 성격을 알기에 주영은 적당히 조절했다.

맘대로 해도 되는데, 인상 하나 찌푸리지 않고 되도 않는 자존심을 세우는 게, 사실은 주영이 하고 싶은 걸 그대로 다 받아 주고 싶은 태열의 마음이 신경 쓰여서.

야외로 나가 놀이기구를 몇 개 더 타고, 밥도 먹고, 아이스크림도 먹었다.

해가 저물어 갈 때쯤이었다.

"저거 할까."

이곳에 와서 머리띠 이후로 처음 태열이 먼저 제안했다.

아이스크림을 먹던 고태열이 가리킨 건 한쪽 구석에 있는 경품 숍이었다.

다트로 벽면에 붙어 있는 '꽝'으로 가득 찬 패널 사이사이에 있는 상품의 이름을 맞추면 인형 같은 상품을 탈 수 있는 곳이었다.

[야구 다트 금지]

측면 벽에는 경고문이 떡하니 붙어 있었다.

"너 양심도 없이……."

"내가 자존심은 있지, 양심은 없어도."

자존심은 있다더니, 돈을 건넨 태열은 주저 없이 다트 화살을 집어 들었고 곧바로 과녁을 향해 꽂았다. 남들과는 다른 세기로 꽂히는 다트 화살을 직원이 눈을 가름하게 뜨며 흘겨봤다.

결국 태열은 경품 숍 직원의 따가운 눈총을 받으며 인형을 종류별로 타 냈다. 하트 모양 헬륨 풍선도 덤으로 딸려 왔다.

양심이 없다더니, 태열은 진짜 양심이 없었다.

일말의 양심이 남아 있던 주영은 떨떠름한 얼굴로 직원이 내미는 인형 중 너구리 인형 하나만을 받아 들었다.

아, 기념품 삼아 풍선까지.

하트 모양 헬륨 풍선은 조금 귀엽기도 했고, 머리띠처럼 진짜 어디 놀러 온 어린애 같은 기분을 만들어 주기도 해서.

원래 이렇게 유치한 걸 좋아하는 성격은 아닌데, 진짜. 이건 아마 고태열과 함께 있어서 유치해지는 것이다. 아마도…….

"가자, 집에."

꿀꿀하기만 했던 기분도 좋아졌고, 계속 돌아다니고 놀이기구 탑승을 기다리느라 줄을 서다 보니 피곤하기도 했다. 다리도 아프고. 기념품도 잔뜩 생겼고.

"벌써? 왜 더 안 타고."

태열이 주영의 손에 들린 인형을 빼앗아 다시 손깍지를 끼며 뻔뻔하게 물었다.

어이없어. 더 타 봐야 파랗게 질린 낯을 할 거면서.

"다리 아파. 집 가서 쉴래."

주영의 대답에 태열이 바로 넓은 등짝을 보이며 쭈그려 앉았다.

"업혀."

주영은 거절하지 않았다. 넓고 단단한 등은 따뜻했다. 단단한 등에 얼굴을 파묻었다. 은은한 비누 냄새가 코끝을 간지럽혔다.

태열의 체취와도 같은 향이었다. 매일 그 애에게서 나는 향이 샴푸 냄새인지 세제 냄새인지 궁금했다.

"고태열."

"엉."

"너 샴푸 뭐 써?"

"몰라. 집에 있는 거 아무거나 쓰는데. 왜, 사 줘?"

"아니. 그냥 궁금해서."

"별거 아닌 거 같았는데, 왜 존나 냄새 좋냐. 아, 아니, 존나가 아니라. 씨발. 아니. 아, 모르겠다. 아, 미치겠네."

그래도 한동안 욕을 좀 덜 한다 했더니. 마디 사이사이를 비집고 흘러나오는 욕설에 주영이 피식피식 웃음을 흘렸다.

어깻죽지에서 꿈틀대며 웃음을 뱉어 내자 태열이 간지러운지 몸을 비틀어 댄다.

"장난치고 싶은 것도 시비 건다고 뭐라 하니까 참으려는데. 욕은 진짜 씨……. 아오, 내가 일부러 너한테 하려는 게 아니라. 알지? 아니 암튼 무의식적으로 튀어나온다고. 내가 어떻게 할 수 있는 게 아니야. 너도 그냥 이 정도로 만족하면 안 되냐."

예전에 거절을 위한 핑계로 한 말이었는데 이렇게나 신경 쓰고 있을지 몰랐다.

주영은 엄마가 아닌 타인에게 처음으로 받는 애정과 관심이 간지러웠다. 괜히 어깨를 잡고 있던 손에 힘이 들어갔다. 자극하지 말라는 타박이 돌아왔다.

주영이 계속 어깨 부근을 간지럽히자, 태열은 장난을 친다고 주영을 받친 손에서 살짝 힘을 뺐다.

순간 중심을 잃은 주영이 '어…… 어……!' 소리를 지르며 다급하게 손을 뻗어 태열의 목을 잡았다.

순간이었다. 그사이 주영의 손에 걸려 있던 하트 풍선이 공중으로 살랑살랑 사라진 것은.

"아……. 풍선……!"

주영이 한껏 손을 뻗어 잡아 보려고 했으나 이내 포기했다. 등에 업혀 몸을 쿵쿵 뛰기도 좀 그렇고, 주영은 대체로 쉽게 포기하는 성격이었다. 공부 빼고는.

풍선은 선선한 저녁 바람을 타고 흘러 놀이기구를 둘러싼 화단 사이에 우뚝 선 커다란 나무 끝에 걸렸다.

나뭇가지에 풍선의 손잡이가 걸렸는지 살랑살랑 몸체를 흔들며 그 자리에 멈춰 있었다.

주영이 멍청하게 굳어 그 모습을 보고 있었고, 토끼 귀의 주인의 시선도 나무 끝을 향했다.

"꺼내 줘?"

"아니, 그냥 가자."

주영은 조금 아쉬워 얼굴을 굳히면서도 나무에 걸린 풍선을 두고 집에 가자고 재촉했다.

머리띠와 인형처럼 오늘의 기억을 추억으로 남길 만한 물건이긴 했지만, 어차피 바람이 빠지면 버려야 할 텐데. 굳이.

"잠깐만 있어 봐."

태열이 조심스럽게 주영을 땅에 내려놓았다. 태열은 몸통이 두껍고 꽤 무성하게 뻗은 나무를 올려다봤다. 마치, 금방이라도 저 나무를 타고 올라갈 사람처럼.

그 애의 시선은 나무 꼭대기 언저리, 가는 나뭇가지에 위태롭게 걸려 살랑이는 풍선에 꽂혀 있었다.

"고태열…… . 됐어, 그냥 가자. 저걸 어떻게 하려고."

그때였다. 태열이 대답도 없이 들고 있던 인형을 주영에게 건

네며 앞으로 성큼 걸어간 것은.

나무 앞에 선 태열이 획 뛰어올라 두껍고 튼튼해 보이는 가지에 매달려 나무를 탔다.

암벽을 타는 사람처럼, 튼튼해 보이는 가지를 골라 나무의 홈에 발을 디뎠다가, 다시 가지 위로 발을 올리며 쌩쌩 올라갔다.

도대체 왜…….

저렇게까지 해야 하나 싶었다. 저게 뭐 별거라고…….

"저거 뭐야? 저기 나무 좀 봐 봐. 미쳤나 봐……. 저기 나무 저렇게 올라타도 돼?"

수군거리는 소리에 주영이 고개를 돌려 주변을 살폈다. 지나가던 사람들도, 놀이기구를 타기 위해 대기 줄에 서 있던 사람들도 웅성웅성하며 이쪽을 봤다.

주영은 조금 창피하다고 생각했다. 아니 사실은 조금 많이…….

나무 꼭대기로 전진하는 토끼 머리띠의 주인을 보는 주영의 얼굴엔 뭐라 말할 수 없는 표정이 떠올랐다.

기가 막히기도 하고, 부끄럽기도 하고, 황당하기도 하고.

또, 사람들이 수군거리는 게 신경 쓰이기도 했지만 위태롭게 매달려 있어 떨어질까 봐 걱정도 됐다.

도대체 왜 저렇게까지 하는 건지…….

왜 부끄러움은 원숭이처럼 나무를 올라타는 태열이 아니라 멀리서 지켜보는 주영의 몫인 건지.

결국 태열은 위태위태하게 나무 상단까지 올랐다. 긴 팔을 뻗어 조금 전까지 주영의 손에 들려 있던 풍선의 손잡이를 기어코 잡아챘다.

어이가 없게도 태열이 풍선을 잡아챘을 때 지켜보던 사람들이 '오오' 하며 감탄사를 터트렸다.

무슨 스포츠 경기의 짜릿한 장면을 관전한 사람들처럼.

동물원 원숭이도 아니고, 사람이 가득한 놀이공원에서 태열의 원맨쇼를 관람하는 주영의 기분은, 참…… 뭐라 말할 수 없었다.

얼굴부터 귓가까지 홧홧한 열기가 스쳤다. 주영은 창피함에 귓가까지 빨개졌다.

주영의 머릿속 사정은 전혀 모르고 뿌듯한 얼굴로 나무에서 뛰어내리는 태열에게, 지켜보던 직원이 다가갔다.

직원이 태열에게 이런 식으로 나무에 올라타면 안 된다는 주의를 줄 때도 부끄러움은 주영의 몫이었다.

싫은 소리에도 개의치 않으며 주영에게 다가와 슬쩍 웃으며 손에 풍선을 쥐여 주는 태열의 모습이 너무도 기가 막혔다.

주영이 한참 태열을 응시했다. 심지어 태열은 나뭇가지에 긁힌 건지 뺨에 실금같이 가느다란 생채기까지 달고 왔다. 웃기지도 않은 토끼 머리띠는 여전히 태열의 머리 위에 올려져 있었다.

주영은 전혀 다른 회로로 돌아가는 태열의 머릿속을 이해할 수 없었다.

"……도대체 이렇게까지 해야 해?"

"네가 웃었잖아."

"……뭐?"

"아까 풍선이며 인형이며 받을 때 좋아 죽더만. 풍선 날아갔을 땐 엄마 잃은 애처럼 멍 때리고."

"그래도 하지 말라는 걸 굳이……."

"어차피 확률은 반반인데. 놓치거나, 잡거나. 근데 잡았고."

태열은 종종 말했었다. 게임에 나갈 땐 항상 반반의 확률이라고. 0이거나 100이거나.

그러니까 이기거나 지거나. 끝나기 전엔 아무도 결과를 모르니 일단 앞만 보고 달리는 거라고. 후회 없이 최선을 다하는 거라고.

그런 태열의 평소의 일관된 태도는 이런 사소한 일에도 똑같이 적용되었다.

"……그래도 다음부턴 하지 마. 위험할지도 모르는데, 그러다가 부상이라도 당하면 어떡해."

"네가 웃으면 됐지. 뭐가 더 필요해."

무심히 말한 태열이 다시 넓은 등을 보이며 주저앉았다. 주영에게 업히라고.

웃거나 웃지 않는 게 뭐 별거라고. 내가 계속 웃는 게 보고 싶어서, 그게 깨진 게 싫어서 무작정 아무것도 보이지 않는 사람처럼 거리낌 없이, 손에 닿지도 않을 높이의 나무에 올라탄다는 게 주영은 이해가 되지 않았다.

주영에게는 제 손에서 벗어난 것을 버리고 가는 게 당연했으니까.

태열이 끈질긴 구석이 있다는 걸 이미 알고 있긴 했다. 야구도 그렇고, 일단 뭔가 해야 한다고 하면 지금처럼 물불 없이 달려드는 성정이라는 것. 그리고 끝을 봐야 한다는 것.

가끔씩 태열의 입을 통해 들려오는 이야기만 들어도 알 수 있었다. 주영과는 전혀 다르다는 걸.

할머니와 둘이 살던 초등학생 시절부터, 없는 살림에도 야구가 하고 싶어 근처 중학교 감독님을 매일같이 찾아갔다고 했다.

그렇게 감독 눈에 들었고, 돈이 드는 야구 용품은 코치님을 통해 충당했다고 했다.

할머니가 돌아가신 이후로는 그 어린 나이에 혼자 1년을 살았다고 했다. 당시 삼촌이 일하던 영광에 적당한 야구부가 없어 이사하지 않은 것이다.

온수도 나오지 않는 야구부 숙소에서 혼자 겨울을 보내며, 선배들한테 죽을 듯이 맞아도 즐거웠다고 했다.

나중에 삼촌이 부산으로 발령이 나고서야 같이 살기 시작했다고 했다.

지방에 있어야 하는 삼촌과 떨어져 굳이 서울에 온 이유도, 지원받는 금액이 크기도 했지만 제대로 된 코치님 밑에서 배우고 싶어서였다고.

그냥 재밌고, 좋으니까, 하고 싶으니까. 그거 하나만 보였다고.

반면에 주영은 성공하고 싶다고, 이런 생각을 하면서도 손안에 주어진 선택지 안에서만 목표를 잡았다.

당연히 학생이니까 할 수 있는 게 공부밖에 없다고 생각했고, 힘들다고 생각하면서도 손안에 있는 유일한 선택지에 매달렸다.

그러니까 주영은 살면서 쉽게 선택할 수 없다고 생각되는 선택지를 선택해 본 적은 단 한 번도 없었다.

소비도 예산 안에서, 선택도 환경 안에서. 대부분의 사람들이 그런 것처럼.

방금 전까진 부끄럽기만 했는데, 태열의 행실에 갑자기 명치가 울렁거리기 시작했다. 주영은 이런 진득한 관심과 애정이 여전히 낯설었다.

주영은 도저히 자신의 상식으로는 태열의 생각과 마음을 이해할 수 없었으나, 오늘의 이 순간을 오랫동안 잊지 못할 것 같다는 그런 생각을 했다.

태열의 등에 업힌 채로 돌아와 함께 옥상으로 향했다. 날이 더 추워지면 옥상에서 놀 수 있는 날이 많지 않을 것 같았기에.

평상에 앉아 손장난을 치며 놀다 보니 해가 졌다. 서늘한 밤바람에 주영이 몸을 움츠렸다.

"이리 와."

태열이 집에서 챙겨 온 후드 집업을 주영에게 둘렀다. 지퍼를 목 끝까지 채우더니 그대로 옷을 잡아당겼다.

주영의 가벼운 몸이 힘없이 이끌려 넓은 품에 갇혔다. 태열의 품은 늘 따뜻했다.

태열이 주영의 어깨에 얼굴을 문댔다. 짧은 머리카락이 목을 스쳤다. 주영이 간지러움에 몸을 작게 꿈틀거리며 물었다.

"안 추워?"

"추워. 그러니까 안아 줘."

태열이 덩치에 안 맞게 응석을 부렸다. 어이가 없다는 양 코웃음을 치면서도 주영은 흰색 반팔 티 아래로 드러난 팔을 끌어안았다. 단단한 팔뚝을 쓸어내리자 반팔 티 아래 맨살의 감촉이 느껴졌다.

싸늘한 늦가을의 바람에도 태열의 체온은 뜨거웠다. 어떤 차가운 것도 녹일 수 있을 것 같은 온기였다.

주영은 서늘한 계절을 잊게 하는 태열의 체온이 좋았다. 그렇게 아무 말 없이 서로의 체온을 느꼈다. 한참의 침묵을 깬 건 주영이었다.

"일어나 봐."

"왜."

건성으로 돌아오는 대답에 꼭 달라붙어 있는 커다란 몸을 밀어내자 태열이 눈썹을 들썩이며 빤히 봤다. 주영은 태열의 소리 없는 반항을 무시하며 평상에서 몸을 일으켰다.

"그거 알아? 여기 옥상에서 남명천 보인다? 야경 은근 예뻐. 이리 와 봐."

주영이 태열을 쳐다보며 난간을 향해 뒤로 걸었다. 잔잔한 검은 눈이 주영을 좇았다.

태열이 인상을 쓰며 성큼 다가왔다.

"위험해."

태열이 주영의 어깨를 잡아 앞을 보게 한 뒤, 뒤에서 와락 끌어안았다. 여전히 은은한 비누 향과 따뜻한 체온이 기분을 좋게 만들었다.

난간에 다다르자 언덕 아래로 남명천이 보였다. 일정한 간격으로 가로등이 비추는 남명천의 물살 위로 불빛이 일렁였다.

"예쁘지?"

"엉."

 태열이 빤히 주영을 내려다보며 대답했다. 보라는 남명천은 보지도 않고, 도대체 뭘 보고 예쁘다는지 모르겠다고 주영은 생각했다.

 고개를 빼꼼 들어 올린 주영의 볼 위로 또다시 물기 젖은 입술이 내려앉았다.

 뭐에 심술이 났는지 아프지 않을 정도로 볼살을 잘근잘근 씹는 흉내를 냈다. 주영이 웃으며 팔꿈치로 태열의 명치를 가격하자 억 소리를 내며 엄살을 부렸다.

"아파아."

"엄살 부리지 마."

"아 진짜, 피도 눈물도 없네. 너무하는 거 아니냐."

 태열은 투덜거리면서도 정수리 위에 입술을 꾹 찍어 눌렀다. 주영은 몸을 감싸는 따뜻한 체온을 느끼며 남명천의 야경을 눈에 담았다.

 현실이지만 현실이 아닌 것 같은 순간, 그런 기분이었다.

 태열이 항상 주영에게 선사해 주는 시간들. 옅게 웃자 왜 웃냐는 물음이 돌아왔다. 아무것도 아니라고 고개를 저으니 괜스레 귓바퀴를 깨물었다.

 태열은 덩치만 컸지 생각보다 칭얼거리기도 잘하고, 몸을 붙여 대지 못해 낑낑대는 강아지 같았다. 주영은 그게 싫지 않았다.

등 뒤로 탄탄한 가슴의 근육이 느껴졌다. 따뜻하고 단단한 몸에 기대어 늦가을의 밤을 밝히는 남명천을 하염없이 쳐다봤다.

단단한 팔이 뒤에서 주영의 몸을 가두어 끌어안던 찰나였다.

가파른 언덕을 지나 낡은 아파트 입구로 들어오는 큰 세단이 눈에 들어왔다. 멀리서 봐도 좋은 차처럼 보였다.

"저거 외제 차지? 우리 아파트에 외제 차 끄는 사람이 있나?"

오래된 한 동짜리 아파트는 대부분 오래 거주했기에, 몇 호에 누가 사는지, 누구의 차인지 서로 다 알고 있었다.

"몰라. 차는 좋아 보이네."

태열이 심드렁하게 대답하며 관자놀이에 쪽 소리를 냈다. 아파트 앞에 정차한 차에서 남자가 내리더니 반 바퀴를 돌아 반대편 문을 열었다.

순식간에 웃고 있던 주영의 얼굴이 굳었다. 남자가 문을 열어 준 차에서 내린 건 엄마였다.

주영이 엉성한 모양의 지단이 올라간 잔치국수를 휘이 저었다.

태열의 음식은 항상 생긴 건 어설펐지만 맛은 좋았다. 잔치국수도 그랬다. 엄마의 잔치국수와 비슷한 맛이 났다.

맛과 별개로 주영은 국물만 몇 번 떠먹고 말았다. 먹고 싶다고 조른 음식인데도 쉽게 넘어가지 않았다.

아마도 계속 머릿속 신경을 거스르는 일이 있기 때문이겠지.

"맛없냐?"

"아니."

"근데 왜 깨작거려."

맞은편에 앉아 있던 태열이 주영의 눈치를 살폈다. 주영이 옅게 한숨을 쉬며 반도 비우지 못한 그릇 옆에 수저를 내려놨다.

"……엄마가 연애를 하는 것 같아."

"좋다는 거야, 싫다는 거야."

"……모르겠어. 엄마도 엄마 인생 살아야지 싶다가도, 만약에 갑자기 새 아빠라고 누굴 데리고 온다고 생각하면 너무 싫어."

"알긴 아네."

"뭘?"

태열은 대답 대신 몸을 일으켰다. 탁자를 가로질러 주영 옆에 앉았다. 음식 앞에 앉아 있던 주영의 손목을 잡아끌어 자신의 다리 사이에 가두고 뒤에서 끌어안았다.

단단한 상체가 주영의 몸을 감싸 왔다. 커다란 손이 투박하게 머리칼을 쓸어내렸다.

"엄마도 엄마 인생이 있는 거 안다며. 그냥 너도 나랑 사귀듯이 엄마도 연애하는구나 하고 말아. 나는 존나 제발 삼촌이 연애 좀 했으면 좋겠는데. 씨, 아니……. 아무튼 장가 좀 가라고 뭐라고 해도 들은 척도 안 해서 속 터지던데."

"그러다가 결혼……한다 그러면 어떡해?"

"하면 하는 거지. 축하해 드려. 가서 갈비탕 얻어먹고 좋은 거 아냐?"

지가 말하고도 웃긴지 정수리 위에서 푸스스 웃음이 날렸다.

"야, 나 심각하거든."

"그럼 나는?"

"너는 나 있잖아."

태열이 주영의 머리를 토닥이듯 쓸며 말했다.

엄마는 엄마 인생, 네 인생은 네 인생. 다 별개야. 넌 내가 먹여 살릴게.

찌르르 주영의 어딘가를 건드리는 낮은 울림이 괜스레 낯간지 럽게 느껴졌다.

"야! 넌 메이저리그 간다며. 미국으로 날아갈 애가 날 어떻게 먹여 살려."

"가지 말까?"

"헛소리할래?"

"메이저리그 가지 말고 국내 프로팀 갈까? 계약금 최고액 갱신 하는 거야. 이것도 존나 멋있지."

"사이영상이 꿈이라고 '드림스 컴 트루' 노래 부를 땐 언제고."

시답잖은 소리에 주영이 퉁명스럽게 받아치자 어깨에 얼굴을 파묻은 태열이 새로운 꿈이 생겼다며 중얼거렸다.

바로 어깻죽지에서 낮은 울림이 이어졌다.

"너는, 꿈 다시 생각해 봤냐."

예전에 태열과 이런 얘기를 나눴던 적 있다. 주영은 이 지긋지 긋한 집을 벗어나는 게 꿈이라고 했다.

꿈을 다시 생각해 보라던 태열, 그리고 기분이 상했던 주영. 그

후로도 가끔 이 주제에 대해서 얘기를 하곤 했었다.

더 이상 기분이 나쁘진 않았다. 주영을 생각해서 하는 말인 걸 아니까.

나름대로 진지하게 생각해 본 적도 있긴 했지만…….

그렇다고 목표가 바뀌진 않았다.

"뭘 다시 생각해. 한국대 가서 대기업 갈 거라니까?"

"진짜 그게 끝?"

"뭐……. 나중에 열심히 일해서 돈 많이 모아서 카페 같은 거 하면 좋겠다…… 정도? 건물도 있으면 좋겠지? 내 건물에서 카페 하는 거야. 건물주, 괜찮지?"

그나마 티브이에서 본 건물주, 대형 카페 사장.

현실에 아등바등하는 주영과 다르게 날 때부터 여유로워 보이는 말투와 몸짓들이 부러워서 조금 더 추가를 했을 뿐. 주영의 상상력은 이 정도가 한계였다.

근데 건물주를 하려면 도대체 얼마를 벌어야 하는 거지?

태열이 피식 웃더니 이내 옆으로 누웠다. 안겨 있던 주영도 자연스럽게 옆으로 쓰러지며 넘어졌다.

주영이 뭐 하는 거냐고 짜증을 내자 뒤에서 어깨에 얼굴을 파묻은 태열이 말했다.

"뭘 하든 좋으니까. 네가 하고 싶은 걸 해. 네가 존나 그냥 웃을 수 있는 거. 그게 공부든, 카페든, 장사든, 네가 원하는 거. 진짜 돈을 존나 많이 벌고 싶은 거면 공부를 하는 게 무슨 의미냐. 안 그래? 지금부터 나가서 돈을 버는 게 맞지."

"내가 지금 어떻게 돈을……."

주영이 황당함에 반문했지만 말을 끝까지 잇진 못했다. 드물게 나긋한 목소리가 어깨 언저리를 울렸기에.

"그러니까 내 말은. 온, 너를 보고 있으면 그런 생각이 든다고. 목적지를 부산으로 정했으면 경기도, 충청도, 그리고 경상도 순서대로 가야 되는 길이 있는데 넌 그냥 지금 존나 헛발질 하면서 북한으로 가고 있다니까? 온, 네 목표랑 공부 열심히 하는 거랑은 전혀 상관관계가 없다고."

"야……. 너 지금 누굴 월북시켜? 너는 뭐 갑자기 프로야구를 가겠다느니 하는 주제에. 제대로 가고 있고?"

"엉. 새로운 목표가 생겼다니까."

"뭔데?"

그렇게 눈을 반짝이던 꿈이었는데, 그새 바뀐 건가 싶은 마음에 묻자 어처구니없는 대답이 따라왔다.

"온주영이랑 결혼하는 거. 온주영 닮은 딸 낳아서 하고 싶은 거 시켜 주는 거. 엄마는 그런 거 모르니까 딸이라도……."

"야! 누가 너랑 결혼한대?"

주영이 어이가 없어 빽 소리를 지르자 태열이 순식간에 자세를 바꿔 위로 올라왔다.

새카만 눈동자가 뚫어져라 주영을 내려다본다. 태열이 도리어 황당하다는 듯 되물었다.

"그럼 안 해?"

"미쳤어. 무슨 결혼이야."

"그럼 동거만 하든가."

"진짜 애가 발랑 까져 가지고."

집요하게 주영의 얼굴을 좇던 눈이 가늘게 휘어져 내렸다.

또, 뭐야. 왜 이래.

"목표를 정했으면 행동을 해야지. 오늘 경기도 가 볼까?"

"아, 뭐야. 너 진짜 징그러. 아저씨 같아. 하지 마."

"왜. 좋잖아."

"진짜, 하지 마……!"

주영이 느끼하게 살랑거리는 태열에게 인상을 한껏 찌푸리며
마구잡이로 어깨를 때렸다.

태열이 웃으며 뺨에 입을 맞추더니 그대로 무너져 옆자리에
벌러덩 몸을 뉘었다.

나란히 천장을 보고 누워 눈을 깜빡이자 손가락 사이사이로
마디가 굵은 손가락이 비집고 들어왔다.

잠시 이어지는 침묵에 주영은 누운 채로 눈을 껌뻑이며 천장
의 낡은 벽지를 멀거니 응시했다.

"온."

"응."

"……온."

"응."

"……온주영."

"왜! 불렀으면 말을 하라고."

또, 왜 저러는 건데.

주영이 눈을 가늘게 좁히며 홱 고개를 돌리자 담담하고도 고요한 눈이 보였다. 주영이 알지 못할 수많은 감정이 담겨 있을 눈은 잔잔하고 깊었다.

"온주영."

"뭐야, 또…….'"

"좋아한다고."

"……."

주영은 눈도 깜빡이지 못하고 아무 말도 하지 못했다.

그냥 그렇다고.

태열이 덧붙이며 말끝을 흐리더니 벌떡 몸을 일으켰다. 얼핏 보이는 귓불이 붉었다.

뻔뻔하기로는 세상 제일 잘난 애가 별거 아닌 한마디에 부끄럽기라도 한 듯 커다란 손으로 뒷머리를 벅벅 쓸어 넘기는 게 조금은 귀여웠다.

나도 참, 이제 답도 없는 건지. 고태열이 뭘 해도 이제는…….

"……사과 먹을래?"

민망한지 뒤도 돌아보지 않고 물으며, 도망이라도 갈 기세로 몸을 일으키려는 태열의 허리를 주영이 잡았다. 뒤에서 커다란 덩치를 버겁게 끌어안았다.

넓은 등 뒤에 맞닿은 주영의 심장이 쿵쿵 뛰었다. 말로 대답하진 못했지만, 이 울림이 태열에게도 전해지길 바랐다.

태열이 제 허리를 감싼 주영의 손을 잡았다.

따뜻했다. 무엇이든 허물어뜨릴 만큼 다정한 움직임이었다.

예전에 어떤 책에서 본 적이 있다. 삶의 그늘진 조각을 스스로의 빛으로 밝히는 사람은 어떠한 불행과 역경도 이겨 낼 수 있는 단단한 내면을 가졌을 것이라고.

주영은 생각한다. 내가 가지지 못한 것, 그러니까 결핍에 대한 피해 의식과 걱정, 불안이 가득한 나는, 너를 보며.

나와 같은 환경에서도 밝고, 명확한 꿈이 있고, 스스로의 빛으로 결핍을 채워 넣는 너는 아마 그 누구보다 단단한 내면을 가졌을 거라고.

그리고 나는 그런 너에게는 나를 맡겨도 될 것 같은 그런 기분이 들었다.

다른 누구도 아닌, 고태열. 너라서.

그리고, 그런 너를 볼 때면 새어 나오는 웃음을 참을 수 없었다.

아마도, 네가 많이 좋은 것 같아.

매일을 함께하는 두 사람은 더욱 가까워졌다. 항상 타인에게 선을 긋고 자신의 이야기를 하지 않던 주영은 태열에겐 조금씩 마음을 열어 갔다.

그러나 모든 것을 다 열어 보이기엔 주영과 태열의 속도는 조금 상이했다.

주영은 이것저것 캐물어 오는 태열에게 도대체 넌 뭐가 그렇게 궁금한 게 많으냐며 가끔씩 뻗대곤 했다.

퉁명스러운 대답에 태열은 기다란 검지로 주영의 이마의 정중
앙을 꾸욱 짓누르며 말했다.

'그냥 궁금하다고. 여기서 무슨 생각을 하는지.'

손가락은 눈 밑의 여린 살로 흘러 내려갔다.

'뭘 보고.'

다시 귓가로.

'뭘 듣고 싶은지.'

이내 얼굴 위에서 손가락이 사라지고 작은 충격과 함께 이마
와 이마가 쿵 부딪혔다.

'그냥 다 궁금해. 너에 관한 거라면 뭐든. 네가 뭐로 만들어진
사람인지 알고 싶다고. 네 머릿속엔 뭐가 있는지. 뭐가 온주영을
만들었는지. 머리부터 발끝까지.'

태열이 던진 한마디는 주영의 마음에 잔잔한 물결을 일으켰다.

평소답지 않게 나긋한 목소리로 속삭이던 그 순간엔, 붙잡을
여력도 없이 빠르게 박동하는 심장을 주체하지 못했다.

미친 듯이 뛰어 대는 주영의 맥박을 태열도 눈치챘는지 픽 웃
으며 말을 덧붙였다.

'지금은 싫으면 말아. 기다릴 거야, 네가 말할 때까지. 그러니
까 천천히 하라고. 서두를 필요도 없고. 네가 필요할 땐 옆에 있
을 테니까. 온주영 옆엔 언제고 고태열이 있을 거니까.'

언제까지든 마음을 열 때까지 기다려 주겠다는 태열을 보며
주영도 모르게 남들에겐 하지 못했던 얘기를 꺼내기도 했다.

사실은 불안함에 악착같이 공부를 하는 것이라고. 공부가 좋

았던 적은 한 번도 없었다고.

가끔은 도망치고 싶을 때도 있었다고. 그런데 갈 곳이 없었다고.

태열이 피식 웃으며 엄지 끝으로 주영의 눈가를 쓸었다.

'앞으론 도망치고 싶으면 나한테 와.'

말 한마디가 위로가 된다는 게 무슨 기분인지 알게 됐다.

위로라는 건 그냥 말로 때우는 거라고 생각했는데, 아니었다.

진심이 담겨 있다면 그건 정말 상대방에게 위안을 줄 수 있는 큰 힘이었다.

그렇게 태열에 대한 주영의 마음은 점점 더 깊어졌다.

마음이 깊어짐에 따라 시간도 같이 흘렀다.

기말고사가 지나고 겨울 방학이 왔다.

내일이면 태열은 제주도로 한 달간 전지훈련을 떠난다.

사귀기 시작한 이후로 이렇게 오래 떨어져 있는 건 처음이었다. 태열이 없으면 공부할 시간이 늘어날 텐데도 그런 사실들은 전혀 주영에게 위로가 되지 못했다.

"보고 싶으면 전화해."

"그러다 한 통도 안 하면 어쩌려고?"

주영은 무거워지는 마음과는 다르게도 여전히 표현엔 서툴렀다. 삐뚤어진 대답에도 태열은 별거 아니라는 듯이 피식 웃어넘겼다.

"훈련 끝나면 전화할 테니까 제대로 받아. 쓸데없이 튕기지 말고. 그래 봐야 네 손해야."

주영은 머리를 쓰다듬는 손길에 몸을 맡겼다. 오늘은 태열이 제주도로 가기 전에 얼굴을 볼 겸 지방에 있다던 삼촌이 휴가를 내고 올라왔다.

갈 곳을 잃은 두 사람은 옥상의 평상에 앉아 서로의 체온으로 계절의 온도를 녹였다.

한기로 빨갛게 변한 콧등에 날카로운 코끝이 툭 닿았다. 웃으며 코끝을 비벼 댄다.

단단한 코에 말랑한 코가 뭉개졌다. 이내 차갑게 얼은 두 뺨이 맞닿았다. 서로의 체온으로 추위를 녹였다.

둘은 그날 밤, 오래도록 끌어안은 채로 떨어지지 못했다. 마치 영영 다시는 못 보기라도 할 것처럼 맞닿은 체온을 놓지 못했다.

5. 온성희, 서재건

지난 며칠간 도서관에서 홀로 집으로 돌아가는 길이 굉장히 어색했다.

오랫동안 혼자 다니던 길이었는데 지난 몇 달간 태열은 밤길의 무서움과 외로움을 잊게 만들어 줬다.

이런 사소한 빈자리가 그리움을 만든다.

태열은 훈련 중엔 핸드폰을 재깍재깍 확인하기 어려웠기에 매일 정규 훈련이 끝나고 6시가 되면 알람처럼 전화를 하곤 했다.

그럼 주영은 5시 55분부터 도서관의 비상계단에 서서 전화를 기다리곤 했다.

[오늘은 6시에 전화 못 해. 엄마랑 저녁 먹으러 가기로 했어. 갔다 와서 전화할게.] 4:46 PM

주영은 태열에게 메시지를 보낸 후 버스에 올랐다.

휴무일을 맞아 엄마가 외식을 제안했다. 할 말도 있고 오랜만에 딸과 데이트를 하고 싶다며.

아마 그 할 말이 뭔지는 대충 짐작이 갔다.

지난가을, 엄마가 고급 세단에서 남자와 내리는 모습을 발견한 이후로 주영은 따로 내색을 하지 않았다.

엄마는 엄마의 인생이 있는 거라고, 주영도 알고 있던 사실이었다.

너는 그냥 너의 인생을 살면 된다고, 태열이 그랬다.

그래서 의식적으로 무시하고 기다렸다. 언젠간 엄마가 먼저 말을 꺼내겠지.

기다리면서도 한편으로는 먼저 말을 꺼내지 않기를 내심 바라기도 했다.

얘기를 꺼낸다는 건 공식화하겠다는 의미였고, 혹시 정말 결혼까지도 염두에 둔 게 아닐까 싶기도 해서.

아직 엄마의 결혼에 대해서는 마음의 준비가 되지 않았다. 물론, 엄마의 인생이니 주영에게 반대할 권리는 없었지만.

주영이 버스에서 내려 백팩을 고쳐 메고는 약속 장소를 향해 걸었다.

약속 장소는 엄마가 일하는 백화점 근처의 고급 이탈리안 레스토랑이었다.

주영은 이런 곳에서 외식을 해 본 적이 단 한 번도 없었다. 이런 좋은 레스토랑은커녕 엄마와 양식집에서 외식을 한 기억도 희미했다.

아마 엄마의 새로운 남자 친구는 형편이 여유로운 사람 같았다. 그러니 이런 곳을 다니고 그런 차를 몰고 다니겠지.

그나마 다행인 부분이었다. 순진한 엄마가 뭘 모르고 이상한 아저씨한테 꼬이진 않은 것 같아서.

레스토랑 직원에게 엄마의 이름을 대니 창가 자리로 안내해 줬다.

아이보리색 니트를 입고 곱게 화장한 엄마는 참 예뻤다. 주영을 발견한 엄마가 화사하게 웃었다. 엄마에게는 남들보다 이르게 봄이 온 것 같았다.

별다를 것 없이 일상적인 대화를 하다 보니 주문한 음식이 나왔다. 주영이 해산물 파스타를 입에 넣으며 물었다.

"여기가 저번에 엄마가 말했던 식당이야? 같이 오자고 했던."

엄마가 멋쩍은 표정을 지었다.

"응. 근데 영아, 사실 엄마 그때 미선이랑 여기 온 거 아니야."

올 게 왔구나. 그래도 매끄러운 시작이었기에 주영이 덤덤하게 물었다.

"그럼? 엄마 혹시 연애해?"

놀란 표정의 엄마는 말을 잇지 못했다. 전혀 모르고 있을 거라고 생각한 건가.

아마 이렇게 오래 이야기를 참은 걸 보면 엄마에게도 말을 꺼내기 쉽지 않은 주제였을 거다.

다시 한번 주영은 조심스러워 말을 꺼내지 못했을 엄마를 생각해 덤덤한 척 말을 이었다.

"왜 그렇게 놀라. 연애하는 게 뭐 대수라고. 어떤 분인데?"

"영아……. 사실은 말을 하고 싶었는데 네가 놀랄까 봐. 시험 끝나고 방학 때까지 기다렸어."

"왜 그렇게 사설이 길어. 뭐, 대단한 사람이야?"

"……."

엄마가 난처한 표정으로 쉽게 말을 잇지 못했다. 뭐, 유명인이라도 되는 건가. 차라리 유명인이 나을 수도 있겠다.

유명한 만큼 경제적으로는 더더욱 여유로울 테니까. 주영은 엄마의 긴장을 풀어 주기 위해 화제를 전환했다.

"참나. 왜 말을 못 해. 좋은 사람 같은데. 이런 맛있는 곳도 데리고 다니고. 우리 온성희 씨 맨날 나 밥해 준다고 외식도 자주 못 했잖아."

"사실…… 네 아빠가 찾아왔었어."

엄마가 하는 모든 말을 덤덤하게 받아치려고 했던 주영의 계획은 이 한마디로 물거품이 되었다.

머릿속이 표백되어 떠오르는 말이 없었다.

아무 말도, 아니 아무 생각도 할 수가 없었다.

아니 이게, 도대체, 지금 무슨 말……이야?

"처음엔 엄마도 매몰차게 굴었는데, 계속 찾아오더라고. 계속 후회하고 미안해하는 그 사람을 보니까 또 안쓰럽기도 하고……."

"……."

"몇 번 얘기를 들어 주다 보니까 옛날 생각도 나고. 또다시 보니 미웠던 감정은 사라지고 좋더라. 예전에 엄마가 정말 많이 좋아했었거든……. 구구절절 옛날 얘기를 다 하진 않을게. 그 사람도…… 영이 너를 정말 보고 싶어 해."

"……."

"오랫동안 잊고 있던 감정이 살아나고…… 설레더라. 영이 너한테 이런 말 하는 거 참 우습고 주책인 거 아는데……. 엄마도 이제 누군가한테 기대고 싶기도 하고. 그래서, 주영이 너만 괜찮으면 다시 합쳤으면 좋겠다고……."

"……다시? 그 사람이랑 같이 산 적은 있어? 다시 합친다고? 그 사람은 처자식은 없대? 왜 이제 나타났대? 나를 궁금해한다고? 17년 동안 한 번도 찾아온 적도 없는 인간이 그런 말을 해?"

주영은 비정상적으로 떨리는 목소리를 숨길 수 없었다. 실내에서 목소리가 커지지 않도록 조절하는 것만이 주영이 할 수 있는 최선이었다.

"……이혼했대. 애들은 있는데 네 또래인가 봐. 그쪽 집에는 이미 얘기가 다 된 모양……."

끝까지 들을 수가 없었다. 주영이 자기 앞에 놓인 냉수를 벌컥벌컥 들이켠 후 자리를 박차고 일어났다. 미련 없이 뒤도 돌아보지 않고 그대로 식당을 뛰쳐나왔다.

어디로 가는지도 모르고 그냥 하염없이 걸었다.

아빠라니. 얼굴도 모르는 사람을 아빠라고 말할 수 있을까.

그렇게 버림을 받고도 다시 찾아와 주니 좋다고 받아 주는 엄마도 이해할 수 없었다.

그 인간이 그런 좋은 차를 끌고 좋은 환경에서 사는 동안, 엄마랑 나는…….

차가운 볼을 뜨거운 눈물이 엉켜 흐르며 자국을 만들었다.

고태열이 보고 싶었다.

도망치고 싶으면 자기한테 오라더니. 온주영 옆엔 언제고 고태열이 있을 거라더니.

정작 필요할 때, 정말 도망치고 싶을 때 주영의 곁엔 아무도 없었다.

눈을 뜨니 머리가 지끈지끈했다. 온몸이 무겁고 팔을 들어 올릴 힘도 없었다. 몸살이 난 듯했다.

그럴 만했다. 주영은 밤새 거리를 헤매다 막차를 타고 집에 돌아왔다.

엄마가 보기 싫어 집에 들어오기 싫었다. 하지만 갈 곳이 없었다. 결국 옥상에서 새벽까지 덜덜 떨며 엄마가 잠들기를 기다리며 시간을 때웠다. 어스름한 새벽빛이 밝아 올 때쯤 조용히 집에 들어왔다.

누워 있던 주영이 어렵사리 무거운 팔을 들어 전원을 꺼 놨던 핸드폰을 켰다.

슬라이드 액정에 불이 들어오자마자 깜빡깜빡 알람과 함께 밀려 있던 문자가 계속 들어왔다.

[엄마랑 뭐 먹어.] 6:01 PM

[아직 밥 먹냐.] 7:17 PM

[?] 7:41 PM

[밥 먹다 밥솥에 들어갔냐고.] 8:05 PM

[전화 왜 안 받아.] 8:13 PM

[어디야.] 8:29 PM

[뭐 하자는 건데.] 9:02 PM

[전화 받아.] 9:12 PM

[온주영. 너 지금 나랑 장난하지.] 11:28 PM

부재중 전화 23통.

머리가 아팠다. 태열의 메시지 사이로 엄마가 주영을 찾는 흔적도 보였다.

엄마의 연락을 피하고자 전원을 꺼 놨는데 괜한 사람만 걱정시킨 듯했다. 액정 위의 시간을 확인했다.

[10:13 AM]

태열은 훈련 중일 시간이었다. 태열이 보고 싶었다. 받지 못할걸 알면서도 전화를 걸었다.

역시나 전화는 연결되지 않았다. 주영의 입술 사이로 뜨거운 숨이 흘렀다.

무거운 몸을 일으켰다. 현기증이 일었다. 이마를 짚으며 책상 서랍을 열었다.

손에 닿은 이마에서 열기가 느껴졌다. 손이 뜨거운 건지 이마가 뜨거운 건지 알 수 없었다.

책상 서랍을 열었다. 태열이 과외비라며 준, 환불 불가라고 적힌 봉투가 보였다.

매달 10만 원씩 쌓인 돈이 벌써 30만 원이 됐다. 쓸 수 없는 돈이었다. 한 달 용돈이 5만 원이라던 애가 준 전 재산이었다.

언젠가 졸업을 하고 태열이 메이저리그를 가든 국내 팀을 가든, 좋은 선물을 사 줄 것이다. 이 돈의 목적은 오로지 그 하나였다.

주영이 그 옆에 놓인 통장을 집어 들었다. 통장의 페이지를 넘기는데 책상에 기대어 있던 몸이 주르륵 흘러내렸다. 다리에 힘이 풀려 털썩 바닥에 주저앉아, 빼곡한 입출금 내역을 넘겼다.

온주영의 10대가 깃들어 있는 숫자들이었다. 그리고 마지막 장.

잔액 342,000원.

제주도 비행기가 얼마더라. 왕복으로 다녀오면…….

고태열을 만나러 가려면 버스도 타고 택시도 타야겠지…….

가 본 적은 없었지만 어림잡아 못해도 20만 원은 들 것 같았다.

"하……."

주영이 그대로 무릎 사이에 얼굴을 파묻었다. 뺨과 맞닿은 잠옷 바지가 축축하게 젖어 들어갔다.

주영은 여전히 돈이 무서웠다. 도망가고 싶고, 태열이 보고 싶은데…….

단 한 번의 일탈로 지금까지 악착같이 모아 온 돈이 물거품처럼 사라질 것을 생각하니 주저할 수밖에 없었다.

돈이 무서워 아무것도 할 수 없었다. 소리 내어 엉엉 울었다.

아무도 없는 텅 빈 좁은 집에 주영이 흐느끼는 소리만이 울렸다.

주영은 몸살이 났던 날 이후로 태열에게 종종 거짓말을 했다.

연락이 되지 않았던 날도 감기 기운이 너무 심해 집에 들어오자마자 잠들었다고 둘러댔다.

믿지 않는 분위기였지만 주영의 잠겨 있는 목소리에 태열도 더 이상 가타부타 말을 더하진 않았다.

단지, 물었다.

'온. 너 무슨 일 있는 거 아니지.'

은근한 걱정이 깃든 물음에 소리 없이 울음을 삭였다.

태열의 얼굴을 보면 지금 내가 이래서 힘들다고, 다 짜증 난다고, 엄마도 싫고, 17년 만에 나타난 아빠라는 인간은 보고 싶지도 않다고, 바로 쏟아 내듯 말할 수 있을 것 같은데.

막상 입을 떼기가 어려워 매일같이 괜찮은 척 거짓말을 하며 유야무야 태열과의 통화를 넘겨 왔다.

오늘도 도서관에서 돌아온 주영은 멍하니 바닥에 누워 있었다. 초점 없는 눈 위로 떠다니는 건 매일같이 주영을 보며 짓궂게 웃던 얼굴이었다.

고태열이, 보고 싶었다.

목소리는 여전히 매일같이 들었지만, 얼굴이 보고 싶었고, 따뜻한 체온이 그리웠다.

그때였다. 핸드폰이 요란하게 움직이며 바닥을 울려 댔다. 태열이었다. 전화기를 들자 수화기 너머로 익숙한 목소리가 흘러나왔다.

-밥은.

"먹었어."

-또 삼각김밥 같은 거 주워 먹고 다닌 거 아니지.

"아니야. 집에서 밥 먹었어."

거짓말이었다.

수화기 너머 걱정이 담긴 목소리엔 왜인지 아무 말도 나오지 않았다.

주영이 억지로 웃으며 한동안 아파서 공부를 제대로 못 해서 짜증이 난다고 둘러댔다.

멀리서 훈련을 하며 고생하고 있을 태열에게 괜한 걱정을 시키고 싶진 않았다.

그냥 거짓에, 거짓이 더해질 뿐.

수화기 반대편에서 생각하고 싶지 않던 인물을 언급했다.

-엄마랑?

"……응."

그날 이후로 주영은 엄마를 피했다. 도서관이 문을 닫는 시간까지 공부를 하다가 집에 들어와선 문을 닫고 방 안에만 있었다.

엄마는 문을 조심스럽게 두드리며 '영아……' 하고 이름을 부르기도 하고, 눈치를 보며 밥상을 차려 놓고 나가기도 했는데 주영은 그저 모르는 체했다.

-너 엄마랑 싸웠지.

운동하면서 선배들 눈칫밥을 먹고 커서 그런가. 태열은 덩치에 안 맞게 눈치는 빨랐다.

"⋯⋯싸우긴 뭘 싸워. 내가⋯⋯ 애야?"

-애지, 그럼. 엄마 연애한다고 아직도 삐쳤어? 그냥 엄마 인생이네 하고 신경 쓰지 말라니까. 그거 신경 쓸 시간에 내 생각이나 하라고.

능청스러운 말이 이어졌다. 내가 이상한 걸까. 이렇게까지 심각하게 받아들일 필요는 없는 걸까. 어차피 엄마 인생이니까.

그래도 싫은 걸 어떡해. 그래서 물었다. 항상 나보다 어른스러운 대답을 하는 너라면, 혹시 답을 알지도 몰라서.

"고태열⋯⋯."

-엉.

"엄마가 연애하는 거 싫다고 하면 안 돼? 아무리 이해해 보려고 해도⋯⋯. 난⋯⋯. 너무 이해도 안 되고 싫어."

-왜 안 돼. 돼. 존나 맘껏 싫어해. 싫어하는 것도 네 마음, 싫다고 말하는 것도 네 자유. 근데 그래도 선택은 엄마 자유라고. 싫다고 말할 순 있지만 못 하게 막을 순 없다는 거지. 근데 그냥 싫어하면서 신경 쓸 바엔 그 에너지를 나한테나 쏟으라고. 알아들어?

"⋯⋯아니. 몰라."

-모르긴 뭘 몰라. 세상 제일 똑똑한 온주영인데. 아, 온 보고 싶다. 조온나 보고 싶다아.

"……."

-서울 가면 뭐 할까. 너 좋아하는 아웃백 갈까. 아, 아니지. 뽀뽀부터 해야 돼. 나 존나 굶었어, 진짜. 네가 내 심정을 아냐. 어제도 혼자……. 아니 그거까진 네가 알 거 없고. 아, 오늘도 캐치볼 하는데 온주영 얼굴이 둥둥 떠다녀. 씨발. 거따 대고 어떻게 공을 던지냐고.

그냥 말없이 웃었다.

나도 네가 많이 보고 싶어. 따뜻한 네 품이, 거칠고 투박한 손이, 매일같이 속삭여 대던 어설픈 영어 발음이, 나를 보면 휘어져 내리는 날카로운 눈매가, 얼굴 위로 쏟아지던 뜨거운 숨결이.

입 밖으로 꺼내지 못한 말들이 삼켜졌다.

집과 도서관을 반복하는 일상이 이어졌다. 열흘 뒤면 태열이 돌아온다.

수학 문제를 눈앞에 두고도 빚어낸 듯 날카로운 인상의 얼굴이 눈앞에 아롱거렸다. 중증이네.

얼굴을 보면 뭘 할까. 다른 건 다 제쳐 두고 너른 품에 안기고 싶었다.

그리고 어리광을 부리고 싶었다. 네가 없는 동안 내게 일어난 말도 안 되는 일들에 대해 털어놓고 싶었다. 그럼 너는 뭐라고 말할까.

여전히 엄마 인생은 별개니 신경 쓰지 말라고 할까. 아니지, 먹여 살릴 테니 결혼하자고 할까. 또 미국을 가지 않겠다는 헛소리나 하지 않을까.

주영이 한참을 페이지를 넘기지 못한 채 상상의 나래를 펼치는데 진동이 울렸다.

모르는 번호였다. 주영이 발걸음 소리를 죽이고 비상계단에 나와 전화를 받았다.

"여보세요."

주영의 목소리가 비상계단 내부 안을 웅웅 울렸다. 수화기 반대편에서 낯선 여자의 목소리가 들렸다.

-온성희 씨 가족분 되시나요? 우림 병원인데요.

이어지는 여자의 말에 주영이 혼비백산 짐을 챙겨 도서관을 뛰쳐나갔다. 양 볼이 물기로 흠뻑 젖어 내린 채로.

뿌연 시야 때문에 이리저리 사람들에 치이면서 차가운 겨울바람을 가로질렀다.

차가운 공기도, 어깨가 부딪히는 통증도, 어떤 감각도 느껴지지 않았다.

근무 중 쓰러졌다고 했다. 심근 경색으로 인한 쇼크라고.

엄마가 근무하는 백화점 근처에 있는 병원에 도착하자 주영을 맞이한 건 지금껏 상상조차 해 보지 못한 상황이었다.

진료 기록을 보니 평소 부정맥이 있었다고 쓰여 있었다. 전혀 몰랐다. 엄마는 주영에게 어디가 아프다거나, 돈이 부족하다거나, 그런 얘기들은 전혀 하지 않았다.

뻔한 월급에, 원래 몸이 약했던 엄마를 보며 눈치껏 파악해 왔을 뿐이었다. 주영은 사실 부정맥이 어떤 증상을 의미하는지조차도 제대로 몰랐다.

의사는 심폐 소생술을 해 일단 심장과 호흡 기능을 살렸으나, 심장이 제대로 뛸 때까지 시간이 걸렸기 때문에 그사이에 뇌 신경이 많이 손상되었으니 기다려 봐야 한다고 했다.

소독약 냄새가 코를 찌르는 병동에서 우는 것 말고는, 의사와 간호사의 손을 붙잡으며 엄마를 제발 살려 달라고 늘어지는 것 말고는, 주영이 할 수 있는 건 없었다.

어느 순간부턴 더 흘러내릴 눈물조차 없었다. 멍한 표정으로 중환자실 앞에 앉아 있을 뿐. 아무 생각이 들지 않았다. 말 그대로 백지였다.

주영이 병원 복도의 바닥을 초점 없는 눈으로 더듬을 때였다. 주영의 눈앞에 윤이 나는 검은색 구두코가 보였다. 머리 위로 들어선 그림자에 주영이 천천히 무거운 고개를 들어 올렸다.

반듯한 얼굴 위로 어두운 그늘이 드리운 남자가 보였다. 처음 보는 얼굴이었다. 대뜸 중년의 남자가 주영의 앞에 무릎을 꿇었다.

주영이 번들거리는 얼굴에서 물방울이 떨어지는 걸 멍하니 쳐다봤다.

미안하다고, 서재건이라고 자신의 이름을 밝힌 남자는 미안하다는 말을 수없이 반복했다.

적어도 아빠라는 사람을 다시 보게 된다면 이런 식의 만남은 아닐 줄 알았다.

엄마가 아빠를 내게 소개하는 자리, 내 눈치를 보는 엄마와 상상 속 중년의 남자. 그 자리에서 말 한마디 하지 않고 뻣뻣하게 굴거나, 울분을 쏟아 내는 스스로의 모습을 그려 본 적은 있었지만…….

살면서 단 한 번도 아빠라는 호칭을 입 밖으로 내어 본 적 없는 주영과 남자를 잇는 매개체인 엄마의 부재는 상상 밖의 일이었다.

세상의 모든 일은 항상 예기치 못한 상황에, 생각해 보지 못한 방식으로 찾아왔다.

그게 좋은 일이든, 그 반대이든.

주영은 매일 지정된 면회 시간마다 엄마를 찾았다.

호흡기에 의존해 삶의 의지를 놓지 않는 엄마의 뺨은 보랏빛 피멍으로 가득했다.

쓰러지면서 얼굴을 바닥에 부딪혔다고 했다. 엄마를 둘러싼 지금의 모든 현실이 너무나 가혹했다.

서재건은 저녁마다 병원을 찾았다. 처음에는 모른 척했다. 하루 2회, 30분씩만 허락되는 면회 시간을 서재건에게 양보하고 싶은 생각이 없었다.

저 사람은 엄마를 볼 자격이 없는 사람이니까, 내 앞에 떳떳하게 나타날 자격이 없는 사람이니까. 무슨 자격으로 면회 시간을 가져가.

정장을 입은 젊은 남자와 함께 나타난 그는 그냥 중환자실 앞에 한참을 앉아 있다가 조용히 사라지곤 했다.

의사는 심장은 돌려놨기에 뇌세포끼리 연결되는 것을 지켜봐야 한다고 했다. 한 일주일 정도 경과를 지켜봐야 하지만 깨어나지 못할 가능성도 있다고.

무책임해 보이는 설명에 화를 내며 따져도 환자의 건강 상태와 나이에 따라 깨어나는 데엔 차이가 있을 수밖에 없다는 기계 같은 답변만 반복했다.

속에 무언가가 턱 걸린 것처럼 답답했지만 주영이 할 수 있는 게 없었다.

주영은 병원에서 3일쯤 밤을 새웠다.

불편한 병원의 의자에서 꾸벅꾸벅 졸고, 편의점에서 산 칫솔과 비누로 대충 씻으며 견뎠다. 지옥 같은 1분 1초였다.

엄마가 깨어나길 간절히 바라고, 쓰러지기 전 엄마를 외면했던 스스로를 자학하고, 지나간 시간을 어떻게든 움켜쥐고 싶어 발버둥 치던 시간들.

소리 없이 절규하는 주영의 어깨를 서재건이 잡았다. 더 이상 흘러나올 눈물조차 없었다. 그냥 단지……

'영아⋯⋯.'

이 한마디가 한 번 더 듣고 싶을 뿐이었다.

지친 얼굴로 무릎 사이에 고개를 박고 있는 주영의 등 뒤로 타이르는 듯한 목소리가 들려왔다.

"주영아, 내가 말한 건 생각해 봤니?"

"⋯⋯."

어제저녁, 주영은 서재건에게 저녁 면회 시간 중 반을 양보했다.

이유는 하나였다. 곱씹어 보니 엄마가 보고 싶은 사람이 자신이 아닐 수도 있지 않을까 하는 생각이 들어서.

'오랫동안 잊고 있던 감정이 살아나고⋯⋯ 설레더라. 영이 너한테 이런 말 하는 거 참 우습고 주책인 거 아는데⋯⋯. 엄마도 이제 누군가한테 기대고 싶기도 하고.'

쓰러지기 전 엄마가 했던 말이 마음속에 응어리처럼 남아 있었기 때문에.

그 시간을 쓴 후 어두운 얼굴로 중환자실을 나선 서재건이 주영에게 제안했다. 언제까지 이렇게 병원에서 하염없이 기다릴 셈이냐고. 엄마가 깨어날 때까지만이라도 자신의 집으로 가자고. 할머니도 있고, 또래 아이들도 있으니 혼자 집에서 생활하는 것보단 나을 것이라고.

엄마가 쓰러지기 전에도 이미 합치는 쪽으로 이야기가 끝났다고.

서재건의 말을 들었을 땐 어이가 없었다. 머릿속이 차갑게 가라앉았다. 누구 맘대로, 누구 마음대로 다 결정을 해.

중환자실로 달려가 의식 없는 엄마를 흔들어 깨우고 싶었다. 당장 일어나 해명이라도 해 보라고. 일어나서 나를 설득하라고……!

'영이 네가 조금만 이해해 주면 좋겠어. 사실 말은 안 했지만, 엄마는 아빠가 보고 싶었어. 그동안 나도 너한테 최선을 다했으니까, 한 번만 이해해 주면 안 될까?'

이렇게 평소처럼 나긋하게 부탁하고 설득이라도 해 보라고.

어쩌면 나도 더 이상 당신의 선택에 대해 왈가왈부하지 않을지도 모르지 않겠냐고.

'몇 번 얘기를 들어 주다 보니까 옛날 생각이 나고 또다시 보니 미웠던 감정은 사라지고 좋더라. 엄마가 정말 많이 좋아했었거든…….'

일어나기만 하면 마음대로 하게 해 줄게.

다시 합치든, 나를 데리고 같이 살든. 그 집에 애가 있든, 할머니가 있든, 전 부인이 있든. 하고 싶은 대로 다 하라고. 엄마가 원하는 대로 다 따라 줄게.

그러니까, 눈만 뜨라고…….

주영이 집으로 돌아온 건 병원에서 밤을 새운 지 5일째 되는 날이었다.

서재건에겐 조금 더 생각할 시간을 달라는 말로 대답을 보류했다. 덜컥 주영 혼자 결정을 내리기엔 모든 게 무섭기만 했다.

전날 저녁 서재건이 건넨 돈으로 택시를 타고 집 앞에 도착하고서야 잊고 있던 인물이 떠올랐다.

택시에서 내려 멍하니 허공을 쳐다보던 주영이 택시가 만들어내는 엔진 음의 방향을 따라 천천히 고개를 돌렸다. 페인트칠이 벗겨진 낡은 벤치에 앉아 하얀 막대 사탕을 물고 있는, 그리웠던 얼굴이 시야를 가득 채웠다.

택시를 가운데 두고 허공에서 시선이 얽혔다.

어두운 표정을 한 얼굴이 주영과 눈이 마주치자마자 일그러진다.

주영은 놀이터 한가운데 우뚝 서 있는 아픈 얼굴에 발이 묶여 한 발자국도 움직일 수 없었다.

벤치에 앉아 있던 상대가 천천히 몸을 일으켰다. 커다란 손안에 쥐어 있던 하얀 막대가 툭 모랫바닥으로 떨어지는 것이 보였다.

택시가 소음과 함께 사라지자 그 빈자리를 태열이 뚜벅뚜벅 걸어와 채웠다.

한 걸음의 거리를 두고 우뚝 멈추어 섰다. 주영의 눈앞에서 목울대가 꿈틀거렸다.

마치 화를 참는 것처럼.

"너……."

주영이 그대로 넓고 단단한 품에 안겨 들었다. 열려 있는 패딩 점퍼의 사이로 파고들었다. 얇은 티셔츠 아래로 단단한 몸이 느껴졌다.

주영은 누가 떨어뜨리기라도 할 듯 너른 품을 계속 파고들었다. 특유의 비누 향이 밴 얇은 티셔츠의 가슴팍이 젖어 들어갔다.

주영의 머리 위에서 짙은 한숨이 떨어졌다. 두 사람은 그렇게 한참을 놀이터 앞에 서 있었던 것 같다.

"……춥다. 들어가자."

여전히 억눌린 목소리가 주영을 잡아 이끌었다. 품에 안긴 채 가만히 있자 겨드랑이 사이로 들어온 손이 몸을 번쩍 들었다. 커다란 몸이 이끄는 대로 몸을 맡겼다.

더 이상 아무 생각도 하고 싶지 않았다.

온주영이 이상했던 건 얼마 전부터였다.

엄마와 저녁 식사를 하느라 전화가 어려울 것 같다던 날. 응답하지 않는 상대를 기다리며 초조함에 온 신경이 곤두섰다. 잠도 제대로 들 수 없었다.

언제부터였는지 모르겠다.

고집스러운 눈과 입술이 자꾸 신경 쓰인 게. 세상 예민해 보이는 얼굴을 자꾸 건드리고 싶었던 게. 의식조차 하지 못한 사이에 나는 어느새 온주영의 옆에 서서 실실거리고 있었다.

살면서 초조함을 느껴 본 경험이 거의 없었다. 훈련이 잘 안 풀릴 때도, 마운드에 오르기 전에도, 선배 새끼들이 지랄을 할 때도.

오늘은 날이 아닌가 보지, 내일은 잘되겠지, 원래 컨디션은 좋았다, 안 좋았다 하는 거니까, 다 내 좆밥이지, 열등감에 찌든 한심한 새끼들, 하며 그냥 훌훌 털어 버리곤 했는데.

온주영과 관련된 모든 일은 계속 신경이 쓰이고 쉽게 털어 낼 수가 없었다.

도대체, 왜.

처음 연락이 안 됐을 땐 별생각을 다 했다. 엄마와 중요한 얘기를 하는 건가. 핸드폰을 잃어버린 건 아닐까. 혹시 무슨 일이 난 것은 아닐까. 사고라도 난 거 아냐?

그러다가도, 사귀기로 한 지 얼마나 지났다고 잠수를 타? 서울 가기만 해 봐. 이 나쁜 버릇을 제대로 고쳐 줄 테니까, 그런 생각으로 이어졌다.

결국 뜬눈으로 밤을 새우다시피하고 새벽같이 감독님을 찾았다. 뻔뻔하게 거짓말을 했다.

"삼촌이 몸이 아프신 것 같아 서울에 올라가 봐야 할 것 같습니다."

감독님이 난처한 표정을 지었다. 허락만 떨어지면 비행기표값까지 빌릴 생각이었다.

"많이 심각하신 거냐? 위독하신 거 아니면 훈련하면서 상황 보다가 정하는 게 어떠냐? 대신 훈련 중에 연락 수시로 체크하고."

"……."

삼촌이 아프다는데도 은근하게 만류하는 감독님을 보며 순간 정신이 들었다. 여자 친구가 고작 반나절 연락이 되지 않았다고 가족을 팔아 훈련을 째는 것이 제정신은 아닌 것 같았다.

미쳤네.

원래 뭔가 결정할 땐 고민도 하지 않고, 뒤도 돌아보지 않는 성격인데 이번엔 나답지 않게 주저하게 됐다.

어느새 내 우선순위가 야구가 아니라, 온주영이 되어 버린 것 같아서.

고개를 끄덕이고 돌아섰다. 일단 오늘 오후까지도 연락이 안 되면 감독님 말대로 그때 가서 생각해야겠다고. 훈련 중에 핸드폰도 눈치 안 보고 확인할 수 있으니까.

온주영에게 연락이 온 건 타격 배팅을 하고 돌아온 후였다.

부재중 전화를 확인하자마자 바로 전화를 걸었다. 평소처럼 고막을 부드럽게 간질이던 목소리가 아니었다. 처음 들어 보는, 낮게 잠겨 갈라지는 온주영의 목소리. 감기 몸살이라고 했다.

정말 단지 감기 몸살이라 어제저녁부터 연락이 되지 않은 거냐고는 묻지는 않았다.

아마, 엄마와 식사를 하며 엄마의 결혼 얘기가 나온 게 아닐까, 추측 정도 할 뿐. 온주영은 어차피 쉽게 자기를 내보이는 성격은 아니었다.

네게 말했듯 그냥 나는 기다린다. 네가 언젠가 내게 말해 줄 때까지.

며칠이 지났다고.

또다시 연락 두절이었다. 결국 난 다시금 삼촌의 핑계를 대며 감독님한테 돈까지 빌려 서울행 비행기에 오를 수밖에 없었다.

미쳤다고 해도 어쩔 수 없었다. 온주영에게 무슨 일이 생긴 것 같아 불안해 훈련이고 뭐고 눈에 들어오지 않았으니까.

태어나서 한 번도 느껴 보지 못한 기분이었다. 초조함과 불안감의 어두운 그림자에 삼켜지는 기분은 꽤나 더러웠다.

서울에 도착해 202호의 초인종을 아무리 눌러도 돌아오는 응답이 없었다.

하루 종일 계단에 앉아 기다려 봐도, 계단을 오르내리는 4층 부부, 그리고 5층 할머니의 손을 꼭 붙잡은 최민국을 마주친 게 전부였다.

온주영은커녕 온주영의 엄마도 얼굴을 볼 수 없었다.

이틀째.

여전히 초인종은 응답이 없었다. 202호를 찾는 사람도 아무도 없었다.

핸드폰도 묵묵부답이었다. 끓듯이 화가 올라오다가도 왠지 모를 불안감에 휩싸였다.

초조함에 생전 건드리지도 않았던 손톱을 물어뜯었다. 할 수 있는 거라곤 혀가 아릴 때까지 사탕을 물고 깨물어 씹으며 초조함을 버티는 것밖에 없었다.

그리고 너를 다시 봤을 때.

택시 앞에 서 있던 너는, 많이 수척해져 있었다. 생기 있던 하얀 뺨엔 피로가 얼룩덜룩했다. 윤기 나던 긴 생머리는 푸석푸석했다. 이 혹한의 날씨에 얇은 외투 하나만 걸치고.

왜, 너는 그런 몰골로. 왜.

화를 낼 수 없었다. 아이처럼 품을 파고드는 너를. 티셔츠를 적시는 네가.

겨울의 바람 때문일까. 물기에 축축하게 젖어 가는 가슴 부근이 시렸다.

어처구니가 없게도 처음 보는 네 눈물 앞에서, 쌓아 왔던 모든 화는 물거품처럼 사라졌다.

씨발. 도대체 왜 우는 건데.

"나 좀…… 꼴이 웃기지?"

집 안에 들어와서야 발이 바닥에 닿은 온주영이 멋쩍게 웃었다. 매가리 없는 얼굴로 좀 씻어야겠다며 부산을 떤다.

"씻겨 줄까."

네가 동작을 멈추고 눈을 한 번 꿈뻑인다. 얼굴 위로 물음표가 가득하다.

지금 무슨 말을 한 거냐는 표정으로 올려다본다. 그 표정이 너무 귀여워 동그랗게 뜬 눈 위에 입을 맞췄다. 여전히 굳어 있는 네 귀에 대고 속삭였다.

"피곤해 보여서."

"진짜……. 이상한 소리 좀 하지 마."

픽. 등 위로 손바닥이 날아왔다. 전혀 타격감 없는 손놀림에 속이 쓰리다.

밥은 먹고 다니는 건지. 온주영이 씻는 동안 냉장고를 뒤졌다.

얘는 도대체 뭘 먹고 다닌 거야? 귤과 김치 말고는 먹을 게 보이지 않았다. 기껏 있는 채소 몇 개도 숨이 죽어 시들시들했다.

씻고 나오면 나가서 밥이라도 먹여야 할 것 같았다. 얘기를 하더라도 뭐라도 먹이고 해야지. 저러다간 곧 쓰러질 것 같았다.

달칵. 욕실 문이 열렸다. 젖은 머리, 발갛게 달뜬 볼과 코끝. 뜨거워지는 몸을 억지로 가라앉히며 식탁 의자를 욕실 앞으로 끌고 갔다.

"앉아. 머리 말려 줄게."

온주영을 의자에 앉히고 욕실 문을 등지고 서자 욕실을 가득 채운 습한 기운이 느껴졌다.

손바닥만 한 작은 드라이기를 들고 젖은 머리를 부드럽게 쓸어 넘겼다. 위이잉, 드라이기가 만들어 내는 소음만이 공간을 채웠다.

푹 젖어 있던 머리가 부슬부슬해질 때쯤 네가 입을 열었다. 소음 사이를 비집고 들어오는 작은 목소리를 혹시라도 놓칠까 온 신경을 집중했다.

"있잖아……. 고태열."

"……."

일부러 대답은 하지 않았다. 제 얘기를 하는 것을 어려워하는 온주영이 이 타이밍에 입을 열었다는 것은, 아마 드라이기의 소음에 기대고 싶어서, 얼굴을 마주 보지 않고 얘기하고 싶어서이지 않을까 하는 생각에.

티 나지 않게 드라이기의 세기를 줄였다.

"나…… 무서워."

이어지는 너의 말을 들으며 아무렇지 않은 척하기가 쉽지 않았다.

이미 물기가 거의 다 말라 버린 머리를 쓸어 넘기던 손에 힘이 들어가는 것을 의식적으로 참아 내야 했다.

네가 말을 이어 가며 무릎 위에서 꼼지락거리는 창백한 손을 내려다보는 것 말고는 할 수 있는 게 없었다.

처음엔 그냥 재밌어서, 새침하게 구는 게 귀여워 가까워졌는데, 어느 순간부터 가끔 보여 주는, 아기처럼 해맑게 웃는 모습에서 눈을 뗄 수 없었다.

세상 단정한 모습으로 안 어울리게 욕심을 부리며 아등바등 성실한 일상을 이어 가는 네가 궁금했다.

현실에 버둥거리는 모습이 안타까웠다. 끼니도 제대로 챙기지 않은 채 억지로 좋아하지도 않는 공부를 하는 게 안쓰러웠다.

꽉 닫힌 마음을 조금씩 열어 가는 그 시간이 좋았다.

어느 날 나를 보며 해맑게 웃던 네 얼굴은 평생이 지나도 잊을 수 없는 순간일 거다. 그 모습을 언제나 지켜 주고 싶었다.

누구에게도 내보이지 않고 깊이 담아 두었던 마음이 부드러운 목소리를 타고 흐르는 순간은 희열이 느껴졌다. 나만이 들을 수 있는 너의 소리였다.

그런데, 그저 열심히 사는 너에게 왜 이런 일들이 생긴 걸까.

떨리는 목소리로 엄마의 이야기를, 아빠를 만났다는 이야기를 하는 너의 말을 묵묵히 들었다.

마침내 네가 입을 다물었을 때 조용히 드라이기를 끄고 마른 몸을 안아 들었다. 피곤해서 조금 자고 싶다는 너를 침대에 눕히고 이마에 입을 맞췄다.

네가 눈을 감고 고른 숨소리를 뱉을 때까지 작고 여린 손을 놓을 수 없었다. 왜 그런 일이 있을 때 내게 연락하지 않았느냐고 묻지는 못했다.

그냥, 후회했다.

네가 연락이 되지 않던 그 순간, 바로 오지 않은 것을. 나답지 않게 주저한 것을. 의지할 곳 없이 혼자 울게 놔뒀음을.

곤히 잠든 얼굴을 한 번 쓸어내린 뒤 작은 방을 둘러봤다. 너의 전부일 작은 책상. 낡은 스프링이 삐걱거리는 소리를 내는 오래된 싱글 침대. 옷 몇 벌과 교복이 단출하게 걸려 있는 작은 행거.

네가 그렇게도 벗어나고 싶어 하는 이 방을.

천천히 방을 훑다가 빼꼼 열린 책상의 서랍이 눈에 들어왔다. 네게 건넸던 사탕 몇 개와 꼬깃꼬깃한 봉투가, 지난 석 달간의 흔적을 담은 채 그대로 있었다.

삼촌에게 용돈을 받아도 쓸 곳이 따로 있진 않았다. 어차피 훈련으로 가득 찬 하루였고, 서울로 올 때부터 약속된 지원으로 딱히 운동하며 부족한 것은 없었다. 물욕이 많지도 않았고.

그동안 생각 없이 모아 왔던 것들을 너에게 쓰는 순간이, 과외비라는 핑계 아래 건네는 순간이 좋았다. 네가 가장 좋아하는 것을 줄 수 있어서.

그렇게 돈이 좋다더니 쓰지도 않고. 버석한 웃음이 흐른다.

그 옆에 놓여 있는 통장. 빼곡한 통장의 숫자들을 훑었다. 1,000원부터 30,000원까지 입금 금액은 다양했다.

모든 걸 스스로 해결해야 하는 너는 이 돈을 모으기 위해 얼마나 더 악착같아야 했을까.

조용히 통장과 봉투를 내려놓는데 그 옆에 귀여운 얼굴이 보였다. 고집스럽게 앙다문 입술과 볼, 노려보듯 정면을 응시하는 새침한 두 눈. 지금보다 앳된 얼굴의 증명사진이 붙어 있는 학생증이었다.

주성여자중학교 3학년 4반 온주영.

"이거 내가 가져간다."

명색이 남자 친군데 사진 하나쯤은 가지고 있어야 하지 않겠어.

돌아오는 대답은 없었지만, 학생증을 챙겨 주머니에 넣었다. 이렇게 귀여운 시절의 온주영을 나만 몰랐다고 생각하니 질투가 났다.

대상조차 없는 질투였다.

다음 날부터 온주영이 병원을 갈 때마다 동행했다. 중환자실의 면회 시간에 맞춰 병원에 도착했고 면회를 마치고 나온 어두운 얼굴을 품에 안았다.

같이 점심을 먹고, 때로는 실없는 장난을 치기도 했다. 그럴 때면 어두웠던 네 낯빛이 조금은 밝아지고, 넋이 나간 정신이 잠시 현실로 돌아왔기에.

"훈련은?"

"신경 쓰지 마."

온주영에겐 말하지 않았지만, 어차피 전훈을 뛰쳐나왔기 때문에 당분간은 공식적인 훈련 일정도 없었다.

지금 나의 우선순위는 온주영이었다. 어느 때보다도 불안정해 보이는 네가 유리인 양 금방이라도 깨질 것 같아 눈앞에 둬야만 했다.

불안한 얼굴로 눈을 굴리던 온주영이 입을 뗐다. 목소리가 가늘게 떨렸다.

"엄마…… . 안 깨어나면 어떡하지."

"그런 걱정 하지 마."

"…….."

"원하는 거만 생각해. 엄마 깨어나시는 거, 그것만 생각해."

지금 내가 온주영에게 해 줄 수 있는 건 조금이라도 걱정을 덜 수 있도록 하는 것.

힘겨운 시간의 틈새에서 가끔씩 시답지 않은 장난을 치며 잠시라도 네가 웃을 수 있도록 하는 것.

불안한 너의 손을 더 이상 흔들리지 않도록 꽉 붙잡아 주는 것. 그런 것들뿐이었다.

낮이고 밤이고 네 곁을 지켰다. 핼쑥한 얼굴로 면회 시간을 기다리는 너, 주인 없는 방에서 발견한 엄마의 일기를 보고 엉엉 울던 너.

그런 너를 품에 안고 달래는 나. 모든 게 현실 같지 않았다.

병원을 오가며 온주영의 아빠라는 사람도 봤다. 멀끔하게 차려입은 중년의 남자는 항상 젊은 남자를 동행하고 병원에 나타났다.

그는 가끔 온주영과 둘이서 대화를 나누기도 하고 나를 흘끗

쳐다보며 살피기도 했다. 시선을 피하지는 않았다. 그저 무심히
쳐다볼 뿐.

'왜, 이제야 나타나서 머리 아프고 힘들게 하는지 모르겠어.'

네 말에 어느 정도 동의하는 바이지만, 한편으로는 이런 상황
에서 아빠라는 인물이라도 나타난 게 네게는 다행일지도 모른다
는 생각도 들었기에 굳이 적대감을 드러내진 않았다.

그렇게 병원을 오간 지 일주일쯤 되는 날이었다.

우리는 저녁으로 남명 사거리 근처의 냉면집에서 만둣국을 먹
었다. 찬 음식을 좋아하지 않는 온주영이 웬일로 냉면집을 가자
고 하나 했더니, 따뜻한 국물이, 만둣국이 먹고 싶다고 했다.

먹고 싶다고 말한 것이 무색하게, 그릇을 반도 비우지 못한 채
온주영이 내려놓는 수저를 물끄러미 쳐다봤다.

빤히 쳐다보자 눈을 마주쳐 온다. 온주영이 한결 부드러워진
표정으로 나를 불렀다.

처음이었다.

네가 내 이름을 그렇게 다정한 목소리로 불러 준 건.

"태열아."

"……엉."

"나, 아……저씨 집으로 들어가려고."

"…….."

"고민 많이 했는데, 그래야 할 것 같아."

"……언제."

"……빠르면 빠를수록 좋을 것 같대. 집이 멀어져서 전학 수속
도 밟아야 하는데 그러려면 개학 전에 빨리 처리하자고 하더라
고. 짐은 별로 없지만 오늘 들어가서 챙기게. 그 아저씨 말처럼
언제까지 병원만 오갈 수도 없는 거고, 미성년자 주제에 혼자 사
는 것도 한계가 있고."

"……."

맞는 말이었다. 온주영은 미성년자였고, 유일한 보호자였던
엄마는 지금 병원 신세를 지고 있다.

온주영은 여전히 미련을 버리고 있지 못하지만 의사가 하는
말을 들어 보면 온주영의 엄마가 가까운 시일 내에 깨어나는 건
사실 어려워 보였다.

그래도, 아무리 친아빠라지만 잘 알지도 못하는 사람 밑으로
들어간다는 게 영 꺼림칙했다.

또 지금처럼 온주영을 매일같이 볼 수 없다는 사실도 내겐 급작
스레 닥친 시련이었다. 마른세수를 하며 죄 없는 허공을 노려봤다.

"온……. 네가 정말 원해서 가는 거 맞지."

맞은편에서 느릿하게 위아래로 움직이는 갸름한 턱이 왠지 모
르게 원망스러웠다.

"……그런 거면 가야지."

괜찮은 척 대답하면서도 나는 고개를 떨궜다. 부질없이 입술
만 물어뜯다 다시 고개를 들고 여전히 나를 향하고 있는 말간 눈
을 마주 봤다.

"안 가면…… 안 되냐. 그냥 나랑 있으면, 우리 집에서 지

내면…….."

"그러다 너희 삼촌 서울 오시면."

"……."

"고태열. 우리 헤어지는 거 아니야. 그냥 조금 멀어지는 거야, 거리만."

환경에 대해 불만을 가져 본 적은 단 한 번도 없었다.

어차피 나중에 잘될 건데 지금이 중요한 건 아니었다. 돈을 목적으로 꿈을 가져 본 적도 없었다.

돈은 내가 좋아하는 일을 하면 보상으로 따라오는 것이라 생각했다. 돈은 단지 숫자이고 종이일 뿐, 나의 우선순위가 될 수 없는 것이었다.

언제부터였을까.

제 환경을 벗어나고 싶어 발버둥 치는 온주영을 보면 쥐뿔도 없는 내 주제에 도와주고 싶었다.

메이저리그를 가든, 프로를 가든, 계약금을 받으면 그럴싸한 집부터 사고 온주영과 함께 지내는 꿈을 꿨다.

내 꿈을 이뤄 성공하고, 그 보상으로 너를 행복하게 해 주고 싶었다.

그런 지금, 아무것도 가진 것 없는 내 현실이 절망스러웠다.

누구보다 힘들 네게 아무것도 해 줄 수 없는 내 환경이.

단지 지금 내가 네게 해 줄 수 있는 건, 네가 원하는 걸 선택할 수 있도록 하는 것.

그거 하나뿐이었다.

6. 성북동

거슬렸었는데, 오랜 세월이 흘러 마무리가 깔끔하지 않았음을 까맣게 잊고 있었다.

송옥경 여사는 제 앞에 공손히 앉아 있는 여자애를 물끄러미 내다봤다. 탐탁지 않다는 기색이 완연한 눈빛이었다.

순진한 아들이 뭣도 모를 입사 초기 시절 만나던, 회사 앞 식당의 아르바이트생.

처음 옥경이 그 사실을 알게 되었을 땐 기가 차서 입을 다물 수가 없었다. 귀하게 키운 아들놈이 그런 보잘것없는 계집한테 한눈팔게 되었다니. 게다가 그 여자에게 수작질을 하느라 매일같이 그 식당을 들락거린다고.

남편인 서 회장이 알기 전에 조용히 마무리 지어야 했다. 그 성정에 이런 이야기를 듣고 아들을 가만둘 리 없었으니까.

옥경은 적정한 혼처를 찾아 빠르게 재건의 혼담을 진행시키고 그 여자를 불러들였다.

어렴풋이 기억이 난다. 재건을 홀린 껍데기는 선하고 맑아 보이나 볼품없이 비실비실한 계집이었다.

그런 순진해 보이는 가면을 뒤집어쓰고 귀한 집 장손을 홀린 걸 보니 보통 계집이 아니었다.

옥경이 쏟아 내던 역정을 담담히 듣던 여자는 마지막에 조용히 한마디를 더했다.

'아이를 가졌어요.'

기함할 노릇이었다. 밀려오는 두통을 물리치고 버럭 화를 냈던 기억이 있었지.

남의 집 귀한 장손 인생 망칠 일 있느냐, 여자가 어디 몸을 그렇게 함부로 굴려 대느냐, 요망한 게 어디 순진한 내 아들을 홀려서 발목을 잡으려 하느냐고.

돌이켜 보면 고상한 척 조용히 돈만 내밀면 됐을 것을, 밀려오는 화를 참지 못하고 체면을 구기며 역정을 냈던 기억도 있었다.

윤 비서를 통해 수술비와 위로금 명목의 돈을 건넸다. 콧대 높은 척 거절이라도 하려나 했더니, 그럼 그렇지.

그 계집은 건넨 돈을 덥석 잡아 들었다. 역시나 잘난 남자 잡아 한몫 챙기려는 뻔한 계집 중 한 명이었다.

수술을 했는지까지 지켜봤어야 했는데 경황이 없었다. 급작스럽게 진행된 재건의 결혼, 남편이 알게 될까 노심초사하느라 그 계집과 관련된 일에 사람들을 마음껏 부리지도 못했었다.

제대로 마무리 짓지 못한 매듭이 19년이 지나 눈앞에 후환으로 찾아올 줄이야, 누가 알았단 말인가.

옥경은 왜 아들이 이제 와서 재혼을 말하는지 이유를 알 수도 없고, 알고 싶지도 않았다.

아들이 지나간 시간을 돌리고 싶어 한다 하더라도 불가능한 일이었다. 시간과 선택은 되돌릴 수 없는 것을, 쯧.

그나마 그 계집은 병원 신세를 지고 얼굴 볼 일이 없으니 다행인 것인지. 그래도 눈앞의 여자아이는 서씨 집안 피가 반쯤은 섞여 있는 애가 아닌가.

이름이 주영이라 했던가.

노인의 노련한 눈이 주영을 집요하게 훑었다.

제 어미를 닮아 그런가, 삐쩍 말라 비실거리게 생겼다. 얼굴도 제 어미를 닮아 사내놈들 홀리게는 생겼는데 인상은 또 반대였다.

여우처럼 눈꼬리가 올라가고 앙다문 입술을 보아 하니 고집도 꽤 있고 욕심도 많아 보였다. 드센 계집애들은 딱 질색이건만.

"네가 머리는 아범 닮아서 공부는 좀 한다던데. 쓸데없는 분란 만들지 말고 조용히 지내 거라. 알겠느냐?"

"네."

계집애는 커다란 눈으로 빤히 시선을 맞춰 오며 담담히 고개를 끄덕인다.

"이 집에 들어온 이상, 네 독단으로 뭐든 결정해선 안 된다. 아범 걱정시킬 생각일랑 말고, 아이들 불편하게 하지 말고. 특히, 주헌이 공부하는 데 심기 거스르게 하지 말거라."

또래의 이복형제가 갑자기 들어왔으니 주헌, 지영이 불편할 터였다.

언제나 속이 깊고 어른스러운 장손 주헌이었지만 갑자기 또래 여자애가 누나라고 나타나면 내색도 못 하고 얼마나 불편하겠는가.

여자애는 조용하게 또다시 고개를 끄덕였다.

"일하는 사람들도 군식구 들어와서 불편할 테니 네가 조심하도록 하고. 그리고, 몸가짐 조심하거라. 네 애비 얼굴에 먹칠할 생각은 꿈도 꾸지 말란 얘기다. 알겠느냐?"

제 어미를 닮아 또 사내놈들 홀리고 다니며 무슨 일을 칠 줄 알겠는가.

서씨 집안 피를 받아 머리는 똑똑할지 몰라도, 반은 또 그 몹쓸 계집의 피였다. 맞은편에선 덤덤하게 네, 하고 말 뿐이다.

나가 보라는 말에 주영이 고개를 꾸벅 고개를 숙였다 일어나 나가는 모습을 옥경이 마땅찮은 눈으로 지켜봤다.

마음에는 안 드는데 어쩌겠는가.

급하게 몰아붙이는 재건 때문에, 후계와 상속 문제에 대한 논의를 어느 정도 다 정리한 뒤 허락했다.

어차피 재건이야 바깥에서 일하는 사람이고 내부 일은 집안 어른인 옥경의 관할이었다.

머리는 좋은 편이라 했으니 제대로 공부나 시켜서 괜찮은 대학 보내 잘 가꿔 놓으면 될 것이다.

욕심은 많아 보여도, 조용한 걸 보아 하니 나서는 성향도 아닐

테고, 나중에 주헌의 앞길에 조금이라도 도움이 될 만한 집안으로 보낼 패 정도, 그 정도면 지금의 거슬림은 참을 만한 것이지.

쯧, 마땅치 않은 기색으로 혀를 차는 소리와 함께 주름이 자글자글한 손이 이마를 쓸어 올렸다.

넓은 침대의 부드러운 시트가 주영의 피부에 감겨 왔다.

겨울의 햇살이 들이찬 넓은 방에 덩그러니 누워 부드러운 감촉을 느끼는 게 현실 같지 않았다.

엄마는 항상 말했다. 우리보다 어려운 사람들도 많다고. 그걸 모르는 건 아니었다.

넉넉하지 못할 뿐이지, 내일 당장의 끼니를 걱정해야 할 만큼의 가난은 아니었다.

다만 주영은 자신보다 못한 사람들을 보며 위안으로 삼을 만큼 욕심이 적당하지 않았다.

더 좋은 걸, 많은 걸 갖고 싶었다.

최소한 지금 가진 모든 것들을 부끄러워하지 않을 수준 정도라도.

그렇게 항상 모자라기만 했던 환경을 벗어나고 싶어 했지만 지금의 호화로운 배경은 주영이 꿈꿔 왔던 상상 그 이상의 것이었다.

삼빛 아파트의 온주영은 상상조차 할 수 없던 그런 삶.

서재건의 제안을 받아들인 건 현실적인 이유도 있었다. 그리고 엄마의 방에서 발견한 일기장. 엄마가 미처 주영에게 전하지 못했던 마음이 담겨 있던 노트.

엄마가 독백처럼 혼자 써 내려간 노트엔 주영을 배려하지 못해 미안하다는 말, 젊었던 온성희와 서재건의 옛날이야기, 그래도 조금만 이해받고 싶다는 얘기, 조금 더 좋은 환경에서 가족이 되어 살았으면 좋겠다는 바람. 또, 누구보다도 주영을 사랑한다는 말이 있었다.

주영에게 직접 전달하지 못한 그 얘기가 어떤 대단한 내용이라 마음을 움직인 건 아니었다.

엄마의 바람이 들어 있는 그 네모난 노트의 내용을 대신 들어주면 혹시라도 엄마가 깨어났을 때 웃을 수 있지 않을까 하는 생각이 들었다.

병원에서는 지켜봐야겠지만 깨어날 가능성은 높지 않다고 했다. 미성년자인 주영이 의지할 수 있는 곳은 없었다.

태열에게 의지하기엔 그 애도 자신과 다를 바 없는 미성년자일 뿐이었다. 주영은 그저 남은 유일한 선택지를 조금 더 빠르게 붙잡았을 뿐이었다.

성북동에 들어온 뒤로 태열과는 간간이 메시지를 주고받고, 매일 밤 통화를 했다.

강북의 끝과 끝에 위치한 둘에게 물리적 거리라는 장애물이 생겼다.

게다가 그 애의 하루는 훈련으로 가득했고, 주영의 일상엔 더 이상 도서관이 아닌 학원과 과외 스케줄이 들어차기 시작했다.

태열은 그저 매일같이 안부를 물었다. 새집은 좋은지, 새로운 사람들이 잘해 주는지.

주영은 항상 긍정의 대답을 했다. 걱정을 시키고 싶지도 않았고, 주영의 선택이 잘못된 결정처럼 보이지 않길 바랐다.

똑똑. 방문을 노크하는 소리가 들렸다.

"아침 준비됐어요. 내려와요."

도우미 아주머니의 단정한 목소리에 알겠다는 대답과 함께 몸을 일으켰다.

이 집에 들어온 지 한 달째, 한쪽 벽면을 가득 채운 옷장은 다양한 종류의 옷들로 가득 차 있었다.

주영이 직접 산 것은 아니지만 전부 새것이었다. 잠옷을 갈아입고 조심스럽게 방문을 나섰다.

상원건설. 서재건이 대표로 있는 회사였다.

주영도 한 번쯤은 들어 봤을 정도로 규모가 있는 회사였다.

서재건과 엄마는 20대 때 만나던 사이였다고 했다. 집안의 반대로 헤어지고, 서재건은 집안에서 정해 준 상대와 바로 결혼했다고.

서재건에 의하면 그는 엄마가 주영을 가진 사실을 전혀 몰랐다고 했다.

그리고 지난해 부인과 오랜 결혼 생활에 종지부를 찍었다고 했다.

그래서일까. 어느 정도는 예상했지만 이 집안에서 주영을 반기는 사람은 아무도 없었다.

주영이 식당으로 들어서자, 송옥경 여사가 그를 탐탁지 않은 눈길로 흘기더니 서주헌에게 말을 걸었다.

마치 주영은 이 자리에 존재하지 않는 사람처럼.

"주헌이. 이것 좀 먹어 봐라."

송옥경이 서주헌의 밥그릇에 전복장을 올려놓자 서주헌이 희 끗 웃었다. 그리고 맞은편에 앉은 주영에게 서늘한 시선을 던졌 다. 서늘한 눈빛과 대조되는 나긋한 목소리가 물었다.

"누나도 먹을래?"

서주헌, 서지영 쌍둥이 남매와 주영은 한 살 차이었다. 쌍둥이 는 빠른 연생으로 주영과 학년은 같았지만 어른들이 있는 자리에 서 주헌은 그녀를 꼭 누나라고 부르곤 했다.

어른들이 없는 자리에서는 주영을 없는 존재처럼 대했기에 그 게 존중인지는 잘 모르겠지만.

"알아서 먹을게. 고마워."

"누나는 무슨……! 야 너, 나한테까지 언니 대접 바라지 마라?"

서지영이 눈을 부릅뜨며 성질을 내자 송옥경 여사가 큼, 소리 를 내며 헛기침을 했다.

주영은 한 달 새 익숙해진 광경에 고개를 숙이고 묵묵히 밥을 먹었다.

잠시간 지켜본 바로는 서주헌이 냉한 성정, 서지영은 열이 가 득한 성정이었다.

주영이 이 집에 들어온 날부터 마주칠 때마다 노려보는 건 기본, 무례한 언사를 쏟아 내고, 제 할머니에게 같이 살고 싶지 않다며 우는소리를 하곤 했으니까.

송옥경 여사는 그런 서지영을 달래며 주영에게 차가운 시선을 보내곤 했다.

주영이 이 모든 소란의 근원인 양. 주영은 그저, 냉기 가득한 옥경의 시선을 받아 내며 주헌이 제 할머니의 서늘함을 닮았구나 그런 생각을 할 뿐이었다.

"할머니이. 나 쟤랑 학교 같이 못 다녀 진짜. 쪽팔려서 어떻게 같이 다녀? 친구들한테 뭐라 그래? 갑자기 언……니 생겼다고? 미쳤어. 난 절대 못 해. 나 그냥 유학 갈래. 보내 줘요. 응?"

"여자애 혼자 타지 나가서 어떻게 살려 그래. 몸가짐 바로 해야지. 유학은 안 될 소리야."

"아, 진짜 싫단 말이야. 쪽팔리다구. 아빠랑은 말도 하기 싫다고요."

주영은 지영이 옥경에게 앓는 소리를 하는 것을 한 귀로 흘리며 밥을 먹었다. 지영의 옆에 앉아 있던 주헌의 입매가 미세하게 비틀렸다. 비웃음이었다.

일이 바쁜 재건이 없는 이 호화로운 저택의 일상은 항상 이 모양이었다.

그나마 재건이 집에 있을 땐 지영이 눈치를 보느라 조용해지긴 했지만, 그렇다고 주영을 반기지 않는 집안의 분위기가 반전되는 것은 아니었다. 고용인들마저 주영을 불편한 눈길로 보곤 했다.

처음에 이 집에 왔을 때 놀라지 않은 것은 없었다. 전혀 다른 세상의 삶이었으니까.

드높은 담벼락에 둘러싸인 위압적인 대문. 누구의 취향인지는 모르겠지만 흠 하나 없이 가꿔진 정원.

이 성북동 저택의 모든 것이 현실 같지 않았다.

그중에서도 상차림은 주영을 눈을 사로잡았다. 넓은 테이블을 빼곡하게 채운 정갈한 메인 요리와 반찬들이 매 끼니를 채웠다.

김치 이외에 두세 가지 반찬이 더 올라오면 진수성찬이던 예전의 밥상과는 완전히 달랐다.

문제라면, 맛을 느끼지도 못하게 불편한 분위기를 조성하는 사람들이었다.

주영은 살짝 포만감이 느껴질 정도로만 배를 채운 뒤, 아직 자리를 지키고 있는 송옥경에게 고개를 까닥이고 자리를 떠났다. 등 뒤로 혀를 차는 소리가 따라붙었다.

재건을 따라 이 집에 들어온 날, 옥경은 주영을 따로 불러들여 독대했다.

노년의 여인은 방석 위에 앉아 지금처럼 혀를 차며 노련한 눈으로 주영을 훑었다.

송 여사는 엄한 얼굴로 주영에게 입을 열 틈조차 주지 않으며 하고 싶은 말을 쏟아 냈다.

요지는 눈에 거슬리지 말라는 얘기였다. 주영은 조용히 고개를 끄덕이며 긍정의 대답을 할 뿐이었다.

지금의 주영이 선택할 수 있는 또 다른 선택지는 없었다.

게다가 경험한 적 없는 여유로운 환경은 주영이 받는 멸시를 어느 정도 중화시켜 주기도 했다.

그래서일까. 주영은 조금씩 생기를 잃어 가면서도 말과 행동을 가다듬으며 조심하기 시작했다.

"너. 수학 수업 들어온다고 했다며."

2층으로 올라가자 거실 소파에 느른하게 앉아 있던 주헌이 말을 걸어 왔다.

이 집에 들어온 이후로 둘만 있는 자리에서 주헌이 주영에게 말을 건네는 것은 처음이었다.

"아, 꼭 네가 하는 수업에 들어가겠다고 한 건 아냐. 그냥 과외 수업이 받고 싶다고 말씀드렸던 거야."

"그래?"

필요한 게 있느냐는 서재건의 물음에 주영은 주저 없이 학원과 과외를 말했었다.

학년이 올라갈수록 성적 유지에 대한 부담이 컸기에. 새로운 학교에서 좋은 성적을 내기 위해선 그런 것이 필요했다.

항상 주영이 바라 왔던 것이기도 하고, 송 여사는 주영의 유일한 쓸모를 성적에서 찾는 듯했으니 더욱 필요했다.

재건이 그걸 어떻게 받아들였는지 주헌이 받고 있는 그룹 과외에 주영을 넣으라고 한 듯했다.

물론 주영도 그런 유명 강사가 하는 특별 그룹 과외가 궁금하긴 했다. 도대체 뭐가 그렇게 다른지. 재건의 제안을 굳이 거절하지 않았던 이유다.

"네가 불편하면 말씀드릴게. 다른 선생님 수업으로 바꿔 달라고."

그러나 불필요한 갈등을 만들면서까지 하고 싶은 생각은 없었다. 꼭 그런 강사가 아니어도 괜찮은 수준의 강사면 충분했다.

"불편할 건 없는데……."

주헌이 소파 뒤에 한쪽 팔을 올린 채로 느른한 시선을 던졌다. 여전히 냉한 눈빛이었다.

불편했다. 멀끔한 재건을 닮아 주헌은 잘생긴 편이었는데 선이 가는 이목구비가 서늘한 분위기를 자아냈다.

거기다 사람을 깔보는 듯한 오만한 눈빛까지 더해져 상대를 불편하게 만들었다.

뭐, 주영의 입장에선 온갖 난리를 치는 지영보다는 말도 건네지 않는 주헌 쪽이 그나마 낫긴 했다. 주헌이 말을 이었다.

"나는 거래는 확실한 게 좋거든. 네가 그걸 듣게 해 주면 넌 나한테 뭘 해 줄 수 있는데?"

주영이 뭘 해 줄 수 있냐니. 이해하기 어려운 질문이었다. 주영은 황당한 표정으로 되물을 수밖에 없었다. 의도를 이해할 수 없어서.

"……거기에 들어간다고 내가 너한테 뭘 해 줘야 해? 네가 가르치는 것도 아니잖아."

주영의 반박에도 주헌은 개의치 않는다는 듯 어깨를 살짝 으쓱일 뿐이었다.

"너 욕심 많다며. 1타 강사 과외라 들어오고 싶은 거 아냐? 내가 가르치진 않아도, 네가 그걸 들을 수 있게 해 줄 순 있지. 반대도 가능하고."

"……뭘 원하는데?"

"글쎄……. 네가 어디에 도움이 될지 내가 아직은 몰라서. 빚 적립해 둬. 모든 거래는 일대일 교환."

주헌이 싱긋 웃으며 사라졌다. 모든 거래는 일대일 교환이라니. 뭔 개소리야. 이게 거래인가?

그때는 몰랐다. 그게 시작이라는 걸.

주헌은 나이에 비해 제법 영악하고 약은 인간이었다. 기브 앤 테이크라는 명목으로 제 입맛에 맞게 사람을 부릴 줄 아는.

남에게 아쉬운 소리를 할 일이 전혀 없는 위치에서, 아쉬운 사람들에게 호의를 가장하여 베풀며 원하는 것을 얻어 내는.

이 성북동 저택에서 주헌은 언제나 제가 원하는 대로 상황을 주무르고 사람을 휘두를 수 있는 힘이 있었다.

엄마는 여전히 깨어나지 않았고, 주영은 어느새 서주영이 되었다. 끈질긴 요구로 지영은 소원대로 미국으로 유학을 갔다.

새로운 학교에서 주영은 정말 혼자가 되었다.

'쟤, 그 상원건설 사생아.'

'쟤네 엄마가 서지영네 돈 보고 달려든 거라며? 쟤 때문에 서지영 쪽팔리다고 울고불고 미국 간 거잖아.'

'생긴 건 얌전해 보이는데, 엄마나 딸이나 똑같겠지. 더러워……'

'쟤 전학 오기 전에 낙태했단 얘기도 있던데. 원래 얌전하게 생긴 애들이 뒤에서 더 난리 나는 거 알지?'

주영은 사실을 기반으로 부풀려져 모욕이 담긴 모든 험담과 수군거림은 한 귀로 흘렸다.

상대는 불특정 다수인데, 누구에게 따져야 할지 알 수도 없었고, 그렇게 일을 크게 벌일 만한 배포도 없었다.

원래도 딱히 문제를 일으키는 성격은 아니었지만, 더욱 조심해야 한다는 생각도 있었다.

괜히 긁어 부스럼을 만들어 송 여사의 눈 밖에 나면 주영은 갈 곳이 없었으니까.

'너 하나 이 집에 들이자고 아범이 제 얼굴에 침 뱉기를 하고 다닌 줄은 아느냐? 니가 은혜를 아는 애면 더는 아범 얼굴에 먹칠할 일 만들지 말란 거다.'

다수의 수군거림은 무시한 채 주영에게 다가와 주는 소수의 아이들이 그나마 있긴 했다. 그러나 겉과 속이 다를지도 모른다는 생각에 그마저도 썩 유쾌하지 않았다.

영성여고의 인연은 자연스럽게 끊어졌다. 개학 뒤, 고은아, 유세영, 채영서에게 연락을 받았으나 주영은 답장을 하지 않았다.

구구절절 설명하고 싶지도 않았고, 새로운 삶에 구태여 과거를 더하고 싶지 않았다.

사실은, 지금 주영에게 일어난 일을 그들에게 설명한다면, 주영에게 호의적이었던 그 아이들의 눈빛이 다른 아이들처럼 불쾌한 것으로 바뀔까 봐 겁이 났다.

여전히 공부엔 필사적이었다. 송 여사의 말대로라면 멀쩡한 서재건의 대외적 이미지를 손상시킨 지금의 주영이 가진 쓸모는 성적 하나였으니까.

오히려 매달릴 곳은 철저하게 공부 하나였다.

태열과의 관계는…….

개학과 함께 바빠진 두 사람은 한 달에 한두 번 겨우 만날까 말까 했다.

그래도 문자와 전화는 자주 주고받았다.

지금 주영에게 호의적이고, 따뜻하고, 애정 어린 시선을 여전히 주는 유일한 사람이었으니까.

그렇다고 모든 게 순조로운 것은 아니었다.

한 번은 태열이 몰래 성북동 근처로 찾아왔고 주영은 태열을 보자마자 정색했다. 싫었다기보다는 눈에 띄는 일을 하고 싶지 않아서였다.

성북동에선 주영에게 남자 친구가 있다는 사실을 아무도 몰랐다.

서재건이야 병원을 오가며 눈치를 챈 듯했지만, 일상에서 부딪히는 인물들은 서재건이 아니라 그 외의 사람들이기에.

'내 다 너를 위해 신신당부하는 말이다만, 네 애미처럼 사내놈

이라면 좋다고 헤프게 다니지 말거라.'

'이 집안에 들어왔으면, 이 집안사람처럼 격에 맞게, 품위 있게 행동하라는 말이다. 알았느냐?'

자신에게 남자 친구가 있는 사실조차도 송옥경에겐 흠이 될 것 같았다.

그래도 주영에게 태열은 다른 이들처럼 자연스럽게 끊어 낼 수 있는 인연이 아니었다.

지금 태열의 존재는 주영에게 유일한 안식이었다.

만남은 불규칙적이었다.

엄마의 병원을 찾은 어느 3월의 일요일. 태열이 병원 앞으로 마중을 나왔다. 두 사람은 함께 점심을 먹고 신촌 거리를 같이 걸었다.

"그, 잘해 주지? 그 집 사람들."

"응."

또다시 반복되는 물음이었다. 그 사람들이 잘해 주냐고. 주영은 항상 긍정의 대답을 했다.

반은 맞고 반은 거짓말이었지만. 최소한 서재건은 바쁜 일정 속에서도 주영에게 말을 걸거나 챙기려고 했기에 완전히 거짓은 아니었다.

"근데 얼굴이 왜 그 모양이야."

"뭐가?"

"네 소원대로 좋은 데 갔는데, 살이 올라야지. 왜 그렇게 맨날 비실거리냐고."

태열이 주영의 가는 손목을 들어 입술을 내렸다.

"나 원래 말랐어."

"더 마르니까 문제지."

눈썹을 찌푸린 태열이 주영의 손목을 끌고 이끌었다. 주영은 손을 잡고 걷다 코를 찌르는 고소한 냄새에 걸음을 우뚝 멈췄다.

고개를 돌린 태열이 왜 그러느냐는 얼굴로 눈썹을 들어 올렸다.

"먹고 싶어."

아직은 날이 쌀쌀해서 그런지 붕어빵을 파는 노점이 남아 있었다. 주영이 손가락을 쭉 뻗어 노점상을 가리키자 태열이 황당하다는 얼굴로 헛웃음을 쳤다.

그래 놓고는 붕어빵 2천 원어치를 산다. 태열이 하얀 종이봉투에서 붕어빵 한 개를 꺼내 눈앞에 들이밀었다.

잡기 위해 손을 뻗자 획 붕어빵이 뒤로 물러난다.

뭐야?

주영이 눈을 치켜뜨고 올려다보자 태열이 실실 웃으며 고개를 저었다.

"아, 해."

얘는 무슨…….

"아, 하라고."

주영이 어처구니가 없어 웃다가도 자신을 내려다보는 익살스런 얼굴을 따라 '아' 하고 입을 벌렸다.

따뜻하고 부드러운 붕어빵의 감촉이 입술에 닿았다. 분명 바

로 만들어진 걸 샀는데도 차가운 공기 덕분인지 먹기 좋을 정도
의 온도였다.

"맛있냐."

주영이 고개를 끄덕이자 다시 눈앞에 꼬리가 잘린 붕어빵이
들이찼다.

"나 팥 싫어. 지느러미 먹을래."

"가지가지 하네."

태열이 삐딱하게 말하면서도 붕어빵을 돌려 지느러미 부분을
입가에 대 줬다. 주영이 옅게 웃으며 붕어빵을 베어 물었다.

8개의 붕어빵의 꼬리와 지느러미는 주영의 입으로, 몸통은 태
열의 입속으로 들어갔다.

태열이 종이봉투를 구겨 쓰레기통에 던질 때쯤 병원 근처의
작은 공원에 도착했다.

빌딩 숲에 둘러싸인 작은 공원은 앙상한 나무들이 길을 내고
있었다. 조금 걷다 벤치가 보이자 주영이 맞잡은 손을 끌어 벤치
에 앉았다.

태열이 옆에 앉으며 '힘들어?' 하고 물었다. 주영이 고개를 젓
자 커다란 손이 양 귀를 덮었다. 따뜻한 온기가 꽃샘추위에 얼어
버린 귀를 녹였다.

주영이 소리 없이 웃었다. 얼굴 위로 따뜻한 입술이 쪽쪽 소리
를 한참 이어질 때쯤 주영이 천천히 입을 열었다.

"고태열……."

"엉."

성의 없는 대답과 함께 코끝에서 쪽 소리가 났다.

"……엄마가 안 깨어나면 어떡하지?"

여전히 머릿속 어딘가를 짓누르는 불안을 표현하는 주영의 말에 커다란 몸이 잠시 멈칫하더니 이내 주영을 부드럽게 품에 안았다.

"걱정하지 말라니까. 깨어나실 거라고."

툭툭, 부드럽게 등을 쓸어내리는 손길에 천천히 눈을 감았다. 자가 호흡이 가능해진 주영의 엄마는 1인실로 옮겨졌다. 그러나 그 후로도 가느다란 숨만 내뱉을 뿐 아무리 불러도 대답이 없었다.

새로운 환경에서의 적응, 과외와 학원으로 빼곡해진 일정과 자신의 안위를 생각하다 보면 가끔은 엄마를 잊을 때도 있었다.

얼마나 됐다고.

주영이 엄마의 얘기를 나눌 수 있는 건 바쁜 일정 속에서도 꾸준히 병원을 찾는 듯한 재건과 태열 둘뿐이었다.

재건이 없는 성북동에선 엄마의 얘기를 꺼내는 게 금기처럼 느껴졌다.

그 누구도 강제한 적은 없지만, 그 누구도 관심이 없었다. 그곳에 주영의 대화 상대는 없었다.

재건은 편하게 말을 나누기엔 바쁘기도 했고 여전히 불편하기도 해서, 그럴 수 있는 상대는 태열이 유일했다.

고작 세 달인데 엄마를 생각하면 마음이 아프면서도, 더 이상 눈물이 나지는 않았다.

스스로가 참 못됐다는 생각이 들었다. 그래도 이렇게, 엄마 얘기를 꺼내면 토닥여 주는 사람이 있어서 다행이라는 생각이 들기도 하고.

"엄마…… 보고 싶어."

보고 왔는데, 보고 싶어. 아니, 듣고 싶어. 그 나긋하고 상냥한 목소리가 너무 듣고 싶어.

"병원, 다시 갈까."

태열의 나긋한 물음에 주영이 고개를 저으며 품을 파고들었다. 삼빛 아파트에 있을 때 태열은, 주영과 비슷해서 마음을 열 수 있는 사람이었다.

많은 게 달라진 지금은 유일하게 엄마의 얘기를 할 수 있는 사람이었다.

하지만 그 외의 모든 것을 말할 순 없었다.

그 집의 서늘한 분위기, 외로움, 그런 것들. 걱정시키고 싶지 않기도 했고, 입 밖으로 꺼냄으로써 확인 사살하고 싶지 않았다.

그냥, 그저 그곳에 익숙해지길 기다릴 뿐. 버티는 건 주영이 제일 잘하는 일이었으니까.

봄이다. 엄마가 있는 병원부터 신촌 거리까지 벚꽃이 만연했다.

새 학년의 첫 중간고사가 끝나고 맞는 벚꽃의 막차였다. 길거리를 가득 채운 새하얀 꽃잎들 위를 주영은 고태열과 함께 걸었다.

알게 된 지는 이제 1년이 지났지만 함께 벚꽃을 보는 것은 처음이었다.

벚꽃이 흐드러지게 핀 남명천도 참 예쁜데. 이듬해에는 남명천의 벚꽃 길을 같이 걷기로 약속했다.

꽃구경을 위해 몰려든 인파를 피하고자 들어간 곳은 한 프랜차이즈 카페였다.

태열이 직원에게 이것저것 묻더니 주영에게는 물어보지도 않고 메뉴를 시켜 왔다.

한참 뒤, 태열이 받아 온 쟁반 위엔 하얀 생크림이 얹힌 정사각형의 빵과 역시 크림이 얹힌 음료가 담겨 있었다.

태열이 크림이 가득한 컵을 주영의 앞에 턱, 소리를 내며 내려놨다.

"뭐야?"

"몰라, 단거."

"나 단거 안 좋아해."

"먹어. 그냥, 좀."

타박하는 목소리에 주영이 입술을 삐죽이며 머그잔을 들어 올렸다.

달콤한 크림과 음료가 혀에 감겼다. 첫맛은 맛있는데 다 먹기엔 주영에게는 너무 단 듯했다.

혀 위에 남은 단맛을 되새기는데 눈앞에 또다시 크림이 얹힌 빵 조각이 다가왔다. 태열이 포크를 들이민 채로 소리를 냈다.

"아, 해."

또 이러네. 진짜……. 뭐 하는 짓이냐는 듯 쳐다보자 고태열이 들고 있던 포크를 들썩인다.

"아. 빨리."

매번 아이 취급 하는 데 어이가 없어 주영이 눈을 가늘게 뜨고 흘기면서도 결국 입을 벌렸다. 크림에 젖은 빵이 주영의 입 안에서 부드럽게 사라졌다. 달았다.

"달아."

"이런 거라도 먹어야 살이 찌지."

말을 하며 태열이 손을 뻗어 왔다. 천천히 커다란 손바닥이 주영의 뺨에 닿고 엄지가 도톰한 입술을 부드럽게 문질렀다.

뭐야, 밖에서…….

"뭐……."

주영이 뭐라 받아칠 새도 없이 손을 거둬들인 태열이 크림이 묻어난 엄지를 쪽 빨아들였다.

기막혀…….

태열의 길게 뻗은 눈매가 부드럽게 휘어졌다.

"진짜 다네."

태열이 말하며 짓궂게 웃었다. 참나. 적당히 하라고 손등을 찰싹 소리가 나게 때리자 태열이 아픈 척을 하며 더 진하게 웃었다. 장난스러운 표정에 주영의 가슴께가 간질거렸다.

모든 게 유치했다. 그런데 왜 그 유치하고 우스운 모든 것에 심장이 이렇게 뛰는 걸까.

까맣게 반짝거리는 그 애의 눈을 마주 보기가 어려웠다. 주영이 괜스레 말을 돌렸다.

"네 건 뭐야?"

"아메리카노."

"너 이런 것도 마셔?"

"어른들은 다 마셔."

"참나……."

"마셔 봐."

태열이 내미는 잔을 받아 들었다. 주영은 보통 시험 기간 같이 밤을 새워야 할 때 자판기의 캔 커피를 마시곤 했다. 굉장히 진한, 쓰면서도 얼얼한 단맛이 뇌의 세포를 깨우는 맛. 주영의 취향은 아니었지만 밤샘을 위해 억지로 들이켰던 그런 맛.

그게 주영이 아는 커피의 맛이었는데, 이건 좀 더 부드럽고 고소했다. 달지도 않고.

"이게 더 내 취향이야. 단거 싫어."

"애 주제에 입맛만 어른이네."

"맨날 사탕이나 물고 다니는 너한테 그런 소릴 들어야겠어?"

"나중에 온주영 건물주 돼서 카페 하면 쓴 커피만 있겠네. 파리 날리겠다. 나라도 가 줘야지."

지난날 건물주가 돼서 카페라도 하나 해 보겠다던 주영의 꿈을 태열이 언급하며 장난스럽게 웃었다. 또다시 애꿎은 심장을 쿵쿵거리게 하는 미소에 주영이 괜히 딴청을 피웠다.

"나 화장실 좀."

주영이 손을 씻고 조금 정신을 차리고 나오니 넓은 카페 안에서도 눈에 띄게 넓은 등짝이 보였다.

태열은 한쪽 귀에 핸드폰을 댄 채였다. 전화 통화를 하고 있는 것 같았다. 주영이 발걸음을 죽이고 조용히 다가갔다.

"……아, 안 간다고. 어, 메이저리그는 무슨 메이저리그야. 말도 안 통하는데. 아, 그냥 한국 남는다고. 됐어."

태열의 목소리에는 보기 드문 짜증이 배어 있었다. 그리고, 그 내용은 주영을 다소 당황스럽게 만들기에 충분했다.

메이저리그에 가는 게 꿈이라던 애가, 이렇게 짜증을 내며 가지 않는다고 말하는 것이. 거길 가겠다고 주영에게 전 재산을 주며 같이 영어 공부를 했던 태열이었다.

"삼촌, 나 밖이야. 나중에 얘기……. 아, 아니다. 미국 얘기는 이제 그만해. 나는 결정했고, 안 바꿔. 끊는다."

신경질적인 손짓이 이어졌다. 한숨과 함께 낡은 핸드폰을 테이블 위로 던지는 태열의 등 뒤에서 주영은 한참을 가만히 서 있었다.

한참이 지나도 돌아오지 않는 주영이 신경이 쓰였는지 태열이 고개를 돌렸을 때, 눈이 마주쳤다.

"뭐야. 왜 이렇게 늦게 와."

"……고태열."

"엉?"

"너…… 미국 안 가?"

"아, 들었어?"

"왜?"

태열의 통화를 엿들었을 때부터 주영은 이상한 기분에 휩싸였다.

예전에 은아로부터 영성고의 경기 때 메이저리그 스카우터들이 경기를 간혹 보러 오는데, 그게 다 태열 때문이라던 얘기를 들었었다.

정식으로 오퍼가 들어와야 미국행이 확정되긴 하지만. 지금처럼만 하면, 그리고 본인의 의지만 있다면 미국행은 당연한 수순이라고.

그런데 왜, 그걸 벌써부터 포기해.

"그냥. 가기 싫어졌어."

"……나 때문이야?"

태열은 잠시 주영을 물끄러미 응시했다. 칠흑같은 눈은 속이 너무 뻔히도 쉽게 읽혔다.

"아니야."

눈과는 다른 대답이었다.

"그럼?"

"어차피 가서 잘될지 안 될지도 모르는데, 그냥 말 통하는 데서 계속하는 게 낫지."

언제는 뭐든 반반의 확률이라며. 0 아니면 100이라며. 모 아니면 도니까, 일단 해 보는 거라며.

이런 건 고태열답지 않았다.

"결과가 어떻게 될지 몰라도 일단 하고 싶으면 해야 하는 거라며."

네가 맨날 나한테 하는 말이잖아.

말문이 막혔는지, 태열은 잠시간 말이 없었다. 한참 뒤에 태열이 입을 열었다.

"……나 가면, 너는."

"난 나고, 너는 너지. 왜 나 때문에 네가 할 걸 포기해?"

선을 긋는 주영의 대답에 태열의 얼굴 위로 언뜻 상처받은 듯한 표정이 스쳐 지나갔다.

그럼에도 주영은 멈출 수 없었다. 그 애를 반짝반짝 빛나게 하는 꿈을, 시작도 전에 고작 주영 때문에 포기하는 게.

주영은 태열에게마저 짐이 되고, 불필요한 존재가 되는 것을 참을 수 없었다.

"가. 아무도 안 불러 준다고 해도, 무슨 일이 있어도 가. 너 그거 포기하면 나 다신 너 안 볼 거야."

7. 우산만 빌릴게

태열과는 서먹하게 헤어졌다. 어색해진 기운을 회복할 시간은 없었다. 저녁에 주영의 수학 과외 수업이 있었기에.

주영은 대문 앞에 서서 우뚝 높이 솟은 담벼락을 올려다봤다. 갑갑했다. 삼빛 아파트에선 그 구질구질함이 갑갑했는데, 이 커다란 집의 높은 담벼락과 흠 없이 넓은 정원은 다른 의미로 숨을 조여 왔다.

악착같았던 주영의 일상은 조금 다른 의미로 치열해졌다. 이 집에서 살아남기 위해서 송옥경 여사에게 제 쓸모를 보여야만 했다.

학생이 제 쓸모를 보여 줄 수 있는 건 성적이었고 운이 좋게도 주영은 재능이 있었다.

그리고 해야 할 말과 하지 말아야 할 말을 골라내는 능력. 송옥경 여사를 기준으로 스스로를 점검했다. 점점 그런 일상의 패턴에 익숙해져 가고 있었다.

집 안으로 들어서자 집안일을 전담하는 전주댁 아주머니가 웬일로 알은체를 해 왔다.

"여사님이 찾으세요. 들어가 봐요."

"네."

첫날 이후로 좀처럼 따로 주영을 찾는 일이 없던 송옥경 여사였다.

주영이 고개를 작게 꾸벅이고는 송 여사가 있을 1층의 안쪽 방으로 걸음을 옮겼다.

똑똑. 노크를 세 번쯤 반복한 뒤에야 들어오라는 허락이 떨어졌다. 방 안에 들어서자 방석 위에 못마땅함이 가득한 표정으로 앉아 있는 송옥경 여사가 보였다.

노년의 여인이 서늘한 눈으로 제 앞의 빈자리를 가리켰다. 주영은 그 눈짓을 따라 자리를 옮겨 무릎을 굽혔다. 단단하게 무장한 목소리가 주영을 향했다.

"너. 내가 첫날 했던 말 기억하느냐?"

"네."

눈에 거슬리게 굴지 말라는 말. 무엇보다 마음에 새기고 있었다. 항상 해야 할 말과 행동을 의식적으로 걸러 내고 있었으니까.

"머리는 쓸 만하다더니, 그것마저도 네 애미를 닮은 게야? 그걸 기억하는 계집이 그따위로 행실을 하고 다녀?"

주영이 물끄러미 고개를 들어 노기가 가득한 눈을 마주했다. 눈앞에 떨어지는 질책을 이해하기 어려웠다.

매번 스스로의 행동과 발언을 점검했다. 송옥경은 물론이고 고용인들에게까지도.

그러니까 이 저택에 있는 모든 사람 앞에서 조심스럽게 행동했는데, 왜.

"몸가짐 조심하고 다니라고 하지 않았어! 어린것이 벌써 사내 맛을 알아서 그렇게 질질 흘리고 다니는 게야!"

이게 무슨 말이야…….

노기 어린 불호령에 주영이 천천히 눈을 깜빡였다. 의도를 알 수 없는 모욕에 주영의 귓가가 붉게 달아오르기 시작했다.

"저, 할……머…….."

"누가 네 할미야! 주말마다 병원 간다는 걸 지 애미 아프다고 눈감아 줬더니 뒤로는 호박씨를 까고 사내놈이나 만나고 다니는 게냐? 네가 정신이 있는 애야? 머리에 피도 안 마른 것이 사내놈들 홀리고 다니는 게. 아주, 제 어미를 똑 닮았지."

"……."

주영이 더 할 수 있는 말은 없었다. 본능적으로 이런 일이 일어날 줄 알았던 걸까.

몰래 집 앞을 찾아왔던 태열을 쫓아내듯 보냈던 날의 기억이 머릿속을 스쳤다. 나름대로 조심하면서 만난다고 했는데, 세상에 완전한 비밀은 없었다.

주영은 눈을 내리깔고 쉴 새 없이 쏟아지는 모욕적인 말들을 견뎌 냈다.

이 집에 들어왔으면 수준을 맞춰야 한다. 질 낮은 놈들과 어울려 다니는 네 수준을 잘 알겠다. 쓸 만한 게 머리면 얌전히 공부나 해라.

갈 곳도 없는 년을 들였더니 집안 망신을 시키려 든다. 네 아범 얼굴에 먹칠을 해도 유분수지. 그럼 그렇지, 그 싸구려 피가 어디 가겠느냐.

송옥경 여사는 냉한 성정인 줄 알았더니, 아니었다. 냉과 열을 모두 품은 사람. 그게 반반씩 서주헌과 서지영에게 나뉘었나 보다.

주영은 속으로 조소를 내뱉으면서도 울컥 차오르는 눈물을 참아 내기 위해 눈에 잔뜩 힘을 주고 입술을 말아 물었다.

버텨야 했다. 저 말을 듣고 눈물을 보인다면, 스스로 인정하는 꼴이 되니까. 스스로에 대한 모욕, 그리고 엄마, 성희에 대한 모욕을. 절대 울어서는 안 됐다.

한참을 모욕 섞인 역정을 참아 냈다. 매끄러운 손등이 창백해지고 푸른 핏줄이 비쳤다. 주영은 무릎 위에 올려놓은, 바들바들 떨리는 제 손을 내려다보며 견뎌 냈다.

마침내, 정리하라는 말과 함께 깊게 숨을 내쉬던 송 여사로부터 나가 보라는 허락이 떨어졌다.

등 뒤로 못난 것이라며 혀를 끌끌 차는 지저분한 음성이 따라붙었다.

방문을 열고 나오는 순간 후드득 눈가에 고여 있던 물방울이 주영의 볼을 타고 흘렀다.

주영은 주저 없이 현관으로 향했다. 등 뒤로 전주댁이 붙잡는 소리가 들렸다.

"학생, 어디 가요?"

아, 학생. 그렇지. 나는 이 집에서 '학생'이었다. 서주헌은 도련님, 서지영은 아가씨. 온주영, 아니 서주영은 학생.

이런 얄팍한 취급은 호화로운 환경의 대가인 걸까. 전주댁의 물음을 무시하고 뛰쳐나와 성북동의 언덕길을 따라 한참을 뛰었다. 아마, 이 동네에서 이 언덕을 두 발로 거니는 사람은 내가 유일할 거다.

부우웅. 스포츠카 한 대가 요란한 엔진 소리를 내며 주영의 곁을 스쳐 지나갔다. 온주영은 꿈꿔 보지도 못할 차. 하지만 이 동네에선 흔하게 지나칠 수 있는 그런 차였다.

더 이상 뛸 수조차 없을 정도로 숨이 차오를 때쯤 주영은 대로변에 도착해 지나가는 택시를 잡았다.

병원에 들러 엄마를 봤다.

오전의 엄마와 저녁의 엄마는 다를 바 없었다. 가느다랗게 내뱉는 숨, 창백하고 여윈 얼굴.

원망도 하고, 보고 싶다고도 하고, 다시 화를 내기도 하고, 사랑한다고도 말했다.

돌아오는 대답은 없었지만 꾹꾹 눌러놓았던 서러운 마음을 토해 냈다. 마치 엄마가 대나무 숲이라도 되는 것처럼.

병원에서 나온 주영은 다시 택시에 올라 핸드폰을 들었다. 낯선 터치 형식의 새로운 스마트폰에도 이제 익숙해졌다.

이제는 외워 버린 11개의 숫자와 통화 버튼을 누르자 얼마 지나지 않아 듣기 좋은 저음이 귓가로 스몄다.

-뭐야. 과외 안 해?

오후에 헤어질 때까지만 해도 다소 굳어 있던 태열의 목소리
는 어느새 평소처럼 돌아가 있었다.

그러나 주영은 평소와 같은 목소리를 낼 수는 없었다.

-……나와.

"엉?"

-30분 있으면 도착해. 보고 싶어……. 그러니까, 나와.

택시를 타고 가는데 투둑, 물방울이 창문을 두들겼다. 남명천
의 굴다리를 지날 때쯤 빗방울이 굵어졌다.

가파른 언덕을 지나 좁은 아파트 주차장으로 들어선 택시가
부드럽게 멈춰 섰다. 주영이 거스름돈을 건네받고 문을 여는데
머리 위로 커다란 그림자가 졌다.

주영이 멈칫거리며 고개를 들었다. 눈앞에 짓궂게 웃는 얼굴
이 보였다. 휘어져 내린 짙은 눈썹, 길게 늘어진 눈꼬리, 시원하
게 올라간 입매를 가진 얼굴이 제 덩치만큼 커다란 우산을 들고
서 있었다.

'축 우승 영성고 야구부' 글자가 박힌 검은색 우산이 빗방울을
튕겨 내고 있었다.

"나 보고 싶었냐."

태열이 주영의 손을 잡아끌어 품에 가뒀다. 오후의 약한 냉전 따위는 이미 다 까먹은 사람처럼.

태열이 기분 좋게 웃자 기댄 가슴 언저리에 진동이 울렸다. 쿵쿵, 불규칙적으로 울리는 심장 소리가 뺨을 달궜다. 주영은 태열의 품에 꼭 안긴 채로 낡은 아파트의 현관을 향했다.

201호의 문이 열리자마자 태열이 장우산을 집어던지듯 내팽개치고 바스라질 듯이 주영을 가둬 안았다.

"얼마나 보고 싶었으면 이렇게 달려오는데."

정수리 위로 단단한 턱이 닿았다.

"어? 그 좋아하는 과외도 째고."

계속 웃음이 나는지 머리 위로 진동이 울렸다.

"좋아 죽겠지, 아주?"

태열이 흘러나오는 감정을 주체하지 못하는 듯 정수리 위로 푸스스 웃음의 잔해가 퍼졌다.

따뜻하고 커다란 몸이 살짝 떨어지더니 주영을 소파로 이끌었다. 털썩 주저앉자 낡은 소파가 바람 빠지는 소리를 냈다.

태열도 그대로 바닥에 주저앉아 주영을 올려다봤다. 주영이 싱글거리는 낯을 빤히 내려다봤다. 말려 올라간 입술이 천천히 벌어졌다.

"마음껏 보라고."

반질거리는 까만 눈이 주영의 시선을 가볍게 받아 냈다. 주영이 조심스럽게 손을 뻗었다.

가느다란 손가락이 짙고 숱 많은 눈썹을 천천히 훑었다. 태열은 눈썹이 참 잘생겼다. 숱이 많은데 지저분하지 않고 마치 다듬기라도 한 것처럼 모양이 예쁘게 잘 뻗은 눈썹이었다.

검지가 눈썹을 지나 아래로 내려갔다. 사나워 보이는 날카로운 눈매, 웃으면 부드럽게 휘어지는 눈꼬리를 부드럽게 문질렀다.

태열이 천천히 눈을 감자 촘촘한 속눈썹이 손끝을 스쳤다. 매끈한 뺨을 쓸어내리고, 우뚝 솟은 콧대를 쓸고, 느른하게 올라간 입매를 만지작거리자 숱 많은 속눈썹이 자취를 감추며 새카만 눈과 시선이 마주쳤다.

잘 뻗은 눈썹 한쪽이 슬쩍 올라갔다.

"뭐야. 꼬시기만 하고. 왜 사람 속 태우는데."

"……나 잠 와."

정말이었다. 피곤했다. 하루가 길었다.

태열의 미간이 구겨졌다. 황당하다는 듯, 그러면서도 한숨을 내쉬며 덥석 주영을 안아 들고 제 방으로 향했다.

태열이 덩그러니 방을 유일하게 채운 가구인 매트리스 위로 주영을 눕혔다. 이불에선 태열의 냄새가 났다. 긴장을 풀어 주는 익숙한 체취였다.

"……한 시간만 있다가 깨워 줘."

주영이 눈을 감자 머리를 쓰다듬는 투박한 손길이 느껴졌다. 잠시 밀려드는 생각을 놓고 싶었다.

주영은 일정하게 머리카락을 쓸어내리는 움직임을 자장가 삼아 잠에 빠져들었다.

주영이 눈을 뜨자 바닥에 웅크리고 누워 잠든 태열이 보였다. 희미한 밤의 불빛이 창문을 타고 방으로 스며들었다.

주영이 손을 들어 잘생긴 눈썹을 가린 앞머리를 조심스럽게 쓸어 넘기자 매끈한 이마가 드러났다.

마음껏 보라던 얼굴을 시간 가는 줄도 모르고 한없이 찍어 내듯 눈에 담았다.

처음엔 고등학생인지, 대학생인지 모를 정도로 성숙해 보였던 얼굴이었다. 가까워질수록 점점 더 보여 주는 해맑은 웃음은 주영의 가슴을 간질거리게 했다.

어린 꼬마 애를 괴롭히고, 애먼 사람에게 매번 시비나 걸고, 말을 뱉을 때면 항상 욕설이 섞여 있는 껄렁한 한량인 줄만 알았는데. 주영보다 규칙적인 생활을 하고, 훨씬 반짝반짝한 꿈을 꾸는 고태열.

관심받고 싶은 어린애처럼 툭툭 시비를 걸던 너. 엄마처럼 내 끼니를 걱정하던 너. 내가 좀 더 반짝반짝한 꿈을 꾸길 원하던 너.

그런 너는, 마운드 위에서 누구보다 빛나던 너는.

어설픈 영어 발음을 내 귀에 속삭이고, 삐뚤삐뚤한 단어들을 내 책에 흔적으로 남기고, 내게 향한 마음을 숨김없이 다 내보였다.

이제 주영은 태열의 눈만 보더라도 온전하게 자신을 향하는 마음을 온몸으로 느낄 수 있다.

너는 왜 내가 좋아? 그렇게 원하던 꿈마저 펴 보기도 전에 접겠다고 할 정도로.

너처럼 긍정적이지도 못하고, 돈이나 좋아하고. 땍땍대기나 하는데. 짜증내고 칭얼거리고 그 와중에 솔직하지도 못한데.

주영은 마음 깊은 곳에 묻어 놓고 한 번도 묻지 못한 질문을 오늘도 속으로만 되새겼다.

주영이 태열의 체취로 가득한 방을 느릿하게 훑어봤다. 불과 작년까지만 해도 주영이 지냈던 방과 다를 바 없는 작은 공간.

무너져 내릴 듯 낡은 아파트의 10평짜리 집. 그 안을 비집고 억지로 공간을 만들어 낸 것처럼 좁은 방.

태열의 덩치를 감당하기엔 버거워 보이는 싱글 매트리스가 프레임도 없이 방 중앙에 덩그러니 놓여 있었다.

벽 한쪽엔 작은 행거 옷걸이. 그 앞에 놓여 있는 낡은 운동 가방. 창틀 위를 채운 트로피. 야구공 모양도 있고, 투명한 것도 있고 모양은 제각각이었다.

주영이 천천히 눈을 감자 해사한 햇빛이 가득 들어찬 널찍한 방이 보였다. 서주영의 방이었다. 다시 눈을 뜨자 캄캄하고 비좁은 방이 시야를 채운다.

지금 손끝을 스치는 퍼석한 이불의 감촉은 매일 아침 얼굴에 닿는 부드러운 감촉과는 다른 것이었다.

사부작거리는 인기척을 느꼈는지 태열이 슬쩍 인상을 쓰며 천천히 눈을 뜬다.

"……몇 시야."

태열이 흠이 가득한 낡은 슬라이드 폰을 들어 올려 시간을 확인했다. 그 모습을 지켜보던 주영의 눈에 옆에 놓인 최신형의 스마트폰이 들어왔다.

"아······. 미쳤네. 깜빡 잠들었다. 온······. 아니, 너 어떡하지. 지금 가야 돼? 어차피 늦은 거 자고 가라. 혼나려나."

태열이 천천히 몸을 일으키며 얼굴을 쓸어내렸다.

아, 씨발 왜 처 자 가지고.

태열이 혼자 중얼거리며 거칠게 머리를 헤집는다.

주영의 두 눈은 태열을 보고 있는데 머릿속은 다른 생각을 한다. 눈을 깜빡일 때마다 귓가를 때리던 모욕적인 말들이 스치고 지나갔다.

그리고 눈앞엔 앞으로 직진하며 쭉 멀리 날아가야 할 그 애의 꿈을 포기하게 만드는 주영의 모습도 보였다.

"고태열······."

"엉?"

아직 잠기운에 잠긴 목소리였다. 주영이 삐딱하게 눈썹을 세운 얼굴을 빤히 쳐다봤다. 밤그림자가 너울거리며 잘생긴 얼굴 위로 내려앉는다.

주영이 천천히 눈을 감았다 떴다. 결정을 내렸다. 뭐가 나을지, 더 나은 선택일지.

주영이 지금 할 수 있는 최선이 무엇일지.

누군가의 말마따나 하고 싶은 대로 하자면 수많은 장애물이 존재감을 키우며 겁을 준다. 보호자가 없는 미성년자, 감당할 수 없는 병원비, 수입이 없는 학생.

그리고, 네 옆에 짐이 되어 있을 나.

"웃어 봐."

태열이 곧게 뻗은 눈썹 한쪽을 들어 올렸다. 어이없다는 듯이 피식 바람 새는 소리가 흘렀다.

활짝 웃을 때면 입 동굴이 보이는 그런 밝은 얼굴을 마지막으로 보고 싶었다.

"빨리."

"뭐야."

태열이 시큰둥하게 말하면서도 씨익 입꼬리를 말아 올렸다.

"이제 됐냐."

메이저리그의 오퍼가 당연히 자신에게 오게끔 하겠다던, 어느 여름날 보았던 자신만만한 표정. 가을, 목동 구장의 마운드에서 보여 줬던 반짝이던 모습.

태열이 씩 입매를 말아 올릴 때면 그 찰나의 순간들이 자연스럽게 주영의 머릿속을 가득 채웠다.

주영이 가장 좋아하는 태열의 모습이었다.

주영이 느릿하게 눈을 끔뻑이며 지난 1년의 순간순간을 머릿속에 새겼다.

잠시 뒤, 깊게 숨을 들이마시고 천천히 입을 열었다.

이제, 미뤄 왔던 말을 꺼내야 했다. 주영의 벌어진 입 새로 흘러나온 목소리는 생각보다 담담했다.

"나, 내일 번호 바꿀 거야."

"……엉? 왜?"

"……앞으로도 나 때문이 아니어도 말 예쁘게 하는 건 계속 노력해 봐. 네 꿈대로 유명한 사람 되면 말조심해야 하잖아. 그리고……."

내가 뭐라고 이래라저래라 하는지. 주제넘은 말 사이를 태열이 파고들었다.

"뭔 소리야."

"지금처럼만 해. 너 잘하고 있으니까, 그냥 지금처럼만……."

너는 뭘 해도 잘할 거라고, 그래도 제일 좋아하는 야구를 하라고.

너를 가장 빛나게 하는 그 꿈을 향해 가라고. 지금처럼만.

절대 포기하지 말고.

꼭 성공해서 유명한 야구 선수가 되었으면 좋겠다. 어디서든, 가끔 네 소식을 들을 수 있도록.

어디에 있더라도 네가 마침내 꿈을 이뤘다는 사실은 알 수 있도록.

"뭔 소리냐니까?"

시선을 맞춰 오는 검은 눈을 피해 애꿎은 매트리스의 모서리만 쳐다봤다.

무거운 시선을 가까스로 외면하며 주영이 천천히 손을 뻗어 핸드폰을 손에 쥐었다.

"그러니까, 잘…… 지내라고."

"……."

핸드폰을 쥔 손이 붙잡혔다. 태열이 집요하게 시선을 맞춰 왔다. 떨리는 눈동자가 들키지 않았으면 좋겠다.

주영이 천천히 숨을 내쉬며 또박또박 말을 이어 나갔다. 소음 하나 없이 조용한 작은 방이 내뱉는 말에 무게를 더했다.

"나 공부에만 집중하고 싶어. 자꾸 이렇게 매번 너 만나는 거 시간 뺏기고 피곤해."

지난 방학부터 조금씩 늘어난 주영의 거짓말은 더는 팽창할 수 없을 정도로 부피를 키웠다. 낮게 억눌린 목소리가 되돌아왔다.

"……그게 진짜 네가 바라는 거야?"

주영이 가까스로 고개를 끄덕였다.

"씨발."

태열이 짓이기듯 욕설을 뱉어 냈다. 거칠게 머리를 쓸어 올린다.

신경질적으로 머리를 헤집던 태열의 얼굴이 서늘하게 가라앉았다. 처음 보는 낯선 표정이었다.

"싫은데. 네가 원하는 거 들어주기 싫다고. 뭐가 이따위로 네 맘대로야. 얼굴 본 지 얼마나 됐다고, 보고 싶다고 달려오더니 공부만 하고 싶다고? 씨발, 사람 놀리……. 아니, 너 아까 미국 얘기 때문에 그래?"

"……아니야."

"너 때문 아니라고. 그냥 내 결정이고, 내 판단이라고."

"그것 때문 아니라니까?"

"그럼 뭔데, 씨발. 온, 너 무슨 일 있지. 말해, 무슨 일인데."

주영이 황급히 고개를 저었다. 잡혀 있는 손목을 비틀어 빼내 고 몸을 일으켰다. 커다란 몸이 바짝 따라붙었다.

"말하라고. 내가 진짜 네가 먼저 말할 때까지 기다려 주겠다고, 참고, 참고, 또 참았는데. 뭐가 문제냐고. 누가 지랄인데, 뭐가 지랄이냐고. 네 아빠? 할머니? 그 쌍둥이들?"

주영이 여전히 눈을 마주치지 못한 채, 내내 생각해 왔던 거짓의 조각을 하나하나 맞춰 입 밖으로 내뱉는다.

"나 그 집 좋아. 너 기억하지? 내 꿈이 뭐냐고 물었잖아, 네가. 이 구질구질한 집 벗어나는 거라고. 자고 일어나니까 꿈이 이뤄졌는데 그게 싫을 리가 있어? 문제 전혀 없어. 평생 소원하던 과외, 학원, 내가 원하는 만큼 다닐 수 있고, 통장 잔액 같은 거 걱정할 일도 없어. 미래 걱정도 더 이상 필요도 없고. 사람들도 좋아. 다들 여유로운 환경에서 살아서 그런지 마음도 넓어."

"……그래서."

되묻듯 읊조리는 태열의 목소리가 긁히듯 갈라졌다. 주영이 겨우 덤덤함을 가장하여 말을 이었다.

"그냥 나는 이제 이 동네가, 이 지긋지긋한 집에 자꾸 오는 게 싫어. 다 지워 버리고 그냥 새로 살고 싶어. 그게 내가 원하는 거야. 네가 그랬잖아, 내가 원하는 거 하면서 살라고. 지금 내가 딱 그래. 그냥 다 정리하고 좋은 환경에서 공부에만 집중하고 싶어. 그게 다야, 다른 이유 없어."

"……."

"나도 나 하고 싶은 거 하면서 살 테니까, 너도 너 하고 싶은 거 하라고."

주영이 말을 끝내자마자 빠르게 현관으로 향했다. 이 좁은 집에서 방에서 현관까지는 순식간이었다. 주영이 신발을 신으며 천천히 호흡을 들이마셨다.

최대한 상처를 주고 싶지 않았는데 방법을 모르겠다. 최대한 말을 아끼고 싶었는데…….

차라리 얼굴을 보러 오지 말 걸 그랬다. 아니, 마지막으로 욕심을 내고 싶었다.

한없이 눈에 담고 나면 조금은 덜 아프지 않을까.

오늘, 너의 움직임 하나하나 모든 것을 영상처럼 머릿속에 담아 두었으니 나는 아마 괜찮을 텐데…….

너는……. 내가 어떤 말을 해도, 긍정적이고 밝고 단단한 너는, 금방 괜찮아질 거다.

문을 나서는데 낮게 잠겨 갈라진 목소리가 주영의 발걸음을 잡았다.

"싫다고……."

"……."

"이래 놓고 내일도 보고 싶다고 갑자기 찾아올 거잖아……. 그러니까."

돌아보지 말걸. 주영을 향한 일그러진 얼굴이 보였다. 그런 아픈 표정을 마지막 얼굴로 기억하고 싶지 않은데.

"가지 말라고. 후회할 일…… 하지 말라고."

못 들은 거로 해 주겠다는 말을 뒤로 한 채 현관을 나섰다.

약해진 빗줄기 사이로 발을 내딛는데 쿵, 하고 문이 열리는 소리가 등 뒤에서 들렸다. 급하게 계단을 뛰어 내려오는 발소리가 이어졌다.

순식간에 주영의 머리 위로 동그란 그림자가 씌워졌다. 머리 위를 잔잔하게 적시던 축축한 감각을 가라앉은 목소리가 대신했다.

"데려다줄게."

"너 내 말……."

하. 한숨과 함께 태열이 미간을 구기며 말을 잘랐다.

"일단은……. 데려다준다고. 뭐가 됐든 이 새벽에 비 맞게 하고 돌려보낼 순 없잖아."

"……괜찮아."

"내가 안 괜찮아."

"……그럼, 우산만 빌릴게."

주영이 덤덤함을 가장하며 손을 뻗었다. 태열이 답답한 듯 앞머리를 쓸어 올리더니 허공으로 시선을 던졌다.

하, 또다시 말 대신 흘러나온 짙은 숨이 모든 감정을 대신했다.

얼마쯤 지났을까. 둥그렇게 굽은 우산의 손잡이가 주영의 손에 닿을 듯 말듯 다가왔다.

"빌려 가면……. 돌려줘야 되는 거 알지."

커다란 손이 우산의 손잡이를 넘기며 주영의 손에 꼭 쥐여 준다. 그 애의 손끝의 온기가 주영의 손등을 스친다.

주영은 우산을 받아 들자마자 말없이 몸을 돌렸다. 손끝의 온기가 떨어져 나가며 온몸의 온기가 같이 빠져나갔다. 모든 것이 시렸다.

주영이 발걸음을 떼자 땅이 흔들렸다. 눈물이 얼룩져 시야를 가렸다. 발을 내디딜 때마다 젖은 아스팔트 바닥 위로 축축, 질척이는 소리가 났다.

주영의 발걸음이 만드는 젖은 소음 사이로 또 한 쌍의 신발 밑창이 축축하게 젖어 드는 소리가 섞여 들었다.

주영은 뒤를 돌아보지 않았다. 그저 언덕을 내려가며 흩날린 벚꽃이 물에 젖어 아스팔트 바닥을 채운 모습을 눈에 담았다.

연못 위 연꽃처럼 젖은 웅덩이를 채운 벚꽃 잎들이 빗방울에 힘없이 출렁였다.

새하얀 꽃잎을 짓밟으며 남명천의 굴다리를 건넜다. 저녁 내내 쏟아진 빗발에 남명천 산책로를 채운 나무들은 푸른 잎만을 담고 있었다.

남명천의 벚꽃을 함께 보기로 한 약속은 지키지 못할 것이다.

언젠간 각자의 자리에서 흩날리는 꽃잎을 보며 그 약속을 떠올리고 서로를 추억할 날이 오겠지.

너를 생각해도 아프지 않을, 아무렇지 않을 날이.

가로등이 비추는 푸른 나무들을 지나쳐 남명 사거리 앞에서 택시를 잡았다. 한산한 새벽, 도로를 쌩쌩 달리는 차들 사이로 택시가 합류했다.

여전히 뒤를 따르는 젖은 발소리가 들리는 듯한, 뒤통수에 시선이 느껴지는 듯한 착각이 들었다.

온통 비에 젖었을 인영을 떠올리며 주영은 가죽 시트 속으로 몸을 파묻었다. 축축하게 젖은 뺨이 시렸다.

8. 안녕, 고태열

주영의 인생에서 유일한 안식은 지금껏 엄마였다. 엄마가 아닌 타인이 주영이 영역으로 들어온 것은 고태열이 처음이었다.

엄마에게도 내보이지 못할 속마음과 어리광을 부릴 수 있던 유일한 사람.

무시와 성가심으로 시작된 감정은 어느새 친밀감, 부러움, 호감으로 변해 있었다.

그만큼 그 애는 신기했다.

무의식적으로 주영이 스스로에게 둘러쌓았던 철갑 같은 벽을 의식할 새도 없이 허물었다.

얼떨떨하게도 간질거리는 마음과 질투라는 감정에 휩쓸려 주영은 처음으로 남자 친구라는 존재를 갖게 되었다.

진심으로 주영을 걱정하고 생각해 주는 마음이 담긴 관계.

처음이라 불편하면서도 그런 존재가 곁에 있다는 것에 알 수 없는 충만감이 마음속을 가득 채우곤 했다.

태열은 주변 환경에 얽매이지 않고, 꿈과 목표가 확실했으며, 자기감정에 솔직했다.

하고 싶은 말은 다 하고 사는 듯하지만 나름대로 기준이 확실했다.

말투나 껄렁거리는 태도와는 다르게 자신의 목표를 향해 매일매일 내딛는 발자국이 한없이 긍정적이고 올곧아서 신기하기까지 했다.

잠을 뒤척이다 새벽에 이르게 눈을 뜨는 날, 어기적어기적 거실로 나가 앉아 있으면 옆집에서 문을 여는 소리가 들리곤 했었다.

운동을 하러 나가던 태열이 누구보다 이르게 아침을 여는 소리였다. 그 애는 늘 성실했다.

주영은 항상 앞만 보고 달렸다. 목표가 무엇인지도 모른 채. 그냥 삼빛 아파트를 벗어난다는 막연한 도착점을 향해서.

단 한 번도 진짜 하고 싶은 게 무엇인지 진지하게 고민해 본 적이 없었다.

'그딴 거 말고 하고 싶은 거 해. 좋아하는 거, 재밌는 거.'

가끔은 친구들과 어울리기도 하고 숨을 돌리라던 엄마조차 해준 적 없던 말이었다.

스스로 좋아하는 게 뭔지도 몰랐다. 모든 것을 부족한 환경 탓을 했다. 엄마를 제외한 주영의 모든 것은 결핍 그 자체였다.

아빠가 없었고, 돈이 없었고, 제대로 된 감정을 교류할 만한 관계가 없었다. 아무리 버둥거리며 살아도 만족이 없는 일상이었다.

그 애는, 그런 모든 불안과 결핍을 잊게 만들어 줬다.

축제에서, 그 애의 집에서, 옥상에서.

태열과 함께 있을 때 주영은 가장 많이 웃었다. 그럼에도, 주영은 다른 선택을 할 수밖에 없었다.

이것 외에는 선택지가 없었다고, 스스로의 선택을 우리를 둘러싼 현실 때문이라고 합리화하며 주영은 시간을 흘려보냈다.

마지막으로 봤던 아픈 표정이 항상 주영의 곁을 맴돌았다. 하지만 꿋꿋하게 버텨 냈다.

서재건은 혹시 무슨 일이 있는 것 아니냐며 조심스럽게 물었지만 주영은 덤덤하게 고개를 저었다. 아빠라고 하지만 심리적 거리감은 여전했다.

그는 바빴고, 주영이 대부분의 시간을 보내는 성북동을 쥐락펴락하는 것은 송옥경 여사였다.

쏟아지는 역정을 듣고 마음대로 뛰쳐나갔던 날 이후, 송옥경 여사의 눈길은 한층 더 싸늘해졌다. 매서운 손길이 뺨을 여러 번 스쳐 지나갔다.

마음대로 외출이 어려워졌다. 통금이 생겼다. 학교든, 학원이든, 어딜 가든 기사가 붙었다.

서주헌은 기브 앤 테이크라는 명목하에 귀찮은 일들을 주영에게 떠넘기곤 했다. 묵묵히 해냈다.

서주헌이 넘기는 일들을 하고, 원하는 것들을 조금씩 손에 쥐었다.

'안 된다. 또 어디로 샐 줄 알고. 하는 짓은 지 엄마를 닮아 음

습한 주제에 내가 너를 어떻게 믿겠어? 그러니 애초에 잘했어야지, 쯧.'

엄마의 병원을 가고 싶다고 말한 주영에게 돌아온 송 여사의 대답이었다.

주영은 서주헌의 할 일을 대신해 주며 눈치를 봤고, 조심스럽게 부탁의 말을 꺼냈다.

'할머니. 누나 병원은 가게 해 주는 게 어때요. 아빠도 그 부분은 신경 쓰는 것 같던데.'

서주헌은 주영이 부탁할 때까지만 해도 성가신 얼굴을 했었다. 기대도 하지 않았는데 얼마 전 서재건이 없는 저녁 식사 자리에서 대신 말을 꺼내 주었다.

송옥경은 탐탁지 않은 얼굴을 하면서도 손주의 말을 거절하지 못했다.

주영은 단 한 번도 송옥경이 서주헌의 말을 거절하는 걸 본 적은 없었다. 겉보기엔 성북동 저택이 송옥경 여사의 영향 아래 있는 듯하지만 실제로 이 저택의 실세는 서주헌이었다.

서재건은 집에 머무는 시간이 짧은 점, 장손에 대한 맹목적인 사랑이 엄청난 송옥경의 성향과, 그걸 교묘하게 이용할 줄 아는 서주헌의 비상함이 만들어 낸 조화였다.

송옥경 여사가 반대하던 서지영의 유학이 어떻게 성사되었는지 알게 된 주영은 서주헌의 힘을 빌릴 수밖에 없었다.

결국 한 달에 한 번은 엄마의 병실을 찾을 수 있게 되었다. 게다가 통금 시간을 조금 넘기는 학원도 다닐 수 있게 되었다. 모든 것이 서주헌의 덕이었다.

물론, 서주헌은 그 이후로 숙제 외에도 잔심부름까지 시키기 시작했다.

마치 주영을 괴롭히고 싶은 사람처럼, 자신이 빼먹고 간 학원 교재를 가지고 오라는 것부터, 더 사소하게는 집 안에서는 물을 떠 오라는 것까지.

뭐, 정말 사소하고 별거 아닌 일들로 치부하면 될 것들이었다.

버겁게 흘러가는 시간 속에서 주영에게 새로운 습관이 생겼다. 틈틈이 포털 검색창에 '고태열' 이름 석 자를 넣어 보는 것.

프로 선수가 아니기에 언론에 자주 오르내리는 이름은 아니었지만, 고교 대회가 있을 무렵이면 항상 고태열은 신문 스포츠면 한편에 제 이름을 올렸다.

['고교 특급' 고태열, 영성고 청룡기 첫 우승의 주역]
[영성고 봉황기 우승 감격, 투타 맹위 고태열 MVP]

태열의 영성고는 전국 고교 야구 대회를 휩쓸었다. 그 아이가 마운드 위에서 환하게 웃는 모습을 스포츠 단신에서 발견했을 때 주영은 안도했다.

그 아이의 이름 앞에는 항상 고교 특급, 고교 유망주, 이례적인 등의 수식어가 따라붙었다.

그해 서울에서 개최되었던 세계 청소년 야구 선수권 대회에서도 유일하게 2학년으로 출전해 결승전에서 마무리 투수를 맡았다는 기사를 보았다.

금메달을 목에 걸고 선수들 사이에서 웃고 있는 모습. 그래, 너는 잘 지내고 있구나. 간악하게도 한편으로는 그 모습에 서운하기도 했다.

이제 더는 나 따위는 있어도 없어도 아무렇지 않은, 혼자서도 그 자체로 온전한 아이라는 걸 뼈저리게 느끼는 순간이기에.

나는 이렇게 매 순간을 불안정하게 살아가는데. 이런 온갖 부정적인 감정이 지나가고 나면 결국 남는 것은 네가 잘 지내서 다행이라는 마음이었다.

우승한 뒤, 메달과 트로피를 들고 친구들에게 태열이 뭐라고 말할지 상상해 보기도 했다. 특유의 능글거리는 웃음으로 으스댔을까.

혹시 새로운 여자 친구가 생기진 않았을까. 그렇다면 친구들보다는 여자 친구에게 먼저 자랑하지 않았을까.

만약 내가 여전히 네 곁에 있었다면 너는 내게 뭐라고 말했을까.

이런저런 상상을 하며 잠이 들곤 했다. 지루하기 짝이 없는 일상에서 유일하게 주영의 숨통이 트이는 순간이었다.

여전히 내가 너를 이렇게 꿈꾼다는 것을 너는 모르고 있겠지만…….

너는 나 같은 이런 비겁하고 나약한 인간은 잊고 지금처럼 네 목표를 향해 나아갔으면 좋겠다.

네가 메이저리거가 되고, 사이영상을 타고, 타지에서 훨훨 날아다니는 순간이 오게 된다면 우연처럼이라도 우리가 마주칠 날이 오지 않을까.

아니면 멀리서라도 내가 너의 경기를 볼 수 있을지도 모르지.

내 꿈의 마지막 장면은 항상 같았다. 메이저리그 구장의 마운드에 선 너, 그리고 관중석에서 너를 보는 나.

우리는 다른 삶의 길을 걷고 있겠지만……. 곁에서 지켜보지 못하더라도, 아무도 모르게 너를 항상 지켜보며 응원하는 나의 모습을 꿈꿨다.

네 꿈을 꼭 이뤘으면 좋겠어.

진심으로.

다시 겨울.

해가 바뀌었다.

방학을 맞아 지영이 성북동을 찾았다. 주영은 두 번의 방학을 제외하고는 지영의 얼굴을 본 적이 없었다.

지영과 사이가 더 나빠진다거나, 좋아진다거나 할 만한 건수가 없었다는 의미다.

그럼에도 오랜만에 집을 찾은 지영은 예전처럼 주영을 대놓고 무시한다든가 무례하게 굴지는 않았다.

마주치면 어색한 표정을 지으며 시선을 피하거나 자리를 떠날 뿐이었다.

시간이 모든 걸 해결해 준다더니 틀린 말은 아닌가 보다. 시간은 주영을 이 저택에서 나름대로 자리를 잡는 데 도움을 줬다.

주영은 최대한 말을 아꼈고, 주헌과는 사소하게 항상 무언가를 주고받았고, 송 여사에게는 말없이 성적표만을 건넸다. 서재건에게는 모든 게 편하고 좋다는 답을 반복했다.

살아남기 위해 가면을 썼다. 생각해 보면 어려운 일도 아니었다.

대상만 좀 더 늘어났을 뿐, 영성여고를 다니던 시절 선생님들에게 잘 보이기 위해 버둥거렸던 모습과 크게 다를 바 없는 일이라고 생각하면 쉬웠다.

"야."

방으로 들어가는데 계단을 오르던 지영의 목소리가 붙잡았다. 주영이 고개를 돌려 시선을 마주치며, 이어질 말을 기다렸다.

지영이 뭔가 불편한 표정으로 퉁명스럽게 말을 이었다.

"너 아직도 그 남자애 만나니?"

"아니."

단호한 주영의 대답에 지영이 의심스러운 표정으로 한 번 더 되물었다.

"진짜로?"

"응. 용건 끝났으면 나 들어가 봐도 되지?"

불편한 주제였다. 이야기가 길어지는 것을 원치 않았던 주영이 몸을 돌려 방문을 여는데 퉁명스러운 목소리가 이어졌다.

"뭐야 그럼. 스토커야? 아까 친구들 만나러 나가는데 집 근처에 키 겁나 큰 남자애가 얼쩡거리더니, 집 들어오는데도 아직 어슬렁거려서 물어봤거든. 왜 남의 집 앞에서 얼쩡거리느냐고. 근데 너 찾던데. 진짜 네 남자 친구 아냐? 할머니가 그때 네가 만나는 애 덩치만 산만 해 가지……. 아, 암튼. 난 또, 네 남자 친군가 했네. 그럼 전주댁 아줌마한테 말한다, 나? 사람 시켜서 쫓아내라고."

심장이 철렁했다. 문고리를 꽉 쥔 주영의 손이 창백해졌다.

"……집 앞에?"

"어. 모자 쓰고 있어서 얼굴은 잘 안 보였는데 아무튼 키 엄청 크고, 목소리 엄청 낮고."

"혹시……."

주영은 가까스로 떨리는 눈꺼풀을 숨기며 입을 열었지만, 말을 끝맺지 못했다.

행간을 눈치챈 지영이 말 없는 물음에 알아서 대답을 이어 갔다.

"아직 할머니 몰라. 나 솔직히 저번에 너 그 일 이후로 좀 불쌍해 가지고……. 아니 암튼, 아직 말 안 했어. 나갔다 올 거면 갔다 오든가. 한 삼십 분은 모른 척해 줄 테니까. ……야!"

주영은 지영의 말이 끝나기도 전에 빠르게 계단을 뛰어 내려갔다. 성벽같이 높은 담으로 둘러싸인 대문을 열고 나오니 한기가 오싹하게 몸을 휘감았다.

텅 빈 골목, 주영이 내뱉는 숨이 만들어 낸 뽀얀 입김만이 시야를 채웠다.

고개를 돌리자 저 멀리 터덜터덜 언덕길을 내려가는 기다란 인영이 보였다.

매일같이 꿈에서만 그리던 인물이었다.

너는 왜 여기까지 찾아왔을까, 나는 왜 이렇게 바로 뛰쳐나왔을까.

잠시 주저하던 주영은 천천히 발을 떼고 긴 다리가 만들어 내는 보폭의 속도에 맞춰 천천히 걸었다. 언덕 아래서 터덜터덜 소리를 내던 두 발이 천천히 속도를 줄인다.

어느새 적막한 사위를 울리는 건 주영의 발소리가 유일했다.

깊게 모자를 눌러 쓴 인영이 고개를 움직였다. 천천히, 느릿하게 뒤를 돌아보는 시선과 허공에서 눈이 마주쳤다.

아니, 마주친 듯했다. 모자챙이 만들어 낸 어둑한 그림자에 가려 얼굴이 보이지 않았다.

주영이 걸음을 멈추자 긴 다리가 성큼성큼 지나왔던 길을 거슬러 올라왔다.

둘은 한 걸음의 거리를 남겨 두고 마주 봤다.

9개월 만에 보는 얼굴이었다. 여전히 새카만 눈이 덤덤하게 주영을 내려다봤다. 항상 시원하게 말려 올라가 있던 입꼬리는 온데간데없었다.

꽉 닫힌 입이 열리고 그 사이로 낮게 잠긴 목소리가 흘러나왔다.

"얼굴, 좋아 보이네."

"……."

뭐라고 대답을 해야 할까. 다행이라고? 그래, 네 눈에 좋아 보인다니 다행이다. 너도 좋아 보인다고? 그것도 다행이라고.

주영의 머릿속을 떠도는 문장은 셀 수 없이 많았지만, 막상 입 밖으로 어떤 단어를 꺼내야 할지 막막했다.

"온……. 아니, 이제 온이라고 부르면 안 되는 건가."

태열이 씁쓸하게 웃었다. 뿌연 입김이 모자챙 위로 거슬러 올라가며 흩어졌다.

오랜만에 듣는 목소리에, 낮은 음절 하나하나가 가슴을 찌릿하게 울렸다.

"……왜 왔어."

"돌려받을 게 있어서."

돌려받을 게 있다는 말에 지난봄, 마지막으로 봤던 날이 머릿속을 스쳤다. '축 우승 영성고 야구부' 글자가 박혀 있던 검은색 장우산.

"아……. 우산은……. 잠깐만,"

당황한 듯 허둥거리는 주영을 뚫어져라 쳐다보던 태열이 개의치 않고 말을 이었다.

"사실은 보고 싶어서."

"……."

주영은 멍하니 모자챙 아래 그늘진 얼굴을 올려다봤다. 모자를 벗겨 내고 그리워했던 얼굴이 보고 싶었다. 알 수 없는 감정이 복받쳐 올랐다.

왜……. 잘 지내고 있는 거 아니었어?

"넌, 나 안 보고 싶었냐."

매일 보고 싶었다고, 매일같이 네 꿈을 꾼다고. 틈만 나면 기사 속 네 작은 얼굴을 항상 들여다본다고. 오랜만에 본 얼굴인데도 마치 어제 본 것 같다고.

대답할 수 없는 질문에 주영은 말을 돌렸다.

"······우승했더라, 축하해."

"관심이 없지는 않았나 보네."

"들었어, 우연히."

태열이 '우연히?' 하고 되물으며 비틀린 웃음을 토해 냈다. 이어지는 깊은 한숨이 차가운 공기 아래로 무겁게 내려앉았다.

곧이어 엔진 소리와 함께 헤드라이트의 밝은 불빛이 태열을 향했다. 모자챙 아래 가려져 있던 잘생긴 얼굴이 눈이 부신 듯 얼굴을 찌푸린다.

태열이 급하게 주영의 팔을 잡아당기자 그 옆으로 차 한 대가 부우웅 소리를 내며 빠르게 사라졌다.

머리 위에서 낮은 욕설이 들려왔다. 익숙한 소리였다. 이내 주영이 어색한 표정으로 천천히 몸을 떼어 내자 침묵이 흘렀다.

한참이나 침묵이 이어졌다. 주영은 차마 눈을 마주치지는 못하고 눈앞에서 꿀렁이는 목울대에 시선을 고정했다.

"······너, 잘 지내는 거처럼 보이는데. 한 번만, 더 물을게. 진짜 나 안 보고 싶었냐."

"······."

"내 생각, 안 났어?"

"······."

돌아오지 않는 대답에 답답한 듯 태열이 모자를 들어 올리고는 머리를 쓸어 넘겼다.

그제야 주영이 천천히 고개를 들어 눈을 마주쳤다. 선명하게 모습을 드러낸 날카로운 눈매가 반가웠다.

"오늘…… 삼촌이랑 서울팀 스카우터 만나서 밥 먹었어."

"……너……. 미국은?"

"네가 나 보고 싶었다고 하면."

"……."

태열이 덤덤한 목소리로 말을 이었다.

"그럼 더 욕심 안 내려고. 스카우터가 지금처럼만 하면 계약금 갱신은 보장할 수 있대."

"……그거 네가 하고 싶은 거 아니잖아."

네 꿈은 고작 여기 머무는 게 아니었잖아. 태열은 무언가 조급한 사람처럼, 주영의 말이 들리지 않는 사람처럼 말을 이어 갔다.

"작년까지 신인 계약금 최고액 10억이야. 나중에 졸업하고 계약금 받으면 집부터 살 거야. 그리고, 그 집에…… 네가 있었으면 좋겠는데."

"……."

"지금 당장이 아니라도. 내년에 내가 너 데리러 오면, 그땐 나랑 같이 살자."

너는 왜. 아직도 나를 생각해. 나는 미련해서 그런다지만, 너는 왜…….

주영은 눈치 없이 차오르는 눈물을, 입술을 말아 물고 꾹 참았다.

"……미안해. 돌아가."

하하, 씨발. 태열이 마음처럼 되는 일이 없다는 양 신경질적으로 머리를 헤집었다.

아직도 그 애가 자신을 생각하고 꿈꾼다는 사실에 주영의 마음엔 은근한 희열이 차올랐다.

그럼에도, 주영은 어떤 것도 기약할 수 없었다. 너의 기약할 수 없는 약속에 확답할 수 없었고, 나 때문에 네가 꿈을 포기하지 않았으면 바람이 있었다.

아마 마지막으로 내가 네게 해 줄 수 있는 건 그거 하나밖에 없지 않을까.

네가 항상 바라던 메이저리그. 가능하다면 네가 훨훨 날아 네 꿈을 펼쳤으면 좋겠다.

꿈을 잃은 나는, 아니 꿈이 없는 나는, 너의 꿈을 응원한다.

"다신 찾아오지 않았으면 좋겠어."

억지로 모질게 그 애를 등지던 순간 깊은숨과 함께 네가 토해 내던 눈물을 나는 아마 잊지 못할 것이다.

차마 마주하지 못한 채 숨죽여 서 있던 내게 너는 왜냐고, 수없이 반복해서 물었다. 나는 그저 조용히 말했다.

'우린 아직 어리니까.'

'학생이 해야 할 일에 집중하고 싶어.'

'난 지금이 좋아. 아마 너도 나 없이도 괜찮을 거야.'

'그래도, 네 꿈은 꼭 이뤘으면 좋겠어.'

나 때문에 포기하는 너답지 않은 일은 하지 말고. 덤덤한 척 최대한 감정을 숨기고 말했던 것 같다.

짙은 감정을 토해 내며 떨리는 넓은 등을 쓰다듬고 싶은 손을 참아 내야 했다. 한없이 너른 어깨가 그날따라 유독 작아 보였다.

어렵게 발걸음을 떼면서도 한편으로는 아직 네 마음이 여전하다는 사실에 기뻤다.

머릿속을 채우는 어떤 생각도 입 밖으로 꺼낼 순 없었지만 길지 않았던 함께했던 시간 동안 내게 웃음을 줘서 고마웠다는 말만큼은 짧게나마 떨리는 목소리로 전달했던 것 같다.

'그동안 고마웠어.'

마지막으로 한 번 더 네 얼굴을 볼 수 있어서 좋았고, 고마웠다고.

안녕, 고태열.

9. "I'm on the right track, and you?"

수능을 봤다.

역대급 불수능이라며 언론이 떠들썩했다. 주영의 성에 차는 점수는 아니었지만 목표한 대학을 지원하는 데는 무리가 없을 성적이었다.

당연한 결과였다. 주헌이 귀찮아하는 일을 떠맡으며 지난 2년간 온갖 유명하다는 강사의 수업을 원하는 만큼 다 들을 수 있었다.

뉴스를 통해 태열이 시카고에 있는 마이너리그 팀과 계약 예정이라는 소식을 들었다.

계약금 160만 달러.

그 애는 자신의 꿈을 향해 제대로 달려가고 있었다. 억지로 참아 냈던 눈물이 아깝지 않도록.

만약 주영이 그때 태열의 제안을 받아들였다면 어떻게 됐을까 하는 상상도 해 봤다.

우리는 한국에 있었을까, 아니면 같이 미국으로 갔을까.

글쎄, 그건 잘 모르겠다. 나는 낯선 타지에서 살아갈 자신이 없었지만, 너만큼은 꼭 더 큰 기회의 땅으로 가길 바랐으니까.

아마 그때 이곳에 머무르기로 한 주영의 결정은 최선이었을 거다.

주영이 책상 서랍을 열었다. 그 애를 떠올리게 하는 사탕 몇 개와 봉투가 눈에 들어왔다. 쓰지도 치우지도 못한 채로 그대로 남은, 어린애 같은 글씨체로 '환불 불가'라고 적혀 있는.

태열이 졸업했을 때 꼭 좋은 선물을 주고 싶었는데…… 주영이 꼬깃꼬깃한 봉투를 다시 서랍에 넣고 그 옆의 통장을 꺼냈다.

서재건은 마주칠 때마다 지갑에서 노란색 지폐 뭉치를 꺼내 건넸다.

성북동에 들어온 이후로 특별히 돈을 쓸 일이 없었던 주영은 그 돈을 항상 모아 왔다. 예전의 주영은 상상할 수 없이 큰 액수가 모여 있었다.

한참 책상 앞에 앉아 있던 주영이 몸을 일으켰다. 2층의 거실에 나가자 느른하게 소파에 기대 핸드폰을 보고 있는 주헌이 보였다. 천천히 소파 앞으로 다가갔다.

"부탁이 있어."

주헌이 말해 보라는 듯, 핸드폰에 시선을 박은 채로 눈썹을 까닥였다.

"내일 백화점 좀 가고 싶은데."

"살 거 있음 사람들 시켜. 뭐 하러 귀찮게 나가."

"직접 사야 되는 거라서."

"그래? 그럼 가든가. 그걸 왜 나한테 물어."

주헌이 여전히 시선을 액정에 고정하고는 건성으로 대답했다.

"할머니한테 말 좀 전달해 줘."

주헌이 천천히 고개를 들었다. 묘한 웃음기가 담긴 얼굴이었다.

"아, 부탁이야? 우리 누나가 아주 나를 부려 먹으려고 작정을 하셨네. 할머니한테 백화점 갔다 온단 말도 못 해 가지고. 애도 아니고, 어?"

주영이 송 여사에게 직접 말을 하지 않는 이유를 제일 잘 알면서도 주헌은 얄밉게 말꼬리를 흐리며 희미하게 웃었다.

송옥경이 주영에게 외출을 전적으로 금지한 건 아니었다.

위험하다는 명목 아래 통금을 만들고, 기사 없이 단독으로 외출을 하지 못하는 분위기를 만들었다.

주헌과 지영처럼 이 집의 고용인들을 마음대로 부리지 못했던 주영은 외출을 하기 위해선 송 여사나 주헌에게 말을 전달해야 했다.

"부탁 좀 할게."

"귀찮게. 언제까지 나한테 일일이 부탁하고 나갈 거야? 대학 가서도 그러게?"

"그땐……"

"그땐, 뭐."

또 뭘 해 줘야 할까. 주영은 머리를 굴렸다. 딱히 떠오르는 게 없었다. 지금까지야 대신 숙제나 잔심부름을 떠맡았는데, 대학에 가서는…….

"그땐 또 필요한 거 있으면 말해. 내가 할 수 있는 건 다 해 줄게."

주헌이 묘한 웃음을 지었다. 주헌과는 동문이 될 예정이었다. 아마 대학에 가서도 지금과 크게 다를 바 없는 일상일 것 같았다.

숙제를 대신하듯 과제를 대신하고 있지 않을까. 대학교의 과제가 어떨지 잘은 모르지만 어차피 지금껏 해 오던 대로 하면 될 것 같았다.

첫 백화점 쇼핑이었다. 남성 층을 몇 바퀴를 돌았다. 기억나는 건 매일같이 회색 추리닝에 삼선 슬리퍼를 질질 끌고 다니던 모습이라 어떤 걸 사야 할지 막막했다.

결국 주영은 고민 끝에 수입 브랜드 매장에서 운동복을 구입했다. 사이즈를 묻는 점원을 보고 멍청하게 눈을 끔뻑이다가 '제일 큰 사이즈로 주세요' 한마디를 겨우 하고 결제했다.

39만 8천 원. 19년 인생에서 가장 큰 소비였다. 백화점 근처의 우체국에 들러 택배를 부쳤다.

수신인, 영성고 야구부.

응원하는 팬이라는 말과 함께 꼭 고태열 선수 본인에게 전달되었으면 좋겠다는 메모를 동봉했다.

그 애가 팬이 생겼다는 사실에 기뻐하길 바랐다.

2학년이 되었다.

대학 생활은 별것 없었다. 교복을 입지 않는다는 사실, 정해진 시간표가 아니라 스스로 시간표를 짜야 한다는 것 말고는 큰 변화가 없었다.

대한민국에서 공부로는 날고 긴다는 사람들이 모인 이곳은 주당들로 가득했다. 우르르 몰려가 술을 마시고, 가십이 생기고, 뒷말이 나오고.

주영은 그런 무리와 어울리기보다는 혼자 다니는 걸 선호했다. 물론, 피한다고 다 피할 수 있는 건 아니었다.

캠퍼스라는 작은 사회 안에서 혼자 지내는 게 쉬운 일은 아니었다. 시간이 흐름과 함께 주변에 사람들이 생겼다.

"언니!"

"어, 혜원아. 시험은 잘 봤어?"

"아, 그런 거 묻는 거 아니라고요오. 뭐 다들 언니처럼 올 A+ 받고 그러는 줄 알아? 시험은 묻지 마. 마음 아프니까. 원래 1학년은 놀아야 하는 거랬어. 우리 이따 영화나 볼래? 나초 먹고 싶어."

혜원이 엉겨 붙으며 주영의 팔에 얼굴을 비볐다. 혜원은 주영의 과 후배로, 교양 수업을 같이 들으며 가까워졌다.

밝고 누구에게나 친절한 아이였다. 항상 많은 사람들에게 둘러싸여 지내는 혜원은 유독 주영을 챙겼다. 강아지처럼 엉겨 붙는 혜원이 싫지 않았다.

오랜만에 느껴 보는 타인의 이유 없는 관심과 애정이 반갑기도 했다.

"좀 피곤한데."

"왜? 언니는 어제 시험 끝난 거 아니었어? 또 새벽부터 야구 봤어? 생긴 거랑 다르게 아주 스포츠광이야 진짜."

"알겠어. 대신 너무 늦는 건 안 돼."

"통금 때문에 그러지? 진짜 지금이 어느 시댄데, 언니네 부모님 진짜 무섭다. 부잣집은 확실히 뭐가 다르긴 다르네."

혜원이 가볍게 투덜거리면서도 팔짱을 껴 왔다. 최근에 개봉한 액션물과 로맨스 중 어떤 걸 볼지 심각한 토론이 이어졌다.

주영은 억지로 사람의 감정을 자극하는 로맨스류를 즐기지 않았다. 깊은 감정 소모가 싫었기에. 그날은 혜원과 나초와 맥주를 사 들고, 화려한 장면을 안주 삼아 액션 영화를 봤다.

주영은 대학을 다니게 되면서 통금만 어기지 않는다면 외출 정도는 자유로웠다.

주헌과 같은 학교에 다니는 덕을 봤다. 자유를 대가로 주헌의 과제를 대신하고, 가끔은 수강 신청도 대신해 줬다. 인기 있는 교양과목의 시간표를 바꿔 주기도 했다.

평범한 날들이었다.

그해 가을, 오랜만에 태열의 기사를 접했다.

마이너리그에서 메이저리그로 콜업이 되었다는 내용이었다.

반가운 마음에 기사를 캡처해 사진첩에 저장했다.

그렇게 스포츠면에서 다른 뉴스까지 훑다가 P대 병원에서 심장 뇌혈관 국제 학회가 열릴 예정이라는 기사를 본 건 우연이었다.

참석자 명단에서 예전에 티브이에서 본 미국의 유명 석학의 이름을 발견했을 땐 주영의 심장이 빨리 뛰기 시작했다.

혹시 몇 년째 누워 있는 엄마를 보일 수 있을까 해서.

그 후 일주일간 몇 번이나, P대 병원 심뇌혈관센터에 연락을 취해 봤지만, 매번 돌아오는 대답은 똑같았다.

'이번 방문은 학회 참석을 위한 일정으로 따로 진료 일정이 없으니 양해 부탁드립니다.'

조금은 좌절했다. 이미 재건 덕에 한국에 난다 긴다 하는 의사들은 다 만나 봤으나, 가만히 병상에 누워 있는 엄마를 지켜보는 것밖엔 주영이 할 수 있는 일이 없었다.

서주헌에게 부탁해 볼까. 제아무리 서주헌이라도 이런 건 해 줄 수 없겠지.

의사 본인이 시간이 없다고 하는데…….

아무리 돈과 힘에 의해 좌지우지되는 세상이라도 말이다.

주영이 힘 빠진 얼굴로 학교에 가기 위해 터덜터덜 1층으로 내려가는데 재건과 마주쳤다.

잠시 놀란 얼굴로 멀뚱히 서재건을 바라보던 주영이 꾸벅 인사를 했다.

"아직 출근 안 하셨네요."

그는 보통 새벽같이 회사로 나가 밤늦게 집에 돌아오기 때문에 집에서 얼굴을 보긴 쉽지 않았다.

지금은 아침 8시였고, 서재건치고는 늦은 출근 시간이었다.

주영도 그가 어색하지만, 재건도 주영을 조금 어색해하기는 마찬가지였다. 같은 피가 섞여 있긴 했으나 가까워지기엔 유대감을 쌓을 기회 같은 게 없었으니까.

"미국 출장 때문에 비행기 시간 맞춰서 나가다 보니 오늘은 좀 늦었다. 학교 가니?"

"네."

대문까지 서재건과 걸음을 맞춰 내려갔다. 주영에겐 다소 어색한 시간이었지만 재건은 상투적인 물음들을 던져 왔다.

학교는 다닐 만한지, 전공은 잘 맞는지, 요새 별일은 없는지.

네, 좋아요. 괜찮아요. 그렇게 대답을 하다 보니 대문 앞에 대기하고 있는 두 대의 차량이 보였다.

"출장 잘 다녀오세요."

기사가 뒷좌석 문을 열고 대기하는 세단 앞에서 주영이 꾸벅 인사를 하고 뒤에 정차된 차를 향해 뒤돌아서는데 재건이 주영을 불렀다.

"주영아."

"네."

"맛있는 거 먹고, 좋은 것도 보고 해."

그는 검은색 가죽 지갑에서 수표 한 장을 꺼내 주영에게 건넸다. 감사 인사와 함께 돈을 받아 들던 주영의 머릿속을 무언가 스쳐 지나간 건 그때였다.

"저, 회장님."

"그래."

"부탁드릴 게 있는데요."

서재건이 말해 보라는 듯 고개를 작게 끄덕였고, 주영이 용건을 꺼냈다.

얼마 전 뉴스에서 본 이야기를. 이번 주 주말에 열리는 심장 뇌혈관 국제 학회에 참석 예정인 존 모리스 교수에게 엄마가 진료를 볼 수 있었으면 좋겠다는 이야기를.

모두가 포기했지만 주영은 여전히 일말의 희망이라는 지푸라기를 잡고 있었다.

"……병원에도 연락은 해 봤고 다들 어렵다고는 하는데, 혹시나 해서요. 어려운 부탁인 거 알아서 안 되도 어쩔 수 없는 건 알아요."

잠자코 듣던 재건은 주영의 요구에 가타부타 대답도 없이 핸드폰부터 꺼내 들며 질문을 던졌다.

"P 대학 병원이라고 했나? 의사 이름이 뭐라고 했지?"

어딘가로 전화를 걸어 간단하게 요구 사항만 지시한 재건이 통화를 끝내며 주영을 봤다.

"주영아. 이런 거 어려운 거 아니다. 성희 관련한 일이면 당연히 나도 챙겨야 하는 게 맞고. 부탁할 게 있으면 그게 나든, 주헌이든, 어머니든. 누구한테라도 말해라."

"……."

"오늘은 내가 비행기 시간 때문에 윤 비서한테 지시해 놨으니까 알아서 처리해 줄 거다. 도움 더 필요한 일 있으면 윤 비서한테 요청하든, 주헌이한테 말하든 해."

재건은 손목시계로 시간을 흘끗 확인한 뒤 주영의 어깨를 툭 툭 두드리고는 차에 올라탔다. 멀어져 가는 세단의 뒷모습을 보며 주영은 얼떨떨한 표정을 숨기지 못했다.

다음 날 윤 비서에게 존 모리스 박사에게 진료 일정을 픽스했다는 연락을 받았다.

분명 주영은 병원 측에서 이번 한국 방문에서 진료 일정을 잡을 수 없다는 안내만을 받았었는데.

헛웃음이 새어 나왔다.

돈과 권력에 의해 좌지우지되는 세상.

주영은 지금에서야 깨달았다. 생각보다 나는 꽤 대단한 집안에 발을 들였다고.

만일 엄마가 쓰러지고 홀로 남은 온주영이었다면 세계적인 석학은커녕 지금 엄마가 받고 있는 최상의 케어조차 언감생심일 테니까.

아무것도 없이 버티기만 해야 하는 상황에서 무력하고, 서럽기만 했을 텐데…….

지금은 심지어 진료를 위해 교수가 있는 곳으로 환자를 이동시키는 게 아니라, 교수가 직접 병실을 찾겠다고.

갑갑하고 버겁다고 생각했던 울타리는, 사실은 돈도 백도 없는 주영이 의지할 수 있는 유일한 울타리였다. 무력하고 서럽기만 했을 온주영에게 모든 걸 가능하게끔 만들어 주는 그런 울타리.

스물셋.

주영이 얻은 행운은 지속력이 길지 않았다. 도움을 받아 세계적인 석학의 진료를 받을 기회를 얻었으나, 그도 무력하게 고개를 저었다.

지금 상황에서 무리하게 수술을 감행해 봤자, 누워 있는 환자를 괴롭게만 할 뿐, 큰 효과는 없을 것이라고. 마지막 희망이라 생각했던 의사의 푸른 눈은 주영에게 또 다른 절망을 안겨 주었다.

마음이 어떻든 일상은 다를 바 없이 흘러가고 있었다. 주헌에게 그가 마음에 들어 하던 주혜원을 소개해 주고 계속 자리를 만들어 줬다.

좁은 인맥 안에서 그나마 가깝게 지내던 사람에게 몹쓸 짓을 하는 기분이었지만 그래도 주영 자신이 먼저였다.

그 대가로 주영은 태어나서 처음 비행기를 탈 수 있었다.

처음 미국 땅을 밟았을 땐, 삼빛 아파트가 전부였던 온주영이 처음 성북동에 왔을 때와 같은 낯선 감각이 온몸을 채웠다.

작은 땅을 벗어나 이국의 넓은 땅덩어리를 밟는 것은 좁았던 세계가 확장된 것 같은 기분이었다.

비가 왔다. 우산을 쓰고 여름의 기운을 만끽하며 시카고 시내를 홀로 돌아다녔다.

처음 느껴 보는 자유의 감각이었다. 시카고 아트 인스티튜트에 들러 고흐, 고갱, 렘브란트 등 이름만 들어 본 유명 화가들의 그림도 봤다.

하루는 일부러 시간을 내어 시카고 컵스의 홈구장인 리글리 필드에서 경기를 관람했다.

그즈음 태열은 이미 선발진에서 완전하게 자리를 잡은 상태였다.

전날 경기가 우천으로 취소되는 바람에 그날의 선발은 아니었지만 주영은 더그아웃 저 너머 어딘가에서 나른한 표정으로 경기를 훑고 있을 태열을 상상했다.

오래전 가을날, 목동 구장에서 보았던 그 얼굴처럼.

다음에 기회가 된다면 항상 꿈꿔 왔던, 태열이 선발로 나서는 경기를 관중석에서 관람하고 싶었다.

주영은 경기가 끝난 뒤 인파에 둘러싸여 기념품 숍에 들렀다. 유니폼을 샀다.

22 TY KO.

유니폼에 박힌 이름을 쓸어내리며 지나간 시절을 추억했다.

추억은 아무런 힘이 없다고 하지만, 그 애가 만들어 준 기억은 여전히 주영을 살아가게 하는 힘이 되어 주었다.

한 해가 마무리될 때쯤, 태열은 내셔널리그 올해의 신인으로 선정됐다.

매일같이 스포츠면을 장식하던 그 애는 이제 작은 스포츠면 따위는 자신을 품을 그릇이 안 된다는 듯이 각종 뉴스, 광고, 쇼 프로그램까지 출연하며 미디어를 가득 채웠다.

주영은 몇 번이고 반복되는 현지 언론의 인터뷰를 챙겨 봤다.

주영이 기억하는, 말끝마다 욕이 따라붙던 껄렁한 태열은 어디에도 없었다. 한층 다듬어진 말투, 이제는 주영보다 더 자연스러운 영어 발음.

원래도 느긋하고 자신만만하던 표정과 몸짓은 한층 더 여유로워 보였다. 태열은 점점 어른이 되어 가고 있었다.

마지막 인터뷰 영상이 끝나 가던 찰나였다.

인터뷰어가 마지막으로 한마디 더 하고 싶은 말이 있느냐고 물었다.

태열은 여유롭게 웃으며 능숙하게 답변을 이어 갔다. 그리고, 마지막에 덧붙였다.

"I'm on the right track, and you?"

열아홉의 그 겨울 이후로 한 번도 태열의 흔적을 좇으며 눈물을 보인 적이 없었다.

그 아이가 입꼬리를 끌어 올리며 가볍게 묻던 질문에 주영의 해묵었던 감정이 폭발했다. 그날은 아마 방 안에서 소리를 죽이고 펑펑 울었던 것 같다.

'나는 잘하고 있는데 넌, 어떠냐고.'

그 말이 꼭 주영을 향한 한마디 같아서. 아직도 미련을 버리지 못해, 청승맞게 멀리서 흔적을 좇는 주영처럼 그 애도 가끔은 주영을 생각하는 것처럼 느껴져서.

난 모르겠어. 뭐가 잘하는 건지, 잘 가고 있는 건지. 네게 묻고 싶었다. 어떻게 하면 잘하는 것인지 모르겠다고.

주영은 제법 평범한 대학생의 일상을 살았다.

여전히 보이지 않는 통금이 있었고, 모든 게 자유로운 건 아니었지만 시간이 지나니 대부분의 제약에 익숙해졌다. 사람은 적응의 동물이니까.

언제나처럼 평범한 성북동의 저녁 식사 자리였다.

"서지영이 독립시켜 줄 거 아니면 졸업해도 한국 안 들어오겠다던데요."

"쓸데없는 소리."

정색과 함께 딱 잘라 말하는 송옥경의 목소리에 물잔을 들어 올리던 주헌이 옅게 웃음을 머금었다. 그럴 줄 알았다는 얼굴이었다.

"할머니. 요샌 일 시작하면 남자든 여자든 다 독립해요. 너무 딱딱하게만 생각하지 마시고요."

제 할머니 앞에서만큼은 항상 나긋하고 바른 손주인 서주헌이었다. 주영은 밥을 깨작이며, 어쩐 일로 밥상 앞에서 주헌이 지영의 편을 들어 주는 건지 머리를 굴렸다.

"주헌이 너도 나가려는 게야?"

"저는 별로. 저야 챙겨 주시는 어른들 밑에서 있는 게 편하죠. 집에 할머니도 계시고."

송옥경의 얼굴에 만족스러운 웃음이 만연하게 차올랐고, 주영은 차오르는 비웃음을 꾹 눌러 참았다. 주헌은 저렇게 송옥경 앞에서 나긋하게 속살이곤 했다. 옥경은 항상 만족스러운 웃음을 지었고.

옥경이 가는 입술을 들쳐 올리면서도 누그러진 말투로 의견을 굽히지는 않았다.

"그래도 지영이는 여자애잖니. 결혼 전엔 안 된다."

"할머니. 저 회사 들어가면 서지영 도움 필요한데. 걔 미국에 눌러앉으면 저만 손해예요. 아버지 따라가려면 제가 도움받아야 할 사람들이 좀 많아야죠. 누나도 그렇고."

서주헌의 시선이 주영을 향했고, 송옥경의 탐탁지 않은 얼굴도 국물을 떠먹던 주영의 얼굴로 향했다.

"쟤들이 너를 돕는 게 아니라, 네가 쟤들을 도와주는 거겠지. 특히 주영이 쟨 주헌이 네 도움 없이 여기까지 올 수나 있었겠니. 너한테 폐나 안 끼치면 다행이지, 쯧."

"저 누나 도움 많이 받았는데."

서주헌이 주영을 보고 가증스럽게도 싱긋 웃으며 다시 제 할머니로 시선을 돌렸다.

"아무튼 서지영 독립 한번 생각해 봐 주세요."

주헌이 어깨를 으쓱이며 젓가락을 들었다. 송옥경은 가타부타 딱히 대답이 없었지만, 주영은 알았다.

여자들은 몸가짐을 조심해야 한다느니, 결혼 전까지 독립은 절대 안 된다느니 결사반대하는 송옥경이 서지영의 독립을 조만간 허락할 것임을.

서주헌이 자신에게 필요하다고 언급한 그 한마디로 인해.

주영은 이어지는 저녁 식사 자리 내내 틈을 찾았다.

"저, 드릴 말씀 있는데요."

주헌은 딱히 관심이 없는지 식사에 집중했고 한 박자 느리게 송옥경의 시선이 주영의 얼굴에 박혔다. 계속 얘기하라는 얼굴이었다.

"회사 들어가면 저도 지영이처럼 독립하는 게 어떨까 해서요."

"무슨 소릴 하는 거냐?"

"어린애처럼 언제까지 어른들께 폐 끼칠 순 없……."

"그나마 어른들 있는 곳에 있으니까 니가 이렇게 사람 구실하며 사는 거지. 밖에 나가서 허튼짓하고 다닐 속셈인 걸 누가 몰라?"

"……."

"요새 얌전히 굴길래 정신 좀 차렸나 했더니. 여전히 속으로는 딴생각이나 하고 있는 게냐? 또 어떤 놈들을 불러들여서 싸구려 짓을 하고 다니려 그래?"

"……."

"조용히 회사나 다니다 어떻게 하면 적당한 집안에 들어가 키워 준 은혜 보답을 할지 고민해야 될 게 니 역할인 걸 몰라?"

타이밍을 잘못 잡았다. 어차피 안 될 줄은 알고 있긴 했는데 서지영에게 허락될 독립이라면 주영에게도 가능할지도 모른다는 가느다란 기대에 저지른 실수.

지영의 독립과 관련해 주헌이 속살거려 마지못해 의견을 굽힌 것이 내심 마음에 들지 않았던지, 옥경의 모든 화풀이가 주영에게로 돌아왔다.

송옥경의 성화는 익숙하긴 하지만, 그렇다고 유쾌한 것은 아니었다. 주영은 도움을 구하고자 주헌 쪽을 쳐다봤으나, 주헌은 신경조차 쓰지 않고 태연히 밥을 처먹었다.

완벽한 무시였다.

시집을 갈 때까진 조신하게 지내라는 둥. 그나마 어른들의 그늘 아래 있으니 네 출신 성분이 그나마 가려지는 거라는 둥. 네 애비 얼굴을 생각하라는 둥.

주영이 눈을 내리깔고 옥경의 화풀이를 하는 걸 잠자코 듣는데 주헌과 눈이 마주쳤다. 희미한 웃음기를 머금은 얼굴은 '도와 줘?' 묻는 것 같았다. 물론, 그럴 리는 없지만.

주영은 빤히 다가오는 그의 시선을 피하지 않았다. 주헌이 이내 픽 웃더니 천천히 입술을 열었다.

"할머니, 말씀 중에 죄송한데……."

"그래, 주헌아."

언제 주영에게 성을 냈냐는 듯, 송옥경의 목소리는 제법 차분하게 제 손주를 향했다. 역정을 내다가도 제 손주의 얼굴만 보면 온화한 얼굴로 돌아오는 노인의 모습은 힘이 빠지기도 했다.

"저 주말에 신년 모임 있어서 늦게 들어올 것 같아요. 그냥 갑자기 생각이 나서."

"무슨 모임?"

"그 유통이랑 건설 쪽 애들 모임이요."

주헌은 인맥이 넓은 것만큼 여기저기 참석하는 모임이 많았다. 연말이니, 신년 모임이니 이래저래 바쁜 모양이었다. 기업 자제들의 사적인 모임이지만 그들만의 네트워크를 공고하게 다지는 자리였다.

으레 어린 시절부터 그들만의 세계를 확립하는 그런 자리. 이쪽에 인맥이랄 게 딱히 없는 주영과는 거리가 아주 먼.

다행스럽게도 주영에게 향했던 화살이 딴 세상 얘기로 옮겨가자 주영은 말없이 밥을 먹었다. 그런 주영을 가느다란 눈초리로 훑던 옥경이 입을 뗐다.

"주영이 쟤도 데리고 다녀와라."

생각지 못한 제안에 주영이 젓가락질을 멈추며 고개를 들어 올렸다.

"그럴까요? 누나도 같이 갈래?"

"쟤 의견 물어봐야 뭐 하니. 가서 얼굴도 비치고 본인한테 득되는 자린데. 다녀오거라."

마주친 노년 여성의 눈은 단호했다. 어차피 한두 번 얼굴을 비친다고 그런 곳에서 주영에게 맞는 사람을 찾는 게 쉽지 않을 거란 것도 안다.

아직은 나이가 어리기도 했고. 그냥 숙제려니 하고 몇 시간 버티고 말면 될 일. 주영이 한숨처럼 대답했다.

"……네."

서주헌이 한쪽 입매를 당겨 작게 웃었다. 마치 원하는 대답을 들은 사람처럼.

주영은 지친 몸을 이끌고 계단을 올랐다. 주헌을 따라간 신년 모임에서 온 에너지를 다 뺐기에 무척 지친 상태였다. 문고리를 돌리던 주영이 제 뒤를 스쳐 지나가는 주헌을 향해 말했다.

"서주헌."

주영의 부름에 피곤해 보이는 얼굴의 주헌이 비스듬히 몸을 돌려 주영을 쳐다봤다.

"왜 그랬어?"

"뭐가."

"너 여기저기 나 눈에 띄게 해 보려고 오늘 모임 데려간 거잖아."

주영을 서주헌 앞날에 도움이 될 만한 집으로 보내고 싶어 하는 건 송옥경의 간절한 바람이었다. 서주헌도 딱히 반발하지 않았다. 본인에게 손해될 게 하나도 없을 테니. 오히려 이득이지.

"그게 불만이야? 아니면 정답을 맞혔으니 상이라도 달라는 건가."

"근데 왜 그랬어?"

"뭘."

오히려 무슨 말이냐는 식으로 되묻는 주헌의 반응에 주영이 잠시 말을 멈췄다. 최대한 여기저기 좋은 이미지를 남겨 적절한 때가 오면 괜찮은 값에 그의 입맛에 맞는 집안에 주영을 넘기고자 하는 주헌의 본심은 주영도 알고 있던 사실이었다.

그저 주영이 이해가 가지 않았던 부분이 있을 뿐.

오늘 주영은 송옥경의 명대로 서주헌의 에스코트를 받아 건설업계 자제들 모임에 깍두기처럼 끼어 억지로 태연한 얼굴을 유지해야 했다.

흥미로운 시선으로 쳐다보는 사람들에게 주영을 데리고 다니며 여기저기 인사를 시켜 주는 서주헌의 머릿속이 뻔히 보였다.

저놈이 나을까, 이놈이 나을까. 이런 고민을 하며 저울질을 하는 게.

혼외자인 걸 모두가 아는 상황에서 다수의 사람들 앞에 꾸며진 채로 서는 것은, 그들의 잣대와 시선에 의해 발가벗겨지는 기분이었다.

그런 상황에 주영을 은근히 방치하듯 풀어 놓은 주헌 덕에 주영에게 닿는 시선들은 조금 더 노골적이었다. 그리고 주영에게 불쾌한 관심을 표시하는 이들이 따라붙는 건 당연한 수순이었다.

'그거 알아요? 서 회장님 굉장히 점잖은 분이신 거. 근데 여자한테 홀려서 다 큰 딸을 집에 들여왔다더니, 소문 이상이네. 딸만 봐도 회장님이 어디에 홀렸는지 알겠어. 엄마가 대단하신가 보네.'

'야, 존나게 콧대가 높으시네. 왜. 나 정도로는 눈에 안 차? 너 어차피 여기 남자 하나 제대로 건져 보겠다고 온 걸 거 아냐. 뭘 그렇게 비싸게 굴어.'

끈적하게 악수를 요구하고, 술을 권하던 남자의 이름은 정확하게 기억나지 않았다. 주영이 잠시 바람을 쐬러 나온 틈을 따라 나와 찝쩍거리던 인간이었다.

남자를 어떻게 쫓아내야 하나 주영이 머리를 굴릴 때였다. 말

한마디 잘못했다가 일이 잘못 꼬여 소란을 만들거나, 그게 옥경의 귀에 들어가게 되면 주영만 더 피곤해질 테니까.

예상치 못한 인물이 나와 도움을 줄 것이라고는 생각도 하지 못했다.

'세찬아. 네 주둥이를 어떻게 놀리는지는 네 자윤데, 그 더러운 주둥이에 담을 이름이 있고 아닌 이름이 있지. 안 그래? 그게 우리 아버지든, 누나든.'

그 상황에 주헌이 나타나리라고는 생각도 하지 못했고, 우연히 봤더라도 모른 척 지나치리라고 생각했다. 주영보다 그의 인맥을 중요하게 여길 것이라 생각했으니까.

"나 도와줄 필요 없었잖아."

그게 주영이 아는 서주헌이었으니까.

"내가?"

주헌이 우습다는 듯 되물었다.

"어디 가서 얕보이고 다니지 마. 처신 잘하고 다니란 얘기야. 나까지 우습게 만들지 말고."

주헌에게서 돌아오는 목소리는 차가웠다. 도와준 게 아니라 자신의 체면치레 때문이라는데. 주영이 아는 서주헌은 철저하게 자신의 계산대로 살아가는 인간이었다. 체면보다 중요한 게 더 많은 사람.

그런 주헌이 그런 자리에서 주영의 편을 들었다는 게, 여전히 믿기지는 않았다. 반쯤은 피가 섞여 있었음에도 주영이 주헌을 가족이라 생각해 본 적은 한 번도 없었다.

그러나 가족이라는 테두리보다 서주헌이라는 인간의 기이한 경계선 안에 발을 들인 듯한 기분이 들었다. 그리고 그 경계 안은 생각보다, 주영에게 힘이 된다는 사실이 모순적이었다.

주영은 졸업을 하고 상원건설에 입사했다.

업무 시간에는 일을 배우는 데 여념이 없었다. 정처 없는 방황 끝에 주영은 스스로 답을 찾았다. 지구 반대편에서 멀리 뻗어 가는 태열을 보며. 가야 할 길을 모르겠다면 앞을 보고 달리면 된다.

주영은 나름대로 욕심이 있었다. 더 높은 곳을 향한. 한계가 있다 해도, 오롯이 주영의 힘으로 이루는 것들이 아니라 해도, 주영이 손에 쥘 수 있는 유일한 것이었다.

그 외 시간의 일부는 여전히 청승을 떨며 보냈다.

태열이 광고하는 스포츠 브랜드의 운동복을 사서 입고 개인 필라테스 수업을 받았다. 좋아하지도 않는 과자를 사서 팀원들에게 간식이라며 돌렸다. 심지어는 태열이 모델인 은행 계좌까지 트고 새로운 비상금 통장을 만들었다.

스토커도 이렇게는 안 하겠다.

혼자 한심한 듯 중얼거리면서도 주영의 방은 태열의 흔적으로 조금씩 채워져 갔다.

아직까지 떨쳐 내지 못하는 미련을 털어 낼 수 있는 유일한 방법이었기에 주영에게 다른 선택지는 없었다.

10. 다시 꺼내 볼 수 없는 새드 엔딩

　신인상을 받은 다음 해, 태열은 부진했다. 저조한 성적은 아니었지만, 주변의 기대치를 충족하지는 못했다.

　다들 한 해 반짝하는 전형적인 슈퍼 루키의 루트를 타는 게 아니냐고 비평했지만 기우였다. 다음 해, 그리고 그다음 해에도 태열은 점점 성장했다. 성적을 나타내는 모든 지표가 증명했다.

　저조한 성적을 올렸던 그해에도, 태열은 파리에서 올림픽 금메달을 목에 걸었다.

　국가 대표 유니폼을 입고 금메달을 목에 건 그 애는, 여전히 빛어낸 듯 잘난 얼굴로 웃고 있었다.

　그렇게도 사나워 보이던 인상은 시간이 가져다준 여유 때문인지, 만족스러운 삶 때문인지 한층 부드럽게 다듬어져 있었다.

　언론에 이름이 오르내릴 때마다 야구 실력뿐만 아니라 태열의 외모도 항상 언급되었다.

태열의 사진이 포털 사이트를 가득 채우는 건 이제 일상이 되었다. 피부색과 대비되는 하얀색 유니폼이 조각처럼 빚어낸 얼굴을 돋보이게 했다.

그런 사진을 물끄러미 보던 주영이 손을 꽉 쥐어 말았다 폈다.

10평짜리 아파트의 좁은 거실에서 입체적인 이목구비의 윤곽을 쓸어내리던 감각이 아직도 검지에 남아 있는 듯한 착각이 들었다.

스물다섯이 된 해에 태열은 꿈을 이뤘다.

열일곱, 8년 전 삼빛 아파트 201호에서 자신 있게 말했던 그 꿈을.

봐, 넌 더 큰 기회가 있는 곳으로 갔어야 했어. 그때 내 선택이 맞았잖아.

주영은 과거의 선택을 합리화하면서도 벅차오르는 감정을 어쩌지 못해 눈물을 찔끔댔다.

책장 안쪽에 꽂혀 있던 고등학교 참고서를 꺼냈다. 오래되어 모서리가 닳은 책을 몇 장 넘기자 한편에 'Super Star'라고 삐뚤빼뚤하게 적혀 있는 글씨체가 보였다.

말하는 대로 이루어진다더니, 진짜 슈퍼스타였다. 사이영상이라는 네 글자가 적힌 모든 기사를 캡처했다.

태열의 모든 순간이 주영의 핸드폰에 흔적으로 남았다. 꼭 함께 있는 듯한 착각이 들었다.

이런 모든 일련의 행동들은 주영의 일상이 되었다.

태열이 선발로 나서는 경기는 빠짐없이 챙겨 보고, 쏟아지는 기사와 인터뷰를 챙기고, 광고하는 제품들을 꾸준히 사들이는 것.

태열이 어릴 적 꿈꿨던 그 꿈보다 더 멀리 날아가는 것을 응원했다.

얼마 뒤, 태열은 6년의 서비스 타임을 채우고 FA 계약을 하며 어마어마한 숫자와 함께 팀을 이적했다.

날씨가 좋기로 유명한 LA에 있는 팀이었다. 한 번쯤은 휴가를 내고 꼭 LA에 가야겠다고 생각했다. 그때는 꼭 태열이 선발로 나서는 경기를 보고 싶었다.

주영은 승진을 했다. 과장이었다.

미련하게 열심히 하는 주영에게 호의적인 사람들도 있었고, 낙하산이라며 은근하게 적대감을 표하는 무리도 있었다.

주영이 서 회장의 혼외자라는 건 이미 공공연하게 알려졌다. 주헌과 주영을 보는 사람들의 시선이 미묘하게 다름을 인지는 했지만 당연하다고 생각했다.

주영은 현실 속에서 주어진 일을 하며 그냥 하루하루를 살아갔다. 송 여사와 서주헌이 정해 놓은 길을 따라 걸으면 평화로운 일상이 따라온다는 것을 깨우친 지는 오래전이었다.

그렇게 가다 보면 가속도가 붙고 큰 보상이 따라온다는 것도.

이렇게 일을 하고, 언젠가는 결혼을 하고 애를 낳고. 주어진 미션을 완수하듯 그렇게 살아가겠지. 가끔 힘에 부치면 좋았던 추억을 곱씹고, 사진 속 인물을 그리며.

주영의 미련 가득한 청승이 끝난 건 스물여덟의 겨울이었다.

바쁜 일상에 희미해지긴 했으나 습관처럼 그 애의 흔적이 주영의 일상에 묻어나 있었다.

"아, 미치겠다. 당 떨어지지 않아요?"

최은정 대리가 피로가 묻은 눈가를 비비며 말했다. 밤 10시가 넘은 시각. 상원건설로부터의 상원개발 계열사 분리 건으로 계속되는 철야에 사무실의 불빛은 여전히 밝기만 했다.

모니터를 보고 있던 주영은 책상에 있던 과자를 은정에게 건넸다.

"먹으면서 하세요."

"이거 뭐예요?"

주영이 내민 과자를 은정이 호기심 어린 얼굴로 살폈다.

"어? 이거 고태열이 광고하는 거 아니에요?"

"그래요?"

주영이 일부러 모른 체하며 다시 모니터로 시선을 돌렸다. 빽빽한 숫자가 가득한 자료가 눈에 들어왔다. 은정이 말을 이었다.

"요새 이거 엄청 핫하잖아요. 저도 광고 보고 한번 사 먹어 볼까 했는데 편의점 갈 때마다 품절이래서 한 번도 못 먹어 봤는데.

어떻게 사셨어요?"

주영은 우연히 이른 아침 출근길에 들른 편의점에서 과자를 발견하고 기쁜 마음에 바로 계산대에 올렸다.

하지만 딱히 과자를 좋아하지 않아서 사자마자 처치 곤란이 되었다. 계속 책상에서 자리만 차지하고 있기에 은정에게 건넨 것인데…….

"어? 와, 저도 하나만 주세요. 저번에 여자 친구가 먹고 싶다 그래서 동네 편의점 다 뒤져서 하나 샀는데 맛있더라고요. 과장 님도 혹시 고태열 좋아하세요? 이게 광고 모델도 광고 모델인데, 맛있어서 요새 장난 아니더라고요. 웬만한 열정으론 못 사는데 이거."

맞은편에 앉아 있던 팀의 막내인 이상혁 주임이 고개를 빼꼼 내밀며 끼어들었다.

일이나 할 걸, 괜히 꺼내 들었나. 주영이 난감하게 웃으며 모른 척했다. 사실 과자를 사고 나서야 조금 정신이 들긴 했다.

언제까지고 이렇게 그 애와 관련된 걸 보면 지나치지 못하고 미련을 떨 순 없었기에. 이제 이런 한심한 짓도 그만둘 때가 되긴 했다.

너무 오랜 시간이 흘렀고, 이제 그 애는 완벽한 타인이었다.

우리는 너무나도 다른 세상에 살고 있었다.

여전히 그 애가 잘되길 바라지만, 그렇다고 태열과 무언가를 하고 싶다는 의미는 아니었다.

다시 만난다 해도 우리가 할 수 있는 건 여전히 아무것도 없기에.

그 앤 이미 나 같은 건 잊고 잘살고 있을 테고.

이젠 정말 그만둬야겠다고 생각하며 주영이 상혁을 향해 말했다.

"그런 건 아니고. 저도 받은 거예요."

"와 과장님. 혹시 남자분이에요? 이거 사다 줄 정도면 진짜 사랑하는 거예요. 놓치지 마세요."

이상혁이 과자를 하나 집어 홀랑 입에 넣으며 너스레를 떤다. 최은정이 타박했다.

"뭐 본인 피알이야? 자기가 여자 친구 사다 줬다더니. 참나. 그러다 결혼하시겠어요?"

"헉. 어떻게 아셨어요? 저번 주말에 상견례했는데. 대박."

"안 돼. 이 주임. 결혼하더라도 프로젝트 끝나고 해. 몸이 열 개라도 모자라는데 그 와중에 신혼여행 간다고 빠지기만 해. 그 결혼 내 눈에 흙이 들어가기 전까진 반댈세."

"아, 진짜 대리님. 저 그렇게 의리 없는 놈 아닙니다."

이상혁과 투닥거리던 최은정은 입을 쫙 벌려 하품을 하며 기지개를 켰다.

"아, 진짜 피곤해. 과장님 저 잠깐 좀 쉬어도 되죠? 과자 먹으면서 숨 좀 돌려야지. 이러다 쓰러지겠어."

"네. 좀 쉬세요."

그들이 과자를 먹으며 의미 없는 연예인 가십에 대해 시시덕거리는 동안 주영은 서류를 보며 일에 집중했다.

금방 가십 거리에 흥미를 잃은 최은정이 핸드폰을 만지작거렸다. 은정이 이내 놀란 표정으로 고개를 번쩍 들었다.

"어머……. 과장님……."

"네?"

"기사 보셨어요?"

"무슨 기사요?"

"고태열 있잖아요, 티와이. 이거 과자 모델. 사고 났다는데요? 엄청 심각한가 봐요. 뺑소닌가 봐."

"네? 무슨 소리예요. 말도 안 돼. 장난치지 마요."

옆에 있던 이상혁이 말도 안 된다며 목소리를 키웠다. 수군거리는 소리 사이로 주영이 다급하게 핸드폰을 꺼냈다.

그게 도대체, 무슨…….

당혹스러운 얼굴로 기사를 확인하기 위해 액정을 누르는 손가락이 덜덜 떨렸다.

세상과 단절된 듯 주영의 귓가를 울리던 주변의 웅성거림이 뚝 멎었다.

머릿속이 하얘졌다.

[속보. 고태열(LA레인저스), 교통사고로 의식 불명.]

혼수상태. 음주운전. 뺑소니. 중태.

태열과 관련된 모든 한 줄의 속보들은 믿기지 않는 단어들로 가득했다.

어떻게…….

11년 전, 도서관에 앉아 있다가 병원의 전화를 받았던 순간의 기억이 겹쳐졌다.

그날 이후로 주영은 엄마의 목소리를 들을 수 없었다. 그래도 그때는 주영에게 가장 먼저 전화가 오고 엄마의 곁에서 매일매일 초조하게 지켜보며 기다릴 수 있는 자격이 있었다.

지금은, 주영이 할 수 있는 일은 아무것도 없었다. 어떠한 자격도 없었다.

그 거리감이 지금의 주영과 태열 사이의 현실이었다. 주영이 할 수 있는 거라곤 그저 쉬지 않고 미련스럽게 이름을 검색하며 페이지를 새로 고침 하는 것뿐.

그때와 다르게, 걱정하는 이 불안한 마음을 공유할 사람조차 없었다.

며칠 뒤, 태열이 의식을 찾았다는 기사를 확인하고 안도했다.

다행히 병상에 누워 있는 주영의 엄마와 달리, 깨어났다는 소식에 안도의 숨이 트였다.

재활에 들어간다는 기사가 올라왔다. 뭐든 잘 해내는 너는 재활도 무사히 해낼 것이라고, 주영은 믿었다.

22번 유니폼 수백 장을 주문해 이름 모를 기관들에 기증했다.

태열이 모두의 기억에서 잊히지 않길 바랐고, 경기에 나오지 않아도 여전히 응원하는 팬이 남아 있다는 걸 알길 바랐다. 주영이 자리에서 할 수 있는 최선이었다.

갑작스러운 은퇴 기사를 접했다.

포털 사이트의 뉴스란이 태열의 이야기로 가득했다.

왜. 잘할 수 있을 거라 믿었다.

왜. 어떤 어려움이 있더라도.

너는, 고태열 너라면……. 도대체, 왜.

주영 홀로 구축해 온 세상이 무너졌다.

아무에게도 말하지 못한 주영만의 작은 세상 속의 중심은 언제나 태열이었다.

늘 정체되어 있는 주영과 달리, 꿈을 향해 달려가는 태열을 보며 항상 대리 만족의 감정을 느꼈다.

태열을 지켜보며 주영도 조금 더 앞으로 나아갈 수 있었다.

그 질주에 제동이 걸렸을 때, 마침내 막다른 길에 도달했을 때 너는 어떻게 지내고 있을까.

혹, 나처럼 항상 불안해하며 힘들어하지 않을까. 주영이 씁쓸하게 웃었다.

아니, 너는 나와는 다르니까. 누구보다 단단한 너는 금방 이겨낼 수 있을 거라고 믿는다. 그저 바랄 뿐이다.

더 이상 너의 흔적을 쫓을 순 없겠지만 어디선가 잘 살고 있기를. 너답게 또 다른 꿈을 쫓아 새로운 삶을 살아가기를.

나도 내가 가야 할 길을 갈 테니.

주영의 첫사랑의 마지막 장은 그렇게 마침표를 찍었다.

틈만 나면 다시 꺼내 보고 돌아보던 그 첫사랑의 챕터, 닳고 닳아 해질 만큼 곱씹었던 날들을 이제는 고요히 덮어야 했다.

마치 새드 엔딩인 드라마나 소설을 보고 나면 먹먹하고 저릿해서, 다시 펴 보기엔 엄청난 마음의 준비가 필요한 것처럼.

주영에게는 첫사랑이 그랬다. 다시 펴 보기엔 지나치게 무겁고 마음이 아려서, 꺼내 볼 자신이 없었다.

미련스럽게도 10년이라는 시간이 지나서야 결국 주영은 아픈 첫사랑의 기억을 마음속 깊은 곳에 묻었다.

다시는 꺼내 볼 수 없을 새드 엔딩이었다.

"소파, 여기 벽에 붙여서 놓으면 되죠?"

"아뇨. 창가 정면으로 보이게 놔 주세요."

배송 기사 두 명이 땀을 뻘뻘 흘리며 커다란 가죽 소파를 넓은 거실로 옮겼다. 주영이 팔짱을 끼고 서서 나긋하게 말하며 위치를 조정했다.

"조금만 오른쪽으로 더요. 뒤로 조금만 더 밀어 주세요. 소파에 앉았을 때 한강이 눈에 들어오게요."

주영의 지시에 따라 기사들이 소파의 위치를 조금씩 움직였다.

"아따, 뷰 겁나게 좋네요. 젊은 분이라 그런지 감각이 좋아요. 딱 소파에 앉아서 커피 한잔 하면서 한강도 보고 좋으시겠네."

"고생하셨어요."

벗겨 낸 포장재를 챙겨 자리를 떠나는 기사들에게 주영이 수고비를 건네자 땀으로 번들거리던 얼굴이 활짝 피었다.

좋은 집에서 좋은 일만 가득하길 바란다는 덕담을 건넨 배송 기사가 떠나자 넓은 집 안이 적막해졌다.

주영이 반질거리는 가죽 소파 위로 몸을 늘어뜨렸다. 소파 위에 모로 누워 멍하니 눈을 끔뻑이고 있자니 넓은 강줄기가 흐르는 모습이 보인다.

"아, 좋다."

첫 독립이었다. 송옥경 여사 덕분에 혼자 사는 것은 생각조차 못했다. 그 집을 나오게 된다면 아마 결혼을 하게 될 때가 아닐까 생각하곤 했었다. 기회는 우연히 찾아왔다.

주영은 두 달 전, 주헌의 사무실로 불려 올라갔을 때를 떠올렸다.

상원건설 본사 24층에 위치한 전무실은 뷰가 좋았다. 넓은 세종대로가 한눈에 보이고 멀리론 광화문이 작게 보이는 도심의 풍경.

도시의 뷰, 진회색의 벽, 어두운 월넛색의 가구들이 채운 사무실은 주인을 닮아 차가운 분위기를 자아냈다.

주영이 주인이 없는 방에서 멍하니 기다리다 시계를 확인할 때쯤 방문이 열렸다.

"일찍 왔네."

"시간 맞춰서 왔어."

여유롭게 사무실로 들어오던 주헌이 손목의 시간을 확인하며 자연스럽게 상석에 자리 잡았다.

"주택사업본부에서 안 놔줘서. 일은, 할 만하고?"

"용건이 뭐야?"

용건부터 묻는 딱딱한 주영의 물음에 주헌이 피식 웃으며 키폰 전화기 다이얼을 눌렀다.

비서에게 커피를 지시하고는 소파 깊이 푹 기대앉는다. 주헌이 느른하게 웃으며 입을 열었다.

"급하긴. 연말에 조직 개편에 따른 인사 발령 있을 거야."

"나도 포함이야?"

인사 발령이야 매년 있는 일이었지만, 이렇게 주헌이 주영을 따로 불러 미리 언질을 준 경우는 처음이었다.

주영이 상원건설에 입사한 이래로 낙하산을 타고 고속 승진을 해 왔다면, 주헌은 초고속으로 승진해 올해 초 전무 직함을 달았다.

주영이 제게 씌워진 감투를 벗겨 내기 위해 아등바등했다면, 주헌은 무감했다. 당연히 가야 할 길, 받아야 할 것을 받는다는 태도로.

주헌은 숫자 감각이 탁월했다. 손해 보는 거래는 절대 하지 않는 타고난 장사꾼 성향뿐만 아니라 시장을 보는 능력이 준수해 임직원이 인정하는 후계로 자리를 굳혀 가고 있었다.

주영은 그런 주헌을 도우며 이사 대우까지 자리를 잡았다. 물론, 등기 임원은 아니었지만.

"제일 큰 건이지, 네가. 호텔 셰이드, 수습해."

상원건설은 기업의 비즈니스 모델 다각화를 위해 오래전부터 골프, 호텔 앤 리조트, 유통 등 여러 분야에 진출했다.

상원 호텔 앤 리조트의 첫 시작은 충청도에 위치한 한 골프 리조트를 인수하면서였다.

이후 서재건 회장의 최측근이었던 호텔 앤 리조트 윤일권 대표는 공격적인 해외 호텔 인수를 통해 사업 영역을 넓혀 갔다.

현재는 미국의 산호세, 밸뷰, 뉴욕, LA 등지에서 총 6개의 호텔을 운영 중이다. 규모가 커지면서 골프 리조트 쪽은 계열사를 분리했고 국내 시장에서도 시장을 확대해 가는 중이었다.

국내에서의 첫 시작은 신사동 가로수길 근처의 4성급 부티크 호텔을 인수하면서였다. 지리적 이점을 살려 젊은 층을 겨냥한 라이프 스타일 호텔을 콘셉트로 오픈했다.

문제라면 그 시기 즈음 호텔 사업에 합류한 지영이었다.

어렸을 때부터 무조건 최고로 좋은 것만을 누리고 살아왔던 지영의 개인적인 취향이 반영되어서일까.

라이프 스타일 호텔의 콘셉트에 맞지 않게 카페 라운지와 레스토랑은 5성급 호텔에 견줄 정도로 고급 수준을 지향했다.

차라리 5성급 호텔을 이겨 먹을 수준이었다면 모를까. 고급을 추구하고 싶지만, 호텔의 수준엔 맞춰야 하고 이런 고민들이 담기다 보니 오히려 이도 저도 아닌 모양새가 되었다.

파인 다이닝과 좋은 카페들이 즐비한 도산대로가 코앞이었다. 당연히도 레스토랑 사업부의 실적은 지표 위에 괄호를 치며 마이너스를 낼 수밖에 없었다.

브레이크 없이 질주하는 지영을 말릴 수 있는 인물이 호텔 앤 리조트 계열사 내부에 없었다.

재건의 최측근이던 윤일권 대표마저도 사주 집안의 후계 중 한 명인 지영을 쉽게 저지하긴 어려웠다.

안 그래도 대부분 호텔이 고전하는 F&B분야에서 매년 눈에 띄는 적자를 적립해 온 게 자그마치 3년이었다.

숫자에 예민한 주헌이 3년이나 참았다면, 그건 엄청난 인내였다. 전무 직함을 달자마자 골칫거리부터 해결하려는 듯했다.

지영이 저질러 놓은 판을 수습해야 한다면…….

주영이 갑작스러운 두통에 미간을 찌푸리며 물었다.

"지영인 어디로 가는데."

"호텔 앤 리조트 본사."

현재 호텔 셰이드를 총괄하고 있는 지영을 호텔 앤 리조트 본사로 올린다면, 주영이 간다고 해서 마음대로 수습할 수 있을 리가 없었다.

어느 정도 권한은 있겠지만, 지영이 결국 상위 결재권자가 되는 셈인데.

"걔를 위로 올리는데 내가 그걸 어떻게 수습해?"

"호텔 앤 리조트 본사로 불러들였다가 바로 제주도 호텔 오픈 준비하라고 다시 내려보낼 거야. 넌 셰이드 가서 수습하고."

"별로 안 내켜. 지금까지 계속 건설이랑 부동산 쪽만 계속했는데, 이제 와서 호텔로 넘어가라고 하는 건 너무 하지 않아?"

주영의 말이 끝나자마자 노크 소리와 함께 비서가 트레이를 들고 방으로 들어왔다.

차분한 인상의 비서가 테이블 위로 찻잔을 내려놓는 동안 차가운 분위기의 방 안은 정적이 이어졌다.

문이 닫히는 소리와 함께 주헌이 기다란 손가락을 찻잔의 손잡이에 꿰어 들어 올리면서 느긋하게 말을 이었다.

"어차피 시키는 대로 하면 돼. 그건 제일 잘하잖아? 일단 F&B 다 외주로 돌려."

예상하지 못한 발언에 커피를 마시던 주영이 주헌에게로 시선을 돌렸다. 눈이 마주치자 주헌이 희미하게 입꼬리를 올린다. 주헌이 찻잔을 내려놓더니 테이블 위의 서류를 주영의 앞으로 툭 던졌다.

"소공동 T 호텔도 작년부터 뷔페랑 중식당 빼고 다 외주로 돌리고 나서 지금 잘 운영되고 있고. 장충동 C는 메인 레스토랑을 미쉐린 유명 셰프랑 컬래버레이션 해 운영하고, 서교동 S는 오픈부터 아예 카페 라운지에 외부 업체를 입점시켰고. 다들 자체 운영하는 곳보다 훨씬 잘되고 있지."

주영이 서류를 훑었다. 보고서는 국내 호텔들의 F&B 매장의 수익성 악화에 따른 대처 방안들과 성과들이 데이터와 함께 정리되어 있었다.

대규모 투자 비용이 들고 시간도 오래 걸리는 리모델링이나 명칭 변경 대신, 임대 매장이란 레스토랑 MD 개편을 도입한 사례들이 주 내용이었다.

유명 셰프들의 레스토랑과 베이커리를 호텔에 입점시키면서 호텔에서도 수익 구조를 만들고, 객실과 연회, 서비스 등에 보다 집중할 수 있는 환경을 만든다는 게 식음료 매장을 임대 전환하는 골자의 방안이었다.

도대체 언제부터 생각하고 있던 건지.

"다른 사람 시켜도 되잖아? 서지영한테 맞서서 에너지 빼기 싫어."

주영은 주헌이 제시한 방안이 현재의 수익 구조 개선 면에 탁월하다는 부분에는 동의했지만, 말 그대로 지영과 맞서고 싶은 생각이 없었다.

지영과는 옛날같이 사이가 안 좋지도, 데면데면하지도 않았다. 어린 날의 지영은 주영에게 무례하게 굴고, 불편한 티를 숨기지 않았다.

그러나 타고난 성격이 가벼운 탓인지 시간이 흐르니 관계가 바뀌었다.

마주치면 안부 정도는 묻는 사이. 가끔은 밥을 먹기도 했다. 물론, 땍땍거리는 성격은 나이가 들었다고 어디 가지 않았기에 대척점에 서서 일하기엔 여전히 피곤한 스타일이었다.

"네가 내 입맛대로 일 시키기 제일 편하니까. 서지영 어차피 제주도 내려가는데. 일하면서 볼 날 얼마 안 남았단 얘기야, 다음 달이면 내려가. 이건 아버지랑도 이미 얘기 끝난 거라 별 반발 없을 거야. 필요한 거 있으면 말해. 이직 기념 사이닝 보너스 계약이라도 해 줄까."

주헌이 비스듬하게 웃으며 가볍게 물었다. 계열사 이동을 두고 놀리듯 이직이라 말하는 모습에 코웃음이 나왔다. 그러면서도 주영이 머리를 굴렸다.

오래전부터 주헌과의 관계는 그랬다. 주헌이 무언가를 주문하면 주영은 그대로 해내고, 보상을 받는 관계.

　어렸을 땐 무조건 일대일로 주고받는 거래를 강조하던 주헌이었는데 어느새 그런 세세한 조건들은 희미해졌다.

　주헌은 주영에게 업무 지시를 하달하고, 그걸 위해 필요한 무언가를 제공했다. 주영은 항상 맡은 바를 기대 이상으로 해냈기에 보상 또한 넉넉했다. 주헌의 손을 잡아 지금의 자리까지 올 수 있었다.

　그런 과정에서 둘 사이에 어떤 유대가 형성되기도 했다. 서주헌이라는 울타리는 주영에게 있어서 생각보다 큰 바람막이가 되어 주었다.

　주헌은 지영과는 파트너와 경쟁 어딘가의 경계쯤의 태도를 고수했지만, 주영은 완전히 파트너로 여겼다. 사내에서 주영의 출신이라든가 낙하산과 관련된 좋지 않은 시선은 주헌의 그늘에 의해 가려졌다.

　서주헌 전무가 신뢰하는 사람. 주영이 회사에서 단단히 입지를 다질 수 있었던 이유. 그리고 주헌은 옥경의 역정을 막아 줄 수 있는 유일한 인물이었다.

　곰곰이 생각하던 주영이 천천히 입을 열었다. 해 보지 않았던 분야에, 서지영까지. 피곤한 일이었다. 게다가 주영은 항상 제 몫 이상을 해내 왔다.

　지금까지야 주는 대로 받았지만, 이번엔 주영이 원하는 걸 요구해도 괜찮을 것 같았다.

"사이닝 보너스는 됐고. 조건이 있어."

"말해 봐."

주헌이 무릎 위에 깍지를 끼고 상체를 굽혔다. 흥미롭다는 표정으로 눈을 마주쳐 온다. 원하는 게 뭐든 들어 줄 지니라도 된 것처럼.

"독립하고 싶어."

"결혼은 어쩌고."

주헌이 한쪽 눈썹을 까닥이며 내년 가을에 예정되어 있는 주영의 결혼을 화두에 올렸다. 이건 지니도 들어줄 수 없는 소원인가.

"그러니까, 결혼 전에 한 번이라도 혼자 살아 보고 싶단 얘기야."

"아하. 송옥경 여사님 들으면 난리 날 소리네."

주헌이 고개를 천천히 끄덕이면서도 재밌다는 듯 입꼬리를 삐딱하게 당겨 웃었다. 주헌을 방패 삼아 송옥경 여사의 관리를 많이 벗어났으나 여전히 선은 존재했다.

주영에게 독립이란 그 선 밖에 있는 일이었다. 주헌의 힘을 빌리지 않으면 절대 불가능한 일.

"그러니까 너한테 부탁하지."

"성과 내기도 전에 먼저 보상을 쥐여 달란 얘기네. 우리 누나가 점점 바라는 게 많아지는 것 같은데 내 착각인가."

놀리듯 말꼬리를 늘어뜨리는 꼴이 재수 없다. 꼭 놀릴 때나, 비아냥거릴 때 '누나'라고 부르는 주헌의 습관은 여전했다.

"싫으면 다른 사람 보내든가. 너도 일 편하게 하고 싶어서 나 보내는 거잖아."

"뭐, 오케이. 우리 사이가 하루 이틀 쌓아 온 신뢰도 아니고, 그 정도야 뭐, 결혼 전까지 독립 나쁘진 않지. 그때까지 일도 마무리하고. 혼자 산다고 딴 놈 불러들여서 소란만 만들지 마. 노는 건 알 바 아닌데, 말 나오면 나만 골 아파지거든."

일 틀어지게만 만들지 마. 주헌은 차갑게 말하면서도 주영의 요구 사항을 착실히 이행했다.

"누나 호텔 쪽으로 보내려고요."

저녁 식사 자리에서 공표하듯 말한 주헌은 옥경이 말을 더하기 전에 선수를 쳤다.

"당분간 호텔 쪽 일 바빠질 것 같아서 청담동에 있는 제 명의 빌라 내주는 게 어떨까 해요."

"주헌이 너 지금 주영이 쟤를 내보내자는 얘기야?"

"호텔 있는 신사동에서 성북동은 거리가 좀 있으니까요."

"결혼도 안 한 애를 어딜 내보낸다고……."

"어차피 할 거니까요. 결혼하기 전까지만. 상진이 형도 이 집보다는 여자 친구 혼자 사는 집 드나드는 게 편하겠죠."

딱히 논리적인 설득도 아니었다. 일 핑계며, 결혼 예정자 핑계는 주영이 꺼냈다면 씨알도 먹히지 않을 소리였다.

그러나, 나긋한 얼굴로 '제가 누나 잘 챙길게요. 회사 일이니 할머니가 조금 더 이해해 주세요.' 한 마디를 더하는 주헌에게 옥경은 아무 말도 덧붙이지 못했다.

주헌의 말이면 다 될 걸 알기에. 그리고 결혼이 얼마 남지 않아

주헌도 주영의 독립에 대해 크게 문제 삼지 않을 걸 알기에. 주영은 주헌이 호텔 발령을 언급했을 때 머리를 굴려 거래 조건처럼 독립을 내세웠다. 그는 대가 없는 부탁은 들어주지 않았으니까.

가을이면 결혼이 예정되어 있었고, 그전에는 꼭 혼자 살아 보고 싶었다. 인생에 다시없을 기회라고 생각되었기에 주영 나름대로 주헌을 이용한 셈이었다.

몇 년 전 주영이 독립을 입에 담았을 때 옥경은 단칼에 잘라 냈고, 당시엔 본인에게도 딱히 득이 될 게 없으니 주헌도 주영을 거들어 주지 않았었다.

이번엔 달랐다. 짧지 않은 시간 서주헌과 쌓아 온 신뢰, 그리고 그에게 돌려줘야 할 대가. 얼마 되지 않는 기간 동안 자유의 대가는 주헌이 요구한 대로 호텔 셰이드의 수익 구조를 개선시키는 것.

그마저도 고작 1년이 채 되지 않는 자유였지만, 1년의 기억도 10년을 가는데, 9개월이면 주영에게 결코 짧지만은 않은 시간이었다.

그동안 해 보지 못했던 것들을 해 보고 혼자만의 공간에서 온전히 편안한 시간을 보내 보고 싶었다. 무엇보다도 일을 마치고 돌아오면 숨통이 트일 만한 공간이 보장된다는 사실이 좋았다.

청담동에 있는 주헌 명의의 빌라는 부족한 것이 없었다. 대부분의 가전은 빌트 인이라 새로 구입할 필요도 없었다.

주영이 들고 나온 짐이라고 해 봐야 옷장을 채우고 있던 옷들과 랩톱 같은 개인용품이 전부였다.

번거롭게 가구도 들고 올 필요 없이 새로 구입했다. 모두 주헌의 카드로 결제한 것이었다.

주영이 입사한 지 얼마 되지 않았을 때, 주헌은 주영에게 본인 명의의 카드를 건넸다. 일하다가 필요한 곳이 있으면 쓰라나.

이미 재건이 건넸던 카드가 있었지만 주영의 입장에서는 재건에게 무언가를 받는 건 꼭 빚을 지는 기분이었기에 일을 시작한 이후로는 거의 쓰지 않고 모셔 뒀다.

매번 받는 용돈, 의탁하며 발생한 생활비, 학비, 엄마의 병원비. 누구도 주영에게 갚아야 할 빚이라고 말한 적은 없었지만 불편한 감정이 만들어 낸 기분이었다.

오히려 기브 앤 테이크로 주고받는 주헌이 편했다. 주영도 망설임 없이 주헌의 카드를 받아 들었다.

'편할 대로 써. 어차피 내역 같은 건 확인 안 하니까. 아, 그렇다고 한도가 없는 건 아니고.'

한도를 확인해 본 적은 없지만, 주영이 무언가를 결제하면서 한도 초과로 승인이 거절된 적은 없었다. 아마, 집이나 차를 사기엔 모자란 한도가 아닐까. 그런 것은 애초에 주헌의 카드로 살 생각도 없었다.

가끔 주헌이 열받게 하면 명품관을 털며 소소한 복수를 하곤 했지만, 그마저도 사실 주헌에게 타격이 있을 리가 없었다.

주영은 월급 대부분을 쓰지 않고 모으며 주헌의 카드로 생활했다. 디자이너 브랜드의 옷부터, 가방, 고급 스파에서의 마사지 같은 여유로운 삶을 가능하게 하는 얇은 카드가 항상 지갑에 자리 잡고 있었다.

그 정도는 누릴 만한 자격이 있었다. 지금까지 주헌이 주도하는 대부분의 프로젝트 뒤처리는 주영의 몫이었으니까.

소파 위에 누워 있는데 가죽 위로 진동이 울렸다. 주영이 소파 아래로 늘어져 있던 팔을 뻗어 액정을 확인했다.

김상진이었다.

"네."

－이사는? 잘했고?

"네."

－오빠가 가 봤어야 했는데, 알지? 베트남 준비로 요새 바빠서 영 시간이 안 나네.

"괜찮아요. 어차피 일도 별로 없었어요."

결혼할 상대라고 해서 꼭 다정하고 가깝기만 한 것은 아니다. 주영도 그런 모습을 상진에게 기대하지도 않았고. 적당한 거리가 더 나은 관계가 있기도 하다.

주영에게 그는 자신을 조금 더 높은 곳으로 올려 줄 에스컬레이터 같은 존재. 그리고 성북동의 그늘을 벗어나 자유를 얻게 해 줄 존재. 그 이상, 그 이하도 아니었다.

그에게 주영은, 글쎄…….

－집 구경 가야 하는데. 언제 갈까. 가족들이랑 같이 살다가 혼자 살면 생각보다 외로울걸. 적적하면 오빠 부르고.

주영이 어색하게 웃으며 대답을 대신했다.

널 왜 부르니 인간아. 적적하게 사는 건 열아홉 이후 내 평생소원이었는데.

감정적 교감이라곤 전혀 없는 예비 결혼 상대를 집에 들이고 싶은 생각 따윈 추호도 없었다.

－그나저나 금요일 약속 안 잊었지?

역시나, 그럼 그렇지. 상진은 이사 안부를 묻고자 하는 것이 아니었다. 약속 확인차 건 전화였다.

"네. 6시. 소담이요."

상진은 인맥을 중요하게 여겼다. 특히 자신을 과시할 수 있는 인맥을 좋아했다. 연예인, 스포츠 선수들과 같은 셀럽들. 서로 주고받는 관계.

상진은 그들에게 넘쳐 나는 돈 자랑을 하고, 그들은 그런 상진에게서 떨어지는 것을 주워 먹으며 어깨를 으쓱이게 만들어 주는 사이.

모임과 인맥을 즐기는 상진 덕에 그런 인맥들을 이미 몇 차례 소개받았다. 예비 결혼 상대인 주영은 그저 그들 앞에서 상진의 옆자리를 채워 주고, 형식적인 인사치레를 주고받았다.

유쾌한 자리는 아니었지만 그 또한 주영에게 주어진 과제려니 하고 받아들일 뿐이었다.

－상윤이랑 정수 올 거야. 정수는 지난번에 한 번 봤지? 이번에 드라마 들어가는데 촬영지가 여수라더라. 너네 여수 호텔 투숙할 예정인 것 같던데, 좀 잘 좀 챙겨 줘 봐. 친구 좋다는 게 뭐야. 아, 그리고 깜짝 놀랄 수도 있어. 오빠가 누굴 불렀……

상진이 관심 없는 본인의 지인 이야기를 늘어놓는데 인터폰 벨이 울렸다.

누구지? 주영이 핸드폰을 귓가에서 살짝 떼고는 인터폰 쪽으로 향했다. 스크린 너머로 낯선 남자가 무뚝뚝한 말투로 말했다.

-침대 왔는데요.

이삿짐 자체는 얼마 없었지만 받아야 할 물건들이 줄줄이 있었다. 아침에 받았던 소파부터, 침대, 책상, 식탁, 의자…….

주영이 인터폰 화면을 터치해 지하 주차장과 연결된 출입문을 열어 주고는 핸드폰을 귀에 붙였다.

"상진 씨, 미안한데 지금 가구가 와서요. 나가 봐야 할 것 같아요. 금요일에 시간 맞춰서 나갈게요. 그때 봐요."

-아아, 그래. 이사 마무리 잘하고. 금요일에 보자고.

주영이 미련 없이 통화 종료 버튼을 누르고는 현관으로 향했다.

신년이 되자마자 주영은 계열사 이동을 하면서 상무로 승진했다. 호텔 셰이드 리뉴얼 프로젝트를 총괄하는 총지배인.

발령 후 두 달.

숨 가쁘게 달렸다. 내부 조직을 개편하고 리뉴얼 프로젝트를 위한 TFT를 만들고.

서류를 내려다보던 주영이 고개를 들어 회의실 내부를 훑었다.

주영과 눈이 마주치자 TFT에서 F&B 파트를 담당하는 매니저가 입을 열었다.

"F&B 파트 먼저 보고드리겠습니다. 라운지 카페와 레스토랑

쪽 최종 후보군들과 계약 조건 협의 중입니다. 이탈리안 다이닝 센트로의 정상영 셰프와…….”

주영의 시선이 업무 진행 상황을 보고 중인 주혜원을 향했다. 한때 주영의 과 후배였고, 이제는 부하 직원이 된 혜원이었다.

전신 호텔에서 근무하던 혜원은 몇 년 전 상원그룹의 호텔 인수와 함께 셰이드 소속이 되었다.

항상 해맑고 주영에게 달라붙던 혜원은 주영의 기억 속에만 존재했다.

대학 시절 주영은 주헌에게 혜원을 소개해 줬던 전적이 있었다. 주헌의 요구를 거절할 수 없었고, 가벼운 만남의 자리 정도라고 생각했기에 크게 의미 두지 않았다.

그로 인해 주영도 시카고를 다녀오는 덕을 보기도 했고.

남녀 간의 문제는 당사자들만 알 수 있는 법이기에 둘의 관계의 내막은 잘 알지 못했지만, 개인적으로는 미안하게 생각하고 마음이 쓰이는 부분이기도 했다.

주영의 머릿속에 오래전 사회과학대 앞에서의 기억이 떠올랐다.

‘언니, 그 사람 그런 사람인 거 알고 있었어요?’

그런 사람이 어떤 의미냐고 모른 척 잡아떼야 하는 게 맞는데, 그 자리에서 주영은 아무 말도 하지 못했었다. ‘그런 사람’이라는 단어에 많은 의미가 내포되어 있겠지. 암묵적으로 말하지 않아도 나도 알고, 너도 아는.

혜원의 외적인 부분이 마음에 들긴 했겠지만, 계산적인 주헌이 평범한 배경의 혜원을 진지하게 생각할 리 없었다.

누군가는 한없이 가벼웠고, 누군가는 지나치게 무거워 생긴 아픔이었겠지.

'알아요. 언니는 그냥 소개만 해 준 거고, 선택은 내 몫이었던 거. 그래도 마음이 너무 힘드니까, 자꾸 남 탓을 하게 되네.'

쓰리게 웃던 과거 혜원의 얼굴이 주영의 머릿속을 스쳤다. 그 이후로 혜원과의 관계는 자연스럽게 거리감이 생겼다.

익숙했다. 언제부터인가 주영은 쭉 혼자였기에, 갑작스럽게 주영의 개인 영역에 침투했던 혜원이 서서히 사라지는 것조차 특별할 일이 아니었다.

스스로 자초한 일이었다. 그렇다고 씁쓸한 마음이 들지 않았다면 그건 거짓말이겠지만.

11. 카페 202

"……카페202는 계약 조건 조율이 거의 마무리됐으며 다음 주 계약 미팅 예정입니다. 이후 업데이트 사항은 지속적으로 보고 드리도록 하겠습니다."

주영은 호텔 셰이드로의 출근 첫날 마주친 혜원의 얼굴을 보며 놀란 마음을 속으로 삼켜야 했다.

한동안 끊겼던 인연을 이런 곳에서 볼 줄이야.

조직을 정비하며 경영지원 파트에 있던 혜원을 F&B 파트로 데려왔다. 혜원은 입사 후 인사 평가 등급도 꽤 준수했고, 대학 시절을 돌이켜 보면 꽤나 성실했던 기억이 있다.

주헌이 주영을 부리는 것처럼, 주영에게도 믿고 일을 시킬 수 있을 만한 사람이 필요했다.

주헌은 여전히 신경이 쓰이긴 하는지 주영이 호텔 내 인사를 언급할 때 희미하게 눈썹을 들썩이긴 했다. 은근하게 주헌의 신경을 거스를 수 있는 패가 있다는 부분에서 미약한 희열감이 들긴 했으나, 그뿐이었다. 이내 알아서 하라는 대답이 돌아왔다.

객실부를 비롯하여 다른 파트들의 업무 진행 사항을 전체적으로 체크하고서야 회의가 끝났다.

회의실 의자가 차례로 비워지는 것을 지켜보던 주영이 혜원을 붙잡았다.

"주 매니저님."

"네."

"계약 미팅이 언제라고 했죠?"

"다음 주 월요일 2시입니다."

"일정 맞으면 저도 미팅 참석할게요."

"네. 알겠습니다."

단정한 얼굴로 깍듯하게 대꾸하며 돌아서는 혜원을 본 주영이 쓴 미소를 지었다.

상진과 약속 장소는 한남동에 위치한 프라이빗 소고기 전문점인 소담으로 모든 좌석이 룸으로만 되어 있어, 모임을 즐기는 상진이 즐겨 찾는 곳이었다.

주영이 필로티 건물의 1층 주차장에 발레파킹을 맡기고 식당이 있는 2층으로 올라갔다.

"예약자 성함이 어떻게 되세요?"

"김상진이요."

"안내해 드리겠습니다."

직원을 따라 들어가며 시계를 확인하니 아직 10분 정도 여유가 있었다. 룸으로 안내하는 직원을 보며 주영이 화장실의 위치를 물었다.

주영이 안내해 준 직원에게 고맙다는 인사를 하고는 화장실로 들어가 곧장 세면대로 향했다.

쏴아아. 흐르는 물에 손을 씻고 난 뒤 무심코 주영의 시선이 거울로 향했다.

표정 없는 얼굴, 세상의 즐거움이라곤 느껴 본 적 없는 사람 같은 얼굴이었다.

주영이 거울을 보며 억지로 입꼬리를 올려본다. 굳어 있는 눈매에 입꼬리만 당기니 어색하기 짝이 없다. 마치 사진 촬영을 처음 해 보는 어린애처럼.

이상하지. 남들이 보기엔 부족할 것 하나 없는 삶인데. 좋은 집안, 좋은 학교를 나와 집안 계열사에서 한자리를 하고 있고. 게다가 결혼을 약속한 상대도 있다.

그럼에도 매일같이 메마른 듯 버석거리는 사막 위를 걷는 기분이었다. 주영은 늘 무언가에 목말랐다.

문득 건설에 있을 때 최은정 대리가 지나가는 소리로 던졌던 말이 생각났다.

'과장님은 어떻게 그렇게 일만 하고 사세요? 안 힘드세요?'

'가끔 쉬어요.'

계열사 분리 건으로 며칠째 계속되는 철야에 질린다는 표정을 짓는 오은정 대리를 보며 주영이 옅게 웃으며 대답했었다.

말 그대로였다. 가끔은 스파에 가서 마사지도 받고, 쇼핑도 하고, 엄마의 병원을 찾기도 하고, 송 여사의 일정에 따라 집이 빈 날엔 늘어지게 낮잠도 잤다.

그 외의 시간엔 할 일이 없었다. 그래서 더더욱 일에 몰입할 수밖에 없었다. 그래서 욕심만큼 일을 하고, 그에 대한 보상을 받고 지금 자리까지 올 수 있었다.

한때는 업무시간 외에는 틈틈이 한 가지에 빠져 시간을 보내기도 했었는데, 이젠 그마저도 그만둔 지 오래다.

오래 묵은 감정을 쓸데없이 들쑤시는 에너지 소모는 불필요했다. 의도적으로 덮어 버린 기억의 페이지를 들추는 것은 불안정한 마음을 더 흔드는 촉매제가 될 뿐인 걸 아니까.

앞으로 가는 발걸음의 속도를 늦추기만 했다. 그걸 너무나도 늦게 깨달았을 뿐.

주영에겐 주영의 삶이 있었다.

그러니까, 주어진 과제들이 있었다. 일해야 했고, 결혼도 해야 했고, 그 이후엔……. 뭐, 언젠간 아이도 낳지 않을까.

송옥경과 서주헌이 그려 놓은 서주영이라는 사람의 인생 로드맵엔 당연한 일이었다.

욕심과 자포자기 그 중간의 어딘가에서 방황하던 지난날이 있었다. 오랜 방황이 끝난 건, 주영의 현실을 제대로 직시했을 때였다.

주헌이나 지영에 비해 누릴 수 있는 것이 많지는 않았지만, 과거의 주영이 누리던 것에 비하면 비교할 수 없는 풍족함이었다.

원하는 게 있다면 고민하지 않고 금액과 상관없이 턱턱 구입할 수 있었다.

어린 시절엔 꿈도 꾸지 못할 일들이었다. 더 이상 돈 1만 원에 손을 벌벌 떠는 온주영이 아니었다.

온주영과 서주영의 삶은 180도 달랐다.

주영의 엄마는 오래도록 깨어나지 못하고 있지만, 그 오랜 시간 동안 최상의 케어를 받고 있다.

유명하다는 세계적인 석학에게까지 엄마를 내보였지만 딱히 엄마의 상태에 희망은 없었다.

그럼에도…….

만약, 열여덟의 주영 앞에 재건이 나타나지 않았더라면, 주영과 주영의 엄마는 어떻게 살고 있었을까.

온갖 의료 장비에 의존할 뿐, 의식조차 없는 가난한 중년 여자. 이렇게 오랜 시간 삶에 대한 한 줄기 희망을 놓지 않을 수 있었을까. 그런 가정은 상상조차 하고 싶지 않았다.

심지어 주영은 고작 10년도 되지 않는 경력으로 상원그룹에서 임원 자리까지 꿰찼다.

성북동에서 내준 길을 따라가는 대가로 따라오는 부속물들은 무시해도 될 만큼의 큰 보상이었다.

사람이라면 누구나 말단 위치에서 위를 올려다보기보다는 위에서 아래를 내려다보기를 원하니까.

꽤나 그럴싸한 겉모습이었다. 이 모든 게 없는 삶을 살고 있는 자신을 생각해 보자면, 글쎄, 꿈에서라도 보고 싶지 않은 장면이었다.

어릴 적엔 아빠가 없다는 사실, 넉넉하지 못한 환경, 부족함을 채우고자 아등바등했다. 이제는 그런, 시시한 노력은 하지 않아도 됐다.

그리고 평범한 가족의 형태는 아니었으나, 이해관계에 따라 성북동과 상원그룹이라는 간판은 주영에게 다른 의미의 울타리가 되어 주기도 했다.

주영이 현실을 직시한 뒤 모든 걸 받아들일 수밖에 없는 이유였다.

이 모든 것들을 놓을 수 있는 방법도 몰랐을뿐더러, 이제 와 놓는 것은 엄두가 나지 않았다.

그저 지금 주영이 할 수 있는 유일한 선택은 주어진 현실과 자리에서 최선을 다하는 것뿐.

"후……."

주영이 깊게 심호흡하며 마음을 가라앉혔다. 사회생활을 하며 많이 나아지기는 했으나, 낯을 가리는 성격 자체가 고쳐지진 않았다.

능청스러운 척 사람들 앞에 서면 아무렇지 않은 척하지만, 그 아무렇지 않은 척을 하기 위해선 어마어마한 에너지가 필요했다.

특히 오늘같이 상진의 화려한 지인들을 만나, 시답지 않은 대화를 나누는 자리는 주영에게 가장 달갑지 않았다.

상진의 옆자리를 채워 주고, 그의 지인들에게 단정한 미소로

화답하며 촌극 같은 연기를 해야 하는 시간.

화장실을 나와 룸을 향해 걷는 복도에 주영의 구두 소리가 또 각또각 울려 퍼졌다.

방이 가까워지자 걸쭉한 목소리들이 만들어 내는 소음이 들려 왔다. 상진의 일행들이 먼저 도착해 있는 듯했다.

문 앞에 다가서는데 가방 속에서 진동이 울렸다.

발신자는 상진이었다.

전화를 받지 않고 바로 룸으로 들어갈까 머뭇거리던 주영이 가방에서 핸드폰을 꺼내 들었다.

주영이 입을 떼기도 전에 방 안에서 웅웅거리는 소리가 문을 타고 넘어온 찰나, 핸드폰 너머에서 익숙한 음성이 흘렀다.

-우리 주영이 어디야?

"다 왔어요."

-그래? 다행이다, 야. 주영아 오빠가 부탁 하나만 하자.

"부탁이요? 저 문 앞……."

-오빠가 지갑을 차에 두고 왔네. 1층 발레 부스 가면 차 키 있 으니까 오는 길에 좀 가져다주라. 오빠 차 넘버 알지, 엉? 오늘 저 녁 오빠가 쏘기로 했는데 지갑을 깜빡했더니 이 자식들이 일부러 지갑 두고 온 거 아니냐는 둥 사람을 아주 치사한 놈으로 몰아가 는데, 억울해서야 원. 오빠 부탁 들어줄 거지?

상진이 말하는 목소리가 문 너머에서 한번, 수화기 건너편에 서 다시 한번 하울링 되는 걸 들으며 주영이 조용히 대답했다.

"어디에 있는데요."

-우리 주영이 뭐 들었어? 차에 있다니까?

"그러니까 차 어디요."

-아아. 아마 조수석에 있을걸?

"조수석 확실해요?"

매번 말이 이랬다저랬다 달라지는 상진이기에, 주영이 다시 한번 확인차 물었다. 번거롭게 차까지 내려갔는데 찾는 물건이 없으면 성가신 일을 반복해야 하니까.

-오빠가 정확히 기억하는데 조수석에 없으면 그거 누가 훔쳐 간 거야. 거기 발렛 놈들 신고해야 돼.

제가 칠칠맞지 못하게 물건을 챙기고 다니지 못한 주제에, 탓할 상대부터 정해 놓는 심보란. 그의 심성에 대해 말하자면, 하루 종일을 해도 모자랐다.

주영이 한숨과 함께 대답했다.

"알았어요."

-그래 고맙다. 얼른 와. 다들 너 보고 싶어 하니까.

상진은 늘 그렇듯 제 할 말만 위주로 늘어놓고 전화를 끊었다. 대꾸를 해 봤자 말만 길어지고 피곤하니 주영은 항상 짧게 대꾸하곤 했다.

그놈의 '오빠가'는 지겹지도 않나.

주영이 짜증스러운 손길로 흘러내린 옆머리를 넘기며 식당 입구 쪽으로 몸을 돌렸다.

입구의 자동문을 지나 계단으로 향하는데 가벼운 충격과 함께 주영의 눈앞에 검은 코트 자락이 펄럭였다.

청량한 향이 코끝을 스치며 기다란 그림자가 주영의 시야를 덧씌웠다.

작은 부딪힘에 상대방의 발걸음이 멈춰 서자 일렁이던 부드러운 코트 자락이 천천히 제 모양을 찾아갔다. 코트가 움직일 때마다 바닥에 그을음 진 그림자도 같이 출렁였다.

멍청하게 그 움직임을 지켜보던 주영이 한발 늦게 말했다.

"······죄송합니다."

주영이 고개만 살짝 까딱이며 스쳐 가려던 찰나였다. 고요한 공간을 가른 묵직한 저음이 주영의 정수리 위로 툭 내려앉았다.

"사과는, 얼굴을 보고 해야지."

복도를 울리는 낯선 저음이 어딘지 모르게 익숙했다. 손끝에서 흘러내리는 핸드백을 간신히 쥔 주영이 천천히 고개를 들어 올렸다.

정면에 보이는 윤기 나는 검은색 코트와 그 안의 짙은 색 니트. 천천히 위로 향하는 주영의 시선을 따라 두꺼운 코트에 뒤덮인 넓은 어깨가 보였다.

그 위로 드러난 남자다운 목울대, 매끈한 피부와 위압적인 콧대, 그리고 날카로운 눈매.

낯익은 얼굴, 낯선 분위기. 익숙한 미소, 처음 보는 눈빛. 지웠다고 해도, 덮었다고 해도 완전히 잊을 순 없는 얼굴.

네가, 여기, 어떻게.

아니 너를 어떻게 다시 우연히, 이렇게.

"얼굴, 좋아졌네."

"……."

살짝 말려 올라간 입꼬리를 타고 흘러나온 목소리가 주영의
귀를 어지럽혔다.

어쩐지 기시감이 드는 문장이었다. 그 오래전 성북동의 담벼
락 앞에서 들었던 그 말을 같은 목소리로 다시…….

마치 꿈을 꾸는 것 같았다.

주영을 빤히 내려다보는 검은 눈은 여전히 반질거렸고, 예전
과 다르게 자연스럽게 넘겨 올린 머리는 입체적인 얼굴의 윤곽을
돋보이게 했다.

그 얼굴이었다.

3년 전, 은퇴 소식과 함께 주영이 고이 마음속 깊은 곳 한편에
묻어 버렸던 영상 속, 사진 속 그 얼굴.

주영의 시간이 그대로 멈춰 버렸다.

남자의 여유로운 목소리가 멍하니 굳어 버린 주영을 두드린다.

"잘 지낸 것 같아 보이고."

"아……."

주영은 입술을 뗐다 붙였다 반복할 뿐 말을 잇지 못했다. 예기
치 못하게 들이닥친 순간에 말하는 법을 모르는 사람처럼 입만
벙긋거렸다.

날것 그대로였던 예전과 다른, 인터뷰에서 봤던 것처럼 다듬
어진 태열의 말투는 지나치게 현실감이 없었다.

오히려 한때 미친 듯이 반복했던 영상 속에 주영이 들어가 있
는 기분이었다.

쿵, 쿵, 쿵. 전신을 울리는 맥박에 주영이 숨을 들이켰다.

"표정이 왜 그래. 못 볼 거라도 본 것처럼."

상처받게. 태열이 주영을 향한 시선을 거두지 않으며 태연하게 웃었다.

내뱉은 말과는 다르게 마치 며칠 전에 본 사람처럼 아무렇지 않게 대하는 자연스러운 태도였다. 여기서 주영을 볼 것을 이미 알고 있던 사람처럼.

무슨 말을 해야 할지 알 수 없었다.

한때, 태열의 흔적을 좇던 날들도 있었지만 이렇게 정면에서 마주치는 장면은 단 한 번도 상상해 본 적이 없었다.

태열은 마치 며칠 전에 봤던 사람을 우연히 만난 것처럼 놀란 기색 하나 없이 태연했고, 주영은 예기치 못한 현실감 없는 재회에 온 신경이 멈춰 버렸다.

고장 난 기계처럼 멈춰 버린 주영이 애꿎은 입술만 계속 달싹이던 순간이었다.

계단 복도 앞의 엘리베이터에서 딩동 하고 알림 음이 울리더니 손님 일행이 우르르 내렸다.

태열이 입구 앞을 가로막고 있던 주영의 손목을 가볍게 잡아당겼다. 불쑥 잡아당기는 힘에 주영의 몸이 엉거주춤 태열의 품에 갇힌 자세가 됐다.

태열의 상체를 스친 주영의 손이 가늘게 경련했다. 떨리는 손가락 끝에 부드러운 코트의 질감이, 그 감각만이 남겨졌다.

처음 부딪혔을 때 스쳤던 묵직하면서도 청량한 향이 주영에게로 스며들었다. 오랜 공백의 간극을 알리는 낯선 향이었다.

손님 무리가 계단 복도와 입구의 중간에 서 있는 주영과 태열을 비껴 지나가자 자동문이 드르륵 열리는 소리가 들렸다.

닫히는 문의 틈 사이로 수군거리는 소리가 빠져나왔다.

"고태열 아니야?"

"헐, 진짜?"

"은퇴하고 어디 안 나오던데, 잘 사나 보네. 얼굴은 여전하다, 야."

"나 실물 처음 봐. 쩔긴 쩌네."

"여자는 누구야? 봤어? 연예인?"

"아니야. 모르는 얼굴이던데."

아, 그렇지. 너는 여전히 유명인이구나.

정신을 차린 주영이 어색한 표정으로 넓은 품을 벗어나려 하자, 가는 손목을 감싼 커다란 손에 힘이 들어갔다.

주영이 맥동이 들릴 만큼 가까운 거리를 벗어나지 못한 채, 멍청하게 보일 만큼 엉거주춤한 자세로 굳었다.

좁은 거리에서 태열이 내뱉는 숨이 주영의 잔머리를 스쳤다. 넓은 품의 온기가 주영에게 닿을 듯 말 듯 했다. 주영의 얕은 숨소리마저 들릴 정도로 건물의 좁은 복도는 적막했다.

무슨 말을 해야 하지. 어떤 표정을 지어야 할까.

우연히 닥쳐 온 준비되지 않은 순간에 주영의 뇌가 방황했다. 여전히 위에서 빤히 내려다보는 시선이 따갑다. 떨리는 눈가가 선연하게 내려다 보일듯해 주영이 천천히 눈을 감았다.

온몸의 세포가 삐쭉 서는 긴장감을 떨쳐 내고자 숨을 들이마신 주영이 느릿하게 눈을 뜨며 입을 열었다.

자연스럽게, 아무렇지 않은 척. 네가 태연하게 굴 듯, 나도 그렇게.

"오랜만……."

주영이 표정을 다잡고 입을 떼는데 익숙한 목소리가 끼어들었다.

"어? 고 선수 아냐? 안 들어오고 뭐 해?"

화들짝 놀란 주영이 태열에게서 몸을 떼며 돌아보자 목소리의 주인과 눈이 마주쳤다.

"주영아? 여기서 뭐 해? 우리 고 선수랑 아는 사이?"

"아니, 그게 아니라……."

"뭐야 둘이 너무 밀착된 거 아냐? 주영아 그럼 오빠 질투 나지, 안 그래?"

의문 가득한 시선으로 주영과 태열의 간격을 훑던 상진이 주영을 제 옆으로 당기고는 팔을 들어 어깨에 올리며 은근히 밀착을 해 왔다.

일련의 모습을 태열이 감흥 없는 눈으로 좇았다.

"고 선수, 인사해. 내 약혼녀, 서주영. 둘이 아는 사이였어? 나만 몰랐나?"

"아니에요. TV에선 많이 봤는데 실제로는 처음 봬요."

태열과 아는 사이인 게 알려져 봤자, 좋을 것 없다는 판단에 주영이 빠르게 부인했다.

오히려, 상진과 태열이 어떻게 아는 사이인지 궁금한 건 주영이었다.

난처한 표정을 최대한 숨기고자 억지로 미소를 꾸며 내는 주영에게 쏟아지는 시선이 뜨거웠다.

날카로운 시선의 주인이 천천히 입을 떼자 듣기 좋은 저음이 흐른다.

"오랜만이네요 본부장님. 약혼녀분이 넘어지려고 하길래 잡아 드리기만 한 건데, 꽤나 다정해 보였나 보네요."

"아아, 우리 주영이가 그렇게 칠칠맞지 못한 애가 아닌데. 정신없이. 왜 그랬어?"

응? 다정한 척 물으며 상진의 손이 주영의 어깨를 더듬었다.

짙은 시선이 주영의 어깨에 머물렀다. 주영이 맞은편에서 전해지는 시선을 무시하며 상진을 향해 물었다.

"왜 나왔어요? 안 그래도 들어가려고 했는데."

"요 앞이라더니 안 오길래 오빠가 데리러 나왔지. 주영이 우리 고 선수 알지? 한때 대한민국을 떠들썩하게 한 인물인데."

"이제 선수는 아니죠."

묘한 시선으로 주영과 상진을 훑던 태열이 입꼬리를 비틀어 올리며 말하자 상진이 웃으며 대꾸했다.

"그러네. 그럼 이제 뭐라 불러야 되지? 고 사장인가? 고 대표? 아무튼 서로 인사나 하고 들어가자고. 안에서 사람들 기다려."

"편하게 하시죠."

상진을 보며 대꾸한 태열이 고개를 돌려 주영에게 눈을 맞춰 왔다. 그가 입을 떼기 전에 주영이 선수를 쳤다.

최대한 단정한 얼굴과 목소리로.

"처음 뵙겠습니다. 서주영이에요."

감정을 읽을 수 없는 새까만 눈이 느릿하게 주영을 훑었다. 시원하게 뻗은 입꼬리가 천천히 벌어졌다.

"처음, 뵙겠습니다. 고태열입니다."

나지막한 저음의 주인이 '처음'이라는 단어에 힘을 실어 말하며 손을 뻗었다. 주영이 눈앞에 내밀어 진 커다란 손을 말없이 응시했다.

주저하던 찰나 상진이 뭐 하고 있냐며 주영의 어깨를 다시 한번 툭툭 가볍게 쳤다.

주영이 떨떠름한 얼굴로 천천히 손을 들어 올렸다. 수전증처럼 미약하게 떨리는 가녀린 손이 커다란 손 위로 겹쳐졌다.

마디가 불거진 기다란 손가락이 주영의 손을 감아 왔다. 손이 맞닿고 눈빛이 얽혔다.

주영을 감싼 건조하고 따뜻한 손은 어느 가을날 축제의 음악실을 떠올리게 한다.

어정쩡하게 다른 남학생의 손을 잡고 있는 주영을 내려다보던 사납던 눈빛을.

'그러니까. 그딴 걸 왜 처하고 있냐고.'

'나한테도 어디 한번 해 봐.'

앉아 있던 남자애를 꾸역꾸역 밀어내고, 주영의 앞자리를 차지하고 앉아 주영의 손을 부드럽게 감싸던, 뼈마디가 우뚝 불거진 기다란 손가락, 싱긋 웃으며 휘어지던 눈매, 그리고 능글거리던 웃음을.

'사거리 근처 살지?'

'거기서 몇 번 봤는데. 번호 알려 주면 안 돼?'

고이 덮어 버렸던 오래전 기억을. 주영이 불쑥 튀어나온 오래된 기억을 억지로 접으며 태열에게 시선을 맞췄다.

이제 그만, 놓아 달라고.

그러나 오히려 따뜻하게 주영의 손을 감싼 커다란 손에 힘이 들어갔다. 세월이 흘러도 여전한 굳은살의 까슬한 감각이 손바닥 위로 선명하게 느껴졌다.

왜, 이러는 거야…….

꽉 붙잡힌 손을 빼내지도, 뿌리치지도 못한 채 주영이 상진의 눈치를 살피며 어색하게 웃었다.

태열의 따가운 시선이 맞잡은 손부터 주영의 얼굴, 그리고 상진의 손이 올라가 있는 어깨까지 천천히 훑었다.

칼날처럼 찌르는 매서운 시선에 주영이 숨을 들이켰다. 맞잡은 손을 통해 주영의 긴장감이 고스란히 전달됐는지 태열이 피식 웃었다.

이내 주영의 손바닥 위로 곧고 긴 손가락이 쓱 아찔한 감각을 그리며 빠져나갔다.

정신이 없었다.

적당히 술기운이 올라 와자지껄 떠드는 사람들도, 대각선 맞은편에서 종종 주영에게 따라붙는 짙은 시선도.

그 모든 게 버거웠다.

고기가 어디로 들어가는지도 모를 정도로 속이 거북했다. 주영에겐 룸 안의 공기가 한없이 무겁게만 느껴졌다.

상진의 일행 중 한 명인 이진아가 태열을 향해 물었다.

"그래서 요샌 뭐 하고 지내요? 안 그래도 은퇴하고 나서 소식이 없어서 뭐 하고 사나 궁금했는데."

상진이 약혼자인 주영을 지인들에게 소개하는 자리였음에도 오늘의 주인공은 마치 태열 같았다.

은퇴 후 조용히 사라졌던 태열을 향한 사람들의 관심이 뜨거웠다. 사람들이 태열에게 보이는 관심 덕에 그의 이야기를 주영도 무방비하게 접할 수밖에 없었다.

"우리 고 선수 이제 사장님이잖아. 뭐지 그거? 이름이 숫자였는데. 카페 한다고 그랬어. 맞지? 숫자?"

상진이 알은척하며 끼어들자 술잔을 가볍게 들어 올리던 태열이 가볍게 고개를 끄덕였다.

"네. 맞습니다."

"카페? 잘돼요? 요새도 그런 게 먹히나. 뭐 기사도 본 적 없는 거 보면 홍보도 안 했을 거고, 고태열이 하는 카페라고 홍보하는 거 아니면 좀 어렵지 않나? 길거리에 널린 게 카펜데."

이진아의 맞은편에 앉아 있던 조영찬이 비아냥거림이 담긴 어조로 은근히 까내리 듯 물었지만 태열은 개의치 않는 얼굴로 답했다.

"먹고살 만큼은 법니다."

담담한 대꾸에 다시 진아가 끼어들었다.

"하긴, 뭐 선수 생활 할 때 번 것만 해도 어마어마할 텐데. 카페는 취미 생활로 하는 거 아니에요?"

"취미는 아니고……."

느른하게 웃으며 대답하던 태열이 말을 멈췄다. 테이블의 대각선의 끝에 앉아 있던 주영에게 눈을 맞추며 태열이 다시 말을 이었다.

"어릴 때 꿈이 제 건물에서 카페 하나 하는 거였거든요."

물잔을 들어 올리던 주영이 그대로 동작을 멈췄다.

순간 오래된 기억의 파편이 주영을 스쳐 갔다.

너는 꿈이 뭐냐던 열여덟 태열의 질문에 대한 온주영의 답변. 10평짜리 집에서 같이 나누던 꿈.

'뭐……. 나중에 열심히 일해서 돈 많이 모아서 카페 같은 거 하면 좋겠다…… 정도? 건물도 있으면 좋겠지? 내 건물에서 카페 하는 거야. 건물주, 괜찮지?'

놀란 눈으로 주영이 태열을 바라보자 주영을 향했던 그의 시선은 이미 제 옆에서 종알거리는 이진아에게 가 있었다.

"어머. 뭐야, 고 선수 꿈이 메이저리거가 아니라 건물주, 카페 사장이었어? 그래도 애기 때부터 아주 포부가 있었네? 맘에 든다아."

계속해서 태열의 옆에 찰싹 붙어 이것저것 질문을 던지던 진아가 결국 본심을 꺼내 들었다. 모임에 있던 모든 사람의 이목이 태열을 향했다.

"그나저나 우리 고 선수 여자 친구는 있어요?"

흑심이 담긴 진아의 물음에 태열이 입꼬리를 당겨 웃었다. 누구라도 반할 모습이었다.

진아가 질문과 함께 은근슬쩍 태열의 팔이며 허벅지를 터치하는 게 눈에 띄자 주영은 시선을 돌렸다.

지금 이 공간의 모든 게 불편했다. 주영이 자리를 피하고자 상진에게 조용히 말을 전하기 위해 옆자리로 몸을 기울이던 찰나였다.

룸 안의 작은 소음을 태열의 목소리가 갈랐다.

"없습니다. 그런데……."

상진에게 몸을 기울여 밀착된 자세 그대로 주영이 목소리의 근원지로 고개를 돌리자 다시 한번 검은 눈과 허공에서 시선이 얽혔다.

제게 달라붙은 여자를 그대로 둔 채 빤히 주영을 응시하던 태열의 입술이 천천히 열렸다.

"곧 하게 될 것 같네요. 연애."

쏴아아. 주영이 세면대로 흘러내리는 물줄기를 멍하니 내려다봤다. 곧 연애를 할 거라는 태열의 말 이후 도망치듯 자리를 빠져 나왔다.

모든 게 너무 당혹스러웠다.

어떻게 널, 이렇게 다시 만나. 이런 곳에서. 이런 식으로.

태열을 만났다. 13년 만에.

이렇게나 우연히. 말이 돼?

한때, 그를 다시 보는 상상을 해 본 적이 있다.

그러나 그 상상 속에서 태열과 주영은 관중석과 마운드 그 정도쯤의 거리였다. 결코 이런 방식으론 아니었다.

약혼자의 지인이라니. 지금껏 장님같이 주변의 소식에 귀를 닫고 살아온 결과가 이랬다.

워낙 발이 넓은 상진이었다. 그동안 상진의 장단에 맞춰 몇 번 지인들에게 인사치레는 했지만 가볍고 광범위한 인맥에 일일이 귀 기울이지는 않았더니…….

최악의 재회였다.

"하…….."

주영이 한숨과 함께 흘러내린 옆머리를 쓸어 넘겼다. 거울 속에 비친 여자의 얼굴은 엉망이었다.

카페라니. 처음엔 태열과 어울리지 않는다고 생각했다. 그러나 그 이유를 듣고 나니 현실이 체감됐다.

주영의 기억이 맞다면 카페는 태열이 아니라 어린 온주영의 꿈이었다.

그 애에겐 아무것도 아닐 오래전의 기억일 테니, 주영과 본인의 말마저 헷갈린 듯했다.

그래, 우린 이제 아무것도 아니지. 그 시절 어렸던 나의 한마디가 너에게 의미 있을 기억일 리가 없지.

길었던 공백의 시간만큼이나 주영에겐 주영이 걸어온 길이, 태열에겐 그가 걸어온 길이 있었다.

앞으로도 각자의 길이 있을 테고.

우습게도, 잠깐 봤을 뿐인데, 이진아와 찰싹 달라붙어 얘기하는 꼴이 은근히 거슬렸다.

주영과는 상관없는 일인데도 불구하고. 누군갈 만나는 건 태열의 자유였고, 굳이 주영이 자세하게 알 필요는 없었다.

진아는 글로벌 콘텐츠 기업인 HW 엔터의 장녀로 개인적으로 작게 연예 기획사를 운영하고 있다고 들었다.

화려한 외양의 진아와 태열은 외적으론 꽤 괜찮은 조합처럼 보였다.

그는 진아와 몸을 딱 붙인 채로 곧 연애를 할 것 같다고 했다. 그 여자를 염두에 둔 말이겠지.

"여기서 뭐 해요? 주인공이."

화장실에 들어온 진아가 자연스럽게 주영의 옆에 서서 거울을 보며 물었다.

"이제 들어가려고요."

주영이 자리를 비켜 주려는데 진아가 거울 속에 비친 제 모습을 점검하며 가볍게 질문을 던졌다.

"재미없죠?"

"아뇨, 괜찮아요."

"뭘. 얼굴에 겁나 재미없다고 써 있는데."

"⋯⋯."

진아는 거울을 통해 제 옆에 서 있는 주영을 보며 픽 웃었다.

단정한 이목구비에 서늘한 분위기. 모임 내내 필요한 말 아니면 내뱉지 않던 여자였다.

가만히 있어도 사람들의 시선을 끄는 힘은 있었으나 본인은 주목받는 걸 즐기지 않는 타입 같았다.

진아는 거울 속에서 눈이 마주친 건조한 표정의 여자를 흥미로운 표정으로 훑었다.

진아가 서주영이라는 여자에 대해서 아는 것이라곤 상원그룹의 서재건 회장이 밖에서 낳아 온 자식이라는 것, 그러니까 그 괄괄한 서지영의 이복 언니라는 것 정도였다.

어느 순간부터 종종 서주헌이 자신의 이복 누나를 데리고 모임에 나타난다는 얘기도 듣긴 들었다.

여기저기 얼굴을 비치고 적당한 남자 하나 추려 보려는, 목적이 뻔한 일이었다.

결국 그 결과로 김상진이라는 인간을 낚기도 했고. 물론, 대어라기엔 어폐가 있는 인간이긴 했지만.

서주영이 김상진의 약혼자가 되고 난 후, 그녀의 이름 석 자는 종종 이쪽 바닥 사람들 입에 오르내리곤 했다.

김상진이 진흙 속의 진주를 찾아냈다나 뭐라나. 혼외자라는 흠 하나만 빼면 완벽한 신붓감이라던가.

똑똑해, 일 잘해, 얼굴 예뻐, 그 대단히 콧대 높다는 유혜선 관장, 그러니까 김상진의 모친마저 엄청 마음에 들어 한다고.

흥. 다 개소리지.

더럽게 굴러먹은 아들놈 갈 곳 없으니 어떻게든 받아 주는 자리로 넘겨야 했겠지.

유 관장 자존심에 면이 안 서니 그 '사생아'라는 대단한 흠조차도 아무것도 아닐 정도로 괜찮은 여자라고 말이라도 흘려야 했을 테고.

상원그룹 쪽에서도 밖에서 낳아 온 딸의 혼처가 서한백화점 정도면 감지덕지였을 테니 딜이 제대로 맞은 것뿐.

여자를 보고 있자니 참, 뭐랄까 기분이 이상했다.

생긴 것만 보면 김상진 같은 놈들은 상대도 안 해 줄 것 같은데, 결혼을 추진하는 거라든가. 상진이 시답잖은 인맥 자랑하는 모임은 눈길도 안 줄 정도로 고고한 표정을 해서는, 적당히 얼굴을 비치며 인사치레는 하는 게.

뭐, 저 여자 입장에서도 나쁠 건 없지. 어차피 이 바닥 남자 놈들이야 다 거기서 거기고.

김상진이 더럽게 노는 거야 알음알음 소문으로만 퍼졌을 뿐 오피셜도 아닌데. 저 여자 팔자려니 해야지, 뭐.

상진 자체만 보면 별 볼 일 없더라도, 그의 집안은 국내 유통업계 세 손가락 안에 드는 서한그룹이었다.

속사정이야 알 수 없지만 결혼으로 배경까지 갖추게 되면 서주영이란 여자는 정말 이제 아쉬울 게 없겠지.

원래 가져 본 적 없는 사람들에게 그런 조건들은 더 크게 다가오는 법이니.

진아가 속내를 드러내지 않고 가볍게 웃으며 말했다.

"기분 나쁘라고 한 말은 아니니까 정색은 하지 말고요."

"보통 기분 나쁘라고 한 말은 아니라고 말하는 건 기분 나쁘라고 하는 말이더라고요."

생각보다 성격 있네.

상진이 요새 진아 회사 소속의 신예 배우 채서린을 만나고 다니는 걸 알게 되면 여자는 어떻게 대처할까.

성격대로 파혼이라도 하려나. 아니면 손에 쥐어진 서한을 놓지 못하려나, 혹시 모르지, 이미 알고 있을지도.

진아가 재밌다는 얼굴로 대답했다.

"주영 씨 재밌네. 솔직히 나는 오늘 재미없을 걸 알고 왔거든요? 어차피 집에서 할 것도 없는데 혼자 티브이나 보면서 누워 있는 것보단 낫잖아. 근데 이게 웬걸, 티와이가 웬 말이야? 고태열 진짜 잘생기지 않았어요? 나 실물은 처음 봤는데 장난 아니더라."

별생각 없이 김상진의 부름에 응했는데, 이게 웬걸. 와우. 말한 그대로 진아에게는 횡재였다. 고태열이 웬 말이야.

진아는 태열이 마음에 들었다. 진아에게 있어서 남자를 볼 때 외모는 굉장히 중요한 부분이었다.

모델이나 배우가 아니면 데이트조차 하지 않았다. 그런데 실제로 만난 고태열은…….

"전 잘 모르겠네요."

무심한 주영의 대꾸에 진아가 실눈을 떴다.

"왜, 약혼자 놔두고 다른 남자 잘생겼다고 말하기 좀 그래서 그래요? 여자들끼린데 뭐 어때. 나 입 무거워요. 나처럼 고태열 뭐 어떻게 해 보고 싶다는 것도 아니고 잘생겼다는 말 한마디가 어렵나. 솔직히 그렇잖아, 나 같으면 그 얼굴 보다가 갑자기 김상진 보면 짜증 날 것 같은데."

"저는 외모로 사람을 판별하진 않아서요."

역시 재미없는 여자였다. 받아치는 진아의 말에 약간의 빈정거림이 담겼다.

"뭐야 약혼자라고 편들어요? 김상진이 잘해 주나 봐?"

"네. 잘해 줘요."

"거짓말."

진아가 립스틱을 바르며 놀리듯 말하자 바로 주영이 얼굴을 굳히며 정색했다.

"이진아 씨."

"농담이에요. 잘해 주면 다행이고. 내가 걔를 좀 오래 알았잖아요. 가끔 좀 모자랄 때가 있어서, 뭐 자기 여자한테는 아니라니까 다행이고."

"먼저 나가 볼게요."

"그래요. 또 봐요."

화장을 고치느라 건성으로 대답하는 진아에게 주영이 살짝 고개를 까닥이며 화장실을 나왔다.

처음 본 사이인데 대화 상대를 향해 예의라곤 갖추지 않는 이

진아가 주영은 마음에 들지 않았다.

예의를 갖추지 않아도 되는 상대라는 판단이 있었을지도 모르지.

삐이이. 두개골을 울리는 이명에 주영이 인상을 찌푸렸다. 더 이상 자리를 지키는 건 무리였다. 머릿속이 용량 과부하로 터질 것만 같았다.

일이 생겨 먼저 일어난다는 메시지를 상진에게 남기고는 주영이 빠르게 식당을 벗어나 주차장으로 내려갔다.

필로티 건물의 주차장으로 나오자마자 몸을 파고드는 한기에 코트를 여미며 발레파킹 부스로 향하던 순간이었다.

저벅저벅. 조용한 주차장을 가르는 긴 다리가 움직이며 주영의 그림자를 기다란 그림자로 덮었다.

그가 가까이 다가오자 옅은 담배 향이 주영의 코로 스며들었다. 연기 사이로 낮게 깔린 목소리가 이어졌다.

"아까부터 계속 못 볼 거라도 본 것처럼 구네."

그가 주영을 마주 보고 서자 그의 기다란 손끝에 하얀 필터가 걸려 있는 게 눈에 들어왔다.

담배를, 피우는구나.

고작 몇 시간 같은 공간에 있었을 뿐인데 세월의 간극이 명확하게 느껴졌다.

어린 날의 장난기 넘치고, 애같이 막대 사탕이나 매일 물고 다니던 모습. 사나운 인상에 말끝마다 욕설이 따라붙던.

어린 시절의 태열이 연필로 그려 낸 거친 선들로 이루어진 날

것 그 자체였다면, 지금의 태열은 화가가 붓으로 공을 들여 정교하게 그려 낸 것처럼 섬세한 분위기를 자아냈다.

단정하지만 예민해 보이는 인상, 누구에게나 예의 바른 말투, 주영을 향한 날카로운 눈빛, 매캐한 담배 연기까지. 주영을 보며 웃는 모습은 세상의 무엇도 허물듯 다정했던 그 얼굴은 어디에도 없었다.

주영이 알던 태열이 아니었다.

13년, 적지 않은 시간이었다.

그만큼 주영도 변했다. 홀로 지구 반대편의 태열을 그리며 청승을 떨던 시간도 있었지만, 3년 전 주영은 모든 추억을 묻었다.

건강히, 잘 살고 있어 다행이라는 생각과 함께 여기서 선을 긋는 게 마땅하다는 생각이 동시에 들었다.

붉게 타들어 가는 담뱃불을 보며 주영이 입을 뗐다.

"미안한데 비켜 줄래? 내가 좀 바빠서."

"네 약혼자는 어디 두고 혼자야."

"……네가 알 게 뭐야."

주영의 날 선 대꾸에 태열이 픽 웃더니 스탠딩 재떨이에 담뱃불을 지져 껐다.

"여전하네."

"고태열. 우리 서로 알은척하지 말자. 다시 볼 일도 없겠지만, 그래도 확실히 하고 싶었어."

"남들 눈 신경 쓰는 것도 여전하고."

대화를 나누는 것만으로는 문제가 되지 않았다. 그러나 태열은 여전히 사람들의 주목을 받는 인물이었다.

아무것도 아닌 일로도 별별 말들이 엮여 나오는 게 세상이었다.

불륜이니, 혼외자니 뭐니 하는 소문도 지긋지긋했는데, 약혼자가 있는 상태에서 다른 남자를 만나고 있다는 불유쾌한 소문까지 덧붙이고 싶지 않았다.

별것 아닌 일로 긁어 부스럼 자체를 만들고 싶지 않았다.

"……너 봐서 알겠지만 나 결혼할 사람 있어. 앞으론 볼 일 없었으면 해."

성가신 일은 질색이니까. 주영이 부러 차갑게 말하며 명확하게 다시 한번 선을 긋자 태열의 입꼬리가 삐뚜름하게 올라갔다.

"앞으로 우리가 볼 일이 없을까?"

"다시 본다면 내 결혼식장에서겠지."

빨리 자리를 벗어나고자 주영이 최대치로 차갑게 대꾸했다.

멀리서 발레파킹 요원이 태열을 흘끔거리는 게 느껴지자 불편함이 배가 됐다.

사실 태열에게 궁금한 것은 많았다. 그러나, 사소한 질문 몇 가지는 그냥 고이 접어 둘 뿐이다.

이미 지나간 인연에 이어 붙일 대화는 없다. 아니 실은 대화를 이어 붙일수록 위험했다.

재회 이후로 계속 쿵쾅거리는 주영의 가슴만 해도…….

보통은 이쯤 되면 기분이 상해서 자리를 뜨기 마련인데 태열은 아랑곳하지 않고 대화를 이어 나갔다.

"보통은……."

태열이 말을 멈추며 픽 웃음을 토하더니 다시 말을 이었다.

"오랜만에 만나면 앞으로 보지 말자가 아니라 안부를 묻는 게 먼저 아닌가?"

"잘 지내는 거처럼 보이는데 굳이 나까지 안부를 물을 필욘 없어 보였어."

"여전히 어렵게 구네."

"그게 싫으면……."

"내 생각, 안 났어?"

눈앞에 떨어지는 무거운 저음에 주영의 동공이 티 나지 않게 크기를 키웠다. 기시감이 드는 한마디 때문에.

드높은 성북동 저택의 담벼락 앞, 모자를 푹 눌러쓴 장신의 인영, 가라앉은 목소리.

'……너, 잘 지내는 거처럼 보이는데. 한 번만, 더 물을게. 진짜 나 안 보고 싶었냐.'

'내 생각, 안 났어?'

'지금 당장이 아니라도. 내년에 내가 너 데리러 오면, 그땐 나랑 같이 살자.'

왜, 이러는 거야. 왜, 그런 걸 물어봐. 꼭, 그 오랜 공백 동안 내 생각을 했던 사람처럼.

이제 와서, 뭘 어쩌자고.

결혼할 사람 있는 거 너도 알면서. 조금 전까지만 해도 다른 여자랑 시시덕거리던 주제에.

꼭, 너도 나를 그리워했던 사람처럼.

주영이 입술을 감쳐물었다.

"……미안. 나 먼저 가 볼게."

주영이 그를 지나쳐 걸었다. 미약한 담배 냄새와 청량한 향이 부조화스럽게 섞여 주영의 코를 건드렸다.

곧은 자세로 걸어가는 주영의 뒤로 다시 한번 묵직한 목소리가 이어졌다.

"번호."

"……."

"그대로야. 연락해. 네가 아는 번호 11자리, 그대로."

허리를 곧추세워 걷던 주영의 걸음이 잠시 멈췄다.

그러나 이내 다시 발레파킹 부스를 향해 걷기 시작했다.

"후, 긴장되네. 내가 어른들 어려워하는 법이 없는데 할머님은 확실히 기운이 다르셔."

차에서 내린 상진이 넥타이를 고쳐 매며 크게 호흡을 내쉬었다.

오늘은 상진이 베트남으로 3개월간 파견을 가기 전, 성북동에 인사를 드리는 자리였다.

그렇게 본다고 나아질 것도 없건만, 고개를 이리저리 돌리며 차창에 제 모습을 점검하는 상진을 보며 주영이 말했다.

"하던 대로 해요."

"그래도 할머님이 날 좀 예뻐하시는 것 같지? 이것저것 챙겨 주시는 것 보면. 그래도 혹시 모르니까 말실수하는 것 같으면 오빠 손 꼭 잡아서 신호 좀 줘. 알겠지?"

"……알겠어요."

차고를 나와 계단을 오르면 드높은 담에 둘러싸인 저택이 나온다. 울창한 정원수에 둘러싸여 흠 하나 없이 잘 가꿔져 있는 정원. 까다로운 주인의 취향을 한껏 담은, 송옥경의 정원이었다.

정원의 돌담길 끝에 전주댁이 서 있었다.

"서 상무 왔어? 본부장님도 오랜만에 뵙네요."

"예. 오랜만입니다. 얼굴이 더 좋아지신 것 같네."

고작 두 번째 만남인데 상진이 특유의 넉살로 전주댁과 인사를 주고받으며 집 안으로 발을 들였다.

식당에 들어서니 상석에 앉은 옥경을 중심으로 재건과 주헌이 나란히 앉아 있었다.

"저희 왔어요."

"왔니."

재건이 알은체를 해 오자 상진이 꾸벅 몸을 숙여 직각으로 인사를 했다.

상진이 양손 가득 들고 온 선물을 뒤따라온 전주댁에게 건네는 사이 주영이 옥경에게 안부를 물었다.

"잘 지내셨어요?"

"왔니. 앉거라. 우리 김 본부장은 요새 일이 바쁜가, 얼굴이 많이 핼쑥해졌네. 잘 좀 챙겨 먹어야겠어."

주영과 상진을 보는 옥경의 시선의 온도가 달랐다. 주영만이 알아챌 수 있는 차이였다.

무심한 재건이 옥경의 말을 거들었다.

"김 본이야 요새 베트남 준비 때문에 바쁘니까요. 준비는 잘돼 가나?"

"파견이라고 해 봐야 고작 3개월짜린데요. 그나저나, 회장님 은 뵐 때마다 젊어지시는 것 같습니다."

"이 사람이, 농담도 참 잘해."

"진심입니다. 주헌이 넌 잘 지냈냐?"

상진이 팔짱을 끼고 오만하게 앉아 있는 주헌을 향해 인사했 다. 시큰둥한 얼굴로 앉아 있던 주헌이 고개를 살짝 까닥였다.

인사를 나누는 사이 테이블 위로 음식이 차려지기 시작했다.

식탁은 전주댁이 옥경의 눈높이에 맞춰 준비했을 맛깔스러운 음식들로 가득했다.

옥경이 좋아하는 금태 양념 찜과, 육류를 즐기는 재건을 위한 한우 갈비 적삼 외에도 제철 요리들이 가득했다.

"다들 집밥이 최고라는데, 저는 여기 성북동 밥이 제일 맛있습 니다. 제집 같아서 그런가 봅니다. 하하."

너스레를 떠는 상진을 보는 옥경의 얼굴 위로 만족스러운 표 정이 드러났다.

다른 건 몰라도 상진이 마음에 드는 구석은 이 부분이었다. 그 는 옥경의 존중을 받을 만한 조건의 사람인 데다가 옥경의 마음 에 드는 짓을 할 줄 알았다.

"입맛에 맞는다니 다행이네. 이것도 좀 먹어 보지, 제주에서 오늘 아침에 올라온 것일세. 애야, 네 신랑 안 챙기고 뭐 하니? 주헌이도 이거 들어 봐라."

옥경이 전복 어채를 눈짓하며 주영을 쳐다봤다. 눈이 마주치자 주영이 바로 새콤한 전복 어채가 담긴 접시를 상진 앞으로 옮겼다.

상진이 껄껄 웃으며 젓가락을 들었다.

"역시 저 챙겨 주시는 건 할머님뿐입니다. 새콤하니 맛있는데요?"

"외국 가면 이런 걸 못 챙겨 먹어서 어째."

"널리고 널린 게 호치민 한식당인데요."

주헌이 별걱정을 다 한다는 투로 말했으나 옥경은 멈추지 않았다.

"주영이 네가 따라가서 챙겨 줘야 하는 거 아니냐? 여자는 모름지기 제 남편 될 사람을 잘 챙겨야 해. 그게 도리고."

옥경의 탐탁지 않은 눈길에 주영이 젓가락질을 멈췄다. 갑자기 베트남을 따라가라니. 당황스러운 화제에 잠시 정적이 머문 자리를 주헌이 대응했다.

"할머니, 서 상무 바빠요. 리뉴얼 이제 시작했는데 가긴 어딜 가."

"계집이 일을 하면 얼마나 하겠다고. 제 서방 챙기는 게 최우선이지."

"그래도 서 전무가 믿고 일 맡길 수 있는 사람이 주영이 하나 아니겠습니까, 하하."

주헌을 제외하고는 옥경 앞에서 방패가 되어 줄 수 있는 유일한 사람이라는 점에서 그는 꽤 괜찮은 남자였다. 물론, 딱 이 점만.

"일은 사내들이 하는 거지, 참 걱정일세. 애가 어미 없이 커서 할 줄 아는 게 없어 누가 데려가려나 내 걱정이 이만저만이 아니었네 그래. 결혼해서도 김 본부장 바깥일 하는 데 내조나 잘할는지, 쯧."

"주영이가 어머니 없이 컸어도 할머님 밑에서 잘 배웠으니 걱정 없습니다. 저희 부모님도 주영이 마음에 들어 하시고요."

어미 없이 자랐다. 그래서 모자란단 말은 귀에 인이 박이게 들어온 말이었다. 그러나 여전히 듣기에 익숙해지기 어려운 말이었다.

성희를 없는 존재 취급하는 건 고역이었다. 그러나 언급할 순 없었다. '온성희'라는 이름 세 글자는 옥경의 앞에서 금기와도 같은 단어였다. 주영이 조용히 젓가락을 내려놨다.

"김 회장 내외가 마음 씀씀이가 넓으니 다행이지, 이리 모자라도 환히 반겨 주고. 내가 말년에 운이 좋으려니 김 본부장 같은 사람이 우리 집안에 들어오네. 애가 부족해도 아량 있게 받아 주게나. 내 남은 시간 동안 잘 가르칠 테니."

"어머니보다 나은 할머님이 계시니 걱정 안 합니다. 할머님만 믿겠습니다!"

상진의 우렁찬 대답을 들으며 만족스러운 얼굴로 웃던 옥경의 시선이 주영을 향했다. 자글자글한 주름 속에 숨겨진 눈길이 곱지 않았다.

식사가 끝나고 전주댁이 내온 메밀차와 다과상까지 정리되자 주영이 긴장감을 풀며 한숨을 내쉬었다.

긴장이 풀린 것도 잠시, 상진이 주헌과 이야기를 나누는 틈을 타 옥경이 주영을 따로 불렀다.

"네가 하나하나 제대로 챙겨야 사돈댁에서도 어미 없이 자라 배운 게 없다는 소리는 안 들을 것 아니냐. 어디 알아서 제대로 하는 게 없어? 이 늙은이가 언제까지 하나하나 제대로 챙겨야 하난 말이다. 행동거지 제대로 못 해서 욕보이게 하지 말란 말이야. 제 핏줄이라고 체면에 흠까지 만들어 가며 거둬 준 네 애비 면 떨어지게 하지 말란 얘기다. 알았느냐?"

옥경이 차가운 얼굴로 결혼 준비와 관련된 사안들을 하나하나 집어 주며 마땅찮은 눈길을 보내는 시간까지 보내고 나서야 주영은 거실로 나올 수 있었다.

"상진 씨는요?"

거실 소파에 앉아 신문을 보던 재건이 답했다.

"주헌이랑 정원에 나갔다. 이제 가려는 거니?"

"네. 가 봐야죠. 벌써 9시가 넘었어요."

"그래. 종종 집도 들르고 해라. 할머니 적적하셔. 우리 집은 어떻게 된 게 여자들은 밖으로 나돌고 남자들이 그나마 집 안에 얼굴이라도 비친다. 안 그러니."

"요새 리뉴얼 때문에 바빠서요. 마무리되고 나면 자주 들를게요. 그럼 저 가 볼게요."

사실 어린 날 재건이 자신을 거둔 후로 주영은 재건을 원망하기도 했지만, 이젠 아니다.

다 커서 갈 곳 없는 열여덟의 주영을 거둔다는 건, 그에겐 꽤나 쉽지 않은 결정이었을 거다.

옥경의 말처럼 사소한 결정 하나에도 고려해야 할 사항이 많은 재건의 위치를 감안하면 더욱이.

주영이야 어쨌든 재건 덕분에 그럴듯하게 살 수 있었으니 항상 빚진 마음이 있었다.

그렇기에 늘 주영을 매섭게 대하는 옥경을 챙기라는 그 무심한 한마디도 가볍게 넘길 수 있었다.

으레 어른들을 챙기라는 말이니.

주영이 재건에게 눈짓으로 인사하며 현관을 나섰다.

"오늘은 그래도 잘했지?"

오빠가 말이야 그래도 어른들한텐 좀 잘해. 저택의 담장 앞에 서서 거들먹거리는 상진을 보며 주영이 담담하게 대답했다.

"네. 고생했어요, 얼른 들어가요."

"같이 안 가고? 오빠가 데려다줄게. 집 구경도 좀 시켜 줘. 집에 무슨 꿀단지를 숨겨 놨길래 남편 될 사람한테 집도 안 보여 줘?"

상진이 은근하게 기대감을 담아 말했다. 몇 달 뒤면 같이 살 사람이었다. 그런데 이상하게도 상진을 혼자 사는 집에 들이는 건 내키지 않았다. 주영이 차분하게 거절했다.

"오늘은 병원 들렀다 갈 거라서요. 다음에요."

"병원? 이 시간에? 어디 아파?"

"엄마 병원이요."

"아아. 그 병원. 열심이네."

상진이 이제야 생각났다는 듯 건성으로 고개를 끄덕였다. 관심 없다는 뉘앙스가 명백한 성의 없는 어조다.

주영이 자신의 친모인 성희가 병원에 있다는 사실을 알렸을 때도 상진은 크게 관심 없다는 투로 반응했었다.

제가 신경 쓸 인물이 아니라는 태도로. 그들의 세상에서 성희는 그냥 없는 존재나 마찬가지였다. 여전히 가끔은 병원을 찾는 듯한 재건을 제외하면.

"얼굴은 비쳐야죠. 들어가요. 연락할게요."

"그래. 다음 주에 보자고."

상진이 다음 주로 예정된 자기 부모님과의 식사 자리를 언급하며 차에 올라탔다.

그의 검은색 세단이 성북동의 언덕길을 벗어나 점이 되어 사라지자 주영도 발걸음을 뗐다.

"오셨어요?"

"네. 좀 쉬다 오세요."

주영이 연하게 웃으며 인사하는 간병인에게 음료와 간식거리가 든 쇼핑백을 내밀었다.

"이런 거 진짜 안 사 오셔도 되는데, 매번 오실 때마다 참. 그래도 감사해요. 잘 먹을게요. 어머니랑 좋은 시간 보내세요."

간병인이 감사 인사와 함께 병실을 나서자 주영이 천천히 안쪽으로 걸음을 옮겼다.

커다란 병실 중앙에 놓여 있는 침대를 둘러싸고 온갖 의료 장비들이 그득하다.

주영이 침대 쪽으로 다가갔다.

"너무 오랜만에 왔지? 미안. 요새 좀 바빴어."

당연히도 돌아오는 대답은 없었다. 주영이 익숙한 듯 침대 옆의 의자를 빼서 앉았다.

한때는 혹시나 하는 희망이 있었다. 할 수 있는 최선을 다했다. 이제는 그런 기대 따윈 접은 지 오래였다.

희망과 절망의 굴곡을 지나 모든 것에 초연해진 지금, 여전히 말없이 누워 있는 성희는 세상 유일의 주영의 편이었다.

대학 때 '죽음에 대한 과학적 이해'라는 교양 수업을 들은 기억이 있다. 주영은 그때 교수가 한 말을 잊을 수가 없었다.

사랑하는 사람이 숨을 거둘 때, 청력을 관장하는 관자엽 쪽에 있는 뇌는 살아 있을 수도 있으니 울기보다는 귀에다 대고 꼭 '사랑했다, 고마웠다. 거기서 기다리면 최선을 다해 살다 가겠다.' 이런 말을 꼭 전하라던.

수업을 듣고 문득 깨달은 것은, 성희는 가늘게 수명을 이어 가고 있으니 눈을 뜨지는 못해도, 입을 벌려 말을 하지는 못해도 주영의 이야기는 들을 수 있겠구나 하는 것이었다.

보통은 병원을 찾아도 멍하니 엄마의 얼굴만 쳐다보다 일어나기 일쑤였는데, 그 이후로는 엄마를 찾을 때면 근황을 조곤조곤 늘어놓곤 했다.

바쁜 일상 속에서 한 달에 한두 번, 주영이 찾는 시간만큼이라도 더 이상 그녀가 외롭지 않길 바라며.

주영이 평생을 외롭게 살았을 여윈 여자를 마주 봤다. 주영이 기억조차 하지 못하는 오래전 일은 정확히 알 수 없지만.

안정적인 직장이 없는 젊은 여성이 미혼모로 평탄하게 살아갈 수 있을 만큼 사회는 따뜻하지 않다.

그녀는 약한 몸으로 두 사람의 생계를 홀로 떠맡아야 했으며, 일하지 않는 시간마저도 주영에게 모든 것을 희생했다.

그때는, 싫었다.

아빠가 없는 것이, 지긋지긋한 낡은 집이, 무언가를 할 때면 항상 돈부터 생각해야 하는 것이.

그런 불만마저도 엄마의 희생이 있었기에 가능했다는 것을 이제는 안다.

지금은 아빠가 있어도, 호화로운 집에 있어도, 돈 걱정은 크게 할 필요 없어도, 여전히 주영은 무언가에 목말랐다.

지금 손에 쥐어진 것들에 은근히 만족하면서도 한편으로는 허전했다. 사람은 현재 내가 가진 것보다는 가지지 못한 것을 보는 습성이 있기 마련이니까.

아마도, 애정의 결핍이겠지. 버거운 삶의 무게를 이겨 내면서도 주영에게 무한한 애정을 쏟아부었던 엄마에게 조금 더 다정하지 못했던 것, 조금 더 웃어 주지 못했던 것, 사랑한다는 말 한마디 제대로 하지 못했던 것.

엄마가 쓰러지고 나서야 움켜잡지 못할 시간들이 눈물이 되어 돌아왔다.

엄마가 주영에게 주었던 모든 것이 얼마나 어려운 일인지 이제야 조금은 알게 되었기에.

시간이 흐른 뒤에야 후회하는 건 주영의 오래된 나쁜 습관이었다.

지금이라도, 조금이라도 그녀가 덜 외롭길 바라며 주영이 바늘이 꽂혀 있는 앙상한 손을 부드럽게 잡았다.

"엄마, 나 할 말이 있어."

규칙적으로 병실을 울리는 기계음이 엄마의 대답이라도 된다는 듯 주영이 말을 이었다.

"나 결혼해. 엄마한테 제일 먼저 말해 줬어야 했는데, 늦었어. 미안해. 그렇게 됐어. 근데……."

주영이 잠시 말을 멈췄다. 결혼이 확정되고 나서도 성희에게 차마 말을 하지 못했던 이유는, 머리로는 알면서도 실감이 나지 않았기에 입 밖으로 꺼내기가 쉽지 않았기 때문이다.

주영이 고개를 숙여 성희의 앙상한 몸에 얼굴을 묻고는 다시 말을 이었다.

"기분이 이상해. 나 그 사람 보면 아무 감정도 안 들거든. 그래서 이게 맞나 싶다가도, 어차피 다른 사람 만나도 다를 건 없을 것 같더라. 서주헌이 그랬어. 결혼해서 딱 3년만 버티면, 호텔도 주고 지분도 주고 건물도 준대. 그때 되면, 엄마도 내가 챙길게."

지금처럼 눈치 보지 않고.

열일곱의 주영은 그제야 나타난 친아빠, 재건을 그리고 그런 재건을 받아들인 엄마를 원망했다.

그러나 잠시였다. 그때, 재건이 나타나지 않았더라면 엄마가 쓰러지고 난 뒤 미성년자인 주영은 어디로 갔을까.

엄마는 이렇게 오랜 시간 생명의 희망을 놓지 않을 수 있었을까. 생각만 해도 아찔했다.

표면상은 남부럽지 않은 삶이었다. 좋은 집안에, 좋은 대학에, 좋은 회사에서 좋은 자리를 차지하고 있다. 결혼할 상대도 그랬다.

그러나 가만히 서서 자세히 들여다보면 실속 있는 삶은 아니었다.

그래도, 놓을 순 없었다. 조금은 욕심도 있었다. 돈도 명예도 다 갖고 싶기도 했다. 그게 없었다면 지금까지 달려올 수도 없었다.

그럼에도 제일 큰 이유를 하나 꼽으라면 엄마였다. 지금의 그녀를 억지로 숨 쉬게 하는 이 모든 것.

쾌적한 병실과, 최첨단 의료 장비, 전문적인 간병인. 주영의 연봉 이상의 비용이 들어갔다.

주영을 제대로 살필 여유가 없었던 재건을 더 이상 원망하진 않는다.

그의 경제적인 지원이 있었기에, 주영이 좋은 환경에서 경제적 부족함 없이 지낼 수 있었고, 그 오랜 시간을 이 가녀린 여자가 버틸 수 있었으니.

"엄마가 깨어 있었으면 뭐라고 했을까? 엄마들은 딸이 결혼한다 그러면 어떤 마음이야? 궁금한데, 대답 좀 해 봐……."

건조하게 웃는 주영의 얼굴 위로 씁쓸함이 스쳐 지나갔다.

다정하게 웃으며 축하한다 했을까? 옥경처럼 주영을 다그치며 격에 맞는 결혼 준비를 종용할 리 없었다.

애초에 조건을 따져 남자를 들이밀지도 않았겠지. 어쨌거나 성희에겐 항상 주영의 행복이 먼저였으니.

어렸을 때도 악착같이 공부에 매달리는 주영을 보며, 친구들하고도 놀러 다니기도 하라던 엄마였다.

그 시절을 생각하면 자연스럽게 떠오르는 얼굴이 있다.

기계음만이 울리는 기나긴 정적 끝에 주영의 입술이 천천히 열렸다.

"엄마……. 내가 누굴 만났는지 알아? 엄마, 혹시 기억나려나. 우리 삼빛 아파트 살 때, 옆집 살던 남자애. 201호에 이사 왔던, 키 크고 덩치도 크고 인상은 사나워서 양아치 같다고 했던 애 있잖아. 그때, 엄마가 걔 잘생겼다고 했었는데, 기억나?"

주영이 천천히 눈을 감자 오래된 기억의 조각이 며칠 전 일인 것처럼 선명해진다.

엄마의 늦은 퇴근 후 함께하던 단출한 저녁. 새로운 이웃 남자애에 대해 얘기하던 그날.

'애가 참 잘생겼더라.'

'잘생기긴……. 양아치처럼 생겼던데.'

'얘도 참. 멀쩡한 애 흉보면 못써.'

"그때 있잖아……. 엄마는 맞고 나는 틀렸어. 나는 양아치 같다고 했고 엄마는 멀쩡한 애라 그랬는데, 알고 보니 걔 운동 진짜 열심히 했었어. 그래서 그렇게 성공했는데, 다쳐서 가끔 걱정했었어. 근데 잘 살고 있더라고…….”

주영이 침대에 깊게 얼굴을 묻자 목소리가 웅얼웅얼 알아들을 수 없이 점차 작아졌다.

“사실은 가끔이 아니고……. 많이. 궁금했었는데, 보고 싶었고. 엄마 몰래 사귀기도 했어, 걔랑. 모르지……?”

작은 중얼거림이 환자용 이불속으로 조용히 사라졌다. 주영의 입가가 미세하게 떨렸다.

최악의 재회.

태열을 처음 만났을 땐 심장이 덜컹했다. 오랫동안 곱씹었던 얼굴이었으니.

그럼에도 차가울 수밖에 없었다. 돌이킬 수 있는 건 아무것도 없었기에. 밀려오는 감정을 억지로 덮을 수밖에 없었다.

‘그대로야. 연락해. 네가 아는 번호 11자리, 그대로.’

며칠 내내 잊을 수 없는 숫자가 주영의 머릿속을 휘저었다. 잊었을 리 없는 그 번호가.

그러나 주영은 차마 머릿속을 떠다니는 숫자들을 액정 위에 눌러 담지 못했다.

이렇게 오랜 시간이 흘러 우연히 다시 만난 태열이 어떤 의도로 그런 말을 했는지 정확히는 알 수 없었다.

단순한 호기심에, 혹여 그리웠던 얼굴을 한 번쯤 더 보겠다는 욕심으로, 그리웠던 음성을 듣겠다는 이유로 연락한다고 한들, 주영이 태열에게 해 줄 수 있는 건 아무것도 없다.

뒤늦게 태열과 무언가 해 보고 싶었다면 그 긴긴 시간 동안 흔적만을 좇진 않았을 거다.

13년 전, 우리의 마지막 그날과 지금, 아무것도 달라진 건 없으니까.

아니지, 오히려 다시 태열과 가까워지며 더욱더 별 볼 일 없어진 스스로를 내보이고 싶진 않았다.

주영에게 그랬던 것처럼, 그 시간이 태열에게도 그냥 한때의 좋았던 추억으로 남길…….

"그거면, 됐어, 잘 지내는 거면. 갠 어차피 나 없이도 잘 살았고, 나도 잘 살아. 3년 전에 엄마 찾아와서 울면서 한 말 기억나지. 더 이상 뒤돌아보기 싫다고, 멈춰 있기도 싫고. 다 끝났으니까……. 엄마 시간이 멈춰 있는 만큼 내가 두 배로 앞으로 갈 거라고. 난, 그렇게 살 거야."

여전히 성희의 시간은 마흔넷에 머무르고 있었다. 쉰여덟의 나이여야 했지만 온성희의 시간은 그대로 멈춰 있었다.

마치, 열아홉의 주영의 시간이 스물여덟까지 멈췄던 것처럼.

하지만 더 이상 이어 나가야 할 얘기는 없었다.

태열은 태열대로, 주영은 주영대로 각자의 이야기만 남았으니까.

주영이 몸을 일으켜 느릿느릿 여윈 손을 쓸어내렸다. 주영의 입가에 희미한 미소가 서렸다.

주영이 핸드백을 챙겨 일어나서는 성희의 창백한 뺨을 어루만지며 말했다.

"두 배로 빠르게 가려면 또 열심히 바쁘게 살아야 돼. 이해하지? 엄마, 나 또 올게. 그때까지 건강해."

주영이 병실을 나와 간접 조명이 옅게 불빛을 밝히는 병원의 복도를 걸었다. 또각또각 주영의 구두 소리만이 적막한 밤의 복도를 울렸다.

12. 네가 아는 번호 11자리

기가 쏙 다 빨렸다. 주영은 월말 실적 보고 회의가 있어 본사에서 오후 내내 시간을 보내고 호텔로 들어섰다.

다행히 겨울 성수기 덕에 호텔 셰이드의 실적은 못 봐 줄 정도는 아니었다.

평년 수준.

그러나 모든 회사가 그렇듯. 지붕을 뚫고 올라가지 못한 실적에 대해 합리적인 사유를 들이밀어야 했다. 주영이라고 예외는 없었다.

주영이 지친 얼굴로 로비에 들어서는데 듣기 싫은 소음이 신경을 거스르게 했다.

얼마 전부터 로비 카페 라운지 자리의 인테리어 공사가 한창이었다.

주영이 직원용 엘리베이터로 향하던 발걸음을 돌려 공사 현장을 가리기 위해 쳐 놓은 파티션 방향으로 향했다.

이미 4시가 훌쩍 넘은 시간이었다. 투숙객들에게 10시부터 4시까지 공사가 진행 될 것이라 안내하며 양해를 구해 놨는데, 지금은 약속된 시각이 훌쩍 지나 있었다.

이러면 곤란하지.

현장과 가까워지자 위잉거리는 드릴 소리 사이로 사람 말소리가 섞여 나왔다.

입구에 서서 내부를 들여다보니 얼추 공간 틀은 잡힌 듯했다. 현장에 가득한 먼지에 주영이 더 이상 발을 들이지 못하고 인상을 찌푸릴 무렵 밝은 목소리가 주영을 향했다.

"안녕하세요, 상무님. 현장 보러 오신 건가요?"

계약 미팅 자리에 인사차 얼굴을 잠깐 비쳤을 때 마주쳤던 여자였다. 단아한 얼굴에 밝은 인상.

명함을 주고받던 짧은 순간 내내 뚫어져라 주영을 쳐다보면서도 화사한 웃음을 잃지 않았던 얼굴을 기억한다.

이름이 뭐였더라……. 아, 이서우라고 했던 것 같다. 주영이 서우를 마주하며 입을 열었다.

"네. 잘 지내셨나요? 현장 확인도 할 겸, 말씀 전할 게 있어서 들렀어요. 계약 당시에도 협의된 걸로 알고 있고, 저희가 투숙 고객 분들에게 공사 시간을 10시부터 4시로 안내드렸는데……."

주영이 차분하게 용건을 설명하는 사이로 낮고 진한 목소리가 파고들었다.

"누나. 소장님 어디 가셨지? 우리 바닥 마감 한 번 더 확인해야 할 것 같은데? 아, 손님이 와 계셨네.”

현장 안쪽에서 여자를 찾으며 걸어오다 주영과 눈이 마주치자 싱긋 웃는 상대를 보고 주영은 그대로 굳어 버렸다.

몸의 윤곽이 드러나는 가벼운 질감의 네이비색 니트와 슬랙스를 입고, 그 아래로 하얀색 스니커즈를 신어 편해 보이는 차림의 태열이 저벅저벅 주영을 향해 걸어왔다.

네가 왜 여기에…….

“상무님이 우리 공사 지연되는 것 때문에 찾아오신 것 같아. 죄송해요, 상무님. 제가 시간도 제대로 체크해야 했는데. 저희 대표님 처음 보시는 거죠?”

태열과 주영의 가운데 서 있던 여자가 태열에게 상황을 전하자, 태열이 느릿하게 고개를 끄덕이며 씨익 입꼬리를 말아 올렸다.

“인사가 늦었네요, 카페202 대표 고태열입니다.”

주영이 얼떨떨한 표정으로 눈앞의 명함을 받아 들었다. 계약 미팅 당시 여자가 건넸던 명함과 같은 디자인에 개인 신상만 다를 뿐이었다.

카페 하나만 하는 건 아닌지 명함 아래 작은 글씨로 여러 가지 상호가 보였다. 그 위로 ‘202 F&B 대표 고태열’이라고 적힌 활자 아래로 익숙한 번호가 눈에 들어왔다.

도대체 이게 무슨…….

‘우리 고 선수 이제 사장님이잖아. 뭐지 그거? 이름이 숫자였는데. 카페 한다고 그랬어. 맞지? 숫자?’

지난번 소담에서 마주쳤을 때 그는 카페를 운영하고 있다고 했다. 게다가, 그런 말도 했었지.

'앞으로 우리가 볼 일이 없을까?'

설마, 다 알고서…….

당혹스러운 표정으로 명함을 뚫어져라 내려다보는 주영의 시야에 커다란 손이 들이찼다.

악수를 하자는 건가. 이미 지난번 소담에서 마주쳤을 때 주영은 태열에게 자신을 상진의 약혼자라 소개하며 악수까지 나눈 상태였다.

주영이 다시 전혀 모르는 척을 해야 할지, 그래도 그때 식당에서 만난 건 알은체를 해야 할지 고민하는 동안에도 눈앞의 커다란 손은 그대로 그 위치에 있었다.

"호텔 셰이드 총지배인 서주영 상무입니다."

주영이 출렁이는 감정을 가까스로 다잡으며 최대한 단정한 얼굴로 천천히 손을 뻗었다.

손이 닿으려던 찰나 피식 웃는 소리에 주영이 고개를 들어 태열을 마주 봤다.

"말고."

주영의 눈을 빤히 쳐다보며 태열이 손바닥을 위로 해 손을 다시 내밀었다. 옆에 서 있던 서우가 너 뭐 하는 거냐는 표정을 하며 태열의 니트 자락을 잡아당겼다. 주영의 시선이 잠시 여자의 손끝을 스쳤다.

"손을 잡자는 건 아니었고, 명함이나 교환하자는 얘기였는데."

하. 주영이 어이가 없다는 얼굴로 한껏 기분이 상한 티를 내면

서도 명함을 꺼냈고 태열이 그 모습을 진득하게 훑었다.

자신을 보면 처음 본 사람인 양, 모른 척 담담하게 구는 주영을 보면 무언가 속에서 들끓었다.

자신을 보는 서늘한 눈빛에 심술이 돋았다. 태열이 농담조로 가볍게 말을 던졌다.

"약혼자도 있으신 분이 그렇게 아무 남자 손이나 잡아도 되나?"

주영이 눈을 치켜뜨자 씩 웃고 말 뿐이다. 서우가 태열의 어깨를 툭 쳤다.

너 왜 그래? 말없이 눈빛으로 물으며.

그 모습을 주영이 무심한 눈길로 쳐다봤다. 태열의 어깨를 스친 손에 주영의 시선이 잠깐 머물렀다가 이내 옆에 서 있는 여자에게로 시선을 옮겼다.

여자와는 단순히 직장 동료 사이일까. 서슴없이 스킨십이 이어지는 모습을 주영이 눈으로 느릿느릿 훑었다. 태열을 대신해 여자가 당혹스러운 얼굴로 말했다.

"대표님이 왜 그러시지? 하하, 왜 이러실까. 죄송해요, 상무님, 저희 대표님이 좀 짓궂어요. 공사는 오픈 예정일이 얼마 남지 않아서 마음이 급하다 보니 좀 빠르게 진행……."

"그런 건 보통, 짓궂다고 하지 않고 무례하다고 표현하죠."

주영이 서우의 말을 끊고는 차갑게 대꾸했다. 빤히 주영만을 향하는 태열의 시선이 선연하게 느껴졌다. 주영을 보던 태열이 가볍게 웃었다.

"틱틱거리는 것도 여전하시고."

꼭 예전부터 아는 사이인 걸 다른 사람들에게 알리고야 말겠다는 뉘앙스를 꾹꾹 눌러 담는 태열의 태도에 주영의 머리가 지끈거렸다.

주영이 명함을 건네며 선을 그었다.

"꼭 저에 대해서 잘 아는 것처럼 말씀하시는데, 유쾌하진 않네요."

태열이 주영의 비아냥거림은 아랑곳하지 않고 도톰한 질감의 명함을 들어 올려 빤히 봤다.

그가 툭툭 검지로 종이를 건드리며 손끝으로 인쇄된 활자를 쓸었다.

"출세했네. 온주영."

삐딱하게 웃는 웃음과 그가 중얼거리며 내뱉는 옛 이름에 주영이 아연한 얼굴로 질색을 했다.

다시 만난 그는 배려가 없었다.

그래도 어렸을 땐 주영이 하지 말라면 하지 말던 태열이었다.

그렇게 알은척을 하지 말아 달라고 부탁을 했음에도.

도대체 무슨 생각이야, 넌.

"고태열……."

주영이 잠시 말을 멈췄다. 다시 어색하기만 한 호칭을 이어 붙인다.

"……대표님."

태열이 계속 말해 보라는 듯 한쪽 눈썹을 들어 올렸다.

"저랑 잠시 얘기……."

둘만 있는 자리에서 다시 단단히 경고를 할 요량으로 말을 하던 주영의 뒤로 씩씩거리는 낯선 목소리가 튀어나왔다.

"야, 열태! 너 자꾸 사람 삥이질 시킬……. 어?"

"종찬아, 여기 서주영 상무님. 인사해."

씩씩거리며 현장으로 들어오다 주영을 보고 놀란 눈을 한 남자를 향해 서우가 대신 소개를 했다.

호기심 가득한 눈빛이 주영을 향했다.

모르는 타인으로부터의 관심은 여전히 불편하다. 더 많은 사람들이 그들의 대화에 관심을 가질수록 곤란했고.

태열에게 당부하는 것은 다음 기회로 미뤄야 할 듯했다.

"저는 일정이 있어서 먼저 가 볼게요. 앞으로 공사 시간은 주의 부탁드려요. 수고하세요."

현장을 떠나면서도 등 뒤로 끈덕진 시선이 달라붙는 듯한 기분이 들었다.

주영이 발을 떼는 순간 거짓말처럼 모든 거슬리는 소음들이 멎었다.

우연일까.

식당에서 갑자기 널 마주치고, 이 자리에 내가 모르던 모습으로 네가 나타난 게.

주영이 힘없이 엘리베이터 벽에 몸을 기대며 쿵쿵거리는 심장을 부여잡았다.

주영은 사무실에 들어서자마자 인트라넷에 접속해 내부 문서를 뒤졌다.

확인해야 할 게 있었다. 몇 번의 클릭으로 찾아낸 건, 카페 라운지의 임대 계약서였다.

워낙 바쁘기도 했지만 계약의 주요 사항에 대해서만 보고 받고 대충 훑지, 계약서의 내용을 일일이 세세하게 확인하지는 않는다.

법률적인 부분이야 본사 법무팀의 검토를 받아 문제가 없을 테고. 주영이 확인할 건 대략적인 계약 조건이었다. 나머지는 실무 부서의 책임이었다.

오래전 결재가 승인 난 문서의 스크롤을 쭉 내리자 화면이 계약서의 최하단에 멈춰 섰다.

F&B 대표 이사 고태열이라고 적혀 있는 바탕체의 글씨 옆에 붉은색의 법인 인감이 찍혀 있었다.

멍하니 화면을 응시하던 주영이 헛웃음을 뱉어 냈다.

도대체 이게 뭐야.

어떻게 네가 이런. 아니 어떻게 이렇게 다시 만나. 생각하지도 못한 방식으로.

지구 반대편으로 보내기 위해 그렇게 널 접었는데 이제는 가장 물리적으로 가까운 거리에서 너를 보다니.

주영이 얼굴을 일그러뜨리며 웃었다. 벌어진 잇새로 바람 빠진 웃음이 계속해서 흘렀다.

지난번 모임을 통해 카페를 한다는 것은 알았지만, 이렇게, 여기서, 널, 다시.

주영이 지끈거리는 머리를 짚을 때 즈음 책상 위에 있던 주영의 핸드폰이 요란한 소리를 내며 짧게 여러 번 울렸다.

주영이 핸드폰을 들어 올렸다. 메시지였다. 발신자를 알 수 없는.

주영이 고개를 갸웃하며 잠금을 풀자 사진 여러 장이 우르르 눈앞에 들어찼다.

주영의 얼굴이 그대로 굳었다. 잠시 굳어 있던 주영의 입술 사이로 김빠진 소리가 흐른다.

어이가 없다는 듯, 픽픽 웃음을 흘렸다.

사진의 주인공은 그녀가 잘 아는 인물이었다.

누가 봐도 자기보다 열 살은 어려 보이는, 앳된 얼굴의 여자와 밤늦은 시각 호텔로 들어가는 사진 하나.

그리고 아침, 같은 옷 그대로 호텔에서 나오는 사진.

여자의 차 문을 열어 주며 에스코트하는 사진.

사진 속 상진은 한결같이 함박 같은 미소를 짓고 있었다.

이 여자에게도 오빠가, 타령을 했으려나.

상진이 여자 문제가 복잡했던 것은 어느 정도 알고 있었지만 그저 과거는 과거일 뿐이라고 생각했다.

사람은 쉽게 변하지 않는다고 했다. 그가 사람이 아니기를 바랐던 걸까.

배신감? 실망감? 뭐라 해야 할까.

주영이 속으로 조소했다. 상진에게 큰 믿음은 없었다. 둘 사이의 연결 고리는 서로에게 필요한 결혼이라는 상호 합의였다.

그에게는 사업적 목적이라는 결혼의 사유가 있었고, 주영에게는 옥경의 그늘에서 벗어나 자유를 얻고, 또 더 큰 배경을 업을 거란 기대감이 있었다.

혹여 결혼 생활이 잘 못 되더라도 주헌이 제시한 조건들도 있었고.

모르겠다. 그러나, 눈앞의 사진을 보고도 아무렇지 않게 평소처럼 그를 대해야 할지.

주말이면 상진의 집에 인사를 드리러 가야 했다. 그가 파견으로 출국하기 전, 그의 부모님을 뵙는 자리. 고상한 유 관장과 괄괄한 김 회장의 얼굴이 떠올랐다.

그리고 다시, 옥경과 주헌의 얼굴이 떠오른다.

'3년만 버텨 봐. 버티고 나면 그 집도 네 거, 호텔도 네 거. 지분도. 너무 후한가?'

결혼을 언급하며 만족스럽게 웃던 주헌이었다. 지금껏 그가 내걸었던 어떤 보상보다도 많은 걸 약속했고.

일단 지금은, 모든 걸 보류하고 싶었다.

주영이 핸드폰을 들어 차분하게 문자를 입력해 나가는데 노크 소리가 들려왔다.

똑똑.

"네."

노크 소리에 주영이 빠르게 문자를 발송하고는 핸드폰을 내려 놓으며 대답하자 객실부 지배인인 배윤상이 방 안으로 들어섰다.

"상무님, 잠깐 시간 괜찮으십니까?"

"잠깐 앉으실래요? 차 드릴까요?"

이내 우렁차게 드르륵거리며 책상 위 올려놓았던 주영의 핸드폰이 울리기 시작했다.

발신자는 뻔했다. 사진 속 주인공이겠지.

주영이 울리는 핸드폰을 무시하며 윤상을 향해 계속하라고 눈짓했다.

"괜찮습니다. 다른 게 아니고 그 고태열 선수, 아니 그 카페202 고태열 대표가 펜트하우스 룸 사용을 요청해서 지금 28층 룸 정비 후 안내 예정인데 혹시 따로 인사드릴 예정이신지 해서요."

"네?"

호텔 셰이드의 최상층 바로 아래인 28층엔 펜트하우스 객실이 있었다. 일반 객실보다 층고가 높고, 테라스가 딸려 있으며 거실 공간이 일반 스위트보다 훨씬 넓은. 다만 수요가 많지 않아 향후엔 다양한 파티나 행사용으로 돌리려고 계획 중이었다.

"공사 기간 동안 현장에서 왔다 갔다 하는 게 편하겠다며, 2주 정도 예약 요청을 해 왔습니다."

가격대가 상당했기에 평상시엔 대부분 비어 있었다. 그 정도 가격대면 대부분 높은 수준을 원하는 고객들이 수요층이었고 그들은 근처의 다른 5성급 호텔로 빠져나갔으니까.

펜트하우스 장기 숙박 고객의 경우엔 총지배인이었던 지영이 직접 인사를 하며 VIP 고객들을 관리했던 걸로 알고 있었다.

주영의 발령 이후엔 대부분의 기간 비어 있던 방이었다. 주영이 몰려오는 두통에 관자놀이를 짚으며 말했다.

"고태열 대표. 아까 로비에서 인사했어요. 배 지배인님이 조금 더 신경 써 주세요."

"네. 알겠습니다."

윤상의 뒷모습을 지켜보며 주영이 깊은 한숨을 내쉬었다.

도대체 넌 무슨 의도로 이러는 건데.

이 모든 게 단순히 정말 그냥 우연이라기엔 말이 안 됐다.

그렇다고 이렇게 오랜 시간이 지나서야 뜬금없이 주영의 앞에 나타난 태열을 이해하기란 쉽지 않았다.

왜, 넌, 마치 그토록 힘겹게 덮었던 마지막 장을 다시 펼치고 싶은 사람처럼.

소담의 복도에서 상진과 나란히 서 있던 주영을 차갑게 훑던 시선, 이진아와 붙어 시시덕거리던 모습, 이서우란 여자와 화기애애하게 가까워 보이던 모습.

그의 생각을 알 수가 없었다. 그런 와중에 다시 주영의 곁을 맴도는 듯한 행위.

정말 이게 우연일까?

주영이 눈을 감은 채로 몸을 사무용 의자에 깊이 기댔다. 여러 가지 정리되지 않은 생각들이 주영을 괴롭혔다.

홀로 있는 사무실엔 한참이나 작은 소음 하나 일지 않았다.

천천히 눈을 뜬 주영이 사무실에 연결된 테라스 문을 열었다.

2월의 한기가 얇은 셔츠 사이로 파고들었다.

사람 두 명 정도가 겨우 들어설 정도로 작은 테라스의 스툴에 앉아 바깥을 내다봤다. 오밀조밀하게 거리를 채운 오래된 꼬마 빌딩들이 가득했다.

오래전, 주영이 살았던 낡은 아파트처럼 작은 건물들이었다. 그 애와 함께했던 추억이 가득한 곳.

은퇴 기사 이후로 태열을 완전히 묻었다고 생각했다. 더 이상 떠올리지 않고도 괜찮게 지냈다.

추억했던 모든 흔적은 모두 한데 모여 구석에 처박혔다.

안 그래도 더럽게 머리 아픈 내 인생에 나타나 왜 이렇게 들쑤시는 거야.

멀쩡하게 잘 지내는 걸 알게 됐으니 그뿐이라고 생각했는데. 왜 이렇게 거슬리게 만들어. 이명처럼 울리는 듣기 싫은 소음이 주영의 귓가에 계속 맴돌았다.

식당 앞에서 태연하게 말을 걸던 모습. 번호가 그대로니 연락하라던 목소리. 모든 걸 알고 있다는 듯이 라운지 현장에서 태연하게 웃으며 시비를 거는 모습까지.

어린 날의 기억부터 최근의 모습까지 모든 장면들이 앨범처럼 자연스럽게 주영의 눈앞에서 한 장씩 넘어갔다.

한참을 얇은 옷차림으로 테라스에 있던 주영이 사무실로 들어와 서랍장을 뒤졌다.

호텔 미니바 비치용인 작은 사이즈의 주류들이 가득했다. 위스키 미니어처를 꺼내 들어 입에 털어 넣었다.

호박색 액체의 씁쓸한 맛이 식도를 아릿하게 타고 흘러들었다. 주영이 눈을 감자 익숙한 얼굴들이 머릿속을 떠돈다.

김상진.

그리고 고태열.

지금 주영에게 두통을 일으키는 두 사람.

다른 여자를 만나는 약혼자, 그리고 13년의 공백을 두고 갑자기 나타나 주변을 맴도는 첫사랑.

한참을 조용히 앉아 있던 주영이 핸드폰을 꺼내 들었다.

[그게 무슨 말이야? 이번 주에 오빠네 집에 못 온다니.] 17:10 PM
[주영아 전화 좀 받지?] 17:44 PM

문자 2통과 부재중 전화 2건.

발신자는 모두 같았다. 답장하지 않은 주영이 그대로 핸드폰 하나만 챙겨 밖으로 향했다.

고객용 엘리베이터에 올라 28층을 꾸욱 눌렀다.

호기롭게 방문 앞까진 찾아왔는데 막상 벨을 누르려니 망설여졌다.

태열에게 도대체 무슨 생각이냐고 따져 물으려다가도, 괜히 혼자 앞서 나가는 걸까 봐.

문 앞에서 머뭇거리길 몇 분. 주영은 눈을 꾹 감고 벨을 눌렀다.

차임벨 소리가 지나가자 적막한 복도에 덩그러니 서 있던 주영 앞에 달칵하고 문이 열리며 낯익은 얼굴이 모습을 드러냈다.

씻고 나온 건지 자연스럽게 내린 머리끝이 살짝 젖어 있었다. 타월 재질의 가운을 걸친 태열이 문가에 기대 고개를 기울이며 입을 열었다.

마치 주영이 올 걸 알고 있었던 사람처럼.

"들어올래?"

주영이 작게 고개를 저었다.

"여기서 말할게."

"방문 앞에서 이러고 있는 거보다는 들어와서 얘기하는 게 낫지 않겠어?"

뭐, 나야 상관없지만.

태열이 상관없다는 어투로 어깨를 으쓱이면서도 고요한 복도를 흘끗 보았다. 그는 말과는 다르게 문을 젖혀 주영이 들어올 수 있도록 공간을 만들었다.

적막한 복도에 울려 퍼지는 두 사람의 목소리를 신경 쓰던 주영이 고민 끝에 결국 안으로 천천히 발을 들였다.

쾅, 문이 닫히는 소리와 함께 문 앞에 서 있는 주영을 태열이 무심하게 스쳐 지나갔다.

방 안으로 들어가 미니바에서 맥주 캔을 꺼내 오며 주영을 향해 시선을 보냈다.

세상 마음 편하게 여기 와서 맥주나 마시겠냐며 태연자약하게 묻는 자태를 물끄러미 쳐다보던 주영이 고개를 저었다.

　재회한 순간부터 느끼는 바지만 어쩜 저렇게 아무렇지 않을 수 있을까 문득 의문이 들었다.

　태열이 다시 어깨를 으쓱이며 싫음 말고, 하며 시큰둥하게 대꾸했다. 이내 다이닝 테이블 위에 캔 하나를 올려놓고 나머지 하나를 따자 치이익, 탄산이 올라오는 소리가 조용한 방 내부를 울렸다.

　캔을 입가에 가져다 대며 고개를 들자 남자다운 턱선이 선명하게 드러났다. 맥주를 삼키자 날카로운 턱선의 각이 울렁이며 액체가 목울대를 타고 넘어가는 모습이 적나라하게 보였다.

　눈을 가늘게 뜨고 태열의 행동을 좇던 주영이 천천히 입을 뗐다.

　"식당에서 마주친 거. 라운지 현장에서 마주친 거. 그리고 지금 너 여기 있는 거. 다, 우연이야?"

　"인연이지."

　젖은 입가를 닦아 낸 태열이 무심히 대꾸했다. 테이블에 살짝 기대서는 웃음기를 머금은 얼굴로 주영을 응시하던 태열이 천천히 몸을 세워 주영을 향해 다가왔다.

　인연이라니. 이제 와서 우리가 뭘 할 수 있다고 인연이래.

　주영이 다시 입을 뗐다. 흘러나온 목소리는 제법 서늘했다.

　"너, 뭐 하자는 건데."

　"글쎄……."

　어느새 눈앞에 다가온 태열이 픽 웃으며 손을 들었다. 그는 삐져나온 주영의 옆머리를 슬쩍 넘겨 주며 여상하게 물음을 던졌다.

"내가 뭐 하자는 거 같아?"

"나 지금 장난하자는 거 아냐."

"나도 아닌데. 남자가 여자한테 이러는 게 뭐, 뻔하지. 아, 아니면 알면서도 물어보는 건가…….."

"무슨…….."

주영의 머리를 정리하던 태열의 눈이 주영의 얼굴을 향했다. 시선이 마주쳤다.

약간 눈꼬리가 휘어 내린 눈매 아래 동요 없이 가라앉은 검은 눈이 보였다. 속을 알 수 없는 눈이었다.

주영이 먼저 입을 열었다.

"할 말이 있어서 왔어."

할 말이 있다는 주영의 말에도 딱히 태열은 그 내용엔 관심이 없어 보였다.

주영의 머리께에서 놀던 커다란 손이 아래로 흘러 셔츠 깃을 만지작거렸다.

구겨졌네. 홀로 중얼거리며.

그다지 크게 구김도 가지 않은 셔츠의 칼라를 기다란 손가락이 지분거렸다. 주영이 그의 손을 떼어 내며 입을 열 때였다.

"할 말 있다니…….."

"해. 근데 너 손이 왜 이렇게 차가워. 이러고 밖에 있다 왔어?"

그의 손을 떼어 내기 위해 잡았던 손은 순식간에 커다란 손안에 갇혀 있었다.

주영의 손에 들린 핸드폰을 빼내 제 손에 쥐고는 차게 식은 주영의 손끝을 꾹꾹 눌렀다.

"사무실에 있다 올라왔는데 무슨 소리……."

태열이 상체를 훅 숙였다. 주영의 시야가 그의 얼굴로 가득 찼다. 그가 주영의 눈을 빤히 쳐다보며 숨을 들이켰다.

"술 냄새도 나는데. 어떤 새끼랑 드시고 오신 건지."

제법 비아냥거림이 담긴 어조였다. 태열이 눈앞의 뾰족한 얼굴을 한 여자를 내려다봤다.

열일곱, 처음 만났을 때도 그랬지만, 여전히 여자는 자신에게만큼은 차갑다.

"지금 그게 중요해?"

주영이 반박하자 이죽거리던 태열이 얼굴을 더 가까이 들이밀었다.

중요하지 않을 수도 있지. 그러나 태열은 하나하나 다 거슬렸다.

약혼자. 그래, 온주영에게는 약혼자가 있었다. 몹시 그를 거슬리게 하는 단어였다.

거슬렸다. 그 같잖은 놈 앞에서 자신을 모른 척하던 주영이, 그딴 놈에게 자신의 인생을 걸려는 그녀가.

코끝이 닿을 듯 말 듯 가까운 거리에서 태열이 입을 열었다.

"김상진? 아니면 다른 놈 또 있어?"

주영이 시선을 피하지 않으며 천천히 그의 손을 떼어 냈다.

"……고태열. 나 너 이러는 거 부담 돼. 네가 무슨 의도인 줄은 알겠어. 근데 나는 아니야. 더 이상 내가 온주영이 아니듯이……. 너도 나한테 예전 같은 존재가 아니라는 말이야. 진지하게 나한테 원하는 게 있는 거라면 난 그거 너한테 못 해 줘. 이 말 하려고 온 거야."

"진지한 게 아니면, 괜찮고?"

"……."

한 뼘 멀어졌던 태열이 다시 가까워졌다. 이죽거리며 묻는 소리가 마치 질책처럼 느껴졌다. 기분 탓일까.

정말 내가 아무것도 아니면 너는 왜 굳이 여기까지 찾아왔냐고 묻는 것처럼.

주영이 잠시 대답을 머뭇거리자 태열은 알 만하다는 얼굴로 쥐고 있던 주영의 핸드폰을 만지작거렸다.

"내 번호는 저장했어?"

"내가 왜."

"왜긴 왜야. 앞으로 볼 일도 많고, 연락할 일도 많을 텐데. 번호 정도는 저장해 놔야지."

태열이 태연한 얼굴로 잠금이 걸려 있지 않은 주영의 핸드폰을 만지작거리며 확인하려 들었다. 그런 태열을 저지하며 주영이 손을 뻗을 때였다.

지이잉, 지이잉. 태열이 쥐고 있던 손에서 진동이 올렸다. 키패드가 떠 있던 액정 위로 발신자의 이름이 떠올랐다.

"전화가 왔는데……."

착 가라앉은 검은 눈이 핸드폰에서 주영의 얼굴로 시선을 옮겼다. 침잠한 눈을 마주하던 주영의 눈길이 느릿느릿 그의 손으로 이동했다.

마디가 선명한 큰 손이 움직이는 게 슬로 모션처럼 천천히 눈앞에서 펼쳐졌다. 커다란 손안에서 핸드폰이 뒤집히고 액정이 보이자 주영의 눈동자에 당황이 서렸다.

액정 위로 떠 오른 건 단 세 글자, 김상진이었다.

상진에게 이번 주 본가 저녁 식사를 취소하겠다는 문자 이후로 계속되는 연락을 무시했다.

연락이 계속될 건 알았지만, 하필 태열의 손에 핸드폰이 들려 있을 때라니.

주영이 손을 핸드폰을 잡으려 손을 내밀자 태열의 손이 위로 치솟았다. 당연하게도 주영의 손이 닿을 수 없는 높이였다.

태열이 남은 손으로 가볍게 주영의 손을 잡아 움직임을 저지했다.

"이거 놔. 핸드폰 줘."

양손의 자유를 잃은 주영이 태열을 노려봤다. 태열이 태연한 얼굴로 말을 이었다.

주영의 손을 잡고 남은 한 손으로 여전히 덜덜거리는 핸드폰 화면을 주영에게 보란 듯이 들이대면서.

"받아야지."

"받을 필요 없는 전화야."

사진을 본 이후로 상진의 연락을 받을 생각은 없었다.

그가 베트남으로 출국하기 전, 그의 집에 인사를 드리러 가는 일정 취소에 대해서 최소한 통지는 해 줘야 한다고 생각했기에 문자만 일방적으로 남겼을 뿐.

게다가 이렇게 제삼자인 태열이 있는 상황에서 그의 전화를 받는다? 말도 안 됐다.

"걸은 사람 성의를 생각해서라도 받아는 줘야지."

가볍게 주영의 의사를 무시한 태열이 엄지를 뻗어 천천히 액정을 밀자 화면이 통화 중으로 바뀌었다.

낭패감에 주영이 눈을 질끈 감았다. 반갑지 않은 목소리가 스피커폰을 타고 고요한 방 안을 울린다.

-야, 주영아 왜 이렇게 연락이 안 돼? 갑자기 한남동을 안 가겠다니 무슨 말이야? 무슨 일 생겼어?

주영이 입술을 말아 물었다. 자신을 뻔히 내려다보는 눈을 마주 보며 천천히 입을 뗐다.

일단 사진의 존재를 태열의 앞에서 논할 수 없었다. 그건 자존심의 문제였다. 침착해져야 했다.

"……상진 씨, 내가 나중에 연락할게요."

-뭐? 주영아 지금 오빠랑 장난하는 것도 아니고. 이유를 말을 해 주든가, 아니면 내가 부모님한테 뭐라고 말을 해? 어? 너 오빠 다음 주에 출국하는 거 알고는 있어?

그의 목소리는 평소보다 톤이 두 단계쯤은 올라가 있었다. 주영의 갑작스러운 통보에 기분이 상한 듯했다.

"……."

-갑자기 일정이 어려울 것 같다고 문자 하나 달랑 던져 놓고 뭐? 주영아 이런 식으로 굴면 어떡해? 그래 놓고 연락은 안 받더니 겨우 전화 받아서 한다는 말이 나중에 연락할게요오? 내가 성북동 가서 네 장단 맞춰 줬으면, 너도 돌려주는 게 있어야지. 이

런 식이면 곤란하지, 오빠가?

주영이 눈을 치켜떴다. 태열은 여전히 감정을 읽기 어려운 무감한 눈으로 핸드폰을 응시하고 있었다.

쏟아져 나오는 상진의 분통에 픽 소리 없는 비웃음을 내뱉은 그가 주영에게 시선을 맞춰 왔다.

허공에서 시선이 얽혔다. 주영의 매서운 눈길에도 아랑곳 않고 가라앉은 눈동자는 덤덤했는데도 이상했다. 꼭 그의 깊은 눈에 빨려 들어가는 기분이었다.

-여보세요? 왜 말을 안 해. 야, 진짜 내가 어이가 없네. 사람이 잘해 주려고 어? 애쓰니까 그게 우습게 보이나. 주영아 오빠가 연락을 하면 빠릿빠릿하게 받아야 할 거 아냐. 질문하면 재깍재깍 대답을 하고. 어? 여보세요? 야, 주영아 말을 하라고.

왜 아무 말도 하지 않느냐는 듯 잘 뻗은 눈썹이 으쓱거리며 핸드폰으로 적선하듯 시선을 던졌다. 대답이라도 해 주라는 듯. 주영은 입술을 말아 문 채로 여전히 태열을 노려봤다.

자존심이 상했다. 이미 상진의 지인인 태열도 그가 어떤 사람인지는 알고 있을지도 모른다.

그럼에도 그가 주영을 대하는 모습이 적나라하게 드러나는 이 상황 자체가 자존심이 상했다.

수치심에 가까운 감정이었다.

남들이 주영을 보듯이, 잘 살고 있는 것처럼. 좋은 집안, 직장, 그리고 결혼할 상대까지. 겉보기엔 그럴싸해 보이는 주영의 모든 것을 보이는 그대로 보길.

태열에게만큼은 그렇게 보이고 싶었다.

-여보세요? 야, 서주영. 서주영? 여보세요? 야! 말을 하라고.

"대답해 줘야지."

주영의 귓가로 다가온 입술이 낮게 속삭였다. 주영에게만 닿을 정도로 작고 낮은 음성이었다.

고막을 파고드는 습한 목소리에 온몸에 오스스 소름이 돋았다.

"너……."

주영이 최대한 목소리를 죽여 말을 하다 끝을 흐렸다. 여기서 태열에게 대꾸를 했다가는 상진에게 이상한 오해를 받을 수도 있었다.

주영이 숨을 들이켜며 가까스로 고개를 비틀었다.

일단 이 상황부터 정리해야 맞는 거겠지. 주영이 깊게 한숨을 쉬며 입을 뗐다. 흘러나오는 목소리가 가늘게 떨렸다.

"……상진 씨. 미안한데 나중에 연락할게요."

-……뭐? 너, 아주 사람을 갖고 노네. 다 듣고 있으면서 대답도 안 하고 뭐? 다시 연락해? 야! 너 이따위로 할 거야? 할머님 말씀이 하나도 틀린 게 없네. 제대로 배운 게 없다더니, 야, 서주……!

몸을 물린 태열이 거슬린다는 얼굴로 종료 버튼을 누르자 흥분 가득한 소리가 순식간에 멎었다.

태열이 손을 뻗어 핸드폰을 현관 근처의 수납장 위로 내팽개쳤다. 주영을 향해 무감하게 말을 던졌다.

"할 말은 다 한 거 맞지?"

"너 뭐 하자는 거야? 왜 이렇게 경우 없이 굴어? 내가 받기 싫다고 했잖아!"

주영이 감정적으로 목소리를 높여도 얄미운 얼굴의 반응은 크게 달라지지 않았다.

"경우가 없는 게 난지 저 새긴지 모르겠는데⋯⋯."

"그냥 무시하고 지나가면 되는 전화였어!"

"무시하는 게 다 능사는 아니지."

"네가 상관할 일도 아니고."

"온주영."

내내 고저 없는 목소리로 대꾸하던 얼굴이 무겁게 가라앉으며 목소리를 낮게 깔았다.

그의 목소리를 통해 다시 듣는 옛 이름이었다.

어린 날의 인연을 다 끊어 내고 엄마마저 의식이 없는 지금 주영을 온주영이라고 부르는 사람은 눈앞의 태열이 유일했다.

아득하기만 한 옛 이름에 태열을 마주친 순간부터 수면 위로 차오르기 시작하던, 묵은 감정이 한계 수위 부근에서 출렁인다.

주영이 습관처럼 치솟는 감정을 다잡는데 차가운 목소리가 이어졌다.

"저딴 새끼가 네가 말하던 똑똑하고, 화목한 가정에서 자란 다정한 놈이야?"

감정을 억누른 듯 낮게 깔린 목소리가 주영을 덮쳤다.

태열이 상체를 숙여 코앞에서 눈을 맞춰 온다. 깊게 가라앉아 있던 깊은 눈 아래로 읽기 어려운 감정들이 가득했다.

그 속에서 주영이 알아챌 수 있던 건 한 가지.

네가 그토록 바라오던 남자가 저런 놈이냐고. 태열이 그렇게 눈으로 질책하듯 물었다.

저런 놈이나 만나려고 그 오랜 세월을 헛돌며 시간 낭비를 하게 만들었느냐고.

"저 새끼 머리까진 내가 모르겠고, 다정하고는 전혀 거리가 먼 것 같은데."

"……네가 알 바 아니잖아."

픽, 눈앞의 태열이 어처구니가 없다는 표정으로 비틀린 웃음을 뱉어 냈다.

"여전하네, 온주영."

음산한 중얼거림이 주영의 눈앞에서 흩어졌다.

이내 태열이 손을 뻗어 부드럽게 주영의 옆머리를 귀 뒤로 넘겨 준다. 짓눌린 목소리와는 다르게 다정한 손길이었다.

"앞으론 상관할 거야."

"네가 왜……."

태열이 흘러내린 머리를 한 올 한 올 뒤로 넘겨 줬다.

따뜻한 손이 목 언저리에 닿을 때마다 손끝을 타고 온기가 전해졌다. 알 수 없는 감정이 주영의 목구멍까지 울컥 치솟았다.

"뭐든, 네 일이면 다 상관하고 싶으니까. 그러니까, 저 새끼 정리하고 와."

13. 김상진

쿵. 주영의 심장이 내려앉았다. 덮었던 모든 이야기의 끝을 다시 펼치려는 태열의 한마디에.

그토록 주영이 미련을 갖던 그 남자가, 가장 주영의 자존심이 바닥난 순간에 새로운 시작을 말했다.

하지만, 정리하고 네게 가면? 뭘 할 수 있는데.

'뭐, 김상진이 마음에 안 들면 다른 놈을 찾아 주긴 하겠지. 남자는 많아. 김상진이 싫으면 다른 놈, 또 그놈이 싫으면 또 다른 놈. 근데 수준이 점점 내려가겠지. 그런 걸 원하진 않잖아? 나도 그런 건 원치 않는데. 우리 누나가 별 볼 일 없는 놈한테 가는 거.'

주영의 머릿속에 결혼을 언급하던 주헌의 얼굴이 스쳤다. 상진을 정리한들 어차피 다른 남자가, 그 사람도 아니면 또 다른 남자가 올 것이다. 주헌의 사업 관계를 돈독하게 할, 옥경의 인정을 받을 수 있는 상대가.

눈앞의 태열은 그런 대상이 아니었다.

"······정리하고 오면 네가 뭘 해 줄 수 있는데 무턱대고 다 정리하고 오래? 너 하나 만나자고 내가 감당해야 될 게 뭔지나 알아?"

감정적으로 받아치는 주영을 보며 태열이 느긋하게 웃었다. 복잡하게 꼬일 대로 꼬인 주영의 속과는 정반대로 여유 만만한 얼굴을 보자니 더 약이 올랐다.

자신을 노려보는 주영을 보며 태열이 비스듬히 고개를 기울였다.

영성고 야구부 동기였던 장기영을 통해 우연히 알게 된 김상진, 그의 약혼녀 서주영. 부산 지점 오픈 준비 때문에 부산을 같이 내려간 직원을 버려두고 서울을 올라왔다.

상진이 약혼녀를 소개하는 자리에 초대해서.

상진과 달라붙어 단정하게 웃는 주영의 얼굴을 볼 때면 발끝에서부터 어떤 감정이 울컥 치밀어 올랐다.

김상진이 어떤 놈인지 그걸 몰라서 그 오물 구덩이에 네 몸을 던지느냐고.

넌 그동안 도대체 어떤 삶을 살아왔기에. 똑똑하고, 화목한 가정에서 자란 다정한 남자가 이상형이라던 너는, 그딴 놈을. 그딴 놈에게 네 인생을.

태열의 커다란 손이 주영의 뺨을 쥐었다. 뒤통수부터 귀, 부드러운 살결을 덮은 꺼끌한 손이 부드럽게 뺨을 쓸었다.

태열이 미세하게 떨리는 주영의 눈동자를 내려 봤다.

결 좋은 긴 생머리를 휘날리던 예전과는 다르게 단정하게 하나로 묶은 머리, 생기 넘치던 뺨과 입술은 화장으로 덮고 있어도 무미건조한 느낌을 숨길 수 없었다.

식당 앞에서 태열을 보고 놀란 표정조차 정적이었다. 십 대의 주영은 태열 앞에서만큼은 해사한 웃음을 보였다.

그토록 원하던 좋은 환경에서 무엇이 지금의 너를 이렇게 변하게 했을까.

알고 싶었다.

긴 공백의 시간 동안의 네가 나 없이 어떻게 살았는지. 겉으로는 보이지 않았던, 너의 진짜 이야기가.

왜 지금의 넌 세상의 모든 생기를 다 잃어버린 사람 같은 얼굴로 서 있는지.

그런 얼굴로 살 바엔.

"최소한 널 웃게는 해 주겠지. 앞으로도 평생을 이렇게 지루하고 재미없는 얼굴로 살지. 아니면 옛날처럼 온주영답게 웃으면서 나랑 재밌게 한번 놀아 볼지."

그가 던지는 단어 하나하나가 주영의 뇌리에 꽂혔다. 세상 무미건조한 얼굴은 오랜만에 본 태열에게도 티가 났나 보다. 태열은 자꾸 옛 이름을 들먹이며 주영이 덮어 버린 기억을 들췄다.

목까지 흘러내린 굵은 손가락이 지저분하게 흐트러졌던 머리카락을 정리해 넘기자 흠 없이 새하얀 목이 드러났다.

곧게 뻗은 검지가 귀밑부터 천천히 가녀린 목선을 따라 흘렀다.

느리게 아래로 향하는 제 검지를 묘한 시선으로 따르던 태열이 천천히 입을 뗀다.

"내가 앞으로 너랑 하고 싶은 건⋯⋯."

미세하게 떨리는 주영의 촘촘한 속눈썹 위로 부드럽게 입술이 내려앉았다. 여전히 열기로 가득한 손가락은 목 부근을 지분거렸다.

"이렇게 너랑 입 맞추고, 밥도 먹고, 드라이브도 가고 그러다 잠도 자고."

예전처럼, 그리고 예전에 못 해 본 것들도. 입꼬리를 당겨 올리자 그림같이 잘생긴 얼굴이 주영의 시야를 가득 채웠다.

주영의 콧등에 다시 한번 입술이 내려앉았다.

"⋯⋯그리고 네가 웃는 모든 순간을 함께하는 거."

좀 웃어 봐. 못 볼 거 본 거처럼 얼굴 구기지 말고.

중얼거림이 굳어 있는 주영의 입가에 내려앉았다.

주영은 아무 말도 할 수 없었다. 스스로도 태열의 속삭임에 출렁이는 감정을 너무나도 명확히 느끼고 있기에.

정리되지 않은 복잡한 머릿속의 어떤 생각도 입 밖으로 내뱉기는 어려웠다.

"그러니까 정리해. 저딴 쓰레기한테 네 인생 꼬라박는 헛똑똑이짓 하지 말고."

커다란 손이 갈 곳을 잃은 주영의 손을 얽어 왔다. 다정하면서도 부드럽게 잡으며 여전히 찬기가 남아 있는 손을 녹이듯 주물렀다.

서늘했던 주영의 손이 점차 정상 체온을 찾아간다.

"다음엔 밥 먹자. 뭐, 여기서 다시 만나도 난 좋은데⋯⋯. 그

땐, 못 참을 것 같으니까 그건 참고해 두고."

태열이 씩 웃으며 손을 뻗어 핸드폰을 가져와 주영의 손에 쥐여 주며 구겨진 셔츠의 어깨 부분을 가볍게 두들겼다.

그러고는 이제 그만 가 보라는 듯이. 주영의 뒤로 손을 뻗어 문을 열었다.

일련의 모든 과정을 주영이 넋을 놓고 쳐다봤다. 그 모습을 보고 태열이 옅게 웃으며 다시 한번 손을 뻗어 주영을 품에 가두고 정수리 위로 입을 맞췄다.

잠시 뒤 주영을 놔주며 몸을 물린 태열이 고개를 비스듬히 까닥이며 입을 뗐다.

"기다릴게."

직원용 엘리베이터는 로비 층까지밖에 운행을 하지 않았기 때문에 지하 주차장으로 가기 위해서는 로비에서 고객용 엘리베이터로 갈아타야 했다.

평소처럼 늦은 퇴근길.

주영이 로비에 내려 직원용 엘리베이터에서 고객용 엘리베이터로 향했다.

펜트하우스 룸에서 나온 날 이후로 매일같이 주차장으로 향하는 발걸음마다 기다란 그림자가 따라붙었다.

태열은 늘 느긋하게 걸어와 태연하게 엘리베이터에 몸을 실었다. 본인도 지하 주차장에 볼일이 있는 사람처럼. 그러고는 아무 일도 없었다는 듯이 안부를 묻고.

'퇴근 늦게 하네.'

'여기 호텔은 상무님 혼자 일을 다 하나 봐. 여전해, 독주영.'

'그렇게 열심히 하면 돈 더 주나.'

'밥은 먹고 일하시는 건가.'

'같이 밥이나 먹을까.'

오늘도 그랬다.

"또, 퇴근 늦게 하네."

꼭 마치 예전처럼. 도서관을 갔다가 늦은 귀가를 할 때쯤이면 놀이터 벤치 앞을 서성이던 장신의 인영처럼. 빤히 주영을 쳐다보며 말을 걸어 오던 껄렁한 남자애처럼.

'네알뭐. 너 왜 이렇게 늦게 다녀?'

'세상 무서운 줄 모르고. 공부는 너 혼자 다 하냐.'

'시험은 잘 봤냐?'

'오늘따라 왜 이렇게 우울해 보여. 머리 위로 먹구름이 한가득하네.'

시비를 걸기도 하고, 안부를 묻기도 하던, 그 겨울, 그 계절을 녹이던 온도가 주영을 덮쳐 왔다.

그때의 주영은 그런 태열을 무시하기도 했고, 때때론 '네가 알게 뭐야.'라고 퉁명스럽게 대꾸하며 지나쳤다. 그럴 때면 울림 가득한 낮은 웃음이 귓가를 간지럽히곤 했었는데…….

우습게도 시간이 흘러도 바뀐 건 없었다.

주영이 태열의 말을 못 들은 척 엘리베이터에 오르니 밀폐된 공간으로 커다란 인영이 따라붙었다.

"오늘도 머리 위에 먹구름 한가득하네. 재미없나 봐, 일."

"……."

"상무님 목소리 듣기 되게 어렵네. 밥 한 번 같이 먹기는 더 어렵고."

빈정거리는 건지 시비인지 모를 말에 주영의 미간에 얕게 금이 갔다.

"상무님 표정이 너무 딱딱한데. 직원들이 무서워서 어디 말이나 걸겠어?"

"……."

"기분도 안 좋아 보이는데……. 밥 먹는 게 싫으면 키스나 할까."

며칠째 무시로 일관하던 주영이 좁은 공간을 울리는 은근하게 장난기가 어린 목소리를 참지 못하고 입을 열었다. 딱딱한 어조였다.

"고태열."

내내 정면만 보고 있자니 불투명한 엘리베이터 문 위로 주영을 내려다보는 커다란 덩치가 뿌옇게 비친다. 장난기 가득한 목소리가 되돌아왔다.

"네. 상무님."

"……."

"상무님 불렀으면 말씀하셔야죠."

"너……. 기다린다며. 내가 뭘 하든 가만히 기다려야 되는 거 아냐? 왜 매일같이 남의 퇴근길에…….”

"기다린다고 했지, 등신같이 아무것도 안 하고 가만히 있겠다고는 안 했는데.”

주영이 고개를 돌리자 눈이 마주쳤다. 그의 얼굴에 옅게 깔려 있던 미소가 진해졌다.

아……. 정말.

이래서. 이래서, 무시를 했던 거다. 일부러 쳐다보지 않았던 거다.

얼굴을 마주 보고, 눈을 마주치고, 저 미소를 정면에서 맞이하면 속수무책으로 어떤 감정이 밀물처럼 밀려왔다.

그렇게 감정에 휩쓸려 네게 여지를 남긴다 해도, 내가 너에게 무엇을 기약할 수 있을까.

태열은 알까 모르겠지만, 오랜 공백을 채운 건 달라진 환경과 시간만이 아니었다.

오랜 미련을 부여잡고 멀리서 태열을 그리기도 했지만, 한편으로는 더 높은 곳을 향한 비뚤어진 욕심으로 남은 일상을 치덕치덕 덧칠해 왔다.

더 이상 귀여운 수준의 욕심과 성공을 얘기하던 어린 날의 온주영이 아니었다.

더 알게 된다면 넌 분명 실망하겠지.

태열의 말대로 상진을 정리하게 된다 하더라도, 우리에겐 아마 두 가지 결말만이 있을 것이다.

내게 다음 결혼 상대가 정해져 오는 끝, 혹은 보잘것없는 내 실체를 알게 되어 실망과 함께 떠나가는 너.

어떻게 되어도 해피엔딩은 어려울 텐데, 또다시 오래도록 여운이 남는 그런 감정 소모를 반복하는 건 겁이 났다.

"기다리지도 말고, 아무것도 하지 마."

"그럴까. 아무것도 안 하고 이대로 너랑 같이 여기 갇혀도 그건 또 그거 나름대로 좋겠네."

주영이 아연한 눈으로 쳐다보자 태열이 어깨를 으쓱였다.

"네가 원한다면 그것도 좋지."

낮게 읊조리는 목소리조차 좁은 공간 밖으로 새어 나가지 못하고 주영의 귀에 콕 박혀 들었다.

"너 진짜……."

주영이 잘게 한숨을 내뱉으며 입을 떼는 순간 알림 음과 함께 엘리베이터 문이 천천히 열렸다.

지하 2층까지 10m 남짓한 거리를 오가는 시간은 길지 않았다.

오늘따라 유독 짧게 느껴지고. 이내 입을 꾹 다문 주영이 밖으로 발을 내디뎠다. 등 뒤로 부드러운 음성이 닿는다.

"그래도 이렇게 하니까 온주영 관심 한 자락이라도 받아 보네. 잘 들어가. 잘 자고."

수 일째 반복되는 '굿나잇' 인사. 고개를 돌리자 가볍게 손을 흔들며 내일 또 보자는 말과 함께 엘리베이터의 문이 닫히는 게 보였다.

첫날엔 아무 말 없이 따라와 주영의 움직임을 쫓다 사라졌고, 둘째 날엔 태연하게 안부를 묻고, 셋째 날에도 다시 안부를.

그렇게 매일같이 안부를 묻더니 오늘 태열은 결국 주영의 말을 이끌어냈다. 좁아지는 문틈 사이로 매끈하게 웃는 낯이 사라졌다.

지하 주차장을 오가는 자동차의 타이어가 만들어 내는 거슬리는 마찰 음 사이로 주영의 구두 소리가 더해졌다.

기계적인 걸음으로 차를 향해 걸어가면서도 온갖 상념이 주영의 머릿속을 채워 왔다.

보기 좋은 웃음을 짙게 띤 얼굴. 오랜 시간 잊지 못했던 얼굴. 기억 저편에 묻었던 얼굴.

네가 없는 게 당연해져 버린 내 일상에 나타나 모든 것을 자꾸 뒤흔든다.

그 옛날처럼 성큼 다가와 자꾸 오랜 시간 공고히 쌓아온 벽을 허물어 내린다.

흘러간 세월만큼 훨씬 높고 견고해진 벽은 여전히 그 앞에서만큼은 모래성 같다.

태열을 마주칠 때마다 맥없이 허물어져 내리려는 벽을 힘겹게 다시 올려 세우며 애써 무시했다.

본능적인 거부였고, 너무 잘 알았다.

욕심 많은 내가 너마저 욕심내기엔 너무 양심이 없는 걸 아니까.

그럼에도 자꾸 돌아보게 된다.

그 옛날의 추억을.

전혀 달라진 분위기로 나타난 주제에 예전과 전혀 다를 바 없이 내게 주저 없이 다가오는 너를.

일말의 양심 따윈 생각하고 싶지 않게.

주영이 김상진을 처음 만난 건 작년 가을이었다.

느닷없이 주헌이 모임에 동행할 것을 요구했다. 주헌을 따라 이런 모임 자리에 동행하는 것은 이미 수없이 경험한 일이었기에 별말 없이 따라갔다.

도착한 곳은 강남에 위치한 한 호텔의 라운지 바였다.

파티션으로 구분되어 있는 안쪽으로 들어가자 취기가 오른 남자 서넛이 풀린 얼굴로 주헌의 옆에 서 있는 주영을 올려다봤다.

"아, 여기가 서주헌이 누님? 말로만 듣던?"

"어서 와요. 앉아요, 여기. 주영 씨 듣던 대로 미인이시네."

주헌이 코웃음을 치며 자리를 잡았다. 서글서글한 인상의 남자가 제 옆자리를 툭툭 치며 빤히 쳐다봤다.

주헌이 뭐 하고 있느냐는 표정으로 주영을 쳐다봤다. 주영이 남자가 손짓하며 가리킨 자리에 앉았다.

신규 사업, 구조 조정 같은 사업 얘기부터, 어디 그룹의 누구, 어느 집안 누군가의 사적인 험담까지, 관심 없는 지루한 얘기들을 흘려들으며 주는 술을 몇 잔 받아먹었던 기억이 있다.

그리고 다음 날 주헌이 말했었다.

"김상진이 너 마음에 든다는데, 어때?"

발가벗겨 사람 속을 읽는 듯한 집요한 눈빛이 주영을 향했다.

주영이 조소했다.

"내가 싫다고 하면, 뭐 다른 옵션이 있어?"

"뭐, 김상진이 마음에 안 들면 다른 놈을 찾아 주긴 하겠지. 남자는 많아. 김상진이 싫으면 다른 놈, 또 그놈이 싫으면 또 다른 놈. 근데 수준이 점점 내려갈 텐데, 그런 걸 원하진 않잖아? 나도 그런 건 원치 않는데. 우리 누나가 별 볼 일 없는 놈한테 가는 거."

꼭 주영을 생각해 주는 것처럼 말하는 꼴이 우스웠다. 다 주헌이 깔아 놓은 판인 걸 아는데.

서한백화점의 하노이 지점을 복합 쇼핑센터로 확장해 상원 호텔 앤 리조트와 함께 호텔까지 연결 지어 오픈하는 것.

그리고 그 대규모 해외 건설 사업을 상원건설이 수주하는 것.

이렇게 사업을 확장해 제 영향력을 확장하고, 더 나아가 김상진과는 주영도 모르는 둘만의 거래가 있는 것처럼 보였다.

전무 승진과 함께 슬슬 경영권을 쥐게 된 주헌은 옥경의 전폭적인 지원을 받아 불협화음 없이 승계 작업에 착수 중이었다. 유일한 아들이니 재건도 당연히 전폭적으로 지원했다.

주영의 결혼은 옥경의 오랜 바람처럼 주헌의 목적을 위한 하나의 패일 테지. 아마, 상진과의 모종의 거래는 대주주 지분 증여에 따른 세금을 위한 재원 마련과 관련이 있는 듯했다.

주헌이 말을 이었다.

"결혼해서 3년만 버텨 봐. 버티고 나면 집도 네 거, 호텔 지분도 적당히 나눠 줄게. 너무 후한가?"

그의 말처럼 평소보다 후한 대가였다. 아무래도 주헌이 원하는 무언가가 걸린 결혼인 듯했다.

"싫으면 지금 말하고. 나중에 가서 안 한다고 말 뒤집으면 꼬인 거 정리하기 힘들거든. 파혼이라도 하면 네 몸값 더 떨어지는 건 말할 것도 없고."

"할게."

어차피 선택권이랄 게 없었다. 김상진이든, 누구든. 어차피 주헌의 잇속에 맞는 이들이 계속 자리를 채워 올 텐데. 새로운 사람을 만나고, 조건을 재고, 피곤했다. 그냥 주는 대로 받아먹는 게 나았다.

호텔도, 집도, 지분도, 그리고 자유. 주영 입장에선 꽤나 큰 보상이었다.

"우리 누나 역시 똑똑해. 서한백화점. 내년에 호치민 진출 예정이야. 착공 들어간 진 꽤 됐고. 2호점은 3년 뒤, 하노이. 그때 복합 쇼핑몰 합작해서 진행하기로 구두 협의는 됐고. 네 결혼은 앞으로 돈독히 하자는 차원."

"할머니가 좋아하시겠네."

내가 네 앞길에 조금이라도 도움이 돼서. 뒤에 이어질 말은 생략했다.

굳이 말하지 않아도 모두가 아는 사실이기에. 주헌이 어깨를 으쓱하며 입꼬리를 비스듬히 올렸다.

"네가 가야 서지영도 가니까. 더 필요한 거 있어? 뭐, 사실 서한에 꽂아 주는 정도면 내가 너한테 대가를 받아야 될 것 같은데. 안 그래?"

주헌의 말은 사실이었다. 서한이라면 유통 쪽에서 세 손가락 안에 드는 큰 그룹이었다.

재건이 밖에서 낳아 온 자식이라는 게 공공연하게 알려진 이 바닥에서 주영이 갈 수 있는 곳은 많지 않았다.

재건과 성희의 만남이 본처와의 결혼 전의 만남이라고 한들, 사람들은 그런 디테일에 귀 기울이지 않았다.

결혼 전이든, 외도의 결과이든 순서의 문제가 아니었다. 주영의 처지는 어쨌든 혼외자라는 굴레를 벗어날 순 없었으니까.

송옥경 여사야 어떻게든 주헌의 앞날에 도움이 되는 집안으로 주영을 욱여넣고 싶어 했지만 송 여사 마음처럼 쉬운 일은 아니었다.

그러다 보니 주영을 빨리 해치우고 싶어 하던 송 여사의 바람과는 다르게 결혼 시기가 늦어졌다.

주헌의 말대로 서한은 주영이 엎드려 절이라도 하며 들어가야 할 법한 집이었다.

옥경도 주영의 짝으로 서한 정도의 급은 예상하지 못했을 테니. 김상진에게 어떤 하자가 있지 않았다면 서한그룹 삼남의 혼처 자리가 주영에게까지 굴러떨어졌을 리가 없었다.

하자가 있을 것이라 짐작은 했으나, 굳이 집요하게 파고들지도 않았다. 알게 된다 한들 어차피 가야 할 자리라면 모르고 가는 게 정신 건강에 더 나을 것으로 생각했었다.

물론, 첫 만남부터 간간이 이어지는 데이트들 사이사이 은근하게 가벼움이 묻어나던 상진의 말투는 많은 것을 짐작하게 했다.

그럼에도 크게 개의치 않았다. 만약 주영 앞에 굴러떨어진 그 자리가 가야 할 길이라면 그냥 가면 됐다.

오히려 주영의 예상보다 더 좋은 피난처였다.

어쩌면 송옥경과 서주헌보다도 높이 올라설 수 있게 만들어 줄 그런 자리.

게다가 성북동을 나올 수 있는 기회는 결혼뿐이라고 생각했었다. 굴러들어 온 기회를 발로 차는 건 바보 같은 짓이었고.

사업 관계로 혹은 개인적인 이유로 상진에게도 주영이 필요했고, 주영도 김상진이라는 동아줄이 필요했다. 좀 더 높은 곳으로 비상할 수 있는.

그때는 단지 그 정도의 마음이었다.

그 정도의 마음이면 충분히 결혼하는데 별 무리가 없을 거라고, 그렇게 생각했었다.

한적한 카페는 잔잔하게 흐르는 배경 음악과 작은 소음이 전부였다. 주영이 눈앞에 놓인 커피 잔을 초점 없는 눈빛으로 쳐다봤다.

요즘 들어 주영은 시도 때도 없이 나타나는 태열의 환영에서 벗어날 수 없었다.

눈앞에 주영에게 커피를 들이밀던 어느 날의 잘생긴 얼굴이 일렁였다. 주영의 입술에 묻은 크림을 닦아 제 입에 가져다 대며 짓궂게 웃던 눈이.

'진짜 다네.'

낡고 좁은 집에서 항상 주영만을 향했던 그 반짝이던 눈이.

'마음껏 보라고.'

바람 빠진 소리를 내는 오래된 소파 앞에 앉아 싱그럽게 보여주던 그 미소가.

억지로 깊은 곳에 욱여넣고 꺼내 보지 않으려 발버둥 쳤던 그 얼굴이.

'저딴 새끼가 네가 말하던 똑똑하고, 화목한 가정에서 자란 다정한 놈이야?'

자존심이 상했다. 고작 네가 만나려는 놈이 그런 놈이냐고 묻는 태열의 앞에서 주영이 할 수 있는 대답은 없었다.

자존심 따위는 다 버렸다고 생각했는데 우습게도 네 앞에서만큼은 치부를 드러낸 것처럼 자존심이 상했다.

왜, 이제 와서 갑자기 나타난 너는 나를 왜 뒤흔드는 걸까.

'최소한 널 웃게는 해 주겠지. 앞으로도 평생을 이렇게 지루하고 재미없는 얼굴로 살지. 아니면 옛날처럼 온주영답게 웃으면서 나랑 재밌게 한번 놀아 볼지.'

논다고. 말이 우스웠다. 그날의 태열은 한없이 진지한 눈을 한 주제에 말투만큼은 정말 가벼운 만남을 말하는 것 같았다.

그러나 내가 너를 그렇게 가볍게 만날 수 있을까. 해묵은 감정이 그런 관계로 다 사그라질 수 있을까.

주영은 덮었던 마음을 다시 들쑤시는 것이 겁이 났다. 억지로 다잡았던 마음을 돌이킬 수 없게 될 것만 같아서.

이런 고민들로 태열에게 어떤 대답도 할 수 없었다. 그렇게 생각했는데, 태열을 마주할 때마다 자꾸 다른 생각을 하게 된다.

그러나 오늘 주영은 아직도 정리되지 않은 숙제를 가지고 이 자리에 나왔다.

주영이 혼란한 머릿속을 비우고자 고개를 흔드는데 인기척이 났다. 맞은편에서 의자가 끌리는 소리가 났다. 주영이 잡념을 떨쳐 내며 차분하게 입을 열었다.

"늦었네요."

"길이 막혀서. 아니 어이가 없네. 지금 나한테 늦었다고 구박을 하는 건가."

상진이 주영의 맞은편에 앉으며 팍 인상을 썼다. 테이블 위에 핸드폰을 툭 던지듯 내려놓으며 삐딱하게 자리 잡은 상진이 직원을 불러 음료를 주문했다.

며칠 전 통화 이후로 상진은 미친 듯이 집착하며 전화기를 울려 댔다.

주영이라고 언제까지 무시할 수만은 없었다. 태열이 말했던 것처럼 무시하는 게 능사는 아니었다.

게다가 상진은 이번 주말 출국이었다. 직면하고 싶지 않아 미루고 미뤘던 일에 마침표를 찍긴 해야 했다.

그게 어떤 방식이든.

"어디 할 말 있으면 좀 해 봐. 얼굴 보기 존나게 어려운 서주영 상무님. 그나마 출국한다니까 만나 주네. 나 참, 어이가 없어서.

야, 주영아. 너 이런 식으로 굴면 누구 손해야?"

"……."

"오빠가 부모님한테 있지도 않은 사유 만들어 내느라 얼마나 땀을 뻘뻘 뺐는지 알아? 가는 게 있으면 오는 게 있어야지, 주영아 정신 차려. 행동 똑바로 하라고."

"행동은 그쪽이 똑바로 해야죠."

"뭐?"

상진이 황당하다는 듯 눈썹을 들썩거리며 반문했다. 주영이 담담한 얼굴로 상진의 시선을 마주했다.

언제까지고 미룰 수 없어 자리에 나오긴 했으나, 자리에 앉기까지, 아니 상진을 마주하기 전까지도 어떤 결정도 내리지 못했다.

당연한 일이었다.

뭐가 맞는지 가늠한다면 여기서 그만두는 게 맞는 거였다. 뭐가 최선인지 주헌처럼 수치로 계산해 보자면 그냥 없었던 일처럼 넘어가야겠지.

뭘 원하는지 생각한다면…….

글쎄. 거기서부터 생각이 꼬인다.

내가 원하는 게 뭐였을까.

계열사, 지분, 집, 자유. 여러 가지가 떠오르다가도 퇴근길마다 마주치는 얼굴이 문득 스쳐 지나가기도 했다.

주헌의 제안을 순순히 받아들이는 것밖에 선택지가 없다고 스스로 합리화했으나 실은 저열한 욕망이 없었다고는 말할 수 없었다.

지금껏 달려온 원동력의 실체는 주영의 속에서부터 곪아 터진 시꺼먼 욕망이었다.

더 높은 곳으로 올라가고 싶다는 본능적 욕구. 그리고 누구에게도 존중받지 못하는 세계에서 인정받고 싶다는 갈망.

그게 지금의 주영을 이룬 전부가 되었다.

주헌을 따르는 것이 지름길이었다. 뭐든 해내면, 더 큰 보상이 돌아왔고 지금의 위치까지 오를 수 있었다. 보상이 곧 인정이었다.

그 손을 놓지 않으면 언제든 주헌의 바로 밑까지는 갈 수 있다는 믿음도 있었다. 그 외에도 소소하게 쥐어지는 금전적 보상들도 무시할 수 없었고.

어쨌건 상원그룹과 서씨 일가는 주영과 병상에 누워 있는 엄마의 울타리가 되어 주기도 했다.

상진과의 결혼이 결정되었을 때, 원치 않는다고 생각하면서도 모든 걸 덤덤하게 감내했던, 외면했던 진짜 이유는…….

거부할 수 없었기도 했지만, 김상진이라는 존재는 어쩌면 주영에게 다시없을 동아줄이기도 했다.

송옥경의 그늘 아래 있는 성북동을 나와, 어쩌면 서주헌보다도 더 높이 올라갈 수 있을지도 모르는.

어쩌면 상진과 서한그룹을 등에 업고 언젠가는 주헌을 내려다볼 수 있는 날이 올 수 있지 않을까 막연한 기대감도 조금은 있었던 것 같다.

우습게도, 그랬던 것 같다.

"너 요새 진짜 이상해, 알지? 말이라고 함부로 하지 마. 오빠 지금 많이 참고 있어. 누가 너처럼 개념 없이 행동하는 걸 다 받아 줘? 오빠나 되니까 봐주는 거야, 주영아. 봐줄 때 적당히 해."

상진이 비틀린 웃음을 쥐어짰다. 화를 눌러 참기도 하는 것 같
기도 하고, 어이가 없어서 웃음이 새어 나오는 것 같기도 하고.

서로 알고 있는 정보가 달랐고, 다른 생각을 하고 있다. 그러니
대화가 되지 않았다. 서로 알고 있는 이야기의 무게를 맞춰야겠
지. 주영의 생각의 추가 조금씩 한쪽으로 기울기 시작했다.

주영이 핸드폰을 들어 상진의 앞에 내밀었다.

맞은편에 앉은 상진이, 뭐, 어쩌라고? 식의 눈으로 주영을 쳐
다본다.

"보고 말해요."

차분한 주영의 눈빛을 보며 눈썹을 찡그리던 상진이 꼬았던
다리를 풀면서 팔을 뻗었다.

짜증이 가득하던 상진의 얼굴에 균열이 더해졌다. 자신과 채
서린이 호텔을 넘나드는 사진이었다.

이 사진이 왜, 서주영에게……?

당혹스러운 표정도 잠시, 일단은 상진의 일보 후퇴였다. 그가
수습을 위해 뻔뻔한 얼굴로 대꾸했다.

"주영아, 사람이 살다 보면 연애도 하고 그럴 수 있는 거지, 이
거 옛날 사진이야. 너 만나기 전에 만났던 애라고."

일단 상진이 시치미를 떼며 말했다.

"사람이 살다 보면 연애도 하고 다 그런 거지, 너 무슨 의부증
이야? 과거사까지 뒤적이게?"

맞은편에서 자신을 향하는 눈을 의식적으로 피하며 상진이 중

얼거리자 주영이 차분하게 받아쳤다.

"그렇죠. 옛날이겠죠. 호텔에 트리가 있는 것 보면 연말일 테니까요."

"그래, 연말이겠지. 크리스마스가 작년에만 있었나?"

상진이 계속 모른 척 잡아뗐다. 주영과 만나기 전이라고 잡아떼면 그만이지.

"그 차, 나 만나고 바꾼 차 아니에요?"

"……."

주영과 만난 지 얼마 되지 않았을 때 상진은 새 차를 뽑았다. 근사하게, 조수석에 서린을 태우려고.

그 차의 조수석 문을 잡고 서린을 태우는 순간의 기록이 상진의 눈앞에 그대로 남아 있었다.

서린은 막 이제 광고며 드라마에 얼굴을 비치기 시작한 신인 배우였다. 애교가 많고 살살거리며 달짝지근한 웃음을 흘리는, 상진의 취향에 매우 부합하는.

그러나 여자는 여자고, 결혼은 결혼이었다. 이 결혼은 그에게도 나름대로 걸린 것들이 있었다.

게다가 이런 식의 뒷조사라니, 엿 같은 기분은 덤이었다. 상진이 불쾌한 목소리로 물었다.

"주영아, 너 오빠 뒷조사했냐?"

"아뇨. 보다시피 저도 누가 저한테 보냈는지 몰라요."

"그걸 믿으라고?"

"믿기 싫으면 말아요. 나도 누가 보냈는지 궁금하니까."

"야, 주영아. 너 지금 오빠 놀려?"

"누가 누굴 놀린다는 건지 모르겠는데요. 혹시 알아요? 아무것도 모른 채 식장에 들어설 내가 불쌍해서 누군가가 베푼 선의일지."

차갑게 이어지는 주영의 목소리에 상진이 헛바람을 들이켜며 웃었다.

"그래서, 사진 이거 어쩌자고. 뭐 결혼 엎기라도 하겠다는 얘기야?"

배 째라는 태도에 주영이 작게 조소했다. 빤히 자신의 약혼자를 쳐다보던 주영이 입을 뗐다.

"그럴까요?"

"뭐?"

상진의 얼굴이 더 이상 일그러질 수 없을 정도로 구겨졌다.

미안한 기색 하나 없는 그의 얼굴을 마주하면 할수록 고민의 추는 명확히 한쪽으로 기울었다.

"그 사진을 받고 고민을 많이 했어요. 어떻게 해야 할까. 그래서 그쪽 부모님 뵈러 가는 자리도 취소했고, 연락도 피했어요. 사실 여기 나올 때까지도 어떻게 해야 될까 고민을 했거든요, 우습게도. 막상 사과 한마디 할 줄 모르는 당사자를 보고 나니까 안 될 것 같아요, 이 결혼."

사실은, 저딴 놈이 네가 바라던 다정하고, 상냥한 놈이냐고 비아냥대던 목소리가 며칠 동안 뇌리에 박혀 떠나질 않았다.

그러고 나면 자연스럽게 상념은, 매일같이 퇴근길을 채우던 매끈한 낯짝으로 이어지곤 했다.

"하. 진짜 씨발 뭐가 이렇냐."

커피를 쭉 들이켠 상진이 헛웃음을 내뱉었다. 본인도 어이가 없겠지. 예상도 못 하고 있었을 테니.

한참 어이없다는 듯 실소하던 상진이 말을 이었다.

"너, 오빠 입장도 이해해야 해. 약혼녀라고 하나 있는 게 살살 거리면서 애교가 있기를 해, 어? 오빠 보면서 웃어 주기를 해? 혼자 사는 집에 초대해 주기를 해? 남보다 못하게 구니까 내가 눈이 돌아가는 거 아니야."

"……지금 내 탓이라는 거예요?"

"그래. 요새 AI도 안 그래. 딱딱하게 네, 네. 지금 네 얼굴 거울 보여 줄까? 버석버석해 아주. 건조하기 짝이 없거든. 여자애가 살살 안기는 맛이 있어야지. 이번 계기로 주영이 너도 좀 스스로 돌아보고, 나도 네가 바뀐다고 하면 한눈 안 팔고. 깔끔하지?"

주영이 입꼬리를 당겨 웃었다. 하얀 피부 위로 붉은 입술이 끝을 모르고 예쁘게 말려 올라갔다.

그러나 눈은 어느 때보다 서늘했다. 어처구니없는 웃음이 벌어진 입술 새를 타고 흘렀다.

"사과, 할 줄 몰라요?"

상진이 잘 넘겨 올린 머리를 벅벅 쓸어 넘긴다. 손짓에 짜증이 가득했다. 그를 바라보는 여자의 건조한 눈을 처다봤다.

씨이발. 어떤 새끼가 저딴 사진을 보내서 일을 이따위로 만들어. 개 같네.

상진이 주영과 결혼을 결정한 이유는 복합적이었다.

우선, 처음 만났을 때 여자는 예뻤다. 단정했고. 서재건 회장의 혼외자라는 배경만 뺀다면 부모님도 만족할 만한 여자였다.

만날수록 정나미 떨어지게 딱딱한 태도만 제외하면 여자는 제법 괜찮았다. 부르는 대로 재깍재깍 나와서 모임의 자리를 채우고, 지인들 앞에선 제법 웃으며 잘 대했다.

게다가, 너무나 즐겁고 신나게 놀았던 본인의 과거가 발목을 잡았다.

결혼은 해야 되는데, 괜찮은 집과의 혼담은 퇴짜의 연속. 남자 과거가 문제가 되다니, 세상이 문제였다.

여자 좀 만나는 게 뭐가 그리 대수라고.

저도 여자라고, 별것도 아닌 일에 이렇게 바쁜 사람을 불러 내 피곤하게 구는 서주영도 상진을 짜증 나게 했다.

"그래, 주영아. 오빠가 미안해. 잠깐 눈이 돌았어. 알지? 사람이 살다 보면 가끔 정신 놓을 때가 있어. 앞으론 오빠가 너 걱정할 일 없게 할게. 응?"

"엎어진 물을 주워 담을 순 없어요."

"그래서, 뭐 씨발 진짜 끝내자고?"

주영이 자신이 잡았던 썩은 동아줄을 마주 봤다. 어딜 가도 눈에 띄지 않을 평범한 외모의 남자는 본인의 매력 없음을 만회하기 위해 늘 온갖 고급 브랜드로 치장했다.

슈트 재킷부터 셔츠, 손목의 시계까지 어느 하나 평범한 것이 없었다. 날 때부터 익숙하게 최고급품들을 누려 왔다는 것을 알고 있지만, 그럼에도 어느 하나 남자에게 어울리는 것은 없었다.

"유책 사유가 그쪽한테 있으니까 우리 선에서 이야기 정리된 거 그쪽이 책임지고 양쪽 집안에 전달해요."

"너 여기서 엎으면 이 결혼에 걸린 거 다 책임질 수 있냐?"

"그걸 내가 왜 책임져요."

"결혼 엎자는 게 누군데."

"유책 사유가 그쪽한테 있죠."

"씨발, 진짜. 미치겠네……."

상진이 정성껏 올려 넘긴 머리를 마구잡이로 헤집었다.

"나는 분명히 말했어요. 책임지고 어른들한테 전달해요."

주영이 감정이 담기지 않은 눈으로 상진을 보며 담담히 말했다. 상진이 헝클어진 머리 아래 팔짱을 끼고 한참을 가만히 앉아 있었다. 눈을 감은 채.

그가 무슨 생각을 하고 있는지는 알 수 없으나 주영의 입장에선 딱히 궁금하지도 알고 싶지도 않았다. 어차피 주영의 입장은 명확하게 전달했으니까. 김상진이 천천히 눈을 뜨며 입을 열었다.

"그래 네 말대로 해. 결혼 그래, 때려치워. 씨발, 누군 급 안 맞는 결혼하고 싶었는 줄 알아?"

불쾌한 언사에도 주영은 눈 하나 깜짝하지 않았다. 오랜 시간 옥경에게 단련되어서인지 이 정도는 타격감이 크지 않았다.

"됐네요. 원하는 바가 같으니."

주영의 담담한 대구에 상진이 한숨과 함께 말했다. 한껏 찌푸린 얼굴로.

"대신, 조건이 있어."

이 와중에 조건이라니. 주영이 조금은 어이없는 얼굴로 상진을 쳐다봤다.

"야, 나 당장 내일모레 출국이야. 지금 결혼 엎겠다고 설치면 파견이고 뭐고 다 말짱 도루묵이라고. 내가 이거 씨발 결혼 전에 좀 쉬어 보겠다고 시간을 어떻게 뺀 건데."

주영 앞에선 일하러 가는 척을 하더니, 그럼 그렇지. 아직 준공이 한참 남은 해외 지점에 파견을 나가 3개월이나 할 일이 뭐가 있다고. 상진은 이제야 숨겼던 속내를 드러냈다.

"그래서요?"

"어른들한테 얘기 내가 해, 한다고. 대신 나 파견 갔다 와서."

"지금 상황에서 내가 김상진 씨 입장까지 배려해 줘야 해요?"

주영의 단호한 대답에 상진이 화를 억누르는 사람처럼 입술을 꽉 물고는 한숨을 내쉬었다.

그러더니 이내 태세를 180도 전환해서 거의 빌다시피 하는 목소리로 말했다.

"주영아. 우리 그동안의 정이 있는데, 한 번만 이해해 주라, 엉? 내가 파혼이니 뭐니 지금 당장 집에 가서 말하면 너도 폭탄 떨어지는 건 맞잖아. 나 그냥 바로 회장님한테 재떨이 맞는다니까? 맞고 베트남도 못 가느니 갔다 와서 맞을게. 응?"

상진이 의자 끄트머리에 걸터앉아 주영을 향해 몸을 한껏 기울였다. 애걸복걸하는 태세로.

주영이 작게 한숨을 내쉬었다.

412

유책 사유가 그쪽에게 있으니 책임을 지라 한 건 주영이었다. 그러나 상진의 말처럼 당장 파혼하겠다고 선언하면 주영에게도 날벼락이 떨어질 건 부정할 수 없는 사실이었다.

주헌도, 옥경도 상진의 외도를 알아도 참고 넘어가라 말할 것이 뻔했다.

그러느니 상진이 나서서 먼저 파혼 의사를 밝히는 게 주영의 입장에서는 일을 깔끔하게 정리하는 방법이었다.

상진이 베트남에 가 있는 동안 주영도 주영 나름대로 정리할 시간을 벌 수 있기도 하고.

"……대신."

"대신?"

"그땐 어정쩡하게 둘러대지 말고 양쪽 집안에 명확하게 말해야 해요."

상진에게 확답을 받아 낸 주영이 가방을 챙겨 먼저 자리에서 일어났다. 주영이 카페의 문을 열고 나서 바람에 휘날리는 머리를 쓸어 올렸다.

계절의 찬기가 몸에 엉겨 붙는다. 아직 바람이 찼다.

김상진을 정리했다.

이렇게 빠르게 상진을 정리할 수 있으리라곤 주영 본인도 생각하지 못했었다.

아마, 태열 앞에서 상진이 주영을 함부로 대하는 모습을 보였던 것. 그리고 미안한 기색조차 보이지 않던 상진.

그리고 느닷없이 나타나 주영의 마음을 흔드는 존재 덕분에.

머릿속을 어지럽히던 문제 하나를 해결했으니, 속이 가벼워져야 하는데 내내 주영의 머릿속은 여전히 번잡했다.

주영에게 여전히 해결되지 않는 숙제는 태열이었다.

태열을 다시 마주친 순간부터 심장이 쿵쿵 뛰고 일상에 집중하기가 어려웠다.

약혼자. 성북동. 서주헌. 호텔.

주변의 현실 때문에 태열의 눈앞에선 매몰차게 대하면서도 자꾸 떠오르는 묻어 두었던 과거의 설렘과 추억에 계속 발목이 잡혔다.

왜 느닷없이 나타나 주영을 흔드는지 이유도 알지 못하면서도, 다가오는 태열의 손을 잡고 싶다는 충동이 문득문득 들기도 했다.

'그러니까 정리해. 저딴 쓰레기한테 네 인생 꼬라박는 헛똑똑이짓 하지 말고.'

결국 주영은 상진과의 관계를 정리했다. 그럼에도 가벼운 마음으로 태열에게 다가가지 못하는 이유는…….

'기다릴게.'

기다리겠다던 태열에게 다가가지 못하는 이유는…….

단순히 상진 하나만을 정리한다고 해서 주영이 현재 가진 모든 매듭이 풀리는 게 아니니까.

414

송옥경과 서주헌. 성북동을 정리하지 않고는 태열이 내미는 손을 덜컥 잡을 수 없었다.

앞으로 어떻게 해야 할지 결정할 시간은 아직 여유가 있었다.

양쪽 집안에 파혼을 말하기 전까지. 상진이 베트남 파견에서 돌아오는 3개월 후까지는 여유가 있었다.

소파에 웅크리고 앉아 담요를 어깨에 두른 주영이 맥주를 홀짝이며 정면을 향해 시선을 고정했다.

커다란 티브이 스크린에는 철 지난 영화가 흘러나오고 있었다.

시끄러운 머릿속을 잠시 멀리 두고자 영화를 틀었는데 영화의 내용은 생각보다 단순하지 않았다.

대공황 시대의 미국, 어린 시절 사귀었던 남자와 여자는 여자 집안 반대로 헤어졌다. 어렵게 성공한 남자와 여자가 재회했지만, 여자는 이미 결혼한 상태였다.

여자의 남편은 망종 수준이었고, 남자는 여자에게 손을 내밀었으나 여자는 거절했다.

남자의 끊임없는 구애에 여자는 결국 가진 모든 걸 던지고 남자의 손을 잡았으나 시간이 흐름에 따라 남자의 마음이 변했다.

여자는 결국 버림받았다.

사랑을 위해 어린 시절 남자를 반대했던 집도, 자신의 가정도 버린 여자의 끝은 비참했다.

지금과 달리 여성 혼자 홀로서기가 어려웠던 시대였다.

영화의 결말은 새드 엔딩이었다.

누구도 보장할 수 없는 남자의 마음 하나에만 의지해 모든 걸

버린 여자는 자신의 선택을 후회하며, 마지막에 비극적인 선택을
했다.

주영은 영화를 보는 내내 찝찝한 기분이 들었으나 화면을 멈
출 수 없었다.

전혀 동떨어진 시대의 이야기지만 청승맞게도 자꾸 자신의 상
황을 영화에 대입하게 되는 한심한 짓을 하느라고.

영화와 비슷한 상황이라고는 태열을 만나기 위해 주영이 놓아
야 하는 주변 상황 정도일 뿐인데.

만약에 주영이 욕심껏 쥐고 있던 회사 내 지금의 자리도, 성북
동도 모든 걸 다 놓는다면…….

오랜 시간 공들여 쌓은 탑을, 사실은 진짜 내 것이 아닌, 빈껍
데기일 뿐인 이 보잘것없는 현실을 놓고 끌리는 대로 태열에게
간다면.

이미 자기가 원하는 삶을 성취했고, 역경 속에서도 또다시 두
번째 삶을 그려 나가는 태열의 옆에 선다면.

그 옆에서 아무것도 아닌 자신을 참을 수 있을까?

아니, 그런 열등감을 제쳐 놓고서라도…….

'이렇게 너랑 입 맞추고, 밥도 먹고, 드라이브도 가고 그러다
잠도 자고. 그리고 네가 웃는 모든 순간을 함께하는 거.'

그렇게 다정하게 속삭이던 태열의 마음이 변한다면, 어렸을
때보다 더욱 보잘것없어진 주영에게 실망한다면.

그때는?

태열도, 상원그룹이라는 울타리도, 아무것도 없는 그때의 주

영이 침상에 홀로 누워 있는 엄마를 감당하며 버텨 낼 수 있을까?

사실은 그러니까, 무서운 거였다.

문득문득 다 내려놓고 싶다는 생각을 했으면서도 결국 주영이 갇힌 현실에서 벗어나기가 무서운 이유.

태열과 제대로 된 관계를 시작하기 위해서는, 주영을 그들에게 이득이 될 만한 집안으로 보내고 싶어 하는 주헌과 옥경의 벽을 넘어야 했다.

그 두 사람의 벽을 넘어, 다 내려놓고 태열의 손을 잡았는데…….

언젠가 그 애의 마음이 변한다면, 그건 지금보다도 더 최악일 테니까.

아무리 주영이 오랜 시간 태열을 멀리서 그리워했다고 하더라도, 결국 그의 앞에 설 수 없었던 이유.

이미 끝나 버린 관계는 그 어떤 가망도 없다고 생각했기에.

오랜 시간이 지나고 나서야 갑자기 찾아온 태열의 마음이, 주영이 묵혀 왔던 마음과 같은 무게일지는 알 수 없었다.

아니 같다 하더라도 사람 마음의 유효 기간이라는 건 확신할 수 없는 거니까.

"별 쓸데없는 생각을 다 하네…….”

주영이 자조적으로 웃으며 홀로 중얼거렸다. 태열은 그렇게 진지하게까지 생각하지 않을 수도 있는데.

혼자 저 멀리까지 앞서 나가는 걸지도 모른다.

주영이 절레절레 고개를 저으며 들고 있는 맥주 캔을 꼭 쥐고는 들어 올렸다. 혀끝에 닿는 액체는 미지근해져 있었다.

14. 기다린다고 했잖아

시간은 빠른 듯 느렸다.

주영은 며칠째 앞으로 해야 할 일에 대해 생각하다가 계속 잠을 설쳤다.

퇴근길마다 따라붙던 인영도 온데간데없이 사라졌다. 매일같이 보이던 태열의 그림자가 사라지니 은근하게 신경이 쓰였다.

그렇게 주영의 시간은 느리게 흘렀다.

주영이 쏟아지는 피로감을 물리치기 위해 점검차 주요 시설을 둘러보며 몸을 움직였다.

주영이 엘리베이터 벽에 몸을 기대며 오늘 오전의 기억을 떠올렸다.

출근길 호텔 로비에서 우연히 마주친 건 며칠 전까지 퇴근길마다 보던 얼굴이었다. 공사 현장을 가리는 임시 파티션 앞에 서서 여자와 다정하게 웃으며 얘기를 나누고 있는 태열의 모습.

이서우라고 했었나.

문득 의문이 들었다. 무슨 관계일까. 단순히 대표와 직원이라고 보기엔 굉장히 가까워 보였다.

주영이 로비를 가로질러 직원용 엘리베이터까지 걸어가는 시간 동안 태열은 고개도 돌리지 않고 여자의 얼굴에 집중하고 있었다. 알 수 없는 불쾌감이 휘몰아쳤다.

주영이 몰려오는 피로감에 관자놀이를 쓸어내리던 순간 엘리베이터가 4층에 멈춰 섰다.

혜원이 눈이 마주치자 잠시 멈칫하더니 고개를 살짝 숙이고는 엘리베이터에 몸을 싣는다.

층수를 확인한 주영이 문득 생각나 물었다.

"레스토랑은 내일부터 공사 들어간다고 했죠?"

"네. 레스토랑 공사 기간 동안 4층은 엘리베이터 운행하지 않는 거로 보안실에 전달해 뒀습니다."

"외부 공지도 다 나갔나요?"

"네. 홈페이지 메인 및 예약 화면에 고객들께 식음료 파트 리뉴얼로 인한 잠정 운영 중단 관련 안내 공지 띄웠습니다. 서드 파티 쪽에도 이미 공지 다 전달된 상태이구요."

"프런트는?"

"해당 부서에서 엘리베이터랑 로비에도 안내문 부착했고 프런트에도 체크인 시 한 번 더 공지하도록 지침 전달한 걸로 알고 있습니다."

엘리베이터가 로비 층에 도착했다는 알림 음이 울렸다.

"1층 라운지는……."

주영이 발걸음을 떼며 물었다.

"공사 어느 정도 진행됐어요?"

"어제 확인했을 땐 큰 공사는 거의 끝난 것 같았습니다. 저도 지금 들르려던 길인데 함께 가 보시겠어요?"

"그럴까요."

신경이 쓰였다. 사실 태열이 며칠간 얼굴을 보이지 않아 이틀 전 현장 확인을 핑계 삼아 공사 현장을 찾았으나 궁금한 사람을 볼 순 없었다.

오늘 아침 여자와 함께 있는 모습을 보고 나니 더욱 신경이 쓰였다.

그렇다고 얼마 되지도 않아 혼자 또 용건도 없이 기웃기웃하는 건 체면이 서지도 않았고.

주영은 혜원을 만난 김에 핑계 삼아 모른 척 한 번 더 현장을 찾았다.

혜원이 나란히 걸으며 리뉴얼 관련 변경된 일정을 간단하게 브리핑했다.

파티션을 지나 입구로 들어가자 어제와 크게 다를 바 없는 현장이 눈에 들어왔다.

정신없이 먼지만 날리던 초반과 다르게 어느 정도 모습을 갖춘 내부. 깔끔하면서도 트렌디한 콘셉트의 내부 인테리어였다.

의자와 테이블이 아직 배치되지 않은 채 한쪽에 몰아져 있었다. 주영이 베이커리류를 디스플레이할 긴 테이블, 음료를 제조

하는 싱크와 픽업대까지 훑었다.

그 앞에서 오전과 같이 여자와 진지한 표정으로 대화를 나누고 있는 태열이 보였다.

여자가 뭐라 뭐라 말하면 천천히 태열이 고개를 끄덕이며 짧게 대답하는 모습이 보였다. 태열을 올려다보며 계속 말을 잇던 여자가 갑자기 태열의 얼굴로 손을 뻗었다.

여자의 손이 눈가를 스치고 지나가자 태열이 나지막이 웃는다. 시선은 정면의 여자를 향해 있었다.

그 웃는 얼굴에서 눈을 뗄 수가 없었다. 쳐다보는 시선을 느꼈는지 여자의 고개가 천천히 입구로 향했다.

"어? 오셨어요."

"네. 현장 확인차 나오는 길에 상무님도 모셔 왔어요."

혜원이 예의를 갖추며 서우를 향해 인사했다.

"아, 저희 큰 공사는 거의 끝났고 주방 쪽만 마무리하면 돼요. 주방도 간단하게 갈 예정이라 오래 걸리진 않을 거고요. 어차피 베이커리류는 한남동 본점에서 가져올 거라……."

서우와 혜원이 주고받는 얘기가 귀에 들어오지 않았다. 주영이 서우의 뒤에 서서 내리 그녀를 빤히 내려다보는 시선을 마주했다.

태열이 남들에겐 들리지 않도록 입만 움직였다. '잘 지냈어?' 묻는 입술을 물끄러미 쳐다봤다.

주영이 묻고 싶은 건 안부 같은 게 아니었다.

이 앞에서 화사하게 웃고 있는 여자와는 어떤 사이냐고.

등신같이 아무것도 안 하고 기다릴 생각은 없다더니 그동안은 왜 얼굴을 보이지 않은 거냐고.

아니, 기다리겠다더니 그새 마음을 바꾼 거냐고. 그러나 물을 순 없었다. 기다리지 말라고 한 게 누군데, 무슨 자격으로.

"전 일이 있어서 먼저 올라가 볼게요."

요 며칠 보이지 않아 신경이 쓰여 찾아왔지만 아무렇지도 않게 안부를 묻는 얼굴을 보니 마음만 더 번잡해졌다.

뒤에서 서우가 뭐라 뭐라 붙잡는 소리가 들렸지만 주영은 뒤돌아보지 않았다.

사무실로 돌아와서도 퇴근 시간이 한참 지난 지금까지 내내 제자리였다.

밝게 웃는 여자, 그 여자를 마주 보며 웃던 너. 날 기다리겠다던 너, 아무것도 하지 말고 기다리지도 말라던 나.

생각해 보면 주영은 다시 마주친 이후로 태열을 보고 한 번도 웃어 준 적이 없었다.

계약 미팅 때부터 마주칠 때마다 항상 보기 좋은 미소를 달고 있던 여자와는 전혀 상반된 모습이었다.

사실 너에겐 그런 여자가 더 잘 맞을지도 모른다. 잘 웃고, 밝고, 상냥하고.

김상진의 말처럼 건조하고 딱딱하고, 살랑거리는 모습 하나 없는 나보단. 욕심 많고 바라는 것만 많은 나보다는 사실 그런 밝고 건강한 여자가 너에게 어울리긴 했다.

그런데, 왜.

왜 이렇게 기분이 더러울까.

왜 이렇게 짜증이 날까.

너랑 나는 결국엔 어떻게든 안 될 거라고, 계속 합리화를 해 온 게 누군데.

왜 이렇게 속이 불같이 들끓는지.

차라리 지난 공백의 시간처럼, 눈앞에 보이질 말지.

보이지 않으면 네가 어떤 상대와 시시덕거리든 신경 쓸 이유가 없었다.

네가 없는 게 당연해져 버린 지난 세월처럼.

왜 이제 나타나서, 왜 잘 살고 있는 사람을 들쑤셔.

왜, 아무것도 모르던 열일곱 그때처럼 유치한 질투심에 사람을 눈을 멀게 하는지.

차분해져야 하고, 무시해야 한다고 생각하지만 몸과 마음이 따로 놀았다.

주영이 들고 있던 펜을 집어 던지며 일어섰다. 곧장 28층으로 향했다.

'뭐, 여기서 다시 만나도 난 좋은데……. 그땐, 못 참을 것 같으니까 그건 참고해 두고.'

태열의 말을 정확히 기억하면서도, 무슨 의미인지 명확히 알면서도. 걸어가는 주영의 발걸음엔 머뭇거림은 전혀 없었다.

주영이 목적지에 도착해 벨을 눌렀다. 조용한 복도에 차임벨 소리가 울려 퍼졌다.

　기다렸다는 듯 바로 문이 열렸고 틈 사이로 빠져나온 커다란 손에 이끌려 빨려가듯 주영이 안으로 자취를 감췄다.

　이내 쾅 하는 요란한 소리와 함께 문이 닫혔다.

　문이 닫히자마자 뜨거운 숨이 몰려들었다. 주영이 찾아올 것을 이미 알고 있었던 사람처럼. 태열의 커다란 손이 주영의 뒤통수를 감쌌다.

　벌려진 입 새로 습한 숨이 침범했다. 입속을 헤집고 들어오는 까슬한 혀의 촉감이 생생하게 느껴졌다.

　태열이 틈 없이 몸을 맞붙이자 주영이 문과 커다란 몸 사이에 갇혔다.

　할 말이 있었고, 대화가 필요할 것 같다는 생각을 하며 여기까지 오긴 했으나…….

　어떤 것도 기억이 나지 않았다.

　뜨겁게 얽히는 숨을 기껍게 받아들이며 주영이 태열의 어깨에 팔을 감았다. 예전에도 언제나 뜨겁던 태열의 품이었다. 시간이 흘러 많은 것이 변했으나 뜨거웠던 체온 하나만큼은 그대로였다.

　숨을 쉴 수조차 없이 몰아붙이는 입맞춤에 주영이 단단한 가슴을 밀어내며 애써 고개를 틀었다.

　태열이 잠시 입맞춤을 멈추자 주영이 받은 숨을 쉬며 시선을 내리깔았다. 살짝 시선을 올리면 바로 눈앞에 바짝 힘이 들어가 핏대가 선 목울대가 보였다.

태열이 몸을 낮춰 주영에게 시선을 맞추며 이마를 맞붙여 왔다. 깊이를 알 수 없이 가라앉은 눈동자 뜨거웠다.

태열이 내뱉는 열기로 가득한 숨이 주영 앞에서 흐트러졌다. 태열이 자신에게 닿아 있는 주영의 손을 잡아 옭아맸다. 손가락 하나하나가 얽혀 만들어 내는 열기에 서늘한 체온이 녹아내렸다.

"잠깐만. 얘기부터……."

"나중에."

다시 물기 젖은 입술이 맞붙었다. 누구의 것인지 모를 타액이 연결된 입술을 통해 넘나들었다. 태열이 입속을 탐색하듯 훑으며 몸을 바짝 붙였다.

뒤로는 문이, 앞에는 태열이. 양손마저 태열에게 잡혀 있었다. 주영이 할 수 있는 거라곤 그저, 버겁게 쏟아지는 키스를 받아 내는 것 하나뿐이었다. 몰아붙이는 키스에 감정이 한계 수위를 버티지 못한 댐처럼 쏟아져 내렸다.

어쩌면, 사실은 주영도 지겹게 그려 오던 순간 중의 하나였을 테니.

낡은 평상 위에서, 좁은 거실에서 서로의 온기를 탐하고 애정 가득한 눈빛이 전부였던 그 시절을.

지금은, 모르겠다.

주영의 숨을 빨아들이는 열기로 가득한 움직임만으로도 아랫배 언저리가 찌르르 울렸다.

부족한 숨을 내쉬기 위해 고개를 비틀면 그대로 뜨거운 혀가 더 깊게 밀고 들어왔다. 도망치는 주영의 입술을 따라가는 태열의 턱선이 눈에 띄게 도드라졌다.

질척하게 젖은 살갗이 마찰하는 소리와 틈새로 내뱉는 가쁜 숨이 방을 채우는 유일한 소리였다.

주영을 계속 마주쳐도 항상 여유작작한 태도로 일관하던 태열이었는데, 몸이 닿는 순간만큼은 달랐다.

오랜 시간 갈증에 시달리던 사람처럼 갈급하게 달려들며 주영의 얕은 호흡마저 모두 빨아들였다.

그조차 달다는 듯.

"아…….

입술이 떨어져 나갈 때쯤에야 주영이 신음에 가까운 숨을 입 밖으로 뱉어낼 수 있었다. 주영이 뭐라 말을 꺼낼 새도 없이 태열이 주영을 와락 끌어안았다. 태열이 숨이 막힐 정도로 꽉 조여 안고는 주영의 어깨 언저리에 얼굴을 묻었다.

"기다린다고 했으니까, 기다렸는데…….

태열이 입을 열 때면 미세한 진동이 맞붙은 몸을 통해 울렸다.

"온주영이 꿈쩍도 안 해서, 먼저 찾아가야 되나 했거든."

"……."

"그래도 개같이 참은 보람이 있네. 온주영이 이렇게 먼저 와 주니까. 딱 오늘까지만 기다리려고 했는데. 성질 급해서 찾아갔으면 다 망칠 뻔했어."

주영이 질투에 눈이 멀어 찾아온 게 뭐라고. 그게 뭐가 그렇게 좋을 일이라고.

태열이 우뚝한 콧대를 주영의 어깻죽지에 비벼 댔다. 굉장히

426

벅찬 기분을 어쩌지 못하는 사람처럼.

주영이 작게 터져 나오는 웃음을 어쩌지 못하고 품에 갇혀 말했다.

"그럼 먼저 찾아오지 그랬어."

"기다린다고 했잖아."

"……등신같이 가만히 있지는 않겠다더니 며칠간은 얼굴도 안 보이던데."

태열이 여전히 주영의 어깨에 얼굴을 묻은 채로 주영의 목선을 살살 쓰다듬며 대답했다.

"보이다가 안 보이면 신경 쓰일 거 아니야. 난 너 신경 쓰이게 하고 싶었거든."

참나. 일부러 그랬다는 말에 어처구니가 없어 주영이 작게 헛웃음을 뱉어 냈다.

"그리고 먹혔잖아. 그럼 성공한 거지."

태열이 뻔뻔하게 말했다. 어느새 느른하게 가녀린 목선을 훑던 손끝이 뒤로 흘러 척추 부근을 살살 쓸어내렸다. 의도가 다분한 손길에 찌르르하게 작은 전율이 일었다.

"아……."

부드럽게 등 라인을 쓸어내리며 태열이 고개를 돌려 주영의 목에 부드럽게 키스했다. 목선을 따라 올라간 입술이 귓불을 빨아들였다.

"기억나지."

"……."

"여기 다시 오면, 그땐 그냥 안 보내 주겠다고."

태열이 입을 열 때마다 내뱉는 숨이 주영의 귓바퀴를 타고 흘러들어 왔다. 뜨거운 숨결에 주영이 잠시 목을 움츠리다가 겨우 목소리를 끄집어냈다.

"고태열, 잠깐만. 얘기 좀 하자니……."

고작 상진과 이야기를 끝낸 게 전부였다. 도미노처럼 늘어선 장애물 중 고작 제일 낮은 첫 번째 벽을 넘었을 뿐이었다. 송옥경과 서주헌의 벽을 넘어야 했다. 그러려면 시간이 필요했다.

태열에게 보잘것없는 초라한 알맹이를 내보이는 것 또한 겁이 났다.

그럼에도 다시 나타난 태열을 끝까지 모른 척할 수 없었다. 다른 여자를 보며 웃는 그를 참을 수 없었다. 그리고 이런 주영으로도 충분하다는 듯 충만한 얼굴을 하는 그 애를 도저히 외면할 수 없었다.

관자놀이의 연한 살에 키스를 남긴 태열이 상체를 조금 펴고는 주영을 내려다봤다. 많은 감정이 뒤섞여 있을 그 눈은 주영은 차마 읽어 낼 수 없었다.

"얘기는 나중에."

태열이 부드럽게 입매를 끌어당기며 고개를 숙였다. 아랫입술을 슬쩍 빨아들이더니 어느새 다시 입술이 뒤엉켰다. 맞붙은 입술 사이로 태열이 목소리를 흘려 넣었다.

"지금은 급한 거부터 먼저."

주영이 작게 웃으며 가볍게 그의 어깨를 때렸으나, 그 웃음소리마저 태열에게 삼켜졌다.

이후로는 모든 것이 일사천리였다. 태열이 키스하며 주영을 가볍게 들어 마스터 룸의 침대 위로 옮겼다.

"먼저…… 씻을래."

주영이 자신의 위로 올라타려는 태열을 보며 말했다.

아무리 자연스럽게 물 흐르듯이 넘어간다 해도 그냥 넘어갈 수 없는 단계라는 게 있었다. 태열이 웃으며 상체를 숙여 주영의 귓가에 속삭였다.

"같이 씻을까?"

생각지 못한 대꾸에 주영이 대답할 타이밍을 잃었다. 그새 태열은 주영의 귓바퀴를 야릇하게 핥으며 자연스럽게 주영의 등을 받쳐 눕혔다. 주영이 거대한 몸 아래 깔린 건 순식간이었다.

"……잠깐만. 지금 같이 씻는 건 좀 그렇고……."

"응. 그럼 지금 말고, 이따 같이 씻든가."

돌아온 대꾸는 건성이었다. 그의 귀에 주영의 말이 들리긴 하는지 알 수 없을 정도로. 어느새 쇄골 언저리에 내려가 여기저기 키스를 남기는 태열의 발음은 뭉개져 있었다.

드러난 맨살 위로 꼼꼼히 입술을 가져다 대면서도 태열의 손은 쉬지 않았다. 부드럽게 주영의 셔츠 위로 허리를 쓸어 올리던 손은 주영이 알아채기도 전에 이미 단추를 풀고 있었다. 어느새 다시 위로 올라온 태열이 입술을 겹쳐 왔다.

키스가 깊어졌다. 그 사이 태열은 주영의 셔츠 단추를 전부 끌렀다.

씻고 오겠다고 주장한 게 무색하게 주영은 태열의 어깨를 끌어안고 부드럽게 입 안을 헤집는 움직임에 집중했다.

입술이 떨어지고 천천히 상체를 세운 태열이 자신의 아래에 누워 있는 주영을 내려다봤다.

오랜 시간을 그리고 꿈꿔 왔던 순간이었다.

벌어진 주영의 셔츠 사이로 드러난 맨살과 속옷에 감싸인 봉긋한 둔덕을 집요한 눈길로 훑어 내렸다.

눈앞에 펼쳐진 시각적인 자극에 미친 듯이 달려들어 성급하게 탐하고 싶다는 갈급한 충동과 오래 기다려온 만큼 천천히 음미하듯 천천히 집요하게 즐기고 싶다는 욕망이 충돌했다.

기다란 손가락이 브래지어의 완만한 곡선을 따라 그리자 가느다란 몸이 움찔거렸다.

이런 작은 반응 하나마저 태열에겐 자극적이었다. 얼굴조차 보지 못한 채, 환영만 보며 꿈을 꾼 세월이 얼마더라.

태열의 커다란 손이 가슴을 덮었다. 손 아래 부드럽게 감겨 오는 감각에 손등 위로 힘줄이 돋았다. 태열이 속옷 채로 가슴을 힘껏 움켜쥐었다.

문득 허공에서 시선이 얽혀들었다.

태열은 놓치고 싶지 않았다. 어떤 순간이라도, 주영이 보여 주는 모든 표정을 머릿속에 담고 싶었다.

태열은 머릿속을 채워 오는 오래된 미련을 한편으로 미뤄 두며 순간에 집중했다. 그가 원하는 건 이런 섬유로 만들어진 천 쪼가리의 감각이 아니었다. 브래지어를 위로 밀어 움켜쥐자 하얀 살결이 그의 손가락 사이사이로 삐져나왔다.

"아……!"

주영의 잇새에서 작은 탄성이 흘렀다. 부드럽게 흐르는 음성이 태열의 귓가를 타고 희열이 되어 번졌다.

푹푹 찌는 더위에 머리를 질끈 묶어 올리고 공부하던 뒷모습이나 쳐다보며 눈으로만 탐했던 기억. 부드러운 머릿결 사이에 파묻힌 곧은 목을 괜스레 지분거리면 귀찮게 굴지 말라며 타박이나 받던 기억도 선명하다.

다시 만난 순간에도 단정하게 하나로 묶어 올린 머리 아래 곧게 뻗은 가녀린 목에서 시선을 뗄 수 없었다.

"예전부터."

"……."

"이러고 싶었거든."

낮고 짙은 음성으로 속삭인 태열이 완만한 귓바퀴의 곡선부터 이어지는 하얀 목을 핥아 내렸다. 태열이 입술로 귀 뒤부터 목을 타고 내려와 쇄골까지 아찔한 라인을 훑는 동안 투박한 손끝은 가슴 끝을 희롱했다. 길고 곧은 손가락이 살점을 비비면 가녀린 탄성이 쏟아져 내렸다.

만족스러운 표정을 지은 태열이 얼굴을 내려 가슴을 삼켰다. 흡입하듯 빨아들이자 미끈한 볼이 움푹 팼다.

"훗……."

전신에 서서히 퍼지는 감각에 시트를 쥐고 있던 주영의 손이 방황하며 태열의 어깨를 짚었다. 손끝에 닿는 얇은 니트의 촉감에 가쁜 숨을 내뱉던 주영이 입을 뗐다.

"……넌 왜 안 벗어."

가슴에 얼굴을 파묻고 있던 태열이 눈만 들어 올려다보자 시선이 마주쳤다. 발갛게 달아오른 예쁜 눈이 살짝 찡그려져 있고 그 위로 불만이 어려 있다. 태열이 알던 그런 눈이었다.

"밝히는 것도 여전하네."

놀리듯 말하며 나직하게 웃음을 흘린 태열이 바로 상체를 일으켜 순식간에 니트를 벗어 던졌다. 넓은 어깨 아래로 곧게 뻗은 쇄골. 조각같이 새겨진 가슴 근육부터 매끈한 복근과 장골이 마스터 룸의 은은한 간접조명 아래 빛났다.

아찔한 몸을 올려다보며 주영이 희미하게 웃었다.

여전히 몸은 좋네. 아니, 더 좋아진 건가.

주영이 손을 뻗어 핏대 선 목부터 깎아 놓은 듯 수려한 몸의 윤곽을 따라 선을 그렸다. 여린 손끝이 선명한 복근을 훑을 때 그의 아랫배가 바짝 조여 들었다. 태열의 미간이 좁아지며 눈썹이 들렸다.

"사람 미치게 하는 것도 여전하고."

그대로 태열이 주영의 허리를 잡고 빠르게 스커트를 벗겨 냈다. 주영의 얼굴에서 시선을 떼지 않은 채 천천히 스타킹도 아래로 끌어 내렸다.

다리를 덮고 있던 검은색 스타킹이 사라지고, 극명하게 대비되는 하얀 살결을 천천히 발끝부터 쓸어 올렸다. 길고 마디가 선명한 손이 움푹 튀어나온 복사뼈부터 무릎 옆을 지나 허벅지를 타고 올라갔다.

손길이 스치는 곳곳마다 저릿한 감각이 주영의 살갗 위로 생생하게 느껴졌다. 곧게 뻗은 다리를 훑어 올린 그의 손이 골반에서 멈췄다.

주저 없이 허벅지 사이를 파고든 손이 얇은 레이스 천 위를 덧그리듯 부드럽게 훑자 주영의 입에서 신음이 흘렀다.

"아……!"

아래를 뜨겁게 달구던 태열이 손을 떼어 냈다. 축축해진 제 손 끝을 느릿느릿 비비며 비스듬히 웃었다. 곧 상체를 숙여 주영의 귓가에 입술을 바짝 붙였다. 만족스러운 듯한 음성이 낮은 웃음 소리와 함께 귓가에 야릇하게 고여 들었다.

"이거 다시 못 입겠네."

"너……. 진, 짜. 아……!"

그의 손끝이 온몸을 배회했다. 흘러나오는 신음에 주영이 팔을 들어 입가를 가리는 순간, 한 뼘짜리 속옷도 순식간에 사라졌다. 틈틈이 눈으로 주영의 반응을 확인하던 태열이 그대로 고개를 내렸다.

"아, 하지 마. 미쳤…… 아…….."

등줄기를 타고 올라오는 전율에 주영이 참지 못하고 손을 뻗어 태열의 머리를 끌어안았다.

아, 제발, 좋아, 아니, 이상해, 그만, 제발.

주영이 태열의 머리를 휘저으며 비명을 지를 때쯤 태열이 천천히 고개를 들었다.

눈이 마주치자 태열이 씨익 웃으며 혀를 내어 입가를 훑는다. 굉장히 흡족한 표정으로. 그러더니 허벅지 사이로 손을 뻗어 애

태우듯 느리게, 천천히 움직인다. 시선은 달아오른 주영의 얼굴에 꽂혀 있다.

"……계속 그렇게 쳐다볼 거야?"

"응."

"왜…… 그렇게, 보는데."

"예뻐서."

가쁜 호흡 사이로 빨리하기나 하라는 타박이 돌아오자 태열이 나직이 웃었다.

예뻤다. 언제고 태열은 주영의 얼굴에서 눈을 뗄 수가 없었다. 앳되던 어린 날의 주영도, 지금 자신의 앞에서 이렇게 허물어진 주영도.

그도 이제는 한계였다. 흥분과 욕망으로 점철된 태열의 눈이 번들거렸다. 눈이 마주치고, 협탁이 열리고, 비닐이 뜯어지는 소리가 선명했다.

"주영아."

나긋한 톤과는 상반되게 내뱉는 목소리가 바닥을 긁어내리듯 거칠었다.

"빼야지, 힘."

태열이 자신의 어깨에 걸친 주영의 다리를 부드럽게 쓸어내리며 달랬다. 힘을 빼란다고 순식간에 몸의 긴장이 풀리는 것도 아니고. 주영이 여전히 긴장한 허리를 살짝 들며 말했다.

"……괜찮으니까 그냥 해."

"안 괜찮을 텐데."

중얼거린 태열이 천천히 상체를 숙여 주영을 뒤덮었다. 뒤엉
킨 입술 사이로 호흡이 거칠어졌다. 서서히 빠듯하게 몸이 채워
지는 감각을 주영이 버겁게 받아 냈다. 결국 참기 힘들다는 듯 몸
을 뒤틀며 단단한 몸에 다리를 감싸며 보챘다.

"빨리……. 끝까지……."

주영이 재촉했다. 차라리 아프더라도, 버겁더라도. 원했다. 아
무 생각도 나지 않도록 자신을 가득 채워 주길 바랐다. 그가 지금
까지와는 또 다른 쾌감을 주길 원했다.

주영에게는 순간순간 밀려오는 쓸데없는 상념 따위를 연소시
킬 더 큰 무언가가 필요했다.

재촉하는 소리에도 태열의 움직임은 다소 애태우듯 조심스러
웠다. 꼭 굉장히 연약한 것을 다루듯 깨질까 염려하는 몸짓으로.
급한 충동을 참아 내는 태열의 미간이 균열로 일그러졌다.

"제발……. 응?"

보채는 주영의 목소리가 흥분에 떨렸다. 태열이 짓씹듯 욕설
을 토해 내며 그대로 끝까지 밀고 들어가자 바로 아래에서 탄성
이 터졌다. 한 몸처럼 엉켜 틈 없이 맞붙은 맨살을 온몸으로 느끼
자 정신이 아득해진다.

태열은 보채듯 자신을 원하는 주영을 보며 알 수 없는 고취감
을 느꼈다. 이대로 몸을 묻은 채 주영에게로 빨려 들어가고 싶었
다. 음미하듯 천천히 주영을 탐하고 싶다는 주제넘는 생각은 집
어치운 지 오래였다.

태열의 움직임이 점점 빨라졌다. 양손에 가득 차는 가슴을 움

켜줘자 듣기 좋은 소리가 주영의 입술을 타고 선율처럼 흘렀다.

다시 만난 이후로 차갑기만 했던 주영이었다. 태열이 주는 열락에 이성을 놓고 몰입하는 모습에 기묘한 만족감이 들었다.

살점이 마찰하는 소리와 거친 호흡만이 청각을 채우고 해일처럼 몰려오는 쾌락의 감각에 의식을 빼앗겼다.

태열의 몸짓에 맞춰 거세게 흔들리는 몸을 어쩌지 못하고 주영이 침대 시트를 비틀어 잡았다. 태열이 선사하는 아찔한 쾌감에 주영을 덮쳤던 모든 잡념들이 씻겨 나갔다. 절벽에 내몰린 사람처럼 태열의 목을 붙들고 매달려 가까스로 버텨 냈다.

꿈같아서, 현실 같지 않아서. 품에 파고들어 안겼다.

손 아래 생생히 잡히는, 결 좋은 맨살의 감촉과 주영의 아래를 파고드는 둔탁한 감각만이 현실임을 일깨워 준다.

주영이 이성을 놓은 건 이미 한참 전이었다. 스스로도 민망할 정도로 낯선 소리를 내며 오직 눈앞의 태열에게만 집중했다.

절정에 치달았을 때, 아득한 감각이 파도처럼 밀려왔다. 태열은 주영을 집어삼키듯 격렬하게 모든 것을 다 쏟아 냈다.

끝이 다가왔을 때, 주영이 그의 얼굴로 손을 뻗었다.

사실은 많이 보고 싶었다고.

머릿속을 떠다니는 수만 가지 잡념을 제쳐 두고, 사실은 이렇게 네게 닿고 싶었던 것 같다고.

고요한 공간을 채우는 건 네가 내쉬는 거친 호흡뿐이었다.

그럼에도 알아들었다는 듯이, 여전히 뜨거운 눈으로 나를 보는 네 얼굴 위로 희미하게 미소가 서린다. 뺨에 닿은 손바닥 위로 네가 입을 맞췄다.

따뜻했다.

오늘 우리가 만들어 냈던 그 어떤 뜨거움보다도.

모든 것이 물 흐르듯 자연스러웠다.

뜨겁게 서로를 갈구했고 함께 밤을 보냈다. 마치 마지막인 것처럼 서로에게 달려들었던 시간이었다.

몇 번이고 뜨거웠던 순간이 지나가자 태열은 본래의 느긋함을 되찾았다.

'이 시간에 혼자 가겠다고?'

'자고 가든가, 데려다주는 차를 타든가. 하나만 선택해.'

반복되는 주영의 거절에도 굴하지 않고 너무 늦어서 이건 어쩔 수 없다고 사람을 홀리며 주영을 집까지 데려다주었다.

딱히 앞으로의 관계에 대해서 명확하게 얘기를 나누지도 않았다.

그냥 '주말에 뭐 해?' 하고 물었고 '밥이나 먹자.'고 덤덤하게 얘기했다.

주영이 차에서 내리는 순간 태열은 '잠깐만.' 하고 붙잡으며 지난번에 못다 했던 일을 마무리했다.

직접 주영의 핸드폰에 제 번호를 꾹꾹 눌러 담으며 가볍게 입을 맞춘 것. 그게 전부였다.

다음 날엔 식당 이름과 시간이 담긴 메시지가 왔다.

그리고 퇴근길에 다시 나타나 둘만이 탄 엘리베이터에서 '데려다줄까?' 물어 고개를 저으면 '진짜 고집하고는.' 하고 볼을 툭툭 건드렸다.

그러고는 부드럽게 입을 맞춰 왔다. 키스는 짧았다.

'잘 자고, 내일 봐.'

내일 보자는 말과 함께 그렇게 헤어지고 다시.

오늘의 주영은 조용한 식당의 룸 안에서 태열과 마주 보고 앉아 있다. 건장한 체격의 남자가 맞은편에 앉아 턱을 괴고는 살살 눈웃음을 쳤다.

"왜 웃어."

"감회가 새로워서. 드디어 온주영이랑 밥을 먹네."

무슨 대단한 성취라도 했다는 양 흡족한 얼굴로 시원하게 말려 올라간 입꼬리가 보였다.

예전부터 그랬다. 태열은 감정을 숨길 줄 몰랐다. 아니, 숨길 필요가 없는 것일지도. 좋으면 좋은 대로, 싫으면 싫은 대로 제 감정을 그대로 표현했다.

밀려들어 오는 기억에 주영도 연하게 웃으며 태열을 마주 봤다. 시간은 많은 걸 바꿔 놓았다. 너, 나 그리고 모든 것들을.

식당도 그랬다. 태열이 예약한 식당은 청담동에 있는, 유명 레스토랑 가이드에도 이름을 올린 퓨전 한식 파인 다이닝이었다. 주영도 와 본 적이 있는 곳이긴 했지만 태열의 말대로 감회가 새로웠다.

우리를 둘러싼 모든 것은 180도 바뀌어 있었다.

어린 날의 우리는 손을 잡고 분식집을 가거나, 국밥이니 만둣국 같은 평범한 외식을 하거나, 가끔 정말 기분을 낼 땐……

"새롭긴 하네. 너랑 이런 데서 만나는 게. 예전엔 고작 가 봐야 아웃백이었는데."

주영이 머릿속을 채워 오는 옛 기억에 옅게 웃으며 말하자 태열이 가볍게 묻는다.

"마음에 안 들어? 거기로 갈까?"

"아니. 거기 아직도 영업해?"

"모르지 나야."

태열이 어깨를 으쓱했다. 성북동에 들어간 이후로 한 번도 가본 적이 없었기에 주영도 아직 그 주성동 로데오에 아웃백이 남아 있는지 전혀 알지 못했다.

그렇게 기억에서 잊힌 조각 중 하나였다.

아뮤즈 부쉬 나오고 주영이 단새우 캐비어 크루아상을 가볍게 손으로 집어 입에 넣는데 빤한 시선이 따라왔다.

"먹는데 왜 자꾸 쳐다봐."

"잘 먹네."

"……그만 쳐다봐."

"그럼 그만 예쁘든가."

"……너……. 적당히 해."

"뭘?"

태열이 천연덕스럽게 대구하며 음식을 입에 가져갔다.

아무리 잠을 잤다고 해도 무려 13년이었다. 서로가 없는 게 당연했던 시간이.

어쩜 변함없이 저렇게 태연할 수 있는지. 공백 같은 건 전혀 없었던 사이처럼.

"넌 어떻게 그렇게 아무렇지도 않아?"

"뭐가."

"다시 만났을 때부터 계속 무슨 어제 만난 사람처럼 대하잖아."

"하도 네 생각을 많이 해서 어제도 본 것 같았나 보지."

"……."

할 말을 잃은 주영이 입을 꾹 다물었다.

내 생각을 했다고.

어이가 없었다. 떨어져 있는 시간 동안 지구 저 반대편에서 태열은 그 대단한 꿈을 이뤘고, 말을 꺼내기조차 조심스러울 정도로 힘겨운 일도 있었는데.

그런 태열의 일상에 주영이 있었다니. 믿기지 않았다. 그러나 그냥 하는 소리라 할지라도 듣기 좋은 소리임은 분명했다.

직원이 들어와 애피타이저를 서빙하고 나가자 룸 안에 정적이 들어찼다.

할 말이 많지 않았다. 아니 묻고 싶은 건 많은데 어떤 것부터 물어야 할지 알 수 없었다.

주영이 재회한 순간부터 사실은 제일 궁금했던 부분을 묻기 위해 천천히 입을 뗐다.

"그때, 사고 났을 땐…… 뉴스 보고 놀랐어."

커트러리를 들던 태열이 피식 웃었다.

"이제야 관심을 가져주네."

"……그런 걸 물어볼 틈이 없었으니까. 괜찮아?"

"괜찮아. 그러니까 멀쩡히 네 앞에 있지."

조심스러웠던 주영의 질문에 비해 별것 아니었다는 투의 대답이 돌아온다.

"사고 크게 난 것 같던데……."

"괜찮다니까. 칙칙한 얘기는 별로 하기 싫은데, 다른 건 궁금한 거 없고?"

"……."

정말 아무렇지 않다는 듯한 대답에 주영은 할 말을 잃었다.

대답이 돌아오지 않자 보기 좋게 입꼬리를 끌어 올려 웃던 태열이 먼저 이것저것 물어오기 시작했다.

대학 생활은 어땠는지. 전공은 재밌었는지. 어쩌다 호텔 일을 시작하게 된 건지.

그는 주영에겐 이미 아득해져 버린 낡은 페이지를 쉼 없이 되짚어 나갔다. 모자란 퍼즐 조각을 하나씩 맞춰 가듯 짧은 대화들로 오랜 공백을 메꿔 나갔다.

룸 내부의 분위기가 한결 느슨해졌다.

직원이 들어와 빈 식기를 치우고 새로운 음식을 내려놓으며 설명했다. 이내 가지런히 플레이팅된 한우 배추쌈 위에 콩국을 부어 주던 직원이 태열을 흘끗거렸다.

이런 게 불편했다. 태열을 만나게 되면 가장 불편한 지점이었다.

얼굴이 알려진 사람이라는 것. 직원이 자리를 떠나자 주영이 의식적으로 불편한 표정을 지으며 입을 열었다.

"조용히 만났으면 해."

"지금 조용한데."

"……그런 말 아닌 거 알잖아. 호텔에선 계속 모른 척했으면 해. 퇴근할 때마다 로비에서 마주치는 것도 이젠 하지 마."

"까다로운 것도 여전하시고."

태열이 중얼거리며 지긋이 주영을 쳐다본다. 주영이 차마 마주 보지 못하고 시선을 내리깔았다.

"김상진은 정리했어. 그런데……."

"그런데."

"당사자하고는 얘기를 했는데 아직 집안에는 얘기가 안 됐어."

"그래서?"

"집안에 얘기하려면 시간이 필요해. 너도 알겠지만 결혼이라는 게 당사자 간의 문제만은 아니잖아."

주영이 어젯밤 태열에게 못다 한 이야기를 꺼냈다. 태열이 의자에 푹 기대며 팔짱을 꼈다. 주영의 발언이 탐탁지 않은 듯 살짝 고개를 기울인다.

"계속해."

"그래서 조용히 만났으면 좋겠어. 그때까지는."

밤새 고민을 많이 했다. 어떻게 해야 할지. 수많은 가정과 선택, 그에 따른 결과가 머릿속을 헤집었다.

선택을 한 이후에도 계속 고민거리가 뒤따랐다. 밤새 생각해

낸 결과의 끝은 들인 시간에 비해 초라했다.

당사자인 상진과는 이야기가 끝났으나 더 큰 산을 넘어야 했다. 상진의 말처럼 지금 집안에 알려봤자 소란해지기만 할 뿐이다.

오히려 당장 성북동에 파혼 의사를 밝히고 태열을 만나게 된다면, 주헌과 옥경이 어떤 난리를 칠지 상상조차 되지 않았다.

파혼만으로도 버거운데 새로운 남자라니. 그것도 그들이 껴맞춰 주는 이가 아닌 다른 사람을. 순탄치 못한 만남이 될 게 눈앞에 선연했다.

결국 어린 시절에도 우리가 헤어졌던 이유는, 지금도 여전히 주영을 둘러싼 상황 때문이었으니. 그 상황만큼은 그대로였다.

상진이 한국을 비운 그 시간 동안, 그때까지만큼은 조용히.

그리고 상진이 돌아오기 전까지 조용히 주변을 정리하며 기다리는 것. 그게 주영이 앞으로 해야 할 일이었다.

"넌 항상 뭐가 그렇게 어려워. 쉽게 생각해."

별거 아니라는 투로 받아치는 태열을 보니 기분이 상했다. 주영 나름의 노력이 아무 쓸모 없는 취급을 당한 것 같아서.

지금 이 자리에서 태열을 마주하기까지도 주영에겐 수많은 고민의 시간과 용기가 필요했다.

그만큼 우리는 달랐다.

"너야말로 뭐가 그렇게 쉬워?"

"어렵고 쉽고는 네가 생각하기 나름이지. 만나고 싶으면 만나는 거고 아니면, 뭐……."

"아니면?"

태열이 느슨하게 풀려 있던 입꼬리를 씩 말아 올렸다.

"그래도 만나야지."

태열이 주영의 눈을 똑바로 마주치며 말했다.

이제 와서, 여기까지 와서 무를 수는 없었다. 태열이라고 해서 돌고 돌아 여기까지 오는 것이 쉽다고는 말할 수 없었다.

그러나 지금 여기까지 오는 데는 오래 걸렸을지 몰라도, 태열은 한 번 내린 결정을 번복할 생각이 없었다.

이 관계를 이어 가기로 한 온주영의 선택. 일단은, 지금은, 그 정도면 충분했다.

"……내가 쉽게 생각한다고 현실이 바뀌니?"

어렸을 때부터 온주영은 그랬다.

주어진 환경과 상황을 지나치게 의식했다. 사실 그딴 건 아무 것도 아닌데.

주영은 여전했다. 그럼에도, 태열의 선택은 주영을 더 알아 가고 싶다는 것이었다. 태열이 태연하게 받아쳤다.

"마음먹기에 달린 거라니까."

하. 뜬구름 잡는 소리처럼 들리는 태열의 답변에 주영이 작게 한숨을 내쉬었다.

그는 어렸을 때부터 그랬다. 뭐든 고민 없이, 주저 없이 행동으로 옮겼다. 누구도 이루지 못했던 꿈도 말하던 대로 이뤄 냈다.

그러나 주영은 달랐다. 살면서 주영에게 쉬운 일은 단 하나도 없었다. 아등바등 공부를 파던 시절에도, 악착같이 성북동에서 버텨 내는 지금도.

"맞아. 어려워. 너 나타나고 나서 다 머리 아파. 솔직히 말하면 나 너 만나고 싶어, 그건 맞는데…….."

사실 태열의 마음은 어느 정도까지인지 알 수 없었다. 그러나 그 물음만큼은 속에 묻어 둔 채 주영이 말을 이었다.

"네가 갑작스럽게 나타난 것도 사실이고, 생각해야 할 것도 너무 많아. 아직도 잘한 일인지 확신 안 가는 것도 사실이야. 그래도…… 네 말대로 밥도 먹고, 드라이브도 하고, 잠도 자."

피식. 태열이 낮게 웃었다. 웃을 타이밍은 아니었는데…….

정말 속을 알 수가 없다. 여전히 잔잔하게 웃음기가 어린 얼굴이 담백하게 대답했다.

"만나고 싶은 거 그거 하나면 됐어. 네가 원하는 대로 해. 난 그거면 돼."

"……."

"어렵게 생각하지도 말고. 그냥 연애하는 거야. 예전처럼."

태열이 잠시 말을 멈췄다. 테이블 위에 놓인 주영의 손을 잡아 손가락을 얽으며 말했다.

"네 말대로 조용히 만나든, 세상 떠들썩하게 요란하게 만나든. 나 만나는 동안엔 너도 최선을 다해. 적당히 발 담갔다 뺄 생각하지 말고."

그로서는 그러면 더 바랄 것도 없었다. 지금 주영이 어떤 생각을 하든…….

계속 보고 싶게 만들고, 지금껏 뜸 들인 시간을 후회하게끔 만드는 건 태열의 몫이었다.

"……."

"난 그거면 돼. 그러니까 밥부터 먹어."

"……고태열."

"무슨 얘긴지 알아들었으니까, 먹자고."

맞잡았던 손이 느릿하게 멀어졌다. 잠시 침묵이 이어졌다. 이내 식기와 커트러리가 부딪히는 소리만이 고요한 공간을 채웠다.

주영을 향했던 시선을 거두고 깔끔하게 음식을 먹는 태열을 보며 괜스레 멋쩍어진 주영이 음식을 뒤적거렸다.

정적의 틈을 직원이 들어와 비어 있는 메인 디시의 접시를 치우고 새로운 음식을 서빙하며 채웠다.

디저트가 나올 차례였는데, 눈앞에 놓인 건 국수였다.

직원이 냉침한 멸치육수에 애호박나물과 붕장어 튀김을 올린 멸치국수라는 설명과 맛있게 드시라는 말을 남기고 사라졌다.

코스 외에 단품 메뉴로 트러플 고구마나 랑구스틴 캐비어, 멸치국수 같은 단품 요리들을 주문할 수 있는 건 알고 있었지만 주영은 단 한 번도 먹어 본 적이 없었다.

먹는 양이 적었기에 코스 요리만으로도 충분히 배가 찼기 때문이다. 이미 배가 많이 불렀다.

주영이 눈앞의 국수를 한 번, 태열을 한 번 번갈아 쳐다봤다.

태열이 무심하게 툭 말을 뱉었다.

"먹어. 너 이거 좋아하잖아."

"이걸 어떻게 다 먹어."

"먹어야 살이 찌지. 너 지금 몸 보면 어떻게 그렇게 매일 야근

하고 버티는지 불가사의야. 먹을 수 있는 만큼은 더 먹어."

주영의 눈앞에 오래된 기억이 스쳤다.

잔치국수를 좋아하는 주영을 위해 엄마가 종종 만들어 주던, 그런 주영을 위해 태열이 만들어 줬던, 엉성한 지단이 가득한 잔치국수가 올라간 식탁.

주영이 수저를 들었다. 당연히도 예전의 그 맛은 아니었다.

그래도 따뜻한 국물이 몸을 덥히자 알 수 없는 감정이 치밀어 올라 입술을 말아 물었다.

진득하게 주영을 쳐다보던 태열이 '누가 네 입술 먹으래? 욕심 내지 말고 밥이나 먹어.'라며 핀잔을 더한다.

주영이 눈을 흘기며 웃자 맞은편에서 나직한 웃음소리가 따라왔다. 주영이 수저를 내려놓고 태열을 마주 봤다.

"너도…… 원하는 거 있으면 지금 말해."

"있으면 들어주고?"

"뭔지 들어 보고."

"당장은 별거 없어. 그냥 잘 먹고, 잘 자고, 많이 웃어. 그게 다야."

주영을 응시하는 날카로운 눈꼬리에 부드러움이 내려앉았다.

꼭 저렇게 말해서 사람을 나쁘게 만든다. 방금 전까지 주영은 조용히 만나자느니, 머리가 아프다느니, 힘들다느니 야박한 소리만 내뱉었는데.

주영이 민망함에 입술을 삐죽였다.

"왜, 부족해? 더 해 줘?"

태열이 웃으며 물었다. 주영이 눈을 흘기자 그의 얼굴 위로 잔잔하게 깔려 있던 미소가 진해졌다. 보기 좋게 입매를 당겨 웃던 태열이 이것저것 물어 오기 시작했다.

어떤 걸 좋아하는지. 여전히 단 음식이나 찬것은 좋아하지 않는지. 어떤 영화를 좋아하는지. 술은 잘 마시는지. 뭘 하고 싶은지. 어떤 데이트가 하고 싶은지. 드라이브나 영화 말고도 좋아하는 게 있는지. 가 보고 싶은 여행지가 있었는지.

방금 전까진 어떻게 지내 왔는지 과거를 물어 왔고 지금은 다시 앞으로 채워 나갈 미래를 묻는다.

딱딱했던 분위기가 앞으로를 기대하게 하는 대화들로 느슨해진다.

지금껏 건조하기만 했던 주영의 얼굴 위로 잔잔한 미소가 떠나질 않았다. 스스로도 의식하지 못한 순간이었다.

연애가 시작되었다.

다시.

2권에서 계속

448